Structuralist Poetics
*Structuralism, linguistics and
the study of literature*

当 代 世 界 学 术 名 著

结构主义诗学

[美] 乔纳森·卡勒（Jonathan Culler） ／著
盛 宁／译

中国人民大学出版社
·北京·

"当代世界学术名著"
出版说明

中华民族历来有海纳百川的宽阔胸怀，她在创造灿烂文明的同时，不断吸纳整个人类文明的精华，滋养、壮大和发展自己。当前，全球化使得人类文明之间的相互交流和影响进一步加强，互动效应更为明显。以世界眼光和开放的视野，引介世界各国的优秀哲学社会科学的前沿成果，服务于我国的社会主义现代化建设，服务于我国的科教兴国战略，是新中国出版工作的优良传统，也是中国当代出版工作者的重要使命。

中国人民大学出版社历来注重对国外哲学社会科学成果的译介工作，所出版的"经济科学译丛""工商管理经典译丛"等系列译丛受到社会广泛欢迎。这些译丛侧重于西方经典性教材；同时，我们又推出了这套"当代世界学术名著"系列，旨在迻译国外当代学术名著。所谓"当代"，一般指近几十年发表的著作；所谓"名著"，是指这些著作在该领域产生巨大影响并被各类文献反复引用，成为研究者的必读著作。我们希望经过不断的筛选和积累，使这套丛书成为当代的"汉译世界学术名著丛书"，成为读书人的精神殿堂。

由于本套丛书所选著作距今时日较短，未经历史的充分淘洗，加之判断标准见仁见智，以及选择视野的局限，这项工作肯定难以尽如人意。我们期待着海内外学界积极参与推荐，并对我们的工作提出宝贵的意见和建议。我们深信，经过学界同人和出版者的共同努力，这套丛书必将日臻完善。

中国人民大学出版社

阐释批评的超越
——结构主义诗学论
（译者前言）

盛 宁

英国当代批评理论家泰瑞·伊格尔顿在《文学原理》中，曾饶有风趣又耐人寻味地说，欧洲大陆流行的激进思潮越过英吉利海峡，通常需要十年左右的时间。英国文坛上的一些批评家，犹如站在多佛尔码头上的移民局官员，虎视耽耽地察看着来自巴黎的船只卸下的各种新奇时髦的思想：凡是与他们的传统批评方法大体吻合的，则友善地挥手放行；对同船而来带有爆炸性的东西（马克思主义、女权主义以及弗洛伊德主义等），则拒之国门之外；入境者若不致冒犯中产阶级的情趣口味，则发给允许工作的证明；如发现加工处理不善者，则装进下班船退回。①二十世纪六十年代流行于欧陆（主要是法国）的结构主义思潮，也许可以列入上述第三种情况。

战后的欧洲，人文社会科学出现了一个思想空前活跃的时期，各种新思潮、新观念、新方法竞相涌现。其中之一就是结构主义。这种以相对的思维方式取代既往实证式的思维方式、先行确定视角而后再勾画出研究范畴的倾向，不仅在哲学认识论、心理学、人类学等各个学科都有

---

① 伊格尔顿. 文学原理. 明尼苏达：明尼苏达大学出版社，1983：123.

表现，而且在语言学方面也取得了重大突破，其研究成果又反过来大大推动了包括文学批评在内的人文社会科学的发展。

然而，英美文论界却还不曾出现观念上的变革景象。垄断了英美文坛达两代之久的"新批评"，虽然早已成为明日黄花，但"新批评"所奠定的一套关于文学批评的目的、作用和方法等的观念，仍像一团浓厚的阴影蒙罩着文坛。五十年代中期，诺思洛普·弗莱的《批评的解剖》(1957)发表，曾激起英美文论界的一片欢呼，仿佛久旱之后甘霖初降。弗莱的这部专著无疑是一部博大精深的力作，是对一向以文本阐释为中心的英美批评传统的冲击和突破。弗莱所提出的应将文学批评的目光投向文学的整个认知结构，建立一种不是关于文学本身也不是关于文学经验，而是一种诗学的主张，标志着与英美文学批评传统的分野。但是，弗莱心目中的认知结构只包括了西方文学的文本传统的一面，他所归纳的神话原型的理论，并没有引出一种他所期望的具有普遍意义的诗学。因此，不到十年光景，《批评的解剖》在英美文论界燃起的希望之光就渐渐黯淡下去。

出路何在呢？

新一代的批评家诸如J.希利斯·米勒预言："文学研究下一步的发展，一部分的动力将来自这样那样的欧洲批评。美国学者在吸收同化了晚近欧陆批评的精华之后，就有可能从美国文化与欧洲思想的结合上发展出新的批评。"[1]

但是，要使不同的文化传统有机地结合，产生新的文学批评，又谈何容易。这里存在着两方面的困难。首先，为了有效地动摇传统的劣根性，必须对传统观念进行实事求是又切中要害的批判扬弃；其次，对于外来的新潮也必须梳理鉴别，以确定可以为我所用的成分。这些都是人所共知的一般道理。而应该特别指出的是，欧陆流行的结构主义本身并没有形成一种现成的思想体系，它仅仅是思想方法论方面的一种倾向，至于如何将这种观念具体运用于文学批评，更是众说纷纭，莫衷一是。

---

[1] 米勒.1965年在耶鲁文学批评讨论会上的讲话//霍夫曼.哈佛大学当代美国文学史.剑桥：哈佛大学出版社，1979：71.

这就更增加了英美批评家借鉴他山之石的困难。很明显,要真正实现米勒的上述预言,无疑需要不同寻常的眼力、胆识、才学,当然,还要一定的时间。但有一点可以肯定,实现这一使命,希望寄托在新一代的英美批评家身上。

1966 年,年仅二十二岁的乔纳森·卡勒在美国哈佛大学毕业后,赴英国牛津大学攻修比较文学,1969 年毕业后留校攻读博士学位,同时兼任剑桥大学赛尔汶学院研究员。经过三年的潜心钻研,他完成了《结构主义:语言学模式的发展及其在文学研究中的应用》的博士论文。之后,他在剑桥大学语言学系开设关于结构主义和符号学的系列讲座,在此基础上又对论文进行增补和修订,完成了《结构主义诗学:结构主义、语言学和文学研究》的专著。1975 年,该书由美国康奈尔大学出版社正式出版。

《结构主义诗学》虽然姗姗来迟,但一经问世,便立即得到了欧美文论界的普遍重视。对于一向在本国播种、去异国收获的法国人来说,结构主义到了七十年代早已失去了当年的新鲜感,除列维-斯特劳斯以外,曾经大力鼓吹结构主义的主要代表人物——福柯、拉康、德里达,甚至罗兰·巴尔特,在各自留下了一套理论、概念、术语之后,都已扬长而去,把注意力投向其他各个领域,进行新的开拓和经营。迄今为止,几乎无人对这些结构主义大师的耕耘收获作一番比较全面的总结和评估,至于对结构主义究竟应该如何应用于文学研究作出肯定的回答,那就更无从谈起了。[①] 而对于在"新批评"的"批评即阐释"的观念中不能自拔、对结构主义始终持怀疑态度的英美批评界来说,关键则在于能否从本国的文论传统中找到与结构主义这一外来思潮的某种联系,并以令人信服的成果说明这一外来思潮非但不与本国传统违迕,而且还可使本国的文学传统发扬光大。而正是在这两方面,卡勒的《结构主义诗

[①] 在卡勒的《结构主义诗学》之前,弗雷德里克·詹姆逊曾撰写《语言的牢房》(1972),对结构主义和形式主义作理论评述;罗伯特·斯科尔斯曾撰写《文学中的结构主义》(1974),主要讨论叙事文学的结构主义批评。这两部专著对于美国文论界认识、吸收欧陆的结构主义思想方法论,都有其重要的作用,但把结构主义的思想和方法运用于文学批评的理论建设,卡勒乃是第一人。

学》证明了它的成功。1975年，美国现代语言学会将标志美国文学批评界最高荣誉的J.R.洛威尔奖，授予卡勒的《结构主义诗学》。

按照英美传统的文学批评观，批评一向只肩负阐释和评价两项使命，认识和理解自身的任务已经长期受到忽视。而二十世纪以来，随着西方传统价值观的分崩离析，加之"新批评"的盛行，英美文学批评似乎愈来愈难以把握评价活动，于是只落得个对于具体文学作品的描述和阐释。久而久之，人们发现，文本阐释虽然大量增殖，但是对整个文学活动的理解，却并没有得到相应的深化和发展。文学在整个社会和社会意识形态中究竟处于什么样的地位？文学活动和文学话语究竟通过哪些程式去发挥自己的作用？而文学话语形式与其他话语形式之间又是一种什么样的关系？人们之所以提出这些问题，是希望对世界不断加深认识和理解，而人们心目中的世界却正是由各种话语形式组织起来的，而人的活动也正是通过这些话语形式的媒介才被赋予意义的。① 由此看来，文学批评如果只局限于具体作品的语义阐释，岂不就太狭隘了？

即使论及具体作品的阐释，批评也必须顾及文本以外的许多问题。试想这里有一首布莱克的诗《啊，向日葵》，读者关心的第一个问题当然是这首诗说的是什么意思。但是，当他阅读了某位批评家的阐释以后，他很可能又会问：批评家究竟是如何得出这样的读义的呢？这人凭什么从诗的文本中引出这样一种理解呢？追根究底的读者一定会发现，尽管我们没有自觉地意识到，然而却实实在在地存在着一些约定俗成的理解程式，正是由于这些程式的存在，人们理解诗歌，相互交流对某一首诗歌的看法才有可能。如果确实存在这种情况，那么，文学批评是否应该将探索的触角进一步伸向已知读义背后的理解活动呢？是否应该对人们不曾清醒地意识到却又实际存在着的约定俗成的理解程式给予理论的说明呢？显然，这里存在着两个不同范畴的问题，前者是具体文本的阐释，而后者则是说明这种阐释为什么成为可能。文学批评对前者的回答形成阐释批评，而对后者的回答则是诗学。

---

① 卡勒. 符号的追寻. 纽约：康奈尔大学出版社，1981：6.

上述这番从宏观和微观两方面对文学批评功能的考虑,对卡勒所提出的"诗学"的目的、研究对象以及涉及范围等作了明确的界定。由此出发,卡勒明确提出,将结构主义引入文学研究的领域——

> 基本上不是一种阐释性的批评;它并不提供一种方法,一旦用于文学作品就能产生迄今未知的新意。与其说它是一种发现或派定意义的批评,毋宁说它是一种旨在确立产生意义的条件的诗学。它将新的注意力投向阅读活动,试图说明我们如何读出文本的意义,说明作为一门学科的文学究竟建立在哪些阐释过程的基础之上。①

《结构主义诗学》"序言"中的这段话,不啻点明了全书的主旨。在随后分为三大部分的正文中,卡勒首先从理论上阐述了文学研究中的结构主义与现代语言学的关系,对结构主义思潮的主要代表人物在各自的研究领域内如何运用语言学模式进行了犀利深刻的分析,在对他们的洞见给予肯定的同时,又着重指出这些方法移植到文学研究中将造成什么样的失误或困难。第二部分是重点,阐发作者所谓结构主义诗学的构想。卡勒巧妙地从英美语言学传统中发掘出与索绪尔语言学的关键术语相对应的概念,并有效地使之转化为结构主义诗学的理论依托。在最后部分,卡勒简要地对来自更为激进的后结构主义的批评进行反驳,进一步重申前文提出的主张。所有这些,均属该书内容,无须赘述。这里,译者拟就书中几个需要强调或引起争议的问题,略述一些个人的看法。

"结构"的概念,并非结构主义的独专之物,而是历来文学批评理论中一个至关重要的问题。对于"结构"存在与否的不同回答,形成了不同文学批评的理论分野。不过,从另一个角度看,"结构"存在与否又不是一个可以实证的问题,而是一种认识假设和前提,各种不同文学批评的理论分野,其实早在它们确定自身的认识假设之时就已经形成。为了对结构主义诗学的理论立场有所了解,我们不妨先粗略地考察一下现代西方文论中几种代表流派在"结构"问题上的看法。

---

① 卡勒.结构主义诗学.纽约:康奈尔大学出版社,1975:viii. 另见第118页、178页等多处。以下该书引文只注页码。

"新批评"也曾诉诸文学结构的概念，认为它是区别诗歌语言与其他一般语言和科学语言的一种特征。换言之，它认定文学语言有一种先验的、客观的特殊属性（固有的歧义性、象征性、有机统一性等）。然后，它采用循环逻辑论证的方法，将批评行为描述为该行为本身包含了发现这些属性的过程。具体地说，"新批评"从"世上存在一种应该称之为诗的结构"这个认识假设和前提出发，对具体的诗歌进行阐释，结果呢，它果然在阐释过程中"发现"了所要寻求的诗的属性（即结构）。

如果"新批评"是把文学结构视为具体文本的属性，那么，弗莱的原型批评理论则把结构扩大为整个西方文学传统的属性。具体的文学作品在这个宏大的文学系统结构中均有其固定的位置。当论及作品的意义时，弗莱的着眼点不在于作品文本自身，而是侧重于作品在体裁和叙述形式上的相互联系，他将文学作品的主题划分为几种类型，而各种主题类型都可以追溯到最原始的神话原型。在他看来，由于整个西方文学传统是一个自成体系的结构，有其固有的演化规律，因而一切后来的文学作品都是由最初的神话原型衍变而成的。

出于完全不同的认识假设，后结构主义的解构批评，则断然否认文本有客观"存在"或人为赋予的"结构"概念。解构批评的精神领袖德里达的《论文字学》（1967），从批判索绪尔结构主义语言学入手，引出从柏拉图、亚里士多德到海德格尔、索绪尔的整个西方形而上思辨哲学系统都建立在所谓"逻各斯中心主义"基础之上的结论，认为迄今为止的一切观念形态都局限于一个语言的牢房或概念的牢房之中。按照解构主义者的看法，一切文字符号都没有固定的本体意义，当然也就毫无结构可言，文字的意义只能表现为差异、延宕和扩散。由于文字符号的这一固有特性，文本即令有所谓结构（"客观存在"或人为赋予的），也终将自行解体。

卡勒的《结构主义诗学》所持观点，则与上述三种都不相同。他按照罗兰·巴尔特的定义，将结构主义视为"从现代语言学方法中产生的对各种文化现象和产品进行分析的一种形式"（第3页）。他认为，语言学之所以有助于对其他文化现象的研究，在于它给予我们两条最基本的启示：其一，社会文化现象并不仅仅是物质客体或事件，而是具有意义的客体或事件，因此是符号；其二，它们并不具有固有的本质，而是由一个内部和外部的关系系统界定的。我们因此可以说，"如果人类行为或产品具有某种意义，那么，在这意义的背后就必然存在着一个使该意义成为可能的区别准则和程式的系统"（第 4 页）。卡勒又受结构主义人类学对神话意义研究的启发，吸收了列维-斯特劳斯关于"人类思维的大脑是一种具有结构功能的机制、能为一切在手的素材赋予形式"的观点（第 40 页）。出于这种认识前提，卡勒的结构主义诗学主张，批评的注意力不应该着眼于具体文本，也不应该仅停留在文学传统体系，而必须着眼于读者，具体地说，就是读者的"文学能力"，读者的"阅读行为"（即阐释的过程），以及读者用以理解和阐释文本的一整套约定俗成的程式。卡勒反复强调，"文学作品之所以有了结构和意义，是因为读者以一定的方式阅读它"（第 113 页），而结构主义诗学的目的，就是要揭示并说明隐藏在文学意义背后、使该意义成为可能的理解和阐释程式系统。按照卡勒的这一思路，貌似十分复杂的结构主义诗学的问题，似乎又变得非常简单。但是，卡勒构思的这套结构主义诗学却不尽如人意，与其他任何一种文学批评理论一样，它也不可避免地有其自身的局限，从某种意义上说，甚或是比较严重的缺陷。

前文提到，文学批评的基本使命是阐释和评价文学，而文学理论在指导文学批评的同时，还应该对文学批评本身加以说明和认识。如果我们批评"新批评"以来的文学批评忽略了自身的理论建设是一种片面性，那么，《结构主义诗学》从一开始就为自己确立了一个比较谦卑的目标，宣称结构主义的文学研究"基本上不是一种阐释性的批评"。然而这里必须注意的是，由于卡勒认定文本的意义由读者内化了的阅读和理解程式所决定，因而这就剥夺了文本自身具有意义的可能性，作为文学研究最重要对象的作品也就无形之中降格，甚至被逐出了结构主义的文学研究领域，不能不说这是一种莫大的缺陷。

我们从卡勒对结构主义理论的诸代表人物的分析中看到，结构主义作为一种认识运动和方法论，并不曾放弃对文化现象和文化产品（文学当然也包括在其中）的阐释。诚如卡勒所分析的，他们在自己的研究领域运用语言学模式，试图阐释文化现象和产品自身的意义时，的确造成了种种失误或困难。但是，是否由于这些失误或困难结构主义的文学研究就应该停滞不前呢？诚然，当结构主义诗学仅仅将研究对象局限于读者、阅读行为和阅读理解程式以后，确实取得了理论上的某种自圆其说，但这种自圆其说却是以削弱结构主义本身的激进锋芒为代价的。正是在这里，我们看到，卡勒的结构主义诗学完全承继了康德以降的先验论的认识论立场。

我们知道，由于休谟等怀疑论者将经验哲学推向极端，认定人的思维和演绎逻辑始终无法把握真实生活和经验的本质，因而人们对哲学的目的产生了疑惑。于是，康德试图对主体和客体在认识活动中的作用重新作出解释，使传统哲学所寻求的统一的、同构的认识理想重新得到确认。康德把哲学研究的重点移至认识主体上，他提出："我必须预先假定，在被认识的客体出现之前，我已先行具备一套认识规律，也就是说，这些规律是一种先验的存在。"① 主体先行具备的这些认识规律，不是休谟所认为的那样，是从经验中获得的，而是获得经验的必要条件，它们能把主体所感受到的印象组织成某种有秩序的系统结构。康德在赋予主体以这种结构功能之后，推导出他所谓的思维新方法，即"我们所认识的事物，仅是我们先行置入事物的那部分"②。柯尔律治有诗云，"我们所获取的正是自己施予的"③，不妨作如是观。索绪尔的语言学强调，语言符号的能指与所指之间的关系是一种"人为的"关系，这就切断了人们通常所认为的词语与事物之间的自然联系。按照索绪尔的观点，意义仅局限于一个关系和差异系统的内部，正是这一系统决定了我们的思维和认知活动。很明显，卡勒的结构主义诗学的核心——"文学能力"这一立论，正是与索绪尔乃至康德以来强调主体的先验认识能力的传统一脉相承的。

当然，卡勒并不认为这种文学能力是先天赋予的或超验的，他承认

---

①②康德．纯粹理性批判．1968年纽约版英译本．1968：23.
③　柯尔律治．失意颂//诺顿英国文学选集：第2卷．纽约：西诺顿公司，1986：376.

文学能力是一种后天的训练，是一个人在受教育过程中接触文学，积累了经验，从而掌握了一套阅读文学作品的程式，这个人就是卡勒心目中的"有文学能力"的读者。当这个读者阅读文学作品时，他所内化了的阅读程式就会反过来决定他从文本中得到的文学意义。文本的文学意义是由读者的文学能力（即读者所掌握的阅读文学作品的程式）所决定的。卡勒在《结构主义诗学》中反复强调的这一论点，看起来似乎无懈可击。卡勒为此而反复进行了论证。从理论上说，结构主义语言学已经为一切文化现象和文化产品的意义与隐藏在意义背后的规则系统之间的关系，提供了颇为令人信服的参照模式。因此卡勒可以理直气壮地宣称："在社会和文化现象中，规则与实际行为总有一定的距离，这两者之间的距离就是潜在意义存在的空间"（第 8 页）。从实际生活中说，证明具体行为的意义由某一特定的规则系统决定的例子，更是俯拾皆是。在棋盘上下棋，落子的意义与最后的胜负，显然由下棋的规则所决定；交通信号灯的红、黄、绿三种颜色的意义，当然只存在于既定的交通规则系统之中，离开了规则系统，原先的意义就不复存在；而在语言现象中，某一词语的发音和书写形式之所以能表达一定的意义，那也是因为该词语所在的语言系统使然，同样的发音，同样的书写形式，移至另一种语言系统，原先的意义也就不复存在。按照这样的类比，卡勒的立论似乎完全应该成立。

但是，正是卡勒本人曾正确地告诫读者，索绪尔的二项对立原则的适用性和功能，取决于它所组织的特征必须是同质的特征，"如果那些特征与着手解决的问题无关，二项对立很容易把人引入歧途"（第 15～16 页），因为那样只能引出一种人为的、不自然的类比。卡勒说，如果 A 与 B 的对立和 X 与 Y 的对立相对应，人们可以将两对对立项组成一个四项同类体，A∶B=X∶Y，但这种形式上的匀称并不能保证它们在实质上有任何关联。设使 A 是"黑"，B 是"白"，X 是"男"，Y 是"女"，这四项同类体就毫无意义。按照卡勒自己确定的原则来考察他所作出的上述逻辑推断，人们不得不进一步思考，卡勒所谓的阅读文学作品的程式，能否与弈棋规则系统、交通信号系统乃至语言规则系统等量

— 9

齐观，也作为自成一体的系统看待呢？或者更直截了当地问："文学"是不是一个外延确定的系统结构？

卡勒迫于四项同类体的内在逻辑，当然只好对这个问题作出肯定的回答，把阅读程式视为自成一体的系统。不过，卡勒显然也已经注意到，真要把"文学意义"单独划为自成一体的系统，颇有一定的困难。他承认：

> 既然文学是一种以语言为基础的第二层次上的符号系统，对语言的了解就能使读者在与文学文本的接触中前进一定的距离，但要确切指明文本的理解何时开始取决于读者的有关文学的补充知识，却也许有点困难。但是，划出具体界限的困难却并不会模糊解释一首诗的语言（把一首诗大致翻译成另一种语言）与理解这首诗之间的实实在在的区别。（第114页）

显然，在卡勒的心目中，早已有两种不同的对文本的理解：一种是语言的理解，另一种是文学的理解。两种理解泾渭分明，不容混淆；而一个人掌握语言的过程与文学修养的形成过程似乎也是截然分开的。可是，人们恰好在这里发现，这两种理解非但不清界限，反倒总是互相依存、互相渗透，而且充其量只是一种程度的差别。在这个问题上，卡勒没有作进一步的展开，便匆匆作出了结论。他之所以对语言理解和文学理解的区别持一语带过的回避态度，其实是因为他已完全意识到，一旦后一种意见占了上风，他的结构主义诗学的全部立论——"文学意义"是一种独立的存在的认识假设就会在根本上动摇。

现在，我们只好权且相信卡勒所说，假定确实存在一种纯"文学的"理解，让我们看一看《结构主义诗学》究竟对哪些决定文学意义的阐释程式作了说明。以"抒情诗的诗学"为例，卡勒认为约定俗成的诗歌阐释程式是："诗的非个人性"，"诗的有机整体性"，"诗的主题统一性和顿悟效应"，以及读者在探索"终极意义"时所采用的各种更加"具体的、局部的阐释程式"。卡勒认为，读者在阅读诗歌时，上述阐释程式将表现为读者对诗歌的阅读期待，所读诗歌将按照这些阅读期待呈现出"意义"。至此，人们或许会产生一个更大的困惑：这种以结构主义诗学的名义所"揭示"并"说明"的隐藏在文学意义背后、使该意义成为可能的一套阐释诗歌的程式,实际上不就是人们所熟悉的"新批评"的理解诗歌的原则和阐释方法吗?难怪有批评家提出质疑:卡勒的"关于文学的总体认识",会不会是个"同义大反复"呢?[1]

把结构主义诗学贬为"同义反复",其实是一种误解。卡勒早已有言在先,结构主义诗学的视角是颠倒的,它的研究对象是从已知的文学效应出发,追溯到产生该效应的阐释程式。认识了这一点,我们不妨说,卡勒的《结构主义诗学》采用了"新瓶装旧酒"的办法,的确提供了一个新的视角,使我们有可能把英美文学传统中的一些(不是全部)阐释程式贯穿为一个整体。从这个意义上说,结构主义诗学无疑是对以往阐释批评的一种超越。然而真正需要指出的是,由于卡勒先验地认定存在着一种独立自足的"文学意义",而且,由于他心目中关于"文学"的假设,与先前的"新批评"派和弗莱的观点毫无本质的区别,这样一种封闭的文学观必然就大大缩小了卡勒考察文学阐释程式时的视野,凡是"新批评"垄断英美文坛以来被宣布为"外在的""非文学的"文学研究方法,于是也统统被排斥在他的结构主义诗学的考察范围以外。这种视野上的局限,势必有损于这种结构主义诗学的意义和影响。对于这一批评,卡勒本人或许不会加以否认。《结构主义诗学》问世后的第二年,卡勒曾撰文作过如下的自白:

> 第二次世界大战以后,新批评受到挑战,甚至贬斥,但人们却难以全然置之不理。它的对立面不是怯怯缩缩地回避它的影响,而是根本无法回避,这足以说明它在美国和英国的大学中已占据主宰的地位。尽管它受到种种攻击,尽管它缺乏有组织、有系统的辩护,然而,说新批评在这一时期处于垄断地位,说它对我们的文学批评和教学具有决定性影响,似乎也不为过。无论我们宣布自己具有什么批评倾向,我们都是新批评派,因为摆脱文学作品的自足性、阐述作品统一性以及"细读"的必要性等观念,实在是一件难

---

[1] 伦屈齐亚. 新批评之后. 芝加哥:芝加哥大学出版社,1980:112.

上加难的事情。(着重号系笔者所加)①

卡勒的这段自述,再及时不过地为我们阅读《结构主义诗学》提供了重要的认识背景。明确了这一点,关于结构主义诗学——一种欧陆新观念与英美批评传统的结合,究竟是对传统的超越,还是传统对外来观念的同化,还是二者兼而有之,读者也就不难作出自己的判断了。

一九八八年三月
写于南京

---

① 卡勒.超越阐释.比较文学,1976(28):244//符号的追寻.纽约:康奈尔大学出版社,1981:8.

前　言

　　文学批评的目的是什么？其任务与价值又何在？时下阐释研究的论文专著汗牛充栋，浩若烟海，仅仅阅读有关一位主要作家的评论文字，就是一项令人束手无策的劳动。任何从事文学研究的人，都必须回答以上这些问题，哪怕是为了很好地分派一下自己的时间。他究竟为什么要阅读批评、撰写批评？

　　当然，从一定意义上来说，答案又不言白明：在文学教育过程中，批评既是目的，又是方法；既是自然增长的对某位作家研究的认识高度，又是进行文学训练的手段。但是，如果批评在教育体系中的作用仅仅是解释批评论文专著的数量，那么，它则几乎没有说明这一行为本身的合理性。而那种传统的、对文学教育所作的人文主义的辩护——所谓我们不是为了懂得文学、懂得如何阅读文学，而是为了认识世界、了解如何阐释世界的说法，也未见得能使批评被当作一门独立的学问来看待。

　　如果说文学批评出现某种危机，那无疑是由于众多的评论文学的人当中，极少有人表示对自身的活动进行辩护的愿望或提出了辩护的论点。目下英美批评界的气候对此也负有一定的责任。当年一度成为主要批评形式的着眼于历史的研究，尽管有其种种弊病，却仍不失为一种为文本提供未曾涉及的辅助性信息因而能帮助理解文本的尝试。但是，"新批评"遗留的正统观念，即着眼于"文本本身"，重视接触文本及其产生的阐释的观念，却难以为之辩护。这种内在的或内含的批评，在原则上，即使不是在实践上，只要一首诗的文本和一部《牛津英语辞典》，即可提供比一般读者稍许透彻、深刻的解说。这种阐释批评，既不需要援引至关紧要的特殊知识，也不需要从中引出权威的定评，因此，它充其量只是一种提供理解实例的教学手段，鼓励别人如法炮制而已。不过要知道，人们只需要几个这样的实例就足够了。

那么，关于批评还有什么可说的呢？它还能干什么呢？我在这本书中提出的主张是，为了使批评重新活跃起来，使它从单一的阐释作用中解放出来，为了建立一个理论体系，以证明批评是一门学问，使我们对批评进行辩护时不再有那么多的保留，我们学习借鉴法国结构主义者的著作，也许颇有裨益。这并不是说他们的批评就是一个样板，能够或应该直接输入，我们亦步亦趋地仿效，而是说通过阅读他们的著作，我们可以认识到批评是一门自成体系的学科，了解它所要达到的各种目的。简言之，与他们的著作接触，即使这些著作本身不尽如人意，也能使我们认识到批评可以干点什么。

结构主义使人们看到的那种文学研究，基本上不是一种阐释性的批评；它并不提供一种方法，一旦用于文学作品就能产生迄今未知的新意。与其说它是一种发现或派定意义的批评，毋宁说它是一种旨在确立产生意义的条件的诗学。它将新的注意力投向阅读活动，试图说明我们如何读出文本的意义，说明作为一门学科的文学究竟建立在哪些阐释过程的基础之上。恰如以某种语言说话的人吸收同化了一套复杂的语法，使之能将一串声音或字母读成具有一定意义的句子那样，文学的读者，通过与文学作品的接触，也内省地把握了各种符号程式，从而能够将一串串的句子读作具有形式和意义的一首一首的诗或一部一部的小说。文学研究与具体作品的阅读和讨论不同，它应该致力于理解那些使文学成为文学的程式。此书的主要目的就是要说明，这样一种诗学是如何从结构主义中产生的，它已经取得了哪些成果，它大致会发展成什么形态。

我对这一课题的研究，早在牛津大学当研究生时就已经开始。我选定了《结构主义：语言学模式的发展及其在文学研究中的应用》作为我的博士论文的题目。我希望对当代法国批评的理论基础作一番考察，从而决定究竟哪一种批评是行之有效的。本书虽然是我对那篇论文的扩充、重新组织和改写，但它仍然带有它原先的双重目的的痕迹，这就需要我对所作的一系列的选择作出解释。首先，文学批评中有那么多的著作堪称为"结构主义"，仅仅对它们作一番综合的考察，结果将是一部卷帙浩繁、漫无中心的大书。倘若有人果真要把这许多批评论著组织起来，使之向前发展，那么，确定一个中心，并紧扣住它进行分析，看来要比勾画出一个疆界更为重要。既然语言学对结构主义的影响已经为人所反复强调，既然语言学方法在文学研究中的重要性在法国以及其他国度都已得到普遍公认，我决定就把这一问题作为本书的中心议题。其结果，至少是初始的结果，就是从文学研究与语言学研究的可能关系上对结构主义进行一番评述。

本书的第一部分讨论了语言学方法的范畴和局限，评论了结构主义者试图将语言学模式应用到文学研究上的种种方法。它讨论了语言学能干什么，不能干什么，并试图说明，各种结构主义的方法的相对成功与失败，与它们各自对语言学模式的解释密切相关。

在这一部分，我无意撰写一部叙述语言学影响的历史。一九五〇年，罗兰·巴尔特（Roland Barthes）在亚历山大港接受格雷马斯（A. J. Creimas）的教诲而得到语言学方面的"启蒙"，他在阅读索绪尔（Ferdinand de Saussure）之前就已读过布朗代尔（Viggo Brøndal）的著作，这些无疑都是重要的。可是，若将这些细枝末节的思想传记史实重新编排起来，则会使人们的注意力偏离语言学模式为什么能重新组织文学批评及其合理性何在这一中心议题。然而，由于我专门讨论结构主义，这本书当然也就不可能对语言学在文学研究中的应用作全面的论述，因为，虽然我相信我的结论具有普遍的意义，但我并没有去考虑语言学在结构主义范畴以外的种种应用的可能。

本书的第二部分是我所认为的语言学应用的最佳方案：作为一种样板，让人去联想应该如何组织一种诗学。我先粗略地叙述了文学能力的概念，勾画了各种文学阅读程式和使文学意义归化的过程，然后试图说明结构主义的诗学可能会如何研究抒情诗和小说，或者已经进行了怎样的研究。那些只对结构主义的积极贡献感兴趣的读者也许希望跳过第二章至第五章，集中阅读这一部分。

正是在这一部分，我的既定思路和倾向性表现得最为明显。虽然书中的议论会表明我认为哪些批评著作最有价值，但我并没有对它们逐一分析评价，而只是把它们作为我讨论文学问题的资料来源。此外，我虽然希望自己准确无误地按结构主义者们自己的主张去理解他们，但是我本人却往往并不同意这些主张，而我的讨论也正是这样组织的。如果有人对我把这些批评论著置于它们的作者或许也不能接受的背景之上提出异议，那我只好对他们说，我这么做只是为了使它们增光，而不是给它们抹黑。而无论怎么说，我的这一番重新组合和重新阐释，已经得到这些著作所提出理论的充分论证，尽管我可能对它们有所曲解。

在最后一部分，哪些是结构主义者们提出的建议，哪些是我从结构主义角度考虑文学而产生的想法，哪些是出自其他传统的批评著作却能促成结构主义诗学的东西，我并没有进行系统的区分。由于我所关注的是已然与或然，因而我觉得这样一种模糊的疆界是合理的，我认为仅仅是这种重新组织本身就是结构主义诗论的产物。正如海德格尔（M. Heidegger）所说：

> 作者的思想越伟大——这与他著作的内涵和数量无关——他的学识成果中的非思想（Unthought）就越丰富。所谓非思想，即那种最先萌生、只能通过他的思想去体现的、尚未形成的思想（Not-yet-thought）。

正是由于这一点，结构主义才有可能从其他批评中发现新的长处，并且以新的方式将它们组织起来。

本书中许多素材都在剑桥大学语言学系举办的结构主义和符号学讲座中用过。承蒙该系主任 J. L. M. 屈姆邀请我就这些问题发表讲演，谨在此表示衷心感谢；对出席讲座的听众，由于他们的不同见解、评论和质疑有助于我澄清思想和修改讲稿，也一并致谢。此外，我还应感谢高等师范学校的 J. 博斯盖先生，东安格利亚大学的罗杰·福勒博士，剑桥大学的约翰·豪拉威教授，大学学院的弗兰克·克尔莫德教授，牛津大学的戴维·罗比博士，以及格莱吉诺格现代批评讨论会的组织者，他们邀请我开座谈与热心的听众讨论了上述问题。在本书成书的各个阶段，凡审阅过我的文稿并给予评论者，我都表示由衷的感激，如：让-玛丽·伯诺瓦斯特，A. 德瓦特·卡勒教授，埃利森·费尔利教授，维朗尼卡·福瑞斯特-汤姆森博士，爱伦·杰克逊，弗兰克·克尔莫德教授，考林·麦凯比，菲利普·帕第特博士，以及约翰·路德福特博士。我尤其要感谢我的牛津大学博士论文的审阅人约翰·魏特曼教授和理查德·赛伊斯博士的中肯的批评和建议；感谢斯蒂芬·乌尔曼教授慨然同意对我研究这个看来似乎很成问题的课题进行指导，感谢他使我源源不断地得到种种信息、帮助和友谊。

赛尔汶学院，剑桥
1973 年 6 月

再版序言

《结构主义诗学》一书最初是我 1968—1969 年间提交给牛津大学的博士论文，而当时正赶上法国兴起的结构主义革命。结构主义以符号和结构的理念为中心，声称要对人文、社会科学来一次跨学科的重构。它不仅就意义和文化在未来将以怎样的形式呈现提出了种种问题，而且，对于任何关心文学的人来说，它又就未来的文学研究提出了诸多问题。而这样一种宽泛的对于智性活动的重新配置，将对文学研究产生怎样的影响呢？

1975 年正式出版的《结构主义诗学》，旨在对一系列结构主义的著作进行阐释，从中汲取教益，进而为系统性的文学研究奠定基础。它的目的是建立一套诗学，它是对文学手段、文学程式和策略的一种理解，是对文学作品产生效应的方式的理解。我把"解释学"设为"诗学"的对立面，它是一种阐释活动，其目的就是发现或决定一个文本的意义。

原则上看，这两门学科相对而立：诗学的起点是既定的意义和效应，目的是要理解是什么结构或策略使它们成为可能；而解释学则要论证这意义究竟是什么，或应该是什么。英美新批评将解释学或阐释变成了文学研究的正宗,而我则想论证,除了在文学作品中发现新的且站得住脚的解释之外,文学研究还应该试图去理解作品对读者产生的种种效应(诸如各种各样的意义)是怎么产生的。这与语言学好有一比,后者在方法论上位于结构主义运动的中心,而这个类比之所以至关重要,乃因为它能让我们从方法论角度获得一种明晰。语言学并不是让我们确定语句的真正意义(如向我们展示,我们其实一直弄错了 John is eager to please 这句话真正的意思)。相反,语言学是要识别能使语序对其使用者产生意义或多项意义的规则和程式,也即各种结构。同理,诗学也不是要去确定或发现作品的意义,而是要凸显那些能对文学读者形成意义的文学原理、文学程式和阐释程序。

《结构主义诗学》颇受欢迎,得了个奖,销售也很好。然而,诗学应该成为文学研究目的的想法却没有被普遍接受,所以我们今天就来问一问为什么没有。原因之一大概是诗学比较难。比方说,对《包法利夫人》做出一种阐释,就比谈谈我们为什么能识别反讽要来得容易。另一个原因是,人们一般都关心文学作品说了点什么,因而对读者来说,他们自然就会下功夫去找出这些作品的意义。不过这两个原因都不是决定性的。人们经常为哲学所吸引,多出于想了解哲学著作对于生命的意义会有什么说法的兴趣,但是,这也并不妨碍作为一门学科的哲学除追寻那个意义之外还有什么别的目的。

但即将出现的诗学有点生不逢时,因为就在美国要接受结构主义的当口,它与新近萌生很快就被称为"后结构主义"的思潮搅合到了一起,而后者则最好被理解为是对结构主义的系统化野心的一种批判,或至少也是对认为可以获得一种包罗万象(包括意义和文化)的科学这一想法的批判。现在回过头去看,结构主义因其本身的程序宣示中就有要成为科学的目的,于是注定要衰落(罗兰·巴尔特就特别喜欢把这个那个称为新的科学),也正因为如此,对于文学和文化有成为真的科学的可能性的批判,似乎就是要让结构主义名声扫地。实际上,也没什么人真想把对于诗学观念的批判作为文学研究的一个目的,而很多人都急于要争论,认为一种全面把控文学和文化的生产、表现或交流的科学是不可能的，而伴随着这种科学想法的失败，诗学的目的也就隐退了。

我觉得，这一历史效应已然是建立在一种误解之上，因为法语中的"科学"（与德语"Wissenschaft"一样），意为系统性的思考，而不像在英语中，是一种经验性和实验性的活动，而英美对所谓"关于文学的科学"的怀疑（该术语本身有点像修辞学中的矛盾修饰语 oxymoron），则是建立在现代英语中科学的意义之上。但诗学并不需要与科学相关联。可以这么认为，为了构想出文学作品，诗人或小说家必须先行具备某些内化于心的东西，而诗学就是为理解这些东西所作的努力。

进而言之，经常被视为对结构主义的批判，诸如认为一种包罗万象的科学是不可能的种种论点，倒是恰好回应了结构主义者们自己的滔滔宏论。而那些提倡诗学或叙述学的，如罗兰·巴尔特，还有杰哈德·热奈特等，他们非但不认为小说作品通过一套规则就能得到解释，反倒对小说违背既定的程式而获得效应倍感兴趣。于是他们不再讨论那些中规中矩、叙述连贯的小说，而讨论诸如法国新小说之类，那种颠覆读者对于情节、人物、叙事视角的期待的小说，或者像普鲁斯特《追忆逝水年华》那样的小说，它开创了一种或可称作"看似迭代重复的"叙述体，一种介乎两种叙述形式的中间体：一种是只盯着某一个事件的叙述，另一种则是对一个不断重复发生的事件的叙述。巴尔特和热奈特等人不仅没有提出一种能对他们所举实例加以解释和说明的科学，反而将这样一种对于文学的系统的解释作为背景，用来反衬并让读者理解他们所选文学作品中那些凸显出的异常因素，而正是这些因素构成了文学作品更为出彩的部分。

就罗兰·巴尔特本人而言，他在《批评与真理》中对"文学批评"和"关于文学的科学"做了区分，前者旨在探寻意义，后者则试图理解意义是如何产生的。而在《S/Z》一书中，他对文学作品赖以安身立命的代码（codes）做了全面系统的分析，他的论点是，若想将一种叙述转化成一个写作配方（a formula）或一个模式（a model），分析者弄得不好就会把文本自身的"差异性"搞模糊了，而这里所谓的差异，并非个性化的本质属性，而是与其自身不同的一种差异，一种能够逃脱执意要捕获它的语言陈述的能力。人们也许会说,这种对于文学科学目的性的批判,正在伴随着那些最为有趣且最具生产力的结构主义思想家的科学工程,它亦步亦趋地踩着步点,并呈现出它的科学脉动,当然它首先要做的,还是使各种可能性的条件得以显化,尤其是当它的表现对象试图回避这些条件或与这些条件相对抗的时候。

最后,说一说文学的系统性表述不可能的问题。必须强调,说这样一个工程或这样一个构想不可能,绝不是要将它放弃的理由。如果说正义或真正的民主是不可能的,我们于是就放弃了对正义和民主的追求,那我们将落到怎样的田地?所以诗学也一样。我们使用各种概念术语来认识文学的本质,但这些概念术语总是无法将它框定,不是这里不足,就是那里又发生了变化,但即便这种本质或许最终无法把握,我们也并不因此就会轻易放弃对它的理解。

为此,我必须说,《结构主义诗学》致力于传达这样一种诗学理念,即使它的基本目标今天还能站得住,文学研究的变化也定会为以下各章节带来一个不同的特点。二十一世纪的读者或许会发现,第一章"语言学基础"和第五章"批评中的语言学比喻",要比二十五年前显得古怪,因为那时候,关于语言学和文学研究关系的讨论正同步进行。而今天,语言学已不再是文学和文化研究讨论的一部分,所以这些问题只要随机翻翻即可。第三章和第四章是对罗曼·雅各布森、A.J.格雷马斯著作的讨论,带点争议性,今天看来似已不太合乎时宜,不过当时对这两位用语言学方法处理文学的主要代表人物讨论一下,还是非常必要的,但读者如果愿意的话,或可以直接跳到此书的第二部分——"诗学",即结构主义诗学的正文部分。

谈及"文学能力"这个诗学试图加以厘清的概念,我是从诺姆·乔姆斯基那里借来了一个术语,他曾将语言学描述成为了建构一种反映语言能力的外在模式而作出的努力,是语言使用者内化于心的一种对语言的掌握。在关于《结构主义诗学》的评论和后来的讨论中,"文学能力"的概念经常受到批评——大致是认为它设定了存在着一种恰当的(胜任的)阅读文学的方式,但实际上,这个概念并不附带任何这样的预设。

倘若在我们这个社会里，文学学科亦即阅读文学的约定俗成方式是读者可以用不同的方式解读作品，那就说明文学能力的确是个事实，而分析者的任务就是将其中所包含的读者赖以作出各种推断的运作过程显化出来。唯一的预设就是这里包含着一个学习的问题，要阅读文学，那就与学习一种语言一样——读者的确是具备了两组类别系统和运作规程，这样就产生了需要给予描述的——你就称之为"能力"吧。

在第十章"'超越'结构主义"里，我批评了后被称为"后结构主义"的结构主义，集中讨论了雅克·德里达、朱丽娅·克里斯蒂娃以及其他与《如是》杂志相关的理论家们的一些论文。我写《结构主义诗学》时，对德里达知之甚少，他那时还没成为不久以后那样的文化核心人物（远不像巴尔特那样声名卓著）。若想更多知道德里达，可以读我写的《论解构：结构主义之后的理论与批评》（也由劳德里奇和康奈尔大学出版社出版）。实际上，尽管我当时对德里达著作的重要性理解不够，我仍幸运地避免了一些严重的失误和错误的表达，我的确对德里达的批判著作与其他几位思想家的做了区分，对德里达我是非常认真的，而其他的几位，我觉得他们经常被人误判了。在这一点上，毫无疑问我是走运而非明智，而不管怎么说，这方面我没有必要再作什么修改。

我觉得需要修改的——在这里，即当我今天重读《结构主义诗学》时，对我打击最为沉重的一点——就是我的性别歧视语言。每每提及"作家""分析家""文学批评家"，甚至"读者"，一律都是男性的"他"（"he"）。我提问时，都是"男人们"（"men"）如何向他们周边的客体注入意义，等等。

起初，我是想对这些代词及其他表述做些改动，但它们比比皆是，几乎全书每一个段落都需要重写，将单数改为复数。用"she"全部替换"he"并提醒自己注意这个问题，其实仍还是不够的。所以我只好一切保留原样，并在这里说上一句，当年在女性主义萌生之前，我们写的东西都这样。在二十一世纪初的今天，这样的语言或许会稍稍引起惊诧或不快，但这不啻是我们业已取得的进步的标志，尽管这进步现已视为当然，而另一方面尤其应该强调的是，它也是语言和话语程式之力量的见证。我希望,当读者看到男性代词的统称而感到厌烦的时候,他们也别仅为自己能生活在一个更为开明的时代而暗自庆幸,是否也应该想一想,话语程式在创造我们能在其中进行阅读的世界时,它们是多么的强大。结构主义和《结构主义诗学》最重要的一点,谈的就是关于这些程式以及它们寻求的关注模式所具有的一种构成之力。

伊萨卡,纽约州

2002 年 5 月

目 录

第一部分 结构主义和语言学模式

第一章 语言学基础 …………………………………… 3
第二章 一种方法的形成：实例二则 …………………… 37
第三章 雅各布森的诗学分析 …………………………… 63
第四章 格雷马斯和结构语义学 ………………………… 87
第五章 批评中的语言学比喻 …………………………… 111

第二部分 诗 学

第六章 文学能力 ………………………………………… 131
第七章 程式与归化 ……………………………………… 151
第八章 抒情诗的诗学 …………………………………… 187
第九章 小说的诗学 ……………………………………… 225

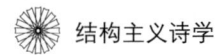

第三部分 前 景

第十章 "超越"结构主义：《如是》 ……………………… 283
第十一章 结论：结构主义和文学的性质 ………………… 297
参考文献 ……………………………………………………… 308

第一部分　结构主义和语言学模式

第一章　语言学基础

无限中的一切都在对某个人说道点什么。

——雨果

只考察结构主义一词的用法并不能界定结构主义，那只会令人感到绝望。当然，也许因为这个术语的生命力已经远远超出了它的用途。自称是结构主义者，这本身就是一种论战者的姿态，一种引人注目、使自己跻身于有重要著作者的行列的方式，倘若以学术眼光对这种姿态进行一番认真的研究，那么，被称为"结构主义"的一切普通特征，又真是普通得不能再普通了。例如，人们从让·皮亚杰（Jean Piaget）的《结构主义》（*Le Structuralisme*）中，就能得出这样的结论。这部著作表明，数学、逻辑学、物理学、生物学，以及所有的社会科学，早在列维-斯特劳斯之前就已经在考虑结构，并在实践所谓的"结构主义"了。可是，这个术语的这种用法却又使一个重要事实不得解释：为什么法国的结构主义会令人觉得新鲜和激动不已呢？即使认为由于它是巴黎的又一种时髦货吧，但殊不知仅此一点已足以说明它具有醒目的、与众不同的特点，并为我们假设在某个地方存在着某种分明是结构主义的东西提供了看似有道理的理由。因此，我们非但不必因这一术语的意义含混不清而摒弃不用，相反，如果让它在意义连贯的陈述中作为以某几位主要人物为中心的、一个特定的思想运动的称谓发挥作用，那么我们倒真的应该去确定究竟赋予它以怎样的意义才是。在我所提及的几位主要人物中，就文学研究领域而言，罗兰·巴尔特（Roland Barthes，1915—1980）是一位主将。

巴尔特本人"依照最专门化因此也是最贴切的说法"，曾将结构主义界定为从当代语言学方法中引出的、对各种文化现象的分析法。("Science versus Literature"，p.897)这一观点可以援引结构主义的论文为证，例如列维-斯特劳斯（Claude Lévi-Strauss，1908—2009）的筚路蓝缕之文《关于语言学和人类学的结构主义分析》[①]，论证了人类学家可以学习语言学家的榜样，在自己的学科里重新掀起一场"音韵学革命"。这一观点也可以从结构主义严肃而有力的对立面那里得到反证。保罗·利科（Paul Ricoeur，1913—2005）宣称，若要攻击结构主义，就必须集中讨论它的语言学的基础（*Le Conflit des interprétations*，p.80）。语言学并不仅仅是激发灵感的动力和源泉，而是一种将结构主义原本各行其是的种种设想统一起来的方法论的模式。巴尔特写道，符号示义研究是我当务之急，"我已进行一系列的结构分析，其目的都是确定若干种非语言性的'语言'"（*Essais critiques*，p.155）。他继续这项工作，也旨在分析各种像语言一样的实践活动。

再说，这一定义的优点远不止于此，它又提出几个十分明显的问题：当代语言学的方法为什么会适合于其他社会文化现象的分析？哪些方法是适当的？把语言学作为模式后的效果是什么？它能带来什么样的结果？若要讨论结构主义，我们必须确定这样运用语言学的成功希望和局限两个方面，尤其是后者，正如巴尔特所说，弄清楚语言学模式的局限性倒并不是出于谨慎，而是为了识别"所追求的中心点"。可是，除了这个向心性以外，结构主义者并没有提供关于运用语言学的令人满意的说明，而这正是这本书试图达到的目的之一。

[①] 引自列维-斯特劳斯《结构主义人类学》，该文 1945 年在《词语》上发表。

第一章　语言学基础

在研究其他文化现象时，语言学或许能有所裨益，这一想法建立在两个基本认识的基础之上：首先，社会文化现象并非简单的物质客体和事件，而是具有意义的客体和事件，因此是符号；其次，它们并不具有本质，而是由内部和外部一系列关系构成的系统所界定的。强调这两方面的任何一方都可以——例如，要按照这样的说法，我们才可能对符号学和结构主义加以区别，但实际上两者是不可分割的，因为如果要研究符号，那就必须考察使意义得以产生的关系系统，反之，我们也只有在把研究对象当作符号看待时，才能确定这些研究对象之间哪些是相关的关系。

所以，结构主义首先建立在这样一种认识基础之上：如果人的行为或产物具有某种意义，那么其中必有一套使这一意义成为可能的区别特征和程式的系统。以婚姻仪式或足球比赛为例，对于在他的文化形态中不存在这些东西的观察者来说，他能对这些行为作一番客观的描述，然而他却不能把握其中的意义，因此也就不能将它们当作社会现象或文化现象来对待。这些行为只在与一套约定俗成的习俗联系时才有意义。你可以把球踢进任何两根立竿之间，但你只有置于某种规则系统之中才能得分。正如列维-斯特劳斯在《马赛尔·摩斯著作引言》("Introduction à l'œuvre de Marcel Mauss") 中所指出的，"个人的具体行为本身绝无象征意义；它们只是构成象征系统的因素，它们必须是集体性的"[①] (p. xvi)。任何行为或事物的意义均由一整套基本规则系统决定：这些规则与其说调节行为，不如说创造行为的具体形式的可能性。英语规则使一连串的声音产生意义，它们使人可能说出符合语法或不符合语法的语句。同样，各种社会规矩使人能够结婚、得分、写诗、行为不礼貌等。正是在这种意义上，我们说文化是由一套象征系统构成的。

当我们不是把物质现象而是把有意义的人造物或事件当作研究对象时，种种现象的说明其特性的品质便成为它们所由以产生的象征系统内相互区别并具有意义的特征了。对象本身就有结构，而且被它在结构系

[①] 摩斯. 社会学和人类学. 巴黎：巴黎大学出版社，1950.——译者注

统中所处的位置界定，由此也就产生了所谓"结构主义"的倾向。

可是，为什么研究某个具体而独特系统的语言学能为考察任何的象征系统提供方法呢？费尔迪南·德·索绪尔（Ferdinand de Saussure, 1857—1913）考虑了这个问题后，提出了一种"符号学"的假设，一种关于符号的科学。这种科学当时并不存在，但正如他所说，它的位置已提前得到确定。当礼仪与习俗被看作符号时，它们呈现出新的意义，而语言学，据他说，就是给人以启发的源泉，是"整个符号学的总监护人"。在非语言符号的研究中，一直存在一种将意义视为它们的自然属性的危险；只有对它们的观察保持某种距离时，才会发现它们的意义其实不过是文化的产物，是共同的认识前提和规约的结果。而在语言符号研究中，约定俗成或"人为的"基础是显而易见的。所以，以语言学作为一个模式，就可以避免那种大家所易犯的错误——以为对使用符号者来说，符号是自然的，都有其内在的意义而无须任何解释。研究蕴含在语言现象中规则系统的语言学，在本质上将迫使分析者注意他所研究现象的规约性基础。(Saussure, *Cours de Linguistique générale*, pp. 33 - 35 and 100 - 101)

说结构主义和符号学是一回事，这并没有错。这两个术语并存，部分原因是历史的巧合，仿佛每一学科最初都从结构主义语言学里吸收了某些概念和方法，形成了一种结构分析，只是在这时我们才意识到它已变为索绪尔所设想的符号学的一个分支。这样，列维-斯特劳斯在他关于语言学和人类学的结构分析确立了他所命名的结构主义十五年之后，他借荣升法兰西学院院士的机会，将人类学确定为"符号学领域的真正占有者"，并称颂索绪尔预见到他的结论。① (Lévi-Strauss, *Leçon inaugurale*, pp. 14 - 15)由于我无意撰写结构主义发展史，这些术语变化无关紧要，又由于我所关心的只是语言学模式的作用与效果，因此也就无须区分它们各自所属的标题。倘若我决定谈论"结构主义"，而不是"符号学"，那倒并不是我有意要将两者区别开来，只是因为"结构主义"局限于范围有限的一群法国理论家和实践家的著作，而"符号学"

---

① 列维-斯特劳斯. 就职讲演. 巴黎：法兰西学院，1960. 英译本为：人类学的范畴. 凯普出版社，1967. ——译者注

则可以指任何研究符号的著作。

提出最好将各种文化系统看作"语言"的主张,意思是用语言学的术语对它们进行讨论,按语言学家的方法对它们进行分析,可以更好地理解它们。实际上,结构主义者认为有用的概念和方法,其范围是相当有限的,他们当中只有五六位语言学家可以称得上发挥了原创性影响的人物。第一位当然是费尔迪南·德·索绪尔,他在纷繁无序的语言现象中艰苦跋涉,终于认识到只有划出一个合适的部分作为研究的对象,研究才能取得进展,于是,他将言语行为(la parole)与语言系统(la langue)区别开来。后者才是语言学研究的主要对象。按照索绪尔的做法,注意力集中于语言系统,布拉格语言学小组的成员们,尤其是雅各布森(R. Jakobson, 1896—1982)与特鲁别茨柯依(N. Trubetzkoy, 1890—1938)实现了列维-斯特劳斯所谓的"音位学革命",为后来的结构主义者提供了最明确的语言学方法的模式。特鲁别茨柯依把实际语音研究(phonetics)与对某一特定语言中具有功能作用的语音的考察即音位学(phonology)相区别,提出"音位学应考察所研究语言中哪些音素差异与意义差异有关,这些差异性因素或标记之间是如何联系的,以及它们按照何种规则构成字和词"(Trubetzkoy, *Principes de phonologie*, pp. 11—12)的论点。对于结构主义者来说,音位学至关重要,因为它体现了人所熟知的现象的系统性本质,对系统和系统的实现作出区别,它所关注的不是个别现象的实际特征,而是按相互关系界定的抽象的差异特征。

耶姆斯列夫(Louis Hjelmslev, 1899—1965)及哥本哈根学派甚而更强调语言系统的形式本质:从原则上说,对一种语言的描述,无须涉及实现语言基本要素的语音或书形。但耶姆斯列夫的影响也许主要得力于他的"语符学"(glossematics),它为一切旨在科学化的人文学科提供了一个理论框架。"按说这样一个命题基本上是可以成立的——任何过程都有一个与之相对应的系统,按照这个系统,人们可以用有限的逻辑前提对其中的过程进行分析和描述。"(Hjelmslev, *Prolegomena to a Theory of Language*, p. 9)这一命题成为结构主义方法论的一个座

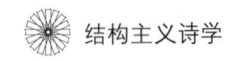

右铭。

埃米尔·本维尼斯特（Emile Benveniste，1902—1976）是另一位颇具影响的人物。尽管他的《普通语言学问题》直到 1966 年才发表，但书中所收集的文章却早已被公认为人所共知、对众多语言学问题的精辟分析。他不仅为结构主义者提供了有关符号、语言学的层次和关系等透彻的论述，他对一些亚体系的分析，例如人称代词和动词时态，也都被结构主义者直接吸收进文学问题的讨论。

最后，应该谈一谈诺姆·乔姆斯基（Noam Chomsky，1928—　）。尽管某些结构主义者在他们的后期著作中采用了他的某些术语，生成语法学在结构主义的发展过程中却没有发挥什么作用。它所提供的是一种颇具示范性的方法论的陈述，在我们的讨论中，它的重要性和明晰的示范性正是在这里。易言之，乔姆斯基的语言理论能使我们了解结构主义语言学家究竟在干什么，他们的实践有何意义，他们对自己学科所作的叙述为什么会引起误解或令人感到不足。虽然，在语言学本身的范围内，乔姆斯基与其前人之间的不同非常重要，但是，从一般原理的角度看，乔姆斯基的著作，对那些希望把语言学当作模式运用到其他领域的人来说，可作为对隐含于语言学这一学科中的系统程序的揭示，而在他之前，这一点始终未曾得到恰当的或条理清晰的表述。在下文的讨论中如果提到乔姆斯基，那并不是指他在哪些具体问题上影响了结构主义者，而只是为使结构主义者所采纳的"语言学模式"中的基本概念和分析程序得以澄清。

语言，言语

索绪尔把语言（langue）从言语（parole）中分出，这成为现代语言学的基本特征，而且对于其他领域中结构主义的发展也极为重要。前者是一个系统，一种体制，一套人际关系中的准则和规范，而后者则是这个系统在口语和书面语中实际的体现。当然，一般很容易将系统与系统的各种体现相混淆，以为英语就是一串英国话。学习英语并不是记住一串语句，而是掌握一套准则和规范的系统，这才有可能理解和运用语句。懂英语就是吸收同化了这个语言系统。语言学家不是为了这些语句自身而去研究它们，他之所以感兴趣，只是因为它们提供了证据，揭示出作为英语语言这一潜在系统的本质。

究竟什么属于语言，什么属于言语，在语言学内部也有各种不同的看法。例如，叙述语言系统是否要具体说明将两个音素加以区别的听觉与发声的特点（〔p〕为"清音"，〔b〕为"浊音"）？这种"浊音"与"清音"，是否应看作在那种语言中，表现于言语方面的纯形式的、抽象的特点？诸如此类的争论结构主义者并不关心，当然，如果它们能说明结构可以在不同的抽象层次上得到界定，那则是例外。[①] 结构主义者关心的只是被语言与言语的区别掩盖了的一对不同点：规则与行为、功能性与非功能性之间的区别。

规则与行为的区别对涉及意义的产生和交流的任何研究都至关重要。为了考察实际事件，我们可以制定直接从行为中归纳出来的法则，可是，在社会现象和文化现象的研究中，规则与实际行为总有一定的距离，这两者之间的距离就是潜在意义存在的空间。例如，实行"本俱乐部成员不踩石板道的裂缝"这条很简单的规则，在一定情况下便决定人的行为，而且不容置疑地决定意义：脚放在石板道上这一原先并无意义的动作，现在却表示遵守或违犯规则，而且反映了对于俱乐部及其权威性的态度。在社会和文化系统中，具体的行为往往会与规范发生相当大的偏移，但这并不影响规范的存在。实际生活中许多诺言并没有被遵守，但在道德观念的系统中，应该遵守诺言的规矩依然存在；显然，如果一个人从不遵守诺言，人们则会怀疑他是否懂得允诺的规矩，是否吸收内化了这方面的规则。

在语言学方面，乔姆斯基关于"能力"（competence）和"表现"（performance）的术语，对规则与行为的区别作了最佳表述，这一对术

---

① 参见斯宾思（N. C. W. Spence）《反复提出的老问题：关于语言与言语》。

语与"语言"和"言语"正好对应。由于种种原因,实际的表现并不是能力的直接反映。英语语言并不因其具体表现而穷尽。它还包含迄今为止从未说出过的潜在语句,而这些语句则能呈现英语的意义和语法结构;对于一个学会了英语的人来说,由于他有理解从未接触过的语句的能力,因而他就具备了一种超出其语言表现的语言能力。此外,语言表现又会偏离语言能力:由于思想偶然发生了变化,或故意为达到某种特殊的效果,他可能会说出一些不合语法的句子,如果将这些语句重复一遍,人们会发现它们是违反语法的。语言能力表现为对于具体语句的判断,或表现为故意违反规则以达到某种效果。

对语言或语言能力的描述,是通过一套规则或规范系统,将那些在这个语言系统中运用自如者所无意习得的知识,给予明确的再现。他们无须意识到这些规则,而且在大多数情况下,他们也的确并不会意识到这些规则,因为真正掌握语言能力,通常意味着对这些规则的直觉的把握,在产生行为和理解的过程中,这些规则并不显现。可是,这并不等于说规则就不存在:掌握意味着一种系统化的能力。有经验的守林人无法解释为什么他远远一望,就能区别不同的树类,但是,由于他并不是瞎猜,他的这种能力原则上就可以说是运用了一定数量的功能性变量的系统程序。

虽然语言规则可以是无意识的,但人们却能感觉到它们的存在:就语言而言,它们表现为说话者理解语句、识别符合语法或偏离语法的句子、发现含混的歧义、理解句子之间的意义关系等方面的能力。语言学家希望建构一套规则系统,并通过再现这一系统的具体形式对它作出解释。这样,具体语句对于语言学家的作用就非常有限了。这一点非常重要。现存的一些语句其实无关紧要,重要的是,他还需要知道这些句子对这种语言的使用者究竟有什么意义,它们是否组合正确,意义是否含混,果真这样,又以什么形式出现,什么样的变化会改变它们的含义或使它们不合语法。语言学家所考察的能力不是行为本身,而是产生那种行为的知识。如若其他学科也要按与此相类似的方式发展,那么它们必须挑出一组事实加以解释,即把所考察的知识的某些方面划分出来,然后决定应该拟出哪些规则或程式才能对它们作出解释。

在语言和言语的区别中所包含的第二项基本准则是功能性与非功能性的对立。如果请年龄、性别、籍贯不同的人说同一句话"The cat is on the mat"（垫子上有一只猫），他们的实际发音将有很大差别，可是这些差别在英语语言系统中却是非功能性的，它们不会使句子有所变化。他们所说出的句子，无论声音多么不同，都只是一句英语句子的自由变化。但是假如其中有人以一种特别的方式改变了发音，说"The hat is on the mat"（垫子上有一顶帽子），〔k〕与〔h〕的区别就是功能性的，它产生了具有不同意义的另一个句子。描述一种语言的语音系统，必须具体说明究竟哪些是功能性的区别，它们在语言中运用时是如何区别符号的。

语言和言语在这方面的区别，可以贴切地用来说明任何一种涉及物质对象的社会化应用的学科。因为在这种情形下，人们必须对物质对象本身，与决定物质对象的类属、使之产生意义的功能性区别特征系统加以区别。特鲁别茨柯依将人类文化学中的服饰研究视为与描述语音系统相仿的一种活动。（Trubetzkoy, *Principes de phonologie*, p. 19）对于穿着者非常重要的许多衣饰特点，对于人类文化学者却没有什么意义，他只关心那些具有社会意义的特点。在一种文化的时装系统中，裙摆的长度可能是很重要的一点区别，然而裙服的面料却未必重要。色调的明暗一般具有社会意义，然而深蓝与深褐的区别却没有。人类文化学者将那些使衣饰成为符号的特征分离出来，设法将那些被社会成员吸收同化的特点和规范重新构成一个系统。

关　　系

为了架构深层系统，必须将功能性与非功能性加以区别，此时，我们的兴趣所在不是个别对象或行为的性质，而是它们之间的差异，系统所强调的正是这些差异，并赋予它们意义。由此产生了语言学的第二条基本原则：语言是一个由各种关系和对立构成的系统，其成分必须按形式上的区别加以界定。对于列维-斯特劳斯来说，"音位学革命"最重要的启示之一就是它不承认关系项是独立实体存在，它的注意力集中在它们之间的关系上。（Lévi-Strauss, *Anthropologie Structurale*, p. 40）索绪尔对此说得更加明确："在语言中只有无肯定项的差异。"（Saussure, *Cours*, p. 166）语言单元不是肯定的实体，而只是一连串差异的交点，宛若数学上的点，其本身不具有内容，而只是被与其他点的关系所界定。

这样，在索绪尔看来，一个语言单元的两次重复的同一性（相同音素或词素的两次重复）不是一种实质上的同一性，而只是形式上的同一性。这是他提出的最为重要而且影响最大的一条原则，当然也最难被人们掌握。为了说明这一点，他举例说，我们以为每天晚上8：25从日内瓦开往巴黎的快车总是同一列车，尽管列车的机车、车厢和乘务人员可能不同。其原因在于8：25客车不是一种实质，而只是一种形式，它是由它与其他客车的关系界定的。即使它晚发车二十分钟，只要它与7：25和9：25的客车的差异存在，它就仍然是8：25客车。虽然我们除了按照它的实际表征以外无法想象这列客车，然而，它作为一种社会的和心理的事实的同一性，却是不以那些表征为转移的。（同上，第151页）同样，试看从书面语言系统中举出的例子。我们可以用各种各样的办法书写t这个字母，只要它的辨认价值保持就行。这里并没有什么肯定的实质可以界定它；主要的条件只不过使它能与容易混淆的一些字母区别开来，例如l, f, b, i, k。

相互关系上的同一性的概念，对各种社会和文化现象的符号学的或结构的分析至关重要，因为如果要制定这个系统中的各种规则，我们就必须将规则赖以发挥作用的各个单元裁齐划一，这样就必须发现什么时候两个对象或行为能够看作同一单元的重复表现。这一点至关重要，还因为它体现了与历史同一性或演变同一性概念的决裂。组成具体某一天8：25日内瓦—巴黎快车的机车和车厢，或许是数小时以前的4：50伯尔尼—日内瓦快车，但是，这种历史和物质的同一性却与列车运行系统无关。无论 8：25 客车的历史由来怎么变化，它在整个系统中的地位都不变。从语言角度看，我们也许应该同意索绪尔所说，在架构深层系统时，有意义的关系只是系统在特定时刻运行时，能在其中发挥作用的那些关系。具体的单元与其历史存在之间毫不相干，因为它们并不能将这些单元界定为这个系统的构成成分。语言的共时研究（synchronic study）是把语言系统作为一个功能性整体重新加以架构，我们甚至可以说，是为了确定某一片刻对英语的了解中究竟包含了什么；而语言的历时研究（diachronic study），则是为了追溯各个成分在各个发展阶段的历史演变。两者必须截然分开，否则历时研究的观点会窜改歪曲我们的共时描述。例如，就历史演变而言，法语中名词 pas（步）与否定副词 pas 同源，但在现代法语中，这一关系并不起作用，这是两个不同的词，起着不同的作用。如果把这一历史同一性吸收进语法，就会窜改相互关系上的同一性，歪曲在当今使用的语言中各个词语的价值。语言是由互相关联的单位组成的系统，这些单位的价值和本质是由它们在系统中的位置，而不是由它们自己的历史界定的。

如果语言是由各种关系组成的系统，那么，这些关系又是什么呢？请看 bed 一词。该词语音表现所反映出的同一性，首先决定于它的语音结构与其他词，如 bread，bled，bend，abed，deb 的语音结构方面的差异。此外，构成该词的音素本身就是若干组分辨特征：其元音可以各种形式发出，只要它能与 bad，bud，bid，bade 中的元音相区别就行；其辅音则必须与 bet，beg，bell，fed，led，red，wed 等相区别。从另一个层次上说，bed 又是由它与其他词语的关系界定的：那些与它相异的词语，它们可以在各种语境中替代它（如 table，chair，floor，ground 等），或可以与它在一起合成意群（如 the，a，soft，is，low，occupied 等）。最后，它与更高一层的成分的关系：既可以充当一个名词短语的首词，也可以充当一个语句的主语或宾语。

上述关系可以分为两类。如本维尼斯特所说，"同一层次成分之间的关系为分配性关系（distributional）；不同层次成分之间的关系为综合性关系（integrative）"（Benveniste, *Problèmes de Linguistique* générale, p.124）。后者为界定语言单元提供了最为重要的标准。语音特征由自身创造音素和区别音素的能力统一起来，构成位于它们上一层的单元。音素之所以能被辨认，是由于它们发挥了充当词素成分的作用；而词素得以区别，则是由于它们有进入并完成更高层语法结构的能力。本维尼斯特因而进一步界定了一个单元的形式和意义：前者为低层次成分的组合；后者为与高一层次单元综合的能力。句子是最大的单元，其形式就是它的构成结构。这些构成成分的"意义"是它们对句子所作出的贡献——作为构成成分的作用——而它们的形式又是它们本身的构成结构。我们虽然并不需要假设其他的系统在层次的数量和本质上都与语言对应，然而结构主义的分析却的确假设大的单元可能分解为构成成分，直至最终达到呈现出最小的功能性特征的层次。当然，所谓一个层次上的单元可以按其综合能力辨认，而这一能力就是它们的意义的概念，在文学批评中具有一种直觉的确定性，因为在文学批评中，细节的意义就是它在一个更大的格局中所起的作用。

为了显示某一成分的综合能力，就必须界定它与同一层次上其他单元之间的关系。这种分配性关系也可以分为两类。横组合关系（syntagmatic）影响组合的可能性，两个单元可能是互动或非互动关系，也可能是相容或不相容关系。纵组合关系（paradigmatic）决定置换的可能性，在对一个系统进行分析时尤为重要。语言成分的意义取决于它与语序中可能填补同一空缺的其他语言成分之间的差异。我们不妨以索绪尔所举的例子加以说明：虽然法语口语中的 mouton[①] 与英语中的 sheep[②] 有时可以表示同义，如英语 There's a sheep 与法语 Voilà un mouton 就是同义语，但是，这两个词在各自的语言系统中却有不同的价值。在英语中 sheep 与 mutton 有别，然而法语中的 mouton 却并不受相应区分的界定。我们对任何系统进行分析，都需要具体弄清纵组合关系（功能性差异）和横组合关系（组合的可能性）。

尽管关系在分析语言系统时非常重要，然而人们对如下这个一再被

[①] mouton，法语中既指"羊"，又指"羊肉"。——译者注
[②] sheep，英语中仅指"羊"，"羊肉"为"mutton"。——译者注

第一章　语言学基础

强调的论点总持某种怀疑的态度，这个论点最初由索绪尔提出。他认为语言是一个系统，在这个系统中"一切都是相互关联的"，即一切事物均与其他事物有着不可解脱的连带关系。耶姆斯列夫承认，这一"著名的准则——据此而认为一个语言系统中一切都相互关联，往往被运用得太刻板、太机械、太绝对了"（Hjelmslev, *Essais Linguistiques*, p.114）。但是，这的确是一条绝对的准则；而且按照奥斯渥尔德·杜克洛特（Oswald Ducrot）的看法，对语言系统性作如此绝对的肯定也许能掩饰由于无法发现系统而产生的绝望心理。（"Le structuralisme en linguistique", p.59）列维-斯特劳斯这样的结构主义者，深受索绪尔的论断的吸引，提出：结构主义的分析应揭示一个由各种成分构成的系统，而"其中任何一个成分的调整都将引起所有其他成分的调整"，并以此作为实行这一方法的基本前提。当他们这样做的时候，他们的眼光已投向语言学研究本身也未尝实现的目标。① 如果英语中摒弃 mutton 一词，那么，立刻就会出现一系列的调整：sheep 一词的价值将发生很大的变化；beef（牛肉），pork（猪肉），veal（小牛肉）等词意，都将由于它们同类中缺少了一员而发生些许异常；sheep 一词即使增添了新意，The sheep is too hot to eat 究竟是什么意思也将变得含混②。不过，语言的大部区域倒也不至于受到明显的影响。语言学的例子并不一定让人联想到每一个系统都是完全稳固的。关系的重要性只表现在它们所能给予解释的那些方面：产生意义的差别，可行或不可行的组合。

　　其实，结构主义分析中最重要的关系又极其简单：二项对立。语言学的模式也许还有其他的作用，然而有一点却是确凿无疑的，那就是鼓励结构主义者采取二项式的思维，在所研究的各种素材中寻求功能性的对立形式。

　　当然，差别可能呈现为不同的形态，也可能呈现为音长的延伸。如果我嘟囔一句 I bought a big fish in the market（我在市场上买了一条大鱼），你也许没听清究竟是 fish 还是 dish（一盘菜），但你知道二者必居

---

① 列维-斯特劳斯．结构主义人类学．306；斯帕伯尔．人类学中的结构主义．222－223．
② 即究竟是"羊太热了，不肯吃草"还是"羊肉太烫，吃不进去"。——译者注

其一，不会是别的什么。我也许会把 big（大）的元音拖长一点，以强调所购物品之大。这种音长的延伸现象在语言学中的地位，一向是个争论不休的问题，不过人们已日渐同意，即使不把它从语言中整个地排除，也最好将它置于某个次要的地位。霍凯特（C. Hockett）发现："当我们肯定能明白语义的时候遇到延伸音长的情况时，我们总是将它们从语言中排除。"① 不论从语言学的角度还可以作怎样的解释，对于只关注物质现象的社会应用的符号学家和结构主义者来说，将音长延续性差别简化为实体性差别，都是研究方法方面的一个最重要的进步。阐释总是对实体性差别而言的：big 一词中的元音被拖长与否，足以表达意义即可，宽度仅是一种延续性现象，可是，一件上装如果由其领口翻边的宽度来决定它是否入时，那则是因为这种宽窄的实质性差异产生意义了。时间是可以无限分割的，说出时间则是给它以实质不同的阐释。更何况不同类型的心理现实也是不可否认的：虽然人人都知道，光谱是一种延续现象，然而处于文化范畴中的人一般却把具体的颜色视为自然的分类。

当我们把音长延伸简化为实体性差异的时候，就需要把二项对立当作基本的手段，用以确定各种不同的类别。对于许多结构主义者来说，作为语言学模式的语音分析，就是建立在把声音的延续作为区别性特征的基础之上的，其中的每一种特征，都"包含了从对立的两项之间进行的选择，这种对立呈现出具体的区别性的属性，它本身又与其他所有的对立关系截然不同"。雅各布森和霍尔（Morris Halle）在为这条二项对立原则辩护时说，由于它能表示以任何其他方式处理的关系，而且能使整个结构框架和描述简化，所以它是一种特别可取的方法；但他们也同时指出，二项对立是各种语言的固有属性，小孩学会使用一种语言时，最早使用的就是这种方法，并认为它是最"自然"、最经济的准则。(Jakobson, with M. Halle, *Fundamentals of Language*, pp. 4 and 47-49) 结构主义者一般步雅各布森的后尘，将二项对立视为人脑思维

---

① 霍凯特. 音韵学手册. 17//乔姆斯基. 语言与思想. 61；霍尔. 语音学大纲. 198.

产生意义的最基本的运作:"这一基本的逻辑乃是一切思想所共通的最小共性。"① 不过,这一点究竟是语言本身的一条原则,还是一种供选择的分析手段,其实并没有很大的区别。作为一种基本方法,本身即足以说明它在人的思维的基本活动中的位置,这也就说明了它在人类符号系统中的位置。结构主义者也许只接受豪斯霍德(Fred Householder)的结论:除非另有办法将自然的、否定性的对立与纯理论结构加以区别,一般是很难找到理由来反对这种实实在在的二项对立的分析的。(*Linguistic Speculations*, p. 167)

二项对立分析的优点在于能对任何事物进行分类,然而它的主要危险也正在于此。只要有两个事物,我们总能够找出它们的某些不同点,从而将它们置于二项对立的关系之中。列维-斯特劳斯发现,运用二项对立原则的一个主要问题是,这样一种将两个事物置于相互对立位置的简单化的做法,将造成另一层次上的复杂局面,因为决定各种对立关系转化的各种不同的特征,其本身质地就是非常不同的。如果将 A 与 B 对立、X 与 Y 对立,则这两组情况相似,因为每一组中都包含了某一特征的显现和隐现,但是,这种相似却有一种欺骗性,因为所比较的特性很可能属于完全不同的类型。但列维-斯特劳斯继而又说,"我们这里所遇到的是心智活动本质中存在的一个局限,而不是一种方法论上的困难,心智活动的力量和弱点都在于它们能够符合逻辑,然而同时又牢牢地植根于自身的质的特性上",这种情况是完全可能的。(Lévi-Strauss, *La Pensée sauvage*, p. 89)

当然,力量和弱点总是不可分割的。二项对立可以用来使最为异质性的成分归整划一,这也恰好说明为什么二项对立在文学中比比皆是:当两个事物被置于相互对立的地位,读者就被迫去探寻质的相似和差异,找出某种联系,从而从转折中引出意义。可是,二项对立的应变性和力量则取决于这样一个事实,即它将性质不同的区别组织起来,如果这些区别与所研究问题无关,那么,二项对立就会将人引入歧途,这主

---

① 列维-斯特劳斯. 今日的图腾崇拜. 130;格雷马斯. 结构语义学. 18-25.

要是因为它是一种人为的结构。这里的道理很简单：我们绝不可为了编织花里胡哨的结构而去运用二项对立。如果 A 与 B 对立，X 与 Y 对立，为了求得进一步的统一，我们可以将这两组对立组成一个四项同类体，然后说 A 与 B 相比等于 X 与 Y 相比（这样，两组情形就都成为一种对立的关系）。但这种同类体形式上的对称并不能保证它们有任何的关联：如果 A 是"黑"，B 是"白"，X 是"男性"，Y 是"女性"，这个"A：B∶X∶Y"的同类体也许就成了完全人为的，和我们所研究的任何一个体系都毫不相干。按照二项对立的逻辑，同类体本身是从所对立的一对关系中引出的一种可能的推断，然而它的价值却不能脱离与它相关的、性质对立的对应物。只有那些能够使诸成分发挥符号功能的结构才是有意义的结构。

符　　号

倘若确实像索绪尔等人所主张的那样，语言学的方法和概念可用于分析其他的符号系统，那么，一个明显的、需要先行解决的问题就是，符号由什么构成，而不同类型的符号是否非要以不同的方法进行研究。现已提出各种各样的符号分类法，其中最为复杂的是由皮尔斯（C. S. Peirce，1839—1914）提出的。在诸多精细的分类中，以下三种基本的类型显然需要区别对待：图标型（icon）、索引型（index）和基本符号型（sign）。所有的符号均由一个"能指"（signifiant）和一个"所指"（signifié）构成，能指和所指大致上就是形式和意义。不过，在上述三类符号中，能指与所指的关系却有所不同。图标包括能指与所指的实际等同：一幅肖像，由于它与所画的人等同，而不是通过人为的、约定俗成的程序实现，因而它代表的就是所画的这个人。在一个索引符号中，两者的关系是因果关系：烟意味着火，因为火是烟的原因；云意味着雨，如果这些云能够产生雨。而在基本符号中，如索绪尔所理解的那样，能指与所指的关系是人为的或约定俗成的：arbre 表示"树"，这并不是这个符号与树自然相似，或两者有什么因果联系，而完全是由一种法则规定的。

　　图标与其他符号有明显的区别，虽然它们具有某种文化习俗的基础——据说，某些原始初民不能辨认他们自己或他人的照片，也就是说不能辨认图标——这一点却很难确认或界定。一幅马图如何表现一匹马，更确切地说，也许应属于再现理论的哲学研究范畴，而不属于建立在语言学基础之上的符号学研究的范畴。

　　从符号学家的观点来看，索引符号的问题更加棘手。如果他把它们置于自己的研究领域，他就必须包揽人类的一切知识，因为一切旨在确立现象之间因果关系的科学都可视为对索引符号的研究。例如医学，其目的之一就是探讨疾病与症候的关系，将症候作为索引符号加以研究。气象研究自成一个体系，其目的是找出大气状况与其原因和结果之间的关系，这就要把它们看作符号。经济学考察产生各种表象的作用力系统，而这些表象反过来又成为经济状况和趋势的索引符号。所有的学科都是为解开自然和人类世界之谜；这些学科所运用的方法各异，如果认为把它们统统置于符号学的大纛之下就能大有裨益，则实在是无稽之谈。

　　可是另一方面，我们又不能把索引符号完全逐出结构主义或符号学分析的领域，因为任何一个索引符号首先就可能成为约定俗成的符号。丹凤眼是东方血统的一个标记，属于因果关系，一旦这个联系被一个社会承认，演员就可以把这个索引符号当作约定俗成的符号来使用。其实，多数包含动因的符号，只要其能指与所指有一定的联系，就可以被认为是在一个社会中约定俗成的索引符号。从某种意义上说，劳斯莱斯轿车是财富的标记，因为只有极富的人才购买，而由于社会上的广泛运用，它已经成为约定俗成的表示财富的标志。它的意义既是一种因果关系，又是一种神话。① 其次，在某些具体的科学范畴内，索引符号的意义也总是随知识结构形态的变化而变化。医学症候的意义在各个时期都不相同，被确诊的病症其实也并不相同。正因如此，符号学家或结构主

---

① 巴尔特．神话学．193-247.

义者才有可能研究各个不同时期的"医道":决定某一时期的科学的表述,以及允许索引符号作出何种解释的程式。① 符号学家对索引符号本身以及索引符号与其意义之间的"实际"因果关系都不感兴趣,他所感兴趣的只是如何将索引符号置于一个程式系统中去读解,无论它是科学系统、民俗文化系统,还是文学系统,仅此而已。

这一原则有其重要的内涵。列维-斯特劳斯在他的法兰西学院就职讲演中宣布,人类学是符号学的一个分支,因为它所研究的现象是符号:一把石斧,"对于了解其用途的观察者来说,相当于另一个社会中用于同一目的的一种不同的工具"(Lévi-Strauss, *Leçon inaugurale*, p. 16)。这里就产生了一个问题。如果石斧与一把铁锯或一支手枪发生关系,它就可能成为某一文化层次的索引符号(所论部族没有金属工艺),人类学家也许就这样进行阐释,但他这样并不是在从事符号学的考察。如果他希望把石斧作为符号来研究,他就必须考虑石斧对于部族成员的意义。从另一方面说,他也可以考察人类学家们是如何阅读这类索引符号的(究竟有哪些习惯性的程式主宰着人类学家们的表述)。在后两种情况下,他将从土著或人类学家的判断和阐释出发,试图将位于这些判断的深层的那个系统或潜能重新架构,而在前一种情况下,他只是将石斧置于一个因果系列之中,把它当作一个索引符号来对待。

如果让符号学家去研究索引符号,让他考察本属于各个不同科学领域的因果关系,那么他将作茧自缚而无法脱身。他的活动领域,正如索绪尔所主张的,只是那些约定俗成的符号,对这些符号来说,为什么某个能指必须与某个所指相联系,这并没有什么内在的或"自然的"道理。由于没有这种一对一的内在联系,因而他无意逐一去解释那些具体的符号,而必须揭示这些符号由之产生的、具有内在联系的系统,从而对它们作出某种说明。英语中 relate(与……有关)这个词的音素顺序与所表示的概念之间,并没有某种必然的联系,然而,在英语词态学的系统中,relate 与 relation 相对应,正如 dictate(给……听写)与 dicta-

---

① 参见福柯《临床医学的发源》。

tion，narrate（叙述）与 narration 等等相对应一样。正因为单个的符号不是由动因引出，所以语言学家必须重新架构系统，只有这样才能提供动因。

符号是一个能指与一个所指的统一体，两者与其说是实体，毋宁说是形式。能指比较容易界定为具有意义的形式：并非由于它的音素或书写笔画的实体本身，而是由于它在特定的系统中发挥功能的那些相关特征，它才成为符号的一个组成部分。所指则比较难以把握。问题倒不在于"什么是意义？"——如果是这样，那我们无论如何也找不到一个答案。困难在于语言学家从各种不同的角度谈论所指。他们可以用索绪尔式的定义——"一个概念与一个声象的结合"，或"一张纸的正反面"——意指每一个能指的背后都隐藏着一个特定的、实实在在的概念。可是，当他们讨论词语和句子的意义时，语言学家一般又不这么说了：他们或许会讨论某个词语的各种不同用法，这个词语的潜在意义的伸延幅度，讨论一个句子的可阐释的内容，这个句子作为一句话可能产生什么样的作用，而根本不去谈论为什么每一个语音序列都附有一个可以界定的概念，都隐含着某种意义。这样一来，符号学家又如何去分析别的符号系统呢？他将寻求什么样的所指呢？

乔治·穆宁（Georges Mounin，1910—1993）在他的《符号学引论》中提出，符号学家的考察其实只应该局限于下列情形，即界定清晰的概念按照交流的惯例被牢牢地附着在能指上。他把阐释和破译加以区别，认为索引符号需要阐释，而符号是需要破译的："对于掌握了交流密码的所有接受者来说，破译是没有歧义的。"（*Introduction à la sémiologie*, p.14）他的范例类似于摩尔斯电报符码或交通信号，人们只要在密码本中查到一个能指就能发现它的所指。可是这种方法对自然语言或其他复杂系统的研究就很不适合：我们并不是先拿出一个思想，然后再用某个数码系统将思想化为符号；听人说话只是阐释语句，而不是破译。穆宁的观点似乎还停留在一个非常成问题的语言理论上，这一观点所引出的必然结论证明了它的错误：文学并不是一个符号系统，因为人们无法按固定的符码去谈论将意义化为符号、再把符号译成意义。

如此看待所指，穆宁只是最极端的一个代表，这种观点产生于雅克·德里达（Jacques Derrida, 1930—2004）所谓的"存在形而上学"（metaphysics of presence），它企图从每个符号的背后都找出一个真实：形式和意义同时存在于意识之中而且不可区分，此所谓最原始的圆满时刻。虽然两者的分离是我们事后才实现的，然而我们却认为我们仍然应该超越能指去把握意义，后者才是符号所体现的真实和本源，而能指仅仅是它们的可见标记和外壳。尽管这一观点似乎也适用于口语，可是，一旦我们深入一步考虑到笔语，尤其是文学，其失当之处就显而易见了，因为在后一种情况下，虽然呈现于表面的有组织的能指认定能产生意义，然而整个文本所"表达"的完整、确凿、原始的意义却实在难以把握。最有说服力的例子是诗歌，那一连串的能指的所指只是一个空心圆，人们可以用不同的办法加以填充；日常语言又何尝不是如此，只是由于符号本身可以充当所指的名称，因而将上面所说的情况掩盖住了而已。dog 这一符号有一个所指，我们可以称之为"狗"的概念，但是，这并不如我们所想象的那么确定：由于这个符号在运用时有一个适用幅度，它的内容也就难以具体确认。

诚如皮尔斯所说，符号在根本上有一种不完整性，总需要有"某种解释或论证"使符号得以应用。所指是不能直接把握的，它需要另一个符号形式充当"阐释中介"〔对"dog"而言，阐释中介可能是"canine"（犬属）这样一个符号，或者需要一个解释术语，或者需要表达与其他所指诸如"cat"（猫）、"wolf"（狼）之类对应关系的具体术语〕。"符号和解释加在一起就构成另一个符号，而且因解释本身就是一个符号，因而它又需要另外一个解释。"（Peirce, *Collected Papers*, Ⅱ, pp. 136 - 137）这也就是德里达所说的，完整的意义是不存在的，只有"延异"（différance）（*差异和延宕*）：所指只能理解为一种阐释过程或意义产生过程的效应，在这个过程中，又会产生许多阐释中介，从而将这个所指的意义范围扩大。皮尔斯将这一过程称为"发展"。人们能了解一个词的词义却无法道出那个词义，这已是大家熟知的事实，其证据就是人的发展符号的能力，例如，进一步说什么不是这个词的意义。"了解"一词的语法意义显然与"能够""能力"密切相关。但与"理解"一词的意义也有密切的联系("掌握"一种技能)。①

在任何一个比符码更为复杂的系统——任何自身能产生意义而不是仅仅指喻现存意义的系统中,可以用两种不同的方法对待能指和所指。我们或者可以将能指视为基本的、先定的形式,将所指当作由它发展出来却又只能以其他符号加以表达的东西;或者可以从所指出发,将凡是围绕或指派有关意义效应的符号都看作是某一所指的发展,对这个所指,人们总是要为它找到相应的能指和一整套阐释程序。无论我们把所指等同于能指指喻的意义,还是将所指看作一种效应,其能指还有待于进一步去寻找,关键都在于不可把符号的研究局限于符码式的状况,不可把业已界定的意义与各个能指一一对应起来。如果那样,"就会引导到关于符号示义功能的一种习见,这种习见即令不把符号示义活动视为应该受到抑制的病态行为,它也无法解释符号示义活动的多重性"(Kristeva,*Le Langage*,*cet inconnu*,p. 26)。

发现的程序

将其他文化系统看作语言也许只是基于这样的假设——语言与言语、关系与对立、能指与所指等概念可以同样有效地用于讨论其他的现象。但其中也许还有一个更加站得住脚的理由,那就是语言学提供了一套程序,一种分析方法,能够在其他场合成功地应用。当巴尔特声称结构主义"基本上是一种活动,即一定数量的思维活动构成井然有序的系列"(Barthes,*Essais critiques*,p. 214)时,他就是将由语言学引出的各种选择和分类方法作为这一活动的基础了。保尔·盖尔文(Paul Garvin)曾写道:"任何一种认识客体,只要它能合理地被看作一种结构,只要能为它找到合适的分析出发点,那么就都可以进行结构分析。"

---

① 维特根斯坦. 哲学考察. 牛津大学出版社,1963:59.

不管他是否回避了什么其他的问题,有一点是清楚的,那就是语言学提供了一套演算规则,如果某些条件能够满足,这套演算规则就将成功地指导分析。(On Linguistic Method, p.148)

语言学家持这种态度也情有可原,他们指出,语言学理论的任务就是找出"发现的程序":"使人能够从东鳞西爪的表象达到对语言格局的完整描述的、形式上的程序"。[①] "发现的程序"是一种机械性方法——界定明确的步骤,只要提供一组句子,即可构成一套语法。如果加以适当的约定,就能使两个各自从事独立研究的语言学家,运用同样的素材获得相同的(而且正确的)结果。

他们所提出的程序绝大部分属于分割和分类处理:把一句话划分为词素,再将词素划分为音素,然后按这些成分的分布状况加以分类。有些结构主义语言学家,例如布洛克(B. Bloch)和特雷格尔(G. L. Trager),则坚持认为这些程序应该完全是形式上的——完全建立在形式的基础上,绝不诉诸意义,他们认为这样的分析更加客观。然而,有关意义异同的证据却一般都会承认:〔b〕和〔p〕是不同的、对立的成分,因为在许多语境中,当一个被另一个取代时,就会产生意义的差异。

但是,寻求界定完全明确的"发现的程序"的努力却并不成功。乔姆斯基列举了"反复性失误"的例子,他提出异议说:"无论这一目的能否以某种有趣的方式达到,这一目的本身都是个问题,我怀疑一切为实现这一目的的努力终将引向一个愈来愈错综复杂的分析程序的迷宫,其结果并不能对许多有关语言结构的重要问题作出回答。"(Chomsky, Syntactic Structures, pp. 52-53)对于结构主义者来说,有意义的倒不在于语言学家们没有能实现这一目的,因为他们至多也只能借用一些最为普通的程序,但是,乔姆斯基关于要制定"发现的程序"的主张却在根本上滑入了歧途,它只提出了似是而非的问题。例如,乔姆斯基提出,倘若实现这一目的的努力会引出不该出现的错误的复杂性,那么,

---

① 霍凯特.词素分析形式论.27;布洛克,特雷格尔.语言学分析概论.68;乔姆斯基.句法转化研究.212.

这对其他领域的结构分析也完全会有同样的影响。

首先，寻求"发现的程序"只能使人专注于自行对已知事实加以鉴别，而不是对它们进行解释的方法。一种适当的"发现的程序"必须假定对语言一无所知，正如布洛克和特雷格尔所指出的："如果我们对英语一无所知，那么我们颇得费一番周折才能看出 John ran（约翰奔跑）和 John stumbled（约翰绊倒）与 John Brown（约翰·布朗）和 John Smith（约翰·史密斯）是类型和构成都不同的短语。"（Broch，*Outline of Linguistic Analysis*，p.74）这样不但白白浪费时间，而且，为了制定发现语言事实的客观程序，我们必须引进各种具体规定和要求，而它们会使描述变得复杂，甚至有所歪曲。例如，如果需要一种客观的形式程序对词素加以鉴别，那么，我们必须要求每一个词素具备一种具体明确的音素形态（否则鉴别词素就成了一种凭借直觉的"主观的"判断）。然而，这一规定又使 take 和 took 之间的关系发生了问题。何以才能从 took 中"发现"其表示过去意义的词素？① 语言学家理所当然地要制定最为通用万能的词素音素变异规则，支配"动词＋过去"这一形式。于是，这个问题就成为决定如何处理这个词的关键，而并不是从 took 中客观地发现其表示过去的词素在起作用了。

而更为重要的是，专注于"发现的程序"会导致一种危险的、根本性的谬误：

> 有一种常见的观点认为，为了证明一种语法描述是正确的，就需要拿出某种明确的程序（最好是纯形式的），通过这一程序，就能从素材中自然而然地构成这种描述，仅此而已。我觉得这种观点非常奇怪。……毫无疑问，能够引出最荒唐古怪的描述而又最通用直接的程序是存在的。例如，我们可以用最通用直接的办法，从形式上把"词素"界定为任何三个音素的序列，各个层次互不混合。显然，这一程序本身总得经过某种论证才行。（Chomsky，"A

---

① 见乔姆斯基《句法转化研究》第 221 页、霍凯特《语法描述的两种范式》第 223～224 页关于此问题的一般讨论。（乔姆斯基.语音学理论中通常争论的问题.75-95.）

Transformational Approach to Syntax", p. 241)

　　这一点对任何领域的结构分析都是适用的,应该牢记。一种"发现的程序"可以是一种给人以启发的、有用的手段,但是,不论它如何界定明确,它都不能保证其结果一定正确,一定中肯贴切。无论这些结果是怎样获得的,它们必须接受检验:"语言描述只是一种假说,与其他科学领域中的假说一样,至于它是如何得出的则与它的真实性没有任何直接的关系。"(Householder, *Linguistic Speculations*, p. 137)

　　那么,语法如何检验呢?如果一种基本的"发现的程序"产生了对一系列语言现象的描述,那么如何对这一描述进行评价呢?我们必须有一个参照物,而这正是我们所掌握的这种语言的知识。例如,我们要求一部语法要正确地反映 took 是 take 的过去式,说明 The enemy destroyed the city(敌人摧毁了这座城市)与 The city was destroyed by the enemy(这座城市被敌人摧毁了)之间的意义关系,而且能够解释在 John is easy to please(人们很容易讨得约翰的欢心)与 John is eager to please(约翰很想讨得别人的欢心)中 John 的不同功能。简言之,我们的语言能力为我们提供了有关语言的一组事实,而一部语法如果要获得描述的准确性,就必须能对这些事实作出解释。正如乔姆斯基在阐述语言分析的基本原则时所说:"如果没有这一心照不宣的知识参照,所谓描述语言学这门学科就不会存在。它的描述性的陈述也就无所谓正确或错误。"(Chomsky, "Some controversial questions in phonological theory", p. 103)人们必须从有待于解释的一组事实出发,这些事实则出自谈话者的语言能力,然后架构起对它们作出解释的假说。

　　虽然结构主义语言学家常常说,他们的任务仅仅局限于对一组语言现象进行描述,而且在这方面由于理论的失当而备尝艰辛,但是,他们的工作本身并不是劳而无功的,因为他们并不剥夺他们自己的语言能力,所以,究竟怎样才算正确的描述,他们还是心中有数的。伯纳德·波蒂耶(Bernard Pottier)强调,要消除荒唐可笑的结果,就必须有一种"常理",如果我们只是简单化地从一组材料中寻求组合格式,那就会产生诸如 prince:princeling:boy:boiling 这样莫名其妙的类比。

(*Systématique des éléments de relation*，p.41)这一常理其实只不过就是语言能力而已，但人们很可能会怀疑一般会不会诉诸这种常理。

其次，从理论上说，各种语法都建立在对一系列语言现象研究的基础之上，但是，语法总是生发性的，因为它们都要超越由之产生的现有的语言现象，能对没有包含于其中的句子指出其符合语法或不符合语法。耶姆斯列夫对这一点说得相当清楚："我们所需要的语言理论，不仅应该能使我们对某一部丹麦语的文本作自圆其说、无所不包的描述，而且应适用于其他丹麦语文本，不仅应适用于所有现存的文本，而且应适用于一切可以想象得出的、可能存在的丹麦语文本。"（Hjelmslev，*Prolegomena*，p.16）他没有进一步解释这一目的怎样才能实现，在这方面，他理论有所欠缺；然而，他的认识前提想必是要构成一部语法，就必须兼容并包所论语言的全部知识，如果所制定的语法规则将排除一些可能存在的语句，那就不妥。举一个具体的例子，马丁·朱斯（Martin Joos，1907—1978）对英语动词的研究显然建立在一定语言现象的基础之上，所制定的规则做到了尽可能严密，但是，他的设想是，他的解释对所有英语动词都适用："凡是母语为英语的八岁儿童所已经了解的都清楚地反映出来。"[1]

最后，结构主义语言学家的确承认，他们的结论必须以某种形式受到言说者的语言知识的检验，尽管这一点或许没有明确地反映在他们的理论中。例如，哈里斯（Zellig Harris，1909—1992）发现："与书面文本的研究相比，同使用母语的当地人一起工作的最大的好处……就是能得到核对形式的机会，让他们重复自己所说的话，可以检验各词素关系的生成能力等等。"（*Methods in Structural Linguistics*，p.12）在这里，作者没有把话说透，仿佛仅仅是权宜之需，而不是一种理论需要，但是，他在别处又承认："对语言片断互换性的检验是使用母语的当地人的行为；他自己会这么用，或他对我们这么用给予认可。"（p.31）虽然在美国语言学家中有人对下述观点持有异议，但是在欧洲语言学中，

---

[1] 朱斯.英语动词（1964）.3.

这种观点却颇为流行：以语音学为例，互换性的检验并不是一种形式上的发现的程序，而是一种以说话者的语言知识为参照、对音位对立的假设进行检验的方法。

综上所述，尽管结构主义语言学的理论形式各不相同，但它们都可以按照乔姆斯基的构想，被看作是对语言能力的考察，其结果，不论以何种方法获得，又都必须按该语言能力加以检验。语言学家或许会说，他们的任务仅限于对某一有限的语言现象系列进行分析，但是，他们显然希望自己的语法同样适用于其他语言现象，也就是说是一种"生成性"的语法。他们显然也不会相信只要有一种严格的程序就会产生站得住脚的结果。或许出于要运用他们所认为的"科学"方法的愿望，他们不愿意从自己的语言能力中提取一套有待解释的语言事实，而宁可另外制定规范的程序，去"重新发现"这些事实，并在这一过程中揭示出这个语言系统。这点先见之明至关重要，使他们在描述时避免了一些荒唐可笑的错误，这样，语言能力的重要性也自始至终基本上得到了强调。在这一点上，结构主义语言学对于生成语法所进行的语言学研究的总体框架至少给予了部分肯定。

"生成"或"转化"

至此，我只讨论了"生成"语法，而没有涉及"转化"语法，这样做有一定的道理。语法规则除了适用于特定的一组语言现象之外，也可以应用于衍生出的语序，因此，语法必须而且从来就是"生成"的。它们只是没有明说而已；凡查询过教学语法的人都知道，尽管语法书的作者希望对所论语言定下各种规则，人们却不能据此判断某个句子是不是好句子。可见，对于那些以语言学作为研究其他体系的模式的人来说，希望他们把自己的"语法"制定得尽量明确一点，也不是没有道理的。不过，语法并不能转化，因而对结构主义者也不应该硬性提出这样的要求。乔姆斯基的语法提出转化语法成分的需要，也是出于许许多多的考虑才决定的。转化本身只是具体的技术手段，这些手段取出一组规则（位于深层结构）所生成的某个语法形式，将它机械地转变为实际上所看到的那种形式。毫无疑问，类似的现象在其他非语言体系中也能找到；但是，这些体系的规则如果模糊不清，那么，系统阐述这些转化的努力就势必导致混乱。例如，列维-斯特劳斯运用这一术语所指喻的意思，在下述两个衍生语序中其实都只是纵组合关系：一个神话中的"把姐姐提供的食物夺走"被"转化"为第二个神话中的"把提供食物的母亲抢走"，而在第三个神话中则是"吸收了祖母'提供'的反食品（肠气）"。（Lévi-Strauss, *Le Cru et le cuit*, p.71）这种转化与转化语法毫无关系。

只有当人们制定了一套科学的、精确的基础规则，给人以一套界定明确的深层结构，而且这些深层结构能严格体现出与所观察到的表层形式之间的关系时，将转化运用到其他的领域才会令人产生兴趣，这么说似乎才不为过。如果不了解它们究竟要解决什么问题，那么就没有必要考虑转化的规则，因为正是所要解决的问题决定了这些规则的形式。在此期间，蠢人蜂拥而至……鲁威特（Nicolas Ruwet, 1932—2001）所谓的一切爱情诗都必须视为"我爱你"这一表白的转化，只不过是流行一时的说法。（*Langage, musique, poésie*, pp.197-199）

近年来，结构主义者对转化语法表现出越来越浓厚的兴趣，原因之一是他们觉得它"充满活力"。结构主义语言学是分析性的，它把语序简化为各个构造成分，而乔姆斯基的模式则被认为是综合性的，再现了说话者实际发出的言语（新的和旧的）："从理论基础来看，生成语法较分析语言的方法有其优点，它能引出一种综合的观点，这种观点把说话行为看作是一个生成过程。"[①] 可是，正如乔姆斯基所一再强调的，实际情况并非如此；语法引出了结构分析的陈述，却并不能够反映产生语句的实际过程。

为了避免一种依然存在的误解，我们再次强调生成语法对于说

[①] 克里斯蒂娃. 符号学. 281.

话者或听话者都不是一个模式，也许还是值得的……。当我们说一种语法能产生包含了某种结构分析的描述这样的语句时，我们的意思只是这种语法赋予了语句以这种结构分析的描述。(Chomsky, *Aspects of the Theory of Syntax*, p. 9)

其实，我们可以说，把语句改写成名词短语加上动词短语，继而进一步分解这些构成成分的转化语法，其基本构成也是分析性的，与结构主义语言学中的短语结构语法并无二致。

转化语法之所以对于结构主义者至关重要，并不是因为这个概念"充满活力"，也不是由于它的具体的转化机制，而在于它透彻地点明了语言学考察的本质：其任务不是描述某一组素材，而是把对于一种语言的全部了解架构起一种再现形式，从而对语言事实予以说明。按照这层意思，把语言学作为研究其他系统的模式，将语言学的范畴和局限预先加以说明，现在看来应是可行的。

结果与蕴涵

保罗·利科在《结构、词语与事件》一文中讨论了语言学的模式后引出了几条关于结构分析局限性的结论。他声称，这种方法只有在下列几种情况下才行之有效：(1) 对封闭的资料库进行研究；(2) 确立了构成成分的定数；(3) 将这些构成成分置于对立关系；(4) 确定了可能进行组合的演化程序。他论证道，结构主义的分析只能产生分类，而乔姆斯基关于结构的新的、生动的概念"宣告了作为分类科学、封闭资料库以及业已验证的组合方式这样一种结构主义的终结"(Ricoeur, *Le Conflit des interprétations*, pp. 80 – 81)。

不过，早在音位学初步形成的时候，特鲁别茨柯依就曾批驳过结构主义语言学是一种分类科学的观点。阿尔沃·索塔瓦尔塔（Arvo Sotavalta）曾提出音素相当于动物学或植物学类属的看法，特鲁别茨柯依则反驳说，语言学与自然科学不同，它关注的是物质客体的社会用途，因此不能仅仅凭借已经观察到的相似点就把这些客体归纳为一类。它必须确定哪些相似点和哪些差异在语言中是功能性的。（Trubetzkoy, *Principes de phonologie*, pp. 12 - 13）动物的分类可以有多种：根据大小、聚居地、骨骼结构、种系发展等。这些分类法多少将视某一理论对这些特征的强调程度而定，这样，正确的分类是不存在的。[①] 按照某一种分类法，对一种具体动物的类属确定会有正确与否，然而，分类法本身则无所谓正确与否。在音位学中，我们需要确定的是，究竟有哪些显示差异的特征在语言中是真正具有功能性的。因此，我们的分类必须受到进一步的检验，看它们能否对已经被语言能力验证的事实作出说明。当然，结构分析也会产生意义不大或解释价值不大的分类，但是，这些失误并不是语言学模式本身的过错。

正如我已经指出的，我们不能像利科那样，把结构主义语言学与生成语法对立起来。后者除了带有技术性方面的重要差异以外，还使一向隐含于前者之中的程序凸显出来，并呈现出首尾一贯的条理性。语言学总是试图去发现"语言"的规律，因而总要进行分割、分类，设置各种对立关系和组合的规则。

像利科那样，把结构主义看作与现象学格格不入，认为结构主义只关注现象和现象之间的关系，对主体和现象之间的关系毫无兴趣，那也是不对的。语句本身作为一个物质客体，是无法着手分析的：如果我们想要重新架构一个规则体系，让这些规则把语句变得符合规范的语法，使之表达出某个意义的话，我们必须考虑到说话者对语句的意义和语法的判断。皮埃尔·维斯特利坦（Pierre Verstraeten）在《关于结构主义推论的一点批评》一文中写道，结构主义的学科在分析客体时，"将客体本身所包括的可理解性的标准也考虑进去了"（"Esquisse pour une critique de la raison structuralist", p. 73）。它们所关注的是使客体变成文化现象也就是变成符号的规范和准则。语言学试图使这样一套规则形式化，对于说话者来说，这些规则就是他们的

[①] 赫姆佩尔. 分类法举要//科学解释面面观. 纽约, 1965：137 - 154.

语言的构造要素，在这一层意义上，结构主义必须发生在现象学的内部：其任务是阐述主体与他的文化客体的关系层次上的现象。

然而，结构分析又确实提供了一种特殊类型的解释。与现象学不同，它并不指望获得移情式的理解：重新组构出一种似乎可以被个人自觉把握的情状，从而能够解释他为什么选择了某个特别的行为轨迹。结构主义的解释并不把某个行为置于因果关系的链条上，也不是从主体对世界的设想中推导出这个行为，它只是找出客体或行为与一种规范系统的关系，是这个规范系统赋予它意义，将它与具有不同意义的其他现象区别开来。这个差别系统会作出解释的，差别确定了客体或行为的属性。

对于列维-斯特劳斯来说，"音位学革命"的最重要的启示是，"从对意识现象的研究进入对它们的无意识下部基础的研究"（Lévi-Strauss, *Anthropologie structurale*, p.40）说话者并不会自觉意识到他的语言中的音位系统，可是，如果我们要解释他为什么将听上去不一样的音序作为同一词语，而又将听上去差不多的音序作为不同的词语，那么，我们就必须肯定有这样一种无意识的知识的假设前提了。假设有这样一些差别和规则在无意识地起作用，目的是对社会和文化客体的种种事实作出解释，这是结构主义者从语言学中引出的最重要的原则之一。

正是这条原则，引出了某些人认为的结构主义的最重要的结果：对于"主体"概念的摒弃。[①] 关于人类的整个话语传统都把自我当作一个意识的主体。笛卡儿在这方面持论最为极端，他说，"严格说来，我只是思维之物"（res cogitans）。其他人也不肯轻易对"物"（res）让步，而将自我看作是赋予世界意义的、能动的现象主体。可是，意识主体一旦被剥夺了意义之源的作用——一旦意义是按照规范系统来解释，而这一规范系统又不是意识主体所能把握的——自我与意识就再也不是一回事了。随着各种通过主体而进行运作的人际系统取代了主体的功能，主

---

① 唐纳托．关于结构主义与文学．现代语言，1967：558//本诺瓦斯特．结构主义的终结．二十世纪研究，1970（3）：40－53．

体便"融化"了。人文科学起初是把人当作认识的对象的,而随着这些科学的发展,"人"在结构主义的分析中却消失了。列维-斯特劳斯写道:"人文科学的目标,不是构造人,而是融化人。"(Lévi-Strauss, *La pensée sauvage*, p. 326)米歇尔·福柯(Michel Foucault)在《词与物》中论证说:"人只是一个近期的发明,一个不足二百年的形象,是我们的认知中一个平平常常的褶皱,一旦这种认知找到一个新的形式,他就会消失。"(*Les Mots et les choses*, p. 15)。

人们也许会回答,这一切只是对法国人而言的,由于发现了无意识,他们的笛卡儿式的人的概念也就被摧毁了。然而这样回答得太快也会矢不中的,因为这里的论点并不是不存在"人"这样一种东西,而是说人与世界的区别是一个变量,它取决于某一特定时期的知识构成。这个论点是按照意识提出的——世界就是除意识以外的一切。人文科学的成就是把据信属于思考主体的部分一点点削去,直至任何建立在这一基础之上的关于自我的概念动摇坍塌。

于是,语言又一次成为最受推崇的示范性实例。笛卡儿把人使用语言看作其他思维之物是否存在的最基本证据,并把动物不能创造性地运用语言看作它们是纯无意识的、非思维性有机体的证明。索绪尔也把说话者能够产生新的符号组合的能力看作是不受人际系统规则约束的"个体自由"的表现。(Saussure, *Cours*, pp. 172-173)的确,人们把言语视为个性的最基本表现。或许在这个领域中,意识主体是它的主宰。

但是,这种主宰力是很容易衰减的。别人能够理解说话者的语句,只因为这些语句实际上早已被语言包括。海德格尔指出:"语言在说话。人说话只不过是他巧妙地'附和'了语言。"(Heidegger, *Der Satz vom Grund*, p. 161)生成语法往前再跨出一步,也会形成这一观点。那些具有无限生发能力的规则所构成的系统,使创造新语句的过程变成了由超越主体的规则控制的过程。

当然,这也并不是要否认个体的存在和个体的活动。诚如梅洛-庞蒂(Maurice Merleau-Ponty, 1908—1961)所说,虽然思想在思考,言语在说话,文字在书写,可是在每一种情况下,在名词和动词之间还是存在着一个间隔,即一个人在思考、说话、写作时必须逾越的间隔。(Signes, p. 30)个体的人选择什么时候说,说什么(虽然这些可能性是由其他的系统创造和决定的),但是,这些行为之所以可能,则是由一系列非主体所能控制的系统决定的。

> 精神分析学、语言学和人类学的研究,在主体与它的欲望规律、语言形式、行为准则或它的神话和想象话语的关系层次上把主体"掏空"了。(Foucault, L'Archéologie du savoir, p. 22)

随着自我作为中心或本源的功能逐渐被取代,自我越来越成为一种构造物,成为各种规范体系的结果。文化的表述成为自我的桎梏;带有个人属性的思想在社会环境中出现;"我"不是一种先天的存在,而是后天才存在的,起始于婴儿时期的一个镜像阶段,犹如被别人看到和称谓时那样。(Lacan, Ecrits, pp. 93-100)

这种哲学思考方向的改变的结果是什么?主体的消失对结构主义构想产生了什么影响?最明显和最合理的结果是对理解的要求发生了变化。结构分析不仅放弃了对外在原因的求索,而且拒绝把思维主体作为原因的解释者。自我历来是理解和统一的本源之一。人们过去可以认为,一个行为或一部文本就是一个符号,它的全部意义存在于主体的意识之中。例如,以文学而论,我们可以编织出一个"作者",把我们从一个人产生的文本中所发现的任何一点统一性都称为"构想"。可是,正如福柯所说,作者作为一个单体,总是由特定的运作构造而成,根本不是什么先天的存在。(Foucault, L'Archéologie du savoir, p. 35)的确,即使只谈论一部作品,又怎么能把作者看作它的本源?当然,书是他写的,是他的构思,可是,他写诗也好,写历史或批评也好,他只能置身于一个为他提供各种程式的系统之中,而这些程式则构成并界定了话语表述的种类。你要表达一个意思,就必须先行假定想象中的读者由于吸收同化了有关的程式而会作出怎样的反应。诺思洛普·弗莱(Northrop Frye, 1912—1991)说,"诗只能由另外一些诗构成",而这一点并不仅仅是个文学影响的问题。一个文本之所以成为一首诗,正是因为传统中存在着这样一些诗的可能性,它是参照了其他的诗写成的。

一个英语句子能够有意义，正是因为它参照了这一语言程式中的其他句子。交流的意图是以听话者懂得这种语言为前提的。同样，一首诗是以阅读程式为前提的，诗人可以参照这些程式写诗，他可以设法改变这些程式，但是，这些程式却是他的话语之所以能存在的条件。

理解一部文本并不等于要问"这里所说的究竟是什么呀"，也不同于英美批评家们经常提出的理由。我们说，一首诗一旦脱离了诗人的笔端，就成为一个自足的实体，从一定意义上说，这恰恰是结构主义观点的反面。如果不参照其他的诗和阅读的程式，诗是不会"创造"出来的。正是由于这些关系，诗才成其为诗，它的地位并不因为发表与否而发生变化。如果诗义后来又发生了变化，那只是因为它进入了后来存在于文本之间的新的关系：新的作品对文学系统本身又作了调节。

虽然结构主义总要寻找事件背后的系统和具体行为背后的程式结构，它却无论如何也离不开具体的主体。主体可能不再是意义的起源，但是，意义却必须通过他。结构和关系并不是外在于客体的客观属性，它们只出现于构筑结构的过程之中。虽然个体可能并不创设这一过程，甚而也不控制这一过程——他把它的规律作为他的文化的一部分加以吸收同化——但这个过程必须通过他才能发生，只有当你考虑他的判断和直觉时，你才能获得有关这一过程的证据。

结构主义与主客体之间复杂的辩证法的遭遇是不可避免的，而使我们认识这一辩证法的最可靠的向导就是语言学，因为就语言而论，有三点是明确的：首先，我们都"掌握"了一个由各种法则和规范构成的极其复杂的系统，这些法则规范确定了行为的可能幅度，当然我们自己并不完全了解我们究竟掌握了什么，我们的语言能力究竟由什么构成。其次，我们显然有点东西需要分析，但这个系统并不是分析家急于要剖析的怪物。最后，这个系统能够就我们对意义或含混、符合语法或偏离语法的判断作出解释，而对于整个系统的叙述必须根据上述能力进行评价。正因为关于语言的这几个命题我们是有把握的，所以语言学就提供了一种方法论的样板，能够指导我们对更加模糊、更加专门化的符号系统进行研究。

总之，我们或许可以说，语言学并没有提供一种发现的程序，只要机械地搬用，就能引出正确的结果。无论你采用什么程序，其结果仍然必须重新受到它们能否对该系统的事实进行解释的检验，因此，分析家的任务还不是简单地把一组语言现象描述一番，而是向吸收同化了该系统的法则规范的人解释各语言现象的结构和意义。一切符号，无论它们表面上看上去多么"自然"，都有其约定俗成的本质，研究符号时，他就要把那些使物质客体或事件有意义的程式重新架构起来；这一重新架构的工作就需要他从各个构成成分当中，从决定它们组合可能性的各条规则当中，清晰地梳理出其间的差异和联系。

最基本的任务当然是尽量明确地指出产生已经验证的效果的那些程式。语言学不是阐释学，它不能发现某一语序究竟是什么意思，也不能产生一种新的解释，它只是试图确定那隐藏在事件背后的系统的本质。

第二章　一种方法的形成：实例二则

朦胧相似的极限
感受到却没能清楚认识；
多少次的选择才达到最终的选择，
但谁又能道出？

——华莱士·史蒂文斯

如果要了解语言学范式运用于其他领域而产生的实际结果，我们不妨看看两种不同的示范性方案。许多结构主义者对罗兰·巴尔特的《世界的体系》中表现出的"一丝不苟的方法"颇为称道："实在难以想象得出是否还有比这更好的符号论的方法。"① 此书比巴尔特论述文学的著作更明显地偏重于语言学，它列举实例说明了如果人们想独辟蹊径地运用语言学将会遇到什么样的困难，从而对语言学在其他领域内的应用提出了必须重视的警告。不仅如此，巴尔特还发现时装与文学有非常密切的可比性：

> 两者都是我们所谓的自我调节平衡系统。也就是说，这些系统

---

① 托多洛夫.修辞符号学.1323；克里斯蒂娃.符号学.60-69.

的作用不是传递一种存在于系统形成之前的、客观的、外在的意义，而是只创造一种功能性的平衡，一种符号示义的运动……你甚或可以说，它们的意义是"无"；它们的本质只存在于符号示义的过程之中，而不在它们所表示的意义之中。(Barthes, *Essais critiques*, p. 156)

第二个实例是列维-斯特劳斯的《神话学》[①]，这是迄今为止涉猎最广的一部结构主义分析著作。由于神话与文学之间有明显的共性，因而他提出的方案对于文学批评中任何结构主义的讨论都能适用。

时尚语言

时尚是一种约定俗成的社会系统。如果服装没有社会意义，人们也许就会什么舒服穿什么，旧的穿烂了才买新的。由于某些细节被赋予了意义——所谓"时髦"或在某些场合、活动穿着得体——时尚系统便刻意强调服饰的差别和特点，并加速其更迭的过程："c'est le sens qui fait vendre."[②] 符号学家的兴趣正在于产生这一意义的机制。

为了研究这一系统的运作，巴尔特集中考察了时装杂志照片上的题注，因为这些题注的语言突出了某件服装之所以时髦的特点，吸引人们的注意力，并把一种连续性的现象划分为独立的类别。上衣翻领的宽度形成了一种连续性，但是，如果标题注出某件上衣是宽边翻领，那么，它所介绍的则是一种目前正在时兴的特点。正如巴尔特所说，这种描述就是"架构结构的工具"：通过命名的过程引出原先潜在于客体中的意义，语言能使我们从物质客体进入一个符号示义系统的构造单元。(Barthes, *Système de la mode*, p. 26)

巴尔特的语言模式要求他从一个系统的共时状态中收集一组素材，

[①] 第 1 卷：《生食与熟食》；第 2 卷：《从蜜糖到灰烬》；第 3 卷：《饮食方法的起源》；第 4 卷：《赤裸的人》。

[②] 法语，意为"就是为了销售"。——译者注

第二章 一种方法的形成：实例二则

而时尚显然最适合作这样的处理，因为当服装设计师每年推出新的款式时，时装流行款式就会发生明显的变化。巴尔特把每年发行的《她》和《时装园地》上插图的标注汇集起来，便获得了一组可进行处理的素材。他希望，这组素材中能够包括该系统在这个阶段上的各种不同的可能性。

这组素材该派什么用场呢？其效果又应该如何解释呢？它们远不像看上去那样简单。试看下面两个标注："赛场上获胜的印花"和"纤细的饰边优雅醒目"。对于这两个标题，人们可以找到各种各样的"所指"。首先，标题中出现的"印花"和"饰边"告诉我们，这些特点很走俏。其次，"印花"与"赛场"的组合意指它们尤其适合在这样一种特殊的社交场合穿着。最后，"还有一种新的符号，其能指为完整的时装语言，其所指为这本杂志所期望表达的关于世界和关于时装业的形象"（Barthes, *Système de la mode*, p. 47）。这两条标注的修辞还有一些其他的含义，例如"饰边"并不是仅仅被冠以"优雅"，而是它本身就能产生"优雅"，而"印花"则是获得社会成功的不可或缺的积极动因（当然成功的是你的衣服，不是你）。这些意义当然都是其中的内涵；但是，它们又绝不是偶然的、仅局限于个人的现象。如果"内涵"这个术语有非系统性、外围性的意思，那么，它是不易觉察的。我们倒不如将内涵界定为不是由自然的语言产生的，而是由约定俗成的程式产生的意义。作为一句法语句子，标题 Les imprimés triomphent aux courses 意为"赛场上获胜的印花"，可是，作为标题，它又具有时装体系产生的其他意义。

对于这些意义该怎么办呢？巴尔特颇有见地，将这个系统的两个层次加以区别：一个是"服装业的规范"，所表现的是流行时装的有关特点；另一个是"修辞系统"，包括语句的其他成分。对于后者的研究，可以考察由标题表现的对于世界的看法（修辞系统中的所指），或者考察这种看法如何得到传递的程序（符号示义过程本身）。但是，在服装业的规范这一更为基础性的层次上却出现了一些严重的、方法论方面的问题。这里，一切符号序列的意义是相同的：标注中出现的就是指这一

39

项正在时兴。符号示义的过程却没有什么可说的：时装杂志上登载的照片已经把能指和所指时尚联系起来。

需要作进一步详细考察的是，符号序列中哪些成分属于服装业规范的层次，哪些属于修辞的层次。在"纤细的饰边优雅醒目"中，"纤细的"究竟是决定饰边走俏的成分，还是只用于表示修辞内涵（谦逊，不事张扬，漂亮）的成分呢？在"正宗的中国式平裁开衩旗袍"中，"正宗的"是不是作为强调的修辞？要回答诸如此类的问题，你就得考察这一年流行的时尚规则。如果人们认为描述时装的语言序列"恰如其分"，那人们就会问，究竟是哪些规则产生了这些语言序列，而且又不会产生描述当时正好已不时兴的服装的语言序列。把语序化简到它们的构成成分，然后写出能对"恰如其分的"标注进行解释的组合规律，这是语言学模式所提供的考察过程。

如此考察就需要了解不时髦服装的信息。没有这方面的信息，那就像一个语言学家要架构一套语法，却又局限于一组结构正确的语句一样，他就无法了解语序中出现什么样的变化会造成语句偏离正轨，因此就无法确定与语句有关的那些特点。如果有一个标注为"翻领皮上衣"，人们就无法断定究竟是皮革，还是翻领，还是两者的结合使这件衣服时髦。解决的办法显然要依靠那些了解时装业行情而且在一定程度上掌握了这一系统的人所作出的判断。但是，巴尔特似乎认为，对于研究对象所进行的严格的结构分析不允许这样做。在这本书中，他提出一个似是而非的论点，试图解决所谓有关或无关的问题：

> 每一项服装描述都隶属于一定的目的，即为了表现，或更确切地说，为了传导时尚。……于是，改变时装语言的语序（至少在术语上），例如，紧身马甲的钮扣开在前面而不是后面，就从入时过渡到了过时。(Barthes, *Système de la mode*, pp. 32 – 33)

但是，这并不等于说，服装如不具备每项描述所指明的特点就是不时髦的。因为巴尔特认为，他的任务只在于对所研究的对象进行描述，而并不注意确定语序中究竟哪些成分具有功能性的特征这样一个基本的问题。他既已认定语言学能提供类别划分的发现程序，他也就无意去解决那个凭经验可以解决的明显问题了。

第二章 一种方法的形成：实例二则

但他的策略的确出现了一个疏漏。他说，他并不关心在这一特定的年份里什么是时兴的，而只关心这个系统的一般性机制，因此他并不提出如何区别入时和过时的规则。这一决定令人遗憾，首先它使整个方案变得模糊不清。如果我们对共时状态的描述不感兴趣，那又为什么要单单选择共时状态？如果我们只关心一般意义上的时尚，那么，我们肯定需要其他年份中所记载的不同组合的证据，否则，我们就会误将某一年流行时装的特殊性当作该系统的一般性。看来，一组研究对象的选择，只取决于语言学家要对哪一项共时描述给予优先强调，取决于他们要给人以真实、一丝不苟的印象这样一种愿望。

其次，拒绝考察什么入时、什么过时，将造成结果的模棱两可。例如，"纤细的饰边"中"纤细的"是修辞性的，因为在所列标注中并没有"粗犷的饰边"一说，所以"纤细的"没有对立面。然而，实际的对立或许恰好就是入时的"纤细的饰边"与过时的"粗犷的饰边"，而后者因为已经过时，所以就没有出现在时装杂志上。诸如此类的问题是不能只凭类别划分的理由而定的。

最后，他的结果也无从检验。如果该系统的功能是传导时尚，那么就应该描述得像那么回事，我们就应该能够从该年度找到其他符号序列的证据，或时装行家的意见，从而看出巴尔特制定的规则究竟能否成功地区别入时与过时。如果根本没有这一套方案，他的描述究竟是否恰当就完全无从检验了。

那么，巴尔特对这一套符号现象又作了什么样的描述呢？既然最充分的描述会出现序列的罗列，既然这样做毫无意义，他于是就将它们简化为一系列的句法组合，并按照相应的句法位置，确定了一套分类范例："首先必须确定哪些是所述服装的横向（或连续性的）单元，而哪些又是系统的（或事实上的）对立。"（Barthes, *Système de la mode*, p. 69）

巴尔特通过对研究对象的分类，假设了一个最基本的由"物体""支撑体"和"变体"三档构成的横向组合结构。在"一件合领绒线衫"中，"绒线衫"是物体，"合"是变体，而"领"是变体的支撑体。这种

— 41

结构好像比较可信，因为说到一件时装，我们一般总要给它一个名称，点出它的关键部分，并具体说明它之所以时髦是由于什么特点。这种三分法可以作各种调整：在"今年衣领将流行敞开式"中，物体和支撑体合二为一。其实，他所列举的经调整后的三分法可以描述任何时装标题语序。他声称这种模式"已经得到证明，因为它能使我们按照某些有规律的调整、对一切标题语序进行解释"，(Barthes, *Système de la mode*, p.74) 而且，这种模式也并不是凭空杜撰出一套描述时尚的标注。

确定分类范例，以分别填入三类横向组合的空格这项工作更加有趣，也更加重要。首先，诸如裙子、罩衫、衣领、手套等一系列项目，既可以充当物体，也可以充当支撑体。巴尔特把这些可以填入两个空格的项目称为"种"，他又提出，类别分析使我们能把它们划分为六十种不同的亚属，或称之为"类"。服装或服装的一部分，如果横向组合时互不相容——不能组合在一起构成某一套衣服的成分，那就把它们安排在某一类中的纵向组合的相邻位置上。每一种分类范例其实都由许多对照比较项构成，而每一次只能从中选取一项："一件外衣和一件滑雪衫"虽然形式迥异，却属于同类，因为我们必须在两者之间进行"选择"。(Barthes, *Système de la mode*, p.103) 巴尔特所谓的"类"，作为横向组合不相容而言，似乎还是可行的：同一类中的两项不可能在同一序列中同时充当物体和支撑体，但是，恰当的描述应该能够更加详细地说明同时发生的关系。例如，如果类属中的一项"衣领"充当了支撑体，那么，物体必须属于较为有限的类属中的一员，大体来说，应该是带领子的服装。反之，如果"衣服"为物体，那么，支撑体必须从"面料""镶边""裁剪""花纹""颜色"等等当中挑选。

人们或许觉得，如果这样按类型划分是正确的话，那么，这些类型就成为使组合规则发挥效能的单元了。然而，巴尔特的分类好像没有发挥这样的作用。外衣、滑雪衫和三点泳装被置于同一分类范例之中，可是如果作为物体，它们将各自带上非常不同的支撑体。如果我们为了写出组合规则而需要一套完全不同的分类，那么，巴尔特所提出的这种分

第二章 一种方法的形成：实例二则

类只能算是证据最不充分的分类。

变体也按同样的原则进行分类："哪里出现横向组合的不相容性，哪里就一定有一个相对的指义系统，也就是说，一种范例。"（Barthes, *Système de la mode*，p. 119）衣领不能既敞开又闭合，却可能是宽边敞领。根据这种相容和不相容性，他假设出三十组变体，当然这些变体不能在同一个支撑体上同时实现。但是，他并没有运用这些分类制定出一套明确的组合规则。

巴尔特似乎受了语言学家的误导，以为分类分析能够产生一套类型而无须任何解释性功能的验证。而即使没有解释性的效用，如果他能严格按照这样的方法运作，那么他所列举的这些类型作为分类分析所能引出的实例，也还是很有意思的。可是，他没有确定在所列出的时装标题中，哪些项目是永远不会同时与某一个支撑体配伍的，他认为一般的相容性和不相容性是由服装本身的性质决定的。严格说来，如果他所列出的时装标注中包括了棕色衣领和敞领，却没有棕色敞领，那么，他就应该在同一类型中列入"棕色的"和"敞开的"。然而他没有这样做，因为他知道，衣领实际上可能既是敞开的又是棕色的。

巴尔特未能始终如一地坚持自己的理论设想，这一点说明了分类分析本身的困难。如果他真要按照某一年度的流行式样去决定哪些项目是相容的，哪些又不相容，那么，他就需要所列时装标注之外的信息，因为某一种没有列入时装大全的特别的组合，未必就一定不时髦。如果他对某一特定年度的时装式样所允许的组合并不感兴趣，而且他所关心的只是一般意义上的服装的相容性和不相容性，那么，他首先就不应该将时装标注局限于某一年份。而即使这些标注的来源再扩大一些，他也仍然必须引入增补信息，这样才能发现那些事实上很可能存在（如上身为睡衣式，下身为滑雪裤），却因为从未流行过而不曾在时装式样大全中出现的配伍。无论是哪一种情况，分析者除了涉足时装式样大全以外，都还必须从深谙时装流行动向和服装业的人那里获取信息。这种对于相容性和不相容性的知识——犹如本国语言使用者的语言能力——乃是分

43

析的真正对象，我们应该把注意力集中在它身上，而不能只是应景式地或遮遮掩掩地从中吸取自己需要的部分。

如此看来，我们所得到的只是关于时装业规范的一种非常混乱的、不完整的而且未经证实的叙述，它甚而根本无法充当形式分析的范例。它没有提供一个说明什么才是入时的之规则系统，也无意对所列出的时装标注进行严格的分类分析。巴尔特被语言学范式引入歧途，采用了一种完全错误的办法，而且又不愿意按照形式分析的方法一路走到底。他忘记了自己究竟要解释什么，结果什么也没有解释便不了了之。

正因为批评和赞扬巴尔特的人都把他的这部著作视为结构主义分析程序的楷模，所以认识他的失误就格外重要。罗杰·普尔（Roger Pool）曾说过："必须承认，系统（système）是一套非常严格的分析。"① 忽略了这一点，那就只能造成对结构主义的莫大的误解。巴尔特本人的评语甚至更加贴切："我做了一场科学化的美梦。"（Barthes,"Réponses", p.97）语言学的范式一旦堕入美梦，便会产生杂乱无章、莫衷一是的结果，这也并不奇怪。

幸好巴尔特关于系统的修辞层次的讨论，相对于时装业规范的叙述而言，比较贴切、成功。表现时装语言序列的方法究竟有什么意义？考察这一符号示义过程究竟能够从系统中发现什么呢？正如一首诗的最重要的特征也许不是它的意义，而是产生那种意义的方式一样，时装语言修辞力所产生的规则和方法，也比时装本身更有意思。系统最突出的特点之一就是它旨在为其符号"提供动因"的各种程序："显然因为时装是一种专制性现象，而它的符号又是武断任意的，因而必须将它们转化为自然的事实或合情合理的法则。"（Barthes,"Réponses", p.265）首先，这个系统为服装派定了某些功能，认定它们的"实用性"（亚麻衫供凉爽的夏夜穿着），而且无须解释它们为什么比那些过时的服装更加得体。不仅如此，它还可以使用一些具体化的描述（供在卡莱河畔码头

---

① 普尔. 结构与素材.21；托多洛夫. 修辞符号学.

第二章 一种方法的形成：实例二则

上夜晚散步用的雨衣），而这样的描述，由于它们所提示的功能更加因时因地制宜，甚至没有任何道理，因而显得更加"自然"。

正是这种对客观世界的指涉，使得它的功能性变成了说说而已。我们在这里所看到的是一种小说艺术的悖论：任何流行式样，如将其细节统统展示，则变得不真实；然而与此同时，其功能越是因时因地制宜，它就越显得"自然"。这样，时装标注的文字就又得回到现实风格的假设上，按照这个假设，微小而精确的细节的积累，才能肯定所反映事物的真实性。（Barthes, "Réponses", p. 268)

最后，系统可以运用各种句法使其符号变得自然。标注中运用现在时和将来时，将行将流行的款式这些武断任意的决定变成事实，使它们合情合理地存在，或成为无法解释的自然过程的结果（今年夏季服装将采用丝绸面料，饰以赛场上获胜的印花）。反身动词使服装本身成为它们入时流行的媒介（袍裙将偏长，黑色貂皮将走俏）。修辞手段把什么将会流行的任意性掩盖了，究竟是通过什么样的媒介，这里没有指明，只有效果而不见原因，只把它们当作已见事实，或当作伴随某种独立而自足的过程发展形成的现象。时装作为一个符号系统，其实质存在于使其符号从任意变为自然的动能之中。

但是，时装又会不断产生与实用性毫无干系的变异，这就又产生一种阻力与上述动力相抗衡。当然，某一年度的款式与下一年度的款式之间一定不能有重要的功能性的差异，免得人们不愿意更换。因此，时装必须强调那些最细小的变动的意义：今年，蓬松织品将取代细茸织品。"细毛状"织物与"粗毛状"织物质地大同小异，而其中的差异也只能由那些了解时装动向的人们去辨别，但这些都无关紧要。时装所强调的只是差别，而不是差别的具体内容。然而，这些内容空洞的差异的增多却能否定服装的内在物质价值，从而增加服装的潜在意义：服装入时与否主要在于对它的描述，而不在于服装本身。

这样，时装系统就提出了一种语义系统才有的难以捉摸的矛盾性，其唯一目的就是要破坏那种没有内容却又煞费苦心炮制出的意义,于是就出现了这样一种情况:人把自己的精力投入其中,使那些并无意义的东西产生意义。正因为如此,时装就成为符号示义行为的一种示范形式,与文学的本质联系到一起,即让人们阅读事物作为符号所示的意义,而不是它们本身的意义。(Barthes,"Réponses",p. 287)

正是在这样一个层次上,时装研究特别给人以启迪,它使人了解到符号系统中那似非而是的本质。正如巴尔特在这一部及其他著作中所示,一个社会总要耗费相当的时间和精力,精心制作一个又一个的体系,使"这个世界充满意义",把物体化为符号。一方面,"人类在掩饰他们创造物的系统性本质和把这种语义关系重新变成自然的或合理的关系方面,耗费着同样的精力"(Barthes,"Réponses",p. 285);而另一方面,人用于符号的增殖和归化方面的精力——使一切都作为符号而产生意义又使这些意义成为内在的、固有的这样一种欲望——最终又破坏了他赋予客体的意义。这两个过程,各自从相反的方向肯定了意义,亦即创造意义又使意义归化,构成了一种自成一体又自我包容的活动。由于符号示义的过程既吸收又破坏上述两种作用力,它就变成了一种自己摆弄意义的游戏。我们只需想一想,围绕着"现实主义"所发出的呼声是如何为文学技巧的变化进行辩护的,只需想一想让现实产生意义的欲望是如何创造出形形色色的独立的世界的,就会懂得这种似非而是的悖论绝不仅仅是时装系统的特征了。

神话学逻辑

列维-斯特劳斯的四卷本《神话学》,是迄今为止结构主义分析的涉猎最广、给人印象最深的典范。这部"气势恢宏"的巨著,将北美大陆与南美大陆的神话融会贯通,揭示出它们之间的联系,从而为人类思想的统一性和思维产物的一致性提供了证据,仅此一点就使人很难在短短的篇幅中对这部著作作出评价,甚至简单描述一番也无望。不过,如果

第二章 一种方法的形成：实例二则

没有那样的奢望，则也许还可行：只是看一看语言学的模式究竟会以什么样的方式激励并支持对虚构话语的分析。

对于神话的考察，只是一个长期研究项目中的一部分，这项研究就是运用人种学的材料去研究人类思维的基本运作。列维-斯特劳斯提出，人的大脑在意识层次上，特别是在无意识的层次上，是一种能架构结构的机制，它能为所掌握的任何素材赋予形式。西方的文明发展了一套抽象分类法和数学象征符号，以便于进行心智活动，然而其他文化却运用了另一种逻辑，其程序与前者相似，但它的分类却更为具体，因而也更有隐喻性。这里不妨举一个纯属假设的例子：如果有两类东西，既相似又不同，而两者并不处于竞争状态，那么，它们也许会把第一类称为"美洲虎"，而把第二类称为"鲨鱼"。

在《野性的思维》和《图腾崇拜》这两部著作中，列维-斯特劳斯试图说明，人类学家们之所以无法解释初民的许多现象，原因就在于他们没有理解这些现象背后的非常严密的逻辑。原子说和功能说的解释在相当多的情况下失误，它们把其他民族描画为极度原始、极度轻信。如果某一部族将某一动物视为图腾崇拜对象，这并不一定是他们赋予这种动物以某种特别的经济方面或宗教方面的意义。对某种图腾的崇拜的感情或特别的禁忌，也许恰好是结果，而不是原因。"所谓部族 A 是熊的'后裔'，部族 B 是鹰的'后裔'，只不过是 A 与 B 之间的关系犹如这两类动物之间关系的一种具体而简约的说法而已。"（Lévi-Strauss, *Le Totémisme aujourd'hui*, p.44）要对一种图腾作出解释，就必须分析它在一个符号系统中的位置。熊和鹰是逻辑行为者，是具体的符号，用以建构有关该社会族群的种种说法。

在对这种具体逻辑的考察活动中，神话被选作开展"决定性试验"的领域，因为在大多数活动中，系统的哪些规律性与一般的思维活动有关，而哪些又与外部局限有关是很难说清楚的。但是，在神话学领域内，一切局限都来自内部，原则上说，在神话中什么都可能发生。因此，列维-斯特劳斯论证说，如果我们能够发现一个深层的系统，那么这个系统就可以被视为思维本身。

倘若在这种情况下可以显示，在表面看来是神话的任意性中，在所谓是灵感的自由中，在发明创造的似乎不受控制的过程中，果然包括了某些在更深层次上起作用的规律，那么就必然得出这样的结论……即如果人的思维在它创造神话的过程中就是既定的，那么思维在其他领域中也就毫无疑问是既定的了。（Lévi-Strauss, *Le Cru et le cuit*, p. 18）

所以，第一个假设就是，神话是一个象征系统的言语，其构成单元和组合规则是可以被发现的。"经验证明，语言学家可以从少得可怜的语句中，制定出他所研究语言的语法"，同样，人类学家也应该能从有限的研究对象中，引出对于整个系统的叙述。（Lévi-Strauss, *Le Cru et le cuit*, p. 15）音位学的例子表明：实际使用语言的人并不一定懂得音位学所研究的结构；被分离出的成分并不一定有其自身内在的意义，其意义完全是从它们的相互关系中产生的；而且，那系统化的运作所进行的分割和分类，将一定会引导人们进入一个由各种关系组成的系统。

列维-斯特劳斯在早期撰写的《神话的结构》一文中，开始运用音位学的方法，他在文中提出了人们怎么能够识别并确定神话的构成成分，人们又怎么能够判断它们不是单独存在的关系项，而是"关系簇"（"bundles of relations"）这样的问题。如果音素被称为"差异特征簇"，那是因为一个单独的音素同时参与若干组对立。但是列维-斯特劳斯所谓的"簇"，实际上是一组具有同样功能特性的单元。要将这些簇或"神话素"分离出来，我们并没有一种机械程序，因此，如果列维-斯特劳斯想从神话中发现一组神话素，并且能解释其意义，他就必须从对这个神话的意义作一个假设开始。他假定神话能够解释一对矛盾，或者简化这对矛盾，其方法为在一个四元同类体中建立这对矛盾的两项与另外一对项目之间的关系。一旦获得了这个在很大程度上是形式上的、抽象的所指，他就知道在分析一个神话时需要寻求什么了，这样也就能像他本人所做的那样，将各个单元分别置于四个分类标题之下，每一类都具有能构成同类体结构一部分的共性，这样也就确定下四类神话素了。例如，俄狄浦斯神话即可作如下的处理（Lévi-Strauss, *Anthropologie structurale*，p. 236）：

　　A

　　卡德摩斯寻找他的妹妹欧罗巴

　　俄狄浦斯娶了伊俄卡斯忒

　　安提戈涅埋葬她的哥哥波吕尼西斯

　　B

　　斯巴托伊人互相残杀

　　俄狄浦斯杀死拉伊俄斯

　　厄忒俄克勒斯杀死他的哥哥波吕尼西斯

　　C

　　卡德摩斯杀死恶龙

　　俄狄浦斯"杀死"斯芬克斯

　　D

　　拉布达科斯＝跛足

　　拉伊俄斯＝左足偏瘫

　　俄狄浦斯＝肿脚

A栏中的事件有过分强调亲属关系（"过高估计亲属关系"）的共性，与B栏中弑父弑兄（"过低估计亲属关系"）形成反照。C栏中为杀死那些由大地产生的半人形的异常怪物。列维-斯特劳斯说，杀死它们表示否定人出生于泥土。而最后一栏中，不能正常行走又是出生于泥土的典型特征，又显示出人无法摆脱出生于泥土的本源。人类据说是从地里冒出的，但作为个人又为男女结合而生。上述神话将这一矛盾置于对亲属关系的过高估计和过低估计的对立之中，两者均可从社会生活中观察到，因而使人更容易接受这一矛盾："经验可以拆穿人出生于泥土的谬说，但社会生活却证明了上述双方都呈同样矛盾结构的宇宙论的观点。"（Lévi-Strauss, *Anthropologie structurale*，p. 239）

这一方法并不令人满意，其理由如下：首先，它对神话单独进行分析，未能明确说明它们相互间的关系。其次，因为必须选择符合所提出的结构的事件,这就使这种方法带有相当大的任意性:一些重要因素被略去。最后一点,也是最重要的,它并没有使我们对神话逻辑的理解前进一步:这里所揭示的逻辑只不过是事前假定的同类体结构的逻辑,以及类别的基本逻辑。因此,当列维-斯特劳斯开始对神话进行全面研究时,他只好放弃了早期的这种观点,当然,他也没有公开反对。尤其值得注意的是,原先那种旨在发现每一神话内部或背后都有一个四项同类体的努力,则让位于对各种神话的比较,其目的在于揭示这些神话所运用的"习俗准则"("codes")的内在逻辑。

一种习俗准则是从某一种经验领域中提取出的研究对象或类型,它们之间的关系使它们成为表达其他关系时可以借用的逻辑方式。列维-斯特劳斯在第一卷的前言中写道:"此书的目的是说明,经验性的分类,例如'生的'与'煮熟的'、'新鲜的'与'腐烂的'、'浸水的'与'火烤的'"……如何能用作观念性的分类方法,以构成一套抽象的观念,并且使它们在各种观点中组合起来。"(Lévi-Strauss, *Le Cru et le cuit*, p.9) 于是,人们可以认为,他的任务是通过鉴别各种习俗准则(神话中的各种构成成分和事件均由之产生),并说明这些习俗准则究竟表达了什么,从而对神话中所存在的各种成分和事件给予解释。关于这一过程我们最熟悉的实例来自文学批评。例如,在莎士比亚的第144首十四行诗"两种爱使我振作又绝望"中,我们或许可以说,莎士比亚抓住了善与恶这一基本对立,从若干条习俗准则上对它进行考察:宗教的(天使/魔鬼,圣徒/恶棍),道德的(纯洁/傲慢),以及肉体的(肤色洁白/肤色黝黑)。如果要对所存在的这些项目中的任何一项进行解释,就必须说明,在从某一特定的经验领域提取出的习俗准则中,它只是两项对立中的一部分,而这种两项对立则旨在表达一种潜在的主题对立。

关于文学,我们一般都知道应该怎么办。我们知道,在我们的文化中,黑头发与金头发相对,在宗教习俗准则中,天使与魔鬼相对,我们掌握了诗歌表达的意义以后,就能检验我们对细节的解释是否与这些意义相吻合。然而,神话的情况却大不相同:为了架构可使我们了解那些可能的习俗准则本质的文化背景,颇需下一番功夫,用一番心计,因为

第二章 一种方法的形成：实例二则

我们一开始并没有一个明确的意义使我们对所描述的神话进行评估。分析者必须同时去发现结构和意义。这一要求就产生了列维-斯特劳斯称之为螺旋式的运动，即用一个神话去阐述另一个神话，继而又发展到第三个，而这第三个的阐释只能按照第一个的读法进行，依此类推下去。最后的结果当然是一个首尾连贯的系统，其中对每一个神话的研究和理解都要将它与其他神话联系起来："每一个神话的前因后果于是就包括了越来越多的其他神话。"（Lévi-Strauss, *Du Miel aux cendres*, p. 305）为了解释某一特定神话中的一个构成成分或事件，分析家不但一定要考虑它在该神话中与其他成分的关系，而且还必须确定它与其他神话中出现的类似成分是什么样的关系。

列维-斯特劳斯一定会争辩说，他的程序与语言系统的研究相类似：两者都是为了架构纵向组合的类型而比较横向组合的语序，都是考察这些类型，以确定每一类别组合成分之间的意义对立项。他认为，从分析者的角度看，单独的横向组合链是没有意义的。我们或者按他在早期论文中提出的程序，"把横向组合链分割成能够叠合的一个个片断，而且必须显示出它们能够就一个主题构成许许多多的变化"，或者"必须将一个完整的横向组合链，即一个完整的神话，与其他的神话或神话片断进行对比"。不论选择哪种程序，其效果都是用一套纵向组合去替代单一的横向组合链，这一纵向组合的构成成分则由于它们之间的相互对立而获得了意义。（Lévi-Strauss, *Le Cru et le cuit*, p. 313）

语言学认为，只有当两个语言单元在某一语境中能够相互置换时，才能被看作属于同一类型的构成成分。如果一个神话的两个版本仅在某一点上有差异，那么，通过对两个不同成分的比较，我们就可以发现两者的差别在哪里；而如果我们已经知道这一神话的两个版本具有相同或不同的意义，那么，我们就会发现，要么是一种随意性的变化，要么是一种功能性的对立，应该被纳入关于整个系统的描述之中。同样，如果几个神话都具有相同的意义，那么，我们可以将它们进行比较，从中发现产生这一意义的形式上的共同点。正是在这方面，列维-斯特劳斯的方法看来是无可指摘的，他的论点也是令人信服的。例如，他援引英格兰和法国民间传说中的仪式：如果妹妹先于姐姐出嫁，那么，一种情况是，姐姐要被人抬起，放在一只烤炉上，或者她必须赤足跳舞，或者是第三种情况，即她必须吃一份洋葱、块根蔬菜以及苜蓿草拌成的色拉。列维-斯特劳斯认为，我们不能孤立地去阐释这些习俗，只有找出它们之间的内在关系和共同点，才能真正理解它们。（Lévi-Strauss, *Le Cru et le cuit*, p.314）这一范例运用生食与熟食的对立，以表示自然与文化的区别。这种仪式要么表现了姐姐的生蛮、非社会化的地位（赤足跳舞，吃生菜），要么表示通过象征性的"烧煮"，使她适应社会生活。

　　虽然这个例子并不专指典型的神话，它却充分说明了神话分析中的几个至关重要的问题。首先，这种分析通过赋予仪式以意义的"可能性"，从而显得是正当可行的。在我们所了解的西方文化中，便有许许多多这样的例子，足以勾勒出某种阐释变化所必须具备的前提条件：姐姐的独身被视为不足取，她或者需要受到某种象征性的惩罚，或者需要某种象征性的治疗。正是这样，从某种意义上说，我们本身所具备的认识潜力就成为检验各种解释的总的标准。其次，这里所论及的几个部族想必都了解在什么样的场合举行这样的仪式，这一点显然也非常重要，而了解了那种场合，我们也就大致了解了这些仪式的意义。因此，我们也就没有必要进一步考察人们对这些仪式的实际看法，或他们自己所提供的解释，当然，如果他们的解释也适用于其他场合，则另当别论。系统的作用完全是在无意识状态下发生的：人们觉得，这些仪式就是适合这样的场合，而这样的感觉已足以使我们有把握认为系统的确存在。最后一点，诸如"生的""熟的""自然""文化"这些用于解释的术语，被证明是适当的，这不仅仅因为它们在这些特定的事例中适用，而且应当看到，它们也完全适用于其他的现象。它们并不是为这些场合而创造出的专用术语，而是一些具有普遍意义的特征，其重要性已在别的地方得到了证明。总之，列维-斯特劳斯的这个例证说明他的方法是可行的，因为我们在分析事实的时候，就已经认定它们之间的统一性，就已经考虑到可能产生的解释的条件，其中至少包含了仪式的意义以及适合它们

第二章 一种方法的形成：实例二则

的解释术语等这些最基本的考虑。

但是，如果我们假设这三种情况不是明显的"并行不悖"，譬如假设遇到三个关于婚礼的短篇小说：在第一个故事中，客人们在婚礼上高呼"下一个轮到你了，厄休拉！"，然后把姐姐托上烤炉；在第二个故事中，姐姐脱下鞋子，绕着新郎新娘赤足跳舞；在第三个故事中，父亲说，"在你找到自己的丈夫之前，你不能吃结婚蛋糕"，然后给她一份生菜和洋葱色拉。每一个故事中都有需要解释的奇怪现象，但又不一定非要一种共同的解释，在这种情况下，如果批评家采用将一个事件与其他事件进行比较的办法来对这个事件加以阐述，那么人们完全有理由说他穿凿附会。其实，这也是列维-斯特劳斯在分析中经常提出的问题：如果两个神话在某种意义上是并行不悖的——如果它们有相同的意义或有相同的功能，那么，所发现的任何形式上的相似性都应视为恰当的；但如果它们是并行不悖的，那么，所进行的分析就很成问题了。两则神话可以从许多角度进行比较，哪种角度能产生恰当的关系呢？

试看《生食与熟食》中的第一个比较。神话1可以概括如下：

> 一个男孩强奸了他的母亲，作为惩罚，他必须从事各种苦役。在鸟兽的帮助下，他完成了各项工作。父亲一怒之下，支使他长途跋涉去逮鹦鹉，当男孩爬到悬崖半腰时，父亲撤去梯子，让他不上不下挂在那里。男孩攀住一根树藤，爬到崖顶。后来经过一系列艰难困苦，他乔装打扮回到村里。那天夜里，狂风大作，除了孩子的祖母家以外，全村人家的火都被吹熄。为了给自己复仇，男孩让父亲组织一次围猎，自己则变成一只雄鹿，向父亲冲去，把父亲挑进一个大湖，鱼儿将他吞食，只留下他的肺漂上湖面，变成了水浮莲。而另一种说法是，男孩呼风唤雨，惩罚他父亲的部族。(Lévi-Strauss, *Le Cru et le cuit*, pp. 43-45)

列维-斯特劳斯把这一神话与出自同一部族的第二个神话加以比较：

> 一个男孩看见他母亲被强奸，便告诉了他的父亲，他的父亲杀死了犯奸淫罪的双方。男孩变成一只飞鸟，四处寻找死去的母亲。鸟粪撒落在父亲的肩膀上，那里长出一株大树。父亲受到羞辱后外

出游荡，每当他停下休息，那里就形成大湖；而他肩头的大树则越来越小，直至最后消失。父亲在这种舒适的环境中流连忘返，将部族首领职位转让给他自己的父亲，他在外制作各种装饰用品和发声乐器，分发给他过去的部族成员们。（Lévi-Strauss, *Le Cru et le cuit*, pp. 56–58）

我们可以看出，两则神话在不同的抽象层面上存在着各种不同的联系。例如，我们可以认为，两则神话除了情节内容有所颠倒以外，在结构上是类似的。如果把第二则神话中被颠倒的成分置于括号中，我们就会看到：参与（非参与）强奸其母，造成父子关系中敌对（非敌对）关系，这又引起儿子（父亲）在人（自然）力作用之下与部族的隔离。但是，列维-斯特劳斯却发现一种不同的平行关系：

> 每一个故事中都有一位图盖尔人的英雄，他在朝上运动（沿树藤往上爬）以后引来了天水，或者在往下压挤（树的重量往下，树长得越大，他承受的重量越大）以后引出地水。天水是有害的……而地水是有益的……。第一位英雄由于狠毒的父亲而被迫离开家园；而第二位英雄则出于对他的父亲的感情，自愿离家出走。（Lévi-Strauss, *Le Cru et le cuit*, p. 58）

两种说法都只包括了每则神话中的某几个细节（列维-斯特劳斯在以后的比较中运用了另一些细节），这些细节被看作是更带普遍性的类别划分的表现。显然，采用同样的方法也可以产生其他的关系组，而它们的地位则取决于具体进行比较时的角度。对于深受西方文学熏陶的人来说，列维-斯特劳斯所谓的向上运动与向下运动的对立，似乎过于做作，因为在第二个故事中，父亲的困境主要并不表现于向下运动，而是他肩头长出的大树把他往下压。但列维-斯特劳斯的这种读解却又的确获得人种学方面的某种佐证。波罗罗人将植物分为最原始的三类：藤蔓类、雅托巴树和水生植物。这三类分别与天、地、水相对应。第一则神话中的藤蔓与第二则中父亲肩头长出的雅托巴树两者的对立，则有理由认为是上与下、天与地对立的表现。这一信息就为比较奠定了基础，因为它表明，部族的成员也许就是这样理解他们的神话的。基础一经确

第二章 一种方法的形成：实例二则

立，就有可能找出神话之间的关系了。

我们或许还得对三种情况加以区别。如果两则神话的意义或功能相同，那么它们之间的关系就是可以确定的。如果两则神话都隶属于同一文化，而且关于该文化中表示特征区别的信息也能得到，那么，比较的条件就已经具备。然而，最常见的情况却是，列维-斯特劳斯将属于不同文化的两则神话进行比较，并声称从它们之间的关系中引出了意义，而实际上，他的分析很可能是非常成问题的。因为我们没有任何先验的理由认为，这些神话之间有任何必然的联系。

例如，列维-斯特劳斯在《饮食方法的起源》一书的首章中，汇集了北美和南美地区差别迥异的一组神话，这些神话中都包括一个"蚂蟥女"的主题——一个女人死死黏着一个男人。由于这些神话中有好几个都以这样那样的方式将这个女人与青蛙相比，因而列维-斯特劳斯便感到有理由将其他关于蛙女的神话也归入这一类神话。

> 我们手头便有了两种范例，蚂蟥女的类型和蛙女的类型，它们所分布的地区是北美洲和南美洲。在南北半球，这两种范例各自相互关联。的确，我们已经说明，不论是这里还是那里，蚂蟥女就是一只青蛙。我们现在可以明白这种合二为一的原因了：一种是明言，而另一种是暗喻。蚂蟥女以最卑屈的方式把自己的身体吸附在那人背上，他是她的丈夫，或者她想使他成为她的丈夫。蛙女是肆虐成性的继母，往往是个人老珠黄又不堪忍受情夫离异出走的女人，于是让人想起我们通常所谓的"黏人"的女人，此处"黏人"为比喻。 (Lévi-Strauss, *L'Origine des manières de table*, p. 57)

他提出，正是由于对这些神话进行比较，我们才能确定它们的基础结构，才能确定它们的意义。有些神话会呈现其他神话所没有的结构部分。当然，这种架构代表这一组神话意义的共同结构的办法，又建立在它们都具有相同的意义这样一个假设前提之上。

按照列维-斯特劳斯的说法，这些神话认定，将女人之间形体上的差异与人区别于动物的特征，或与一种动物和另一种动物的差异相混淆，是危险的，应受到谴责。女人，不论美丑，都是人，都应该得到一个丈夫。（p. 60）所以，如果人种学的发现确实证明所有这些神话都具有相同的意义，那么，列维-斯特劳斯则完全可以声称是他的发现；而如果这些神话同属一种文化，那么，他为各种蚂蝗女寻找同一种解释的努力也是正当的。不过，在这种情况下，没有特别的理由认为这一主题在各种文化或神话中都有相同的意义。

很明显，即使在最笼统的意义上，列维-斯特劳斯提出的问题和程序与语言学家也有相当大的差别。列维-斯特劳斯要说明的是，不同文化中的神话，作为一般神话语言的"言语"，也会是并行不悖的；而语言学家却无须证明英语语句应当作为一个群体来对待。他知道存在着一种英语语法，因为说话者能够互相理解，他们运用形式上的差异来传递交流不同的意义。语言学家通过对语序的分析比较，能够发现哪些功能性差异与意义差异相对应，并产生这些意义差异，因为他了解说话者的判断，了解语句的意义。比较 bet 和 bed，可以发现用以传递两个不同意义的功能性对立。列维-斯特劳斯声称将神话进行比较能揭示意义，但是，来自不同文化的两则神话之间的差异，却并不是用来传达任何意义的。

恰恰是在缺少关于意义的材料这一点上，它不能与语言学相比，因为在语言研究中，结构的研究与符号的研究是不能脱离的：有意义的结构是能使语序发挥符号功能的结构。由于无法从符号角度入手，因而列维-斯特劳斯只好专注于结构方面，从他的材料中寻找组织结构形式，可是，由于没有意义的迹象，因而他很难说明这些结构比另一些结构更有意义。虽然他从语言学中吸收了几条基本原则（诸如社会现象可能受无意识系统的主宰；分析家必须确定典型类别，这样才能确定这一类型中各构成成分的不同特征；各项之间的关系比这些项目本身更为重要等等），但是，由于缺少一种与语言能力相当的东西，来提供有待解释的素材，提供用以检验结果的标准，因而就产生了一个最重要的差别，使我们无法同意让·维埃（Jean Viet）所谓的人们之所以相信列维-斯特劳斯的方法是因为结构语言学提供了实例这样一种说法。[①] 在这里，正

[①] 维埃. 社会科学中的结构主义方法论. 78. 这里指的是列维-斯特劳斯的第一种方法。

第二章　一种方法的形成：实例二则

如在《世界的体系》中一样，我们看到了结构语言学在具体阐释中的缺陷：在研究一组语言现象中，通过对形式的分析比较能够发现一个系统的语法或逻辑，但是，这种看法却会导致忽视究竟需要解释什么这样一个基本的问题。

不过，列维-斯特劳斯遇到的困难，并非像巴尔特那样属于疏漏或方法论方面的混乱。他完全可以专门研究某一社会的神话系统，把那些在该社会中具有功能性的差异分离出来。可是他独辟蹊径，故意选择了另一个角度：一般神话学的角度。在他早期从事的亲缘关系研究中，他也遇到了同样的问题：各个社会对婚姻准则赋予非常不同的意义，人类学家不会简单地接受这些意义，而对隐藏在各社会习俗准则深层的各种关系视而不见。当他将亲缘系统看作保证妇女周转、使社会稳定的程序而加以描述和比较时——当他运用这种一般的意义以支撑他对具体系统的分析时，他的结论和方法本身，诚如他所说，是无法用归纳法加以证明的。"我们这里所关心的不是事实，而是意义。我向自己提出的问题是禁止乱伦的意义（即十八世纪时所谓的'精神'）。"（Lévi-Strauss, *Leçon inaugurale*, p. 28）研究的对象并不是规律对遵循此规律的社会的意义，而是现象在与其他现象的相互关系中的意义。在神话学研究中，关键问题也正在于此。当列维-斯特劳斯说神话消除了对立，"我们必须问，这种对立的消除究竟是对神话而言，还是实际上对部族居民而言"[1]。列维-斯特劳斯断然选择了前者："这样，我无意去说明人们如何运用神话进行思维，而是要说明神话如何通过人进行思维，这是人们从未想到的。"（Lévi-Strauss, *Le Cru et le cuit*, p. 20）

为了证实这一选择的合理性，必须解释为什么有关意义的论断不可简化为关于个人反应的陈述，在这方面，文学提供了有用的类比。有一种看法认为，消除对立发生于一个比喻中，乃是诗歌本身的思想，而不是读者群的思想，对一首诗或一组诗的结构进行研究的批评家，并非从考察读者的反应出发开始他的研究。其原因在于，文本只对懂得如何阅

---

[1] 布恩. 从象征主义到结构主义. 97. 关于这个问题的讨论，参见卡勒本人的述评，载《人文背景》（*Human Context*）1973 年第 5 卷第 1 号。

读它们的人才有意义,这些人在与文学的接触过程中吸收同化了约定俗成的程式,这些程式是文学作为一种文化习俗、一种交流手段的组成部分。诗歌只有作为文学或诗才有意义,用列维-斯特劳斯的话来说,批评家的任务是说明"文学如何通过人进行思维"。

实际上,这个类比既提供了理解赞同列维-斯特劳斯研究方案的钥匙,也使人一眼识别出这一方案所包含的困难。因为他所关心的并不是神话对于只了解自身社会中神话的人所具有的意义,而是神话在整个神话系统中,即在作为一种文化习俗的神话学中所可能具有的意义。由此看来,他的方案是合理的,犹如一位现代批评家无意去架构一首诗歌对于十六世纪的读者可能会呈现什么样的意义,他只想探索这首诗现在在已经大大丰富了的文学中会有什么样的意义。不过,神话学和文学有所不同,文学作为一门学科有文学教育的支撑扶持,许多经验丰富的读者都了解文学作品的覆盖面,而神话学却边缘不清,很少有人堪称吸收同化了它的系统。说得更浅显一点,我们懂得如何阅读文学,却不懂该如何阅读神话。这一点至关重要,因为神话或诗歌的意义虽说不应该只限于个人的判断,然而这些判断却是在这门学科中发挥作用并产生意义的程式之本质的仅有证据。要发现诗如何起作用,我们必须思考我们是如何阅读诗歌的;在这方面我们有证据,可是,对于如何阅读神话,我们却知之甚少。

其实,列维-斯特劳斯似乎也向自己提出了这样的问题:"神话怎么会有意义?""究竟是什么样的阅读程式和程序,使神话学变成了与文学一样的真实可信的存在?"他试图教他自己以及他的读者一种神话语言,而这种语言还无人掌握。他仿佛在创造一种阅读理论:假设出各种习俗准则和它们的逻辑活动,这些习俗准则和逻辑活动能使我们将神话相互参照进行阅读,使我们得到自成一体的系统,意义能从中出现。显然,这正是"蚂蝗女"的例子中所发生的情况。(按说)他这样一位地道的结构主义者,不会犯这样一个低级错误——认为某一成分在不同的语境中一定具有同样的意义,因而,他巧妙地将主题用作联系的手段,反映了这样一种主张——这些神话只有在相互参照着进行阅读时才变得有

第二章 一种方法的形成：实例二则

趣，才能被理解，只有这样，它们才仿佛具有同样的意义。倘若他所制定的程序确实使神话被人理解，那么，毫无疑问，这是由于他的方法与研究客体之间存在着某种一致性。这种一致性表明了究竟什么才是他的方案的总目标：思维活动的特点及思维产物的统一性，无论它们是神话，还是关于神话的理论。

> 在这本书中，究竟是南美印第安人的思想通过我的思想活动才得以形成，还是我的思想通过他们的思想活动才得以形成，这并没有什么大的差别。要紧的是人类的思想——从眼前来说，作为人类思想的代表，不论其本身属性如何，此时都应该从这样两种思想相互作用、互为因果的反射运动过程中，呈现出一种愈来愈能被人理解的结构。(Lévi-Strauss, *Le Cru et le cuit*, p. 21)

他所制定的阅读技法，当然表现了并揭示出思想活动的过程。

列维-斯特劳斯对神话的叙述，作为一种阅读理论，为研究文学的人在阅读虚构性话语时创造并验证阅读程式的努力，展示了不可多得的前景。神话与文学至少在"具体的逻辑"方面相通，这样，他关于如何阅读神话的建议，就可以假设为在文学阅读中可能发生的以直觉形式起作用的符号示义活动。

从他对各种习俗准则如烹饪、味觉、嗅觉、天文、声学、动物学、社会学、宇宙学等的讨论中，产生了这样一种假设：文本的成分之所以有意义，是由不同领域的经验组织而成的、各种对立相互作用的结果，而这些对立，一旦为吸收同化了有关习俗准则的读者所认识，就能够与其他更加抽象的对立联系挂钩。譬如，一个故事的女主人公出场时身着白裙，这个细节就能赋予一个意义，因为白与黑的对立是一种符合逻辑的定规。将列维-斯特劳斯关于习俗准则的论述延伸到文学领域，也许能形成这样一种观点：我们所谓的"内涵"，并不是与个体一对一地联系在一起的各种意义，而是在习俗准则内的反差相互作用的结果，象征主义的阐释过程，最终就是建立在这一基础之上的。

关于"太阳"与"月亮"的讨论恰好能说明问题。列维-斯特劳斯认为，这一对立是具有巨大语义潜能的神话动因："只要这一对立存在，太阳与月亮的反差几乎可以表示任何意义。""太阳"的意义并不由这一物体自身内在的特性决定,而是由它与"月亮"形成的反差,且这一反差可以与其他的反差挂钩这样一个事实所决定的。这样,差异可以是性别:太阳为阳性,月亮则为阴性,或者相反;它们可以是丈夫与妻子,姐妹和兄弟。或者,它们可以是同性的,两个性格或权力上有差异的女人或男人。① 虽然神话能够比文学更加自由地运用二项对立差异,然而诗人们却从容自如地运用"白昼"和"黑夜"来表示各种各样的对立,这表明列维-斯特劳斯的理论并不应该局限于神话学的领域。②

对习俗准则进行分析,其基本原则就是索绪尔提出的所谓事物只是符号示义的工具,而不是能指本身的观点。"为了使它能够完成这一使命,首先必须对它化约,只保留适于表现差异,形成两两相对的对立体的一些成分。"(Lévi-Strauss, *Le Cru et le crui*, pp. 346 – 347) 从根本上说,这是关于阅读过程中结构形成的假设,为了使文本示义,这一假设将各成分组织成一系列对立关系,它们又能与其他的对立相联系。这一过程产生了一个非常重要的结果:有关特征被提取后,留下的沉淀物本身又能被组织成各种对立,产生一种多价体或许多人所谓的文学语言固有(构成)的含混朦胧性。正因为习俗准则建立在这一原理之上,在阅读过程中就可能使与话语引申有关的习俗准则成倍增加。

列维-斯特劳斯理论的第二个方面是所谓各种习俗准则的任务是表达某种基本的语义反差。在讨论神话时,他通常把关于亲缘关系、社会关系的论述看作具有更重要意义的论述,但他却无意论证为什么要对它们给予优先的考虑,他实际上要说的是,"把神话中受到特别强调的语义层次分离出来是没有意义的"(p. 347)。不过,这样做却并不是毫无意义的。这一点不仅已经隐含于他的习俗准则的理论之中,而且已被与文学的类比进一步肯定。毋庸置疑,人们在阅读诗歌或小说的时候,总是要确立语义特点的层次。关于天气的描述可以看作人的心情的比喻,

---

① 列维-斯特劳斯. 饮食方法的起源. 160;星体的性别//纪念罗曼·雅各布森:第2卷. 1163 – 1170.
② 热奈特. 辞格二集. 101 – 122.

第二章　一种方法的形成：实例二则

然而绝不会有人把对人的情绪的描写看作是关于天气的比喻。我们甚或可以这么说，好坏天气的对立，其本身绝不会有什么根本性的意义，因此，它只被用来表现其他更为重要的对立。批评的任务之一也许就是确定哪些语义特征需要优先考虑，而且可以作为象征符号的最终所指。

正因为列维-斯特劳斯的理论所涉及的是为人所不熟悉的素材——存在于我们的文化以外的文本，它揭示了关于阅读的一些根本性的问题，由于这些问题通常需要丰富的文化阅历才能解决，所以在其他情况下它们还不可能成为明确思考的对象。他所引述的神话的奇特性，以及为了达到我们通常所认为的那种满意的理解而遇到的困难，都说明了在阅读西方文化的文本时，我们多么需要依靠那一系列我们自己也未完全意识到的习俗准则和程式。当列维-斯特劳斯将神话与其他神话相对照，当他提出习俗准则使神话成分示义并形成这样那样的格局时，神话最初表现出的不可思议性便减小了。神话的这一归化过程，与我们在阅读虚构的文本时所一贯采用的运作过程如出一辙，前者可以看成是后者的比喻。为了使这些运作公开呈现，为了描述架构结构的过程，文学活动中所应用的习俗准则，以及引导这一活动所要达到的目标，都比神话研究要简单容易，因为经验丰富的读者已经给我们提供了足够多的关于文学活动如何起作用的证据。换句话说，关于这种"语言"，"生而知之者"更多，因此，我们不必再像列维-斯特劳斯那样，在考察研究这一语言的同时，还要去发明一种阅读的方法。

这两个实例进一步证实了把语言学模式用于其他文化系统研究时的一些初步的结论。两个实例都说明了语言学并不能提供一个可以机械搬用的发现程序，也说明了如果机械搬用，就会忽视究竟要解释什么这样一个基本的问题。《世界的体系》告诉我们，谁如果只局限于描述一组语言现象，而忘记了制定出代表某种"能力"的生发系统的规则，那就会陷入不确定性。《神话学》没有遭遇这方面的困难，但是，在它所致力架构的总的系统中，关于各个成分的意义却拿不出什么证据，这一情况也使它为难。在以上两种情况中，单凭一组语言序列都不能为分析者提供足够的证据。他需要得到有关意义异同的判断，需要知道什么符合语法，什么偏离语法，如果他不以识别结构为满足的话。巴尔特和列维-斯特劳斯似乎在阐述关系和结构时，都没有对它们的阐释价值给予足够的重视，因此，谁也未能为真正的结构分析提供一个样板。

从理论上说，文学研究是可能避免大多数这样的问题的，可是，我们将会看到，由于对语言学方法的本质和效应的误解，许多同样的麻烦又出现了。

第三章　雅各布森的诗学分析

我曾经希望美是掺杂着无序或差异的齐整或相似。

——杰拉德·曼莱·霍普金斯

如果谁有意将语言学的方法运用于文学研究，最简单的办法就是用语言学的分类描述文学文本的语言。文学如像瓦莱里（Paul Valéry，1871—1945）所说，"是某些语言特性的延伸和应用"①，那么，了解语言学家所揭示的哪些语言特征正被用于具体的文本之中，它们是如何被引申、被重构的等等，对于文学研究也许就不无裨益了。这一观点——认为这一活动或许是文学研究的重心，也是俄国形式主义批评、布拉格美学批评以及当代结构主义批评的主张；罗曼·雅各布森（Roman Jakobson）把这几个流派串联起来，而且他比其他任何人都坚持这个主张。各家各派的结构主义都在设法把结构语言学的方法直接用于诗歌语言的分析，雅各布森的理论著述和实际分析成为上述各派的基本文本。

由于文学首先是语言，而结构主义又是一种建立在语言学基础之上的方法，因此，热奈特（Gerard Genette）认为，它们最可能的结合点

---

① 瓦莱里·瓦莱里文集：第 1 卷．巴黎，1957：1440．

就是语言素材本身。(Jakobson, *Figures*, p. 149) 语言学家可以分析诗句的音韵、句法、语义结构,然后让批评家去分析这些语言素材组成诗的时候所具有的特殊功能。但是,雅各布森却坚持认为,这种强加于语言学功能的局限"建立在一种过时的偏见基础之上,它或者取消语言学的根本目的,即把语言形式与它的功能联系起来加以研究,或者只把众多的语言功能中的一项留给语言学分析:指喻功能"(*Questions de poétique*, p. 485)。一切语言形式至少要完成下述六种功能中的一种:指喻、情感、交际、意动、元语言阐释和诗学功能。语言学家如要得到关于语言的综合性的理论,这六种功能哪一种也不能忽视。的确,对雅各布森而言,诗学只是语言学的一个组成部分,可以界定为"在语言信息这个总的背景和在诗这个具体背景下,对诗歌语言功能的研究"(p. 486)。

在每一个言语行为中,

> 说话者发送一个信息给受话者。要使信息得以传递,就需要一个相关的、能被受话者把握的语境,这一语境或者用语言表达,或者用某种能转化为语言的形式表达;还要有一个说话者与受话者之间完全共通或至少部分共通的代码;最后,要有一种接触,这是说话者与受话者之间一种实际沟通的渠道或心理的联系,它使双方进入并保持一种交流的状态。("Linguistics and Poetics", p. 353)

注意的焦点置于这六个因素中的任何一个,都会产生一种特别的语言功能,而诗学功能则是"注意焦点落在信息本身"时的语言功能。所谓"信息",雅各布森当然不是指"陈述性内容"(这为语言的指喻功能所强调),而只是作为一种语言形式的言语行为本身。用穆卡洛夫斯基(J. Mukarovsky, 1891—1975)的话说,"语言的诗学功能在于对言语行为的最大限度的突出"[①]。"突出"(foregrounding) 可以有多种办法,包括采用偏离语法或不合语法结构,但对雅各布森而言,最主要的手段是运用非常齐整的语言。他那用以识别诗学功能的语言学标准的著名定

---

① 穆卡洛夫斯基.标准语言和诗歌语言//布拉格学派文选.31-69.此观念出自俄国形式主义批评。

义,也由此而来:"诗学功能将同义原则从选择轴投射到组合轴上。"(Jakobson,"Linguistics and Poetics", p. 358)他以后又提出一种说法:"也许还可以说,在诗歌中,相邻性之上又加上了相似性,于是,'同义就被上升为构成语序的手段'。"("Poetry of grammar and grammar of poetry", p. 602)易言之,语言的诗学用法就是把音韵和语法上互相联系的语言单元排列成语序。重复类似的语言单元,把它们排列成齐整的结构形式,这种做法在诗歌中比别的语言形式都更为常见,也更为醒目。

雅各布森认为,对文本作语言学的分析,能够揭示出这些齐整的结构:

> 对一首诗中纷繁复杂的词类和句法结构的选择、分布和相互关系,进行任何不带偏见的、专注的、透彻的、全面的描述,结果一定会使分析者本人也感到惊讶,他将看见那些不曾预料的、醒目的匀称和反匀称,那些平衡的结构,那些别具效果的同义形式和突出反差的累积,最后,他还会从诗中运用的全部词句结构所受到的严格限制中,窥见种种已被省略的东西,正是这些被抹去的部分,反而能使我们逐步了解在那已经形成的诗作中各成分之间巧妙的相互作用。("Poetry of grammar and grammar of poetry", p. 603)

这一段文字可谓不同凡响,乐观向上,它表明,如果我们耐心地遵循语言学分析的程序——一板一眼,不存偏见,那么,我们就能把一个文本的结构和盘托出。这一主张似乎包括两层意思:首先,语言学为透彻地、不带偏见地描述一个文本提供了一套数学演算式的规则系统;其次,这套语言学描述的规则系统形成了发现诗学结构的程序,如正确运用,就能把客观存在于文本中的各种结构叙述出来。这些结构将使分析者本人也为之惊讶。可是,由于揭示这些结构的程序是客观的、透彻无遗的,因而他面对这一惊奇的发现完全可以心安理得,不必担心这些出乎意料的结果地位如何,贴切与否。

但是,人们却有足够的理由为之担心。用这样的办法所发现的结构究竟是否恰当姑且不论,我们首先应该认真考察一下语言学究竟能不能为透彻无遗、不偏不倚的描述提供一种明确的程序。一种语言的完整语法，毫无疑问应该能够描述出每一语句的结构，如果语法是明确的，那么，运用这一语法的两位分析者对同一语句就能做出同样的描述；但是，一旦超越这一范畴，对文本进行布局分析，我们便进入了一个十分自由的领域，在这一领域中，无论怎样表述清楚的语法，也不能提供一种明确无误的方法。人们几乎可能随意地进行布局分类。例如，我们可以先研究名词性语言成分的分布，然后将动词的宾语与作主语的名词加以区别。再进一步，我们可以将单数动词的宾语与复数动词的宾语加以区别，然后又可以按动词的时态对上述两类作进一步的区别。这一不断区别的过程，几乎可以产生难以计数的布局分类。于是，若要发现文本中的匀称的布局，我们总能找到某种各个组成成分都被妥帖安排的分类。例如，假定要说明一首诗的第一诗节与最后一诗节中某个语言单元表现出相似的格局，我们可以万无一失地界定出某一类型，使它的各个组成部分在这两个诗节中得到匀称的分布。无须说，这种格局的确是"客观地"存在于诗中了，然而，正是由于这个缘故，它们没有任何意义。

雅各布森比任何人都强调诗歌句型对称和语法转义用法的重要性，不过，这里无意对他著述中的这一方面提出质疑。有争议的是另一个既更有特殊性更有普遍性的问题，即所谓语言学分析能使读者识别出语法单元的匀称分布把诗节或对句联系起来的方法，并将这一方法视为语言诗学功能的特点。我们不妨考察一下雅各布森对波德莱尔《忧郁》组诗之一的分析，它说明，只要我们稍微发挥一点创造性，那么一切匀称现象统统会被发现，而且又能体现按照这种办法识别出的某些结构格局的似是而非的性质。

  I Quand le ciel bas et lourd pèse comme un couvercle
    Sur l'esprit gémissant en proie aux longs ennuis,
    Et que de l'horizon embrassant tout le cercle
    Il nous verse un jour noir plus triste que les nuits;

  II Quand la terre est changée en un cachot humide,
    Où l'Espérance, comme une chauve-souris,

　　　　S'en va battant les murs de son aile timide
　　　　Et se cognant la tête à des plafonds pourris;

Ⅲ　Quand la pluie étalant ses immenses traînées
　　　　D'une vaste prison imite les barreaux,
　　　　Et qu'un peuple muet d'infâmes araignées
　　　　Vient tendre ses filets au fond de nos cerveaux,

Ⅳ　Des cloches tout à coup sautent avec furie
　　　　Et lancent vers le ciel un affreux hurlement,
　　　　AinSi que des esprits errants et sans patrie
　　　　Qui se mettent à geindre opiniâtrement.

Ⅴ　Et de longs corbillards, sans tambours ni musique,
　　　　Défilent lentement dans mon âme; l'Espoir,
　　　　Vaincu, pleure, et l'Angoisse atroce, despotique,
　　　　Sur mon crâne incliné plante son drapeau noir.

（当低沉的天空像锅盖一样压向
久受焦虑折磨而呻吟着的灵魂，
当整个苍穹的边缘被密密地匝紧
天幕泻下，白昼比黑夜更加阴沉；

当大地变成了一座湿闷的土牢，
犹如蝙蝠一般的希望，
张开胆怯的翅膀扑打着四壁
脑袋朝着发霉的天花板冲撞；

当雨水如长线不断地延伸
恰似那大狱的铁栅，
一群卑劣的蜘蛛悄然无声
潜入我们的脑穴织网；

猛然间，警铃大作，愤怒地

> 将一声可怖的嗥叫掷向天穹，
> 宛若无家可归的游魂
> 发出不屈不挠的悲鸣。
>
> ——那长长的灵柩车队，没有鼓乐，
> 在我灵魂深处缓缓前行；希望，
> 虽已消失，仍在啜泣，邪恶，专横的苦恼
> 把她的一面黑旗插入我低垂的头颅。）

雅各布森分析诗歌的基本方法是先把它们划分成诗节，然后说明语法单元的匀称分布如何将诗节组织成不同的类型，尤其是奇数诗节与偶数诗节、起始与结束、外部与内部等。① 他在讨论《忧郁》一诗时，首先考察代词形式的分布。按诗节顺序全部列出就是 I：*Il*，nous；II：s'，son，se；III：ses，ses，nos；IV：se，qui；V：mon，mon，son。匀称并不明显，但是，人们却可以说第一节与第四节是联系在一起的，与其余各节不同，因为这两节中每一节包含了两个代词形式，而其余各节中各包含三个代词形式。可是，雅各布森却更加看重组织结构上的匀称类型，认为单数诗节与双数诗节不同，理由是只有单数诗节中才包含了第一人称的代词（第一节中的 nous，第三节中的 nos，第五节中有两个 mon）。（Jakobson, *Questions de poétique*, p.421）我们还能很容易地从中发现其他格式：第三节中包含复数代词的形容词形式（ses，ses，nos），这一节作为全诗的中间一节，与其余不包含复数代词形容词的各节都不一样；第三节和第五节不含正式的代词，只有代词（所有格）形容词形式，这一点与含有一般人称代词的第一、二、四节又不相同。然而，雅各布森却没有列举这方面的差别，他最感兴趣的是偶数对奇数的匀称。

按照雅各布森的看法，将奇数诗节联成一体的另一种格式是修饰词

---

① 具体例子见《诗学问题》，285～483 页；又见鲁威特《语言，音乐，诗》151～247 页、杰尼纳斯卡《内瓦尔的"幻象"的结构分析。这里所讨论的例子是《〈恶之花〉末篇〈忧郁〉的微观研究》，见《诗学问题》。

第三章 雅各布森的诗学分析

的分布。形容词的分布如下：I：bas，lourd，longs，tout，noir，triste（共六个）；II：humide，son，timide，pourris（共四个）；III：ses，immenses，vaste，muet，infâmes，ses，nos（共七个）；IV：affreux，errants（共两个）；V：longs，mon，atroce，despotique，mon，incliné，son，noir（共八个）。乍一看并没有匀称，可是稍微动一番脑筋，就能发现其中的格局。首先，雅各布森认为，每一奇数诗节中的四个实词，各有一个形容词或分词直接修饰它，不过，为了凑齐这个数字，雅各布森把所有格形容词形式从形容的词类中排除了，其中明显属于形容词形式的 tout，也被排除在形容词以外[①]，而且，他将 gémissant 列入形容词分词类，这是无论如何也说不通的，因为 gémissant 一词很可能并不直接修饰 esprit 一词，而只是一个分词短语的动词，它们作为一个整体对 esprit 一词进行修饰。不仅如此，雅各布森还提出，在奇数诗节中，形容词分词（"participes épithètes"）得到匀称的分布：I：gémissant；III：étalant；V：incliné。但是，如果 étalant 确是直接修饰语，那么，雅各布森就必须把它所修饰的 pluie 也列入带有直接修饰语的实词行列，这样一来，第一节和第五节中有四个实词，而第三节中有五个实词，这可不是他最初认为的每一节中都只有四个实词那样满意的匀称了。针对这一批评[②]，雅各布森承认，étalant 不是一个直接修饰语，但是他争辩说，它仍可以划入这一类，因为它只处于"动词向形容词转化的较低级阶段"。此话完全正确，可是，如果 étalant 是这样，他就应该把 vaincu 也一并列入，因为它至少像 étalant 一样接近形容词的地位，而且，他更难解释为什么把分词 embrassant 排除在外，这一词同样处于"动词向形容词转化的较低级阶段"。

当他论及具体的修饰语的分布时，他扩大了这一类别的范畴，把方式副词也包括进来，而同时，他却依然把所有格形容词以及形容词 tout 排除在外。这样，偶数诗节中每一节包含三个修饰语，因为第二节中的 son 被略去，而第四节中增加了 opiniâtrement。外缘的两个诗节中包含

[①] 格里维斯. 正确用法：第 8 版. 巴黎，1964：378.
[②] 卡勒. 雅各布森与文学文本的语言分析. 语言与文体，1971，5（1）：53-66.

了六个，第一节中 gémissant 代替了 tout，而第六节中，在排除了 mon, mon 和 son 以后又增加了 lentement。中间诗节在略去 ses, ses 和 nos 以后，也说不准究竟包含了四个还是五个修饰语，这取决于 étalant 是否保留。(Jakobson, *Questions de poétique*, p. 422)

看来，这些比较明显的语法类型的分布，即令再没有规律，人们似乎也可以找到一种办法，使之出现匀称。但问题还不在于雅各布森在孜孜以求所谓数字的平衡的同时，对语法作了粗枝大叶的处理——这样一番吹毛求疵也实在没有意思，它并不能否定这一方法本身。看来更要紧的是，雅各布森的分析方法空空洞洞，这种数字的匀称毫无意义。倘若硬要说这种数字的平衡有什么重要意义，那无异于说，如果我们把 gémissant 作为修饰语，或如果我们把方式副词作为修饰语，而不认为所有格形容词是修饰语，那么这首诗的结构就更好了。其实，如果我们承认这些成分的属性并不能减少或改变诗意，那么，我们就已经摒弃了雅各布森所谓的格式对诗意和文本的统一性有多么重要的主张。他提出的论点中，没有一点能使我们相信数字匀称有什么重要意义，他的那些格式本身也无济于事。

除了发现诗歌中以各种组合方式将各诗节联系在一起的格局以外，雅各布森通常还强调一首诗的中间一行或几行，与全诗其他诗行总有某种不同之处，似乎一首好诗非要一个显而易见的中心，而全诗必须围绕这一中心展开。在《忧郁》一诗中，如果将居中两行挑出来——

　　　　D'une vaste prison imite les barreaux,
　　　　Et qu'un peuple muet d'infâmes araignées,

实在看不出有什么必要。他指出，这两行诗之间存在着某种相似，然而，他所谓的它们与其余诗行不同的论据，却建立在某种过渡性语法形式的分布上（无人称动词形式和副词化的形容词）："《忧郁》的前半段中可以看到五个主动分词，在后半段中，一对不定式后跟着两个副词，最后是两个过去分词，而当中这两行中，没有任何过渡性的语法形式。"(Jakobson, *Questions de poétique*, p. 429)

这真是令人费解。第二节中的前两行，第四节中的前三行，都不含

第三章 雅各布森的诗学分析

过渡性形式,因此,这一标准很难将当中两行与其余诗行区别开来。然而,有趣之处在于,雅各布森竟然会采用这样一个貌似有理的论点,它似乎意味着找到某种将居中诗句与其余诗句区别的格局分布至关重要,人们也许有理由认为他在暗示,倘若《忧郁》一诗只有居中两行不含过渡性语法形式的诗行,那么这首诗就会更妙,或至少组织得更好。这一暗示似乎又是,如果我们把过渡性语法形式引入第四节的前三行——它们现在正像第三节的居中两行一样缺少这种形式,那么,后者的特色就能得到进一步的突出,而全诗的结构也就能得到进一步的加强。如果用副词化形容词 subitement 取代 tout à coup,把非过渡性形容词 errants 替换成一个带有适当补足成分的分词(例如,以 errant sans compagnie 替换 errants et sans patrie),那就能引入两个新的过渡性形式,使全诗更加符合雅各布森所愿意看到的那种组织格局。但是,第四节中的这样一番变化能否成功地为第三节居中两行的效果增色,却颇令人怀疑。如此看来,如果人们认为,引入这些过渡性形式并不能使居中两行突出醒目,以显示与其他诗行有所不同,那么,这实际上已经摒弃了雅各布森所谓格局的分布是如何重要的主张。

雅各布森所谓各种格局是多么重要的断言被以下两个事实彻底否定了。首先,某一格局的存在与否,似乎往往取决于与诗意不甚相关的因素(例如,gémissant 是否应被视为直接修饰语)。其次,语言学的类型不计其数,功能灵活,读者实际上可用来为任何组织形式找到佐证。倘若诗节被视为基本单位,那么,像《忧郁》这样一首由五诗节构成的诗,其结构方式就是有限的:奇数诗节与偶数诗节的对立(1,3,5/2,4),外部诗节与内部诗节的对立(1,5/2,3,4),居中诗节与两侧诗节的对立(3/1,2,4,5)。此外,还有四种线性划分:(1/2,3,4,5),(1,2/3,4,5),(1,2,3/4,5)以及(1,2,3,4/5)。在这首诗可能存在的七种组合形态中,雅各布森发现了五种对立,这样,他的结论很可能是,还有两种可能存在的组织形式没有得到发掘:(1/2,3,4,5)和(1,2/3,4,5)。但是,按照雅各布森式的分析标准,要说明这首诗包含着这些结构并不困难。

首先看一下（1/2，3，4，5）结构。由于第一节是含非反身代词的唯一诗节，它们放在一起为了收到强调的效果（il nous verse un jour noir），因此，第一节显然与其余四节不同。

再看（1，2/3，4，5）结构。如果考察动词形式的分布，我们就会发现前两节有一种匀称的联系，与其余三节有别。在前两节中，每一节都含有两个限定动词（Ⅰ：pèse，verse；Ⅱ：est changée，va）和两个现在分词（Ⅰ：gémissant，embrassant；Ⅱ：battant，cognant），没有其他动词形式了。这一有秩序的匀称与后三节形成对立，在后三节中，除了分布不匀称的限定动词以外，还相伴出现了现在分词、过去分词和不定式的动词形式。

以上两种分类和匀称，与雅各布森的相比，并不显得牵强或隐晦。如此，我们被迫得出这样的结论：要么这首诗在组织结构上存在上述全部的七种可能性，要么雅各布森的方法允许读者在一首诗中找到所要找的任何一种组织结构的类型。如果我们接受了第二种结论，那就意味着按这种办法在诗中发现的结构根本不具备独特的特征，因为我们用不同的方法就会发现不同的结构。

不过，雅各布森很可能并不反对这样的结论。说实在的，尽管他对具体的诗歌作了不计其数的理论探讨和分析，但他究竟要为自己的分析方法引出什么样的结论，却始终语焉不详。如果他认为，语言学分析能使人从各种可能存在的结构中明白无误地发现，在某一特定的诗歌中究竟实现了哪些组织结构形式，那么，人们则可以针对他的主张而提出异议，因为在这首特定的诗歌中，你想找到哪种组织结构类型，就一定能找到。而另一方面——考虑到雅各布森通常总是从所分析的不同诗歌中找到相同的结构匀称，这方面的可能性更大一些，他的主张也许是，既然诗学功能与语序构成方法是一码事，任何一首诗因此都可以找出无数的匀称；而且，诗与散文的区别也正在于此。

为驳斥这一论点，人们只要说明，运用雅各布森的分析方法其实在一散文段落中也可以发现同样的偶数与奇数、外部与内部、起始与结束的匀称。试以雅各布森的《诗学问题》一书的"跋"为例，将过于简短的第一句撇开，而将以后四句作为四个单元，我们可以发现，其中也存在着非常明显的匀称和反匀称，它们将这些单元聚合在一起并使之相互对立，与诗歌中的情况一模一样。（Jakobson, *Questions de poétique*, p. 485）

Ⅰ D'un côté, la science du langage, évidemment appelée à étudier les signes verbaux dans tous leurs arrangements et fonctions, n'est pas en droit de négliger la fonction poétique qui se trouve coprésente dans la parole de tout être humain dès sa première enfance et qui joue un rôle capital dans la structuration du discours.

Ⅱ Cette fonction comporte une attitude introvertie à l'égard des signes verbaux dans leur union du signifiant et du signifié et elle acquiert une position dominante dans le langage poétique.

Ⅲ Celui-ci exige de la part du linguiste un examen particulièrement méticuleux, d'autant plus que le vers paraît appartenir aux phénomènes universaux de la culture humaine.

Ⅳ Saint Augustin jugeait même que sans expérience en poétique on serait à peine capable de remplir les devoirs d'un grammairien de valeur.

Ⅰ 一方面，以研究语言符号的排列和功能为使命的语言科学，绝不可忽视诗学功能，这种诗学功能存在于每一个人自孩提时代就有的言说中，它在架构语言表述中发挥着主要的作用。

Ⅱ 这一功能在联系能指与所指方面又对语言符号持内省观照的态度，它在诗歌语言中起着决定性的作用。

Ⅲ 语言的这一用途值得语言学家作特别仔细的分析,尤其考虑到诗是人类文化的共相之一。

Ⅳ 圣奥古斯丁甚而相信,没有诗学知识就很难肩负一个称职的语法教师的使命。

由于本段中仅有的两个副词性的形容词匀称地分布在奇数句里（Ⅰ：évidemment；Ⅲ：particulièrement）,这就将奇数句联系在一起,并与偶数句形成对立。偶数句中没有这类副词。

由于限定动词的分布,位于外缘的句子之间存在着某种联系,并与位于内部的句子形成了对立：首先,位于外缘的每一句中含有一个主要动词（Ⅰ：est；Ⅳ：jugeait）,而当中的各句含有两个主要动词,由并列连词或比较连词相联接,表现并列而非从属的关系（Ⅱ：comporte...et...acquiert；Ⅲ：exige...d'autant plus que...paraît）;其次,仅有的从句中的限定动词出现在位于外缘的句子中（Ⅰ：se trouve, joue；Ⅳ：serait）;最后,仅有的动词 être 匀称地分布于外缘句子中,作为主要动词出现于第一句（est）,作为从属动词出现于第四句（serait）,两者均为否定形式。

另有一些格局将前两句联系在一起,与后两句形成对立。本段的前两句中包含仅有的形容词所有格（Ⅰ：leurs, sa；Ⅱ：leur）,后两句不含。前两句中的限定动词的主语均为阴性（Ⅰ：la science, la fonction poétique；Ⅱ：Cette fonction, elle）,而后两句中为阳性（Ⅲ：Celui-ci, le vers；Ⅳ：Saint Augustin, on）。实词的分布将后两句联系在一起：不仅实词的数量相同（都是六个,而第一句中实词为十四个,第二句中为九个）,而且实词的性数均严格地匀称（后两句中各含阳性复数实词一个,没有阴性复数实词;而第三句中含三个阳性单数实词、两个阴性单数实词,第四句中含两个阳性单数实词和三个阴性单数实词）。四个并列连词也只限于前两句,而且分布匀称,每一句中包含两个（Ⅰ：et, et；Ⅱ：et, et）。

毋庸置疑,只要愿意寻找,就还可以发现其他的匀称与反匀称。这足以说明,在并不特别具有诗意的散文中,也可能找出"不曾预料的、

第三章　雅各布森的诗学分析

醒目的匀称和反匀称，那些平衡的结构，那些别具效果的同义形式和突出反差的累积"。这种数字上的匀称本身并不能作为语言的诗学功能特征的界定。

在语音格局方面也存在同样的问题。究竟是什么因素使诗句悦耳动听，从一句诗行到另一句诗行，音韵的抑扬起伏如何构成诗的效应，我们都只有一些极为粗陋的认识；在这方面，语言学理应提供一些帮助。可是，如果认为音韵分析的方法能为我们提供发现诗学格局的程序，那么，它所引出的问题要比它所解决的问题更多。当然，语言学提出了第一步骤：将诗或诗节重新划分为一串各具特征的基质。遗憾的是，下一步怎么办，语言学却未能告诉我们。究竟什么可以视为等量关系？如果两个音素被认为是相关的，它们应该具备几项共同的区别性特征？如果两个音素之间的关系要产生效应，它们之间的距离究竟会有多大？而这一距离究竟是与它们之间共同特征的数目成正比呢，还是仅取决于句法和语义方面的考虑？语言学方法本身并不能对这些问题作出回答，而从语言学引出的论点也往往可能与我们通常认为正确的东西背道而驰。例如，尼古拉·鲁威特在分析拉辛的诗句 "Le jour n'est pas plus pur que le fond de mon coeur"① 时声称，语言学只允许我们考虑那些具有决定意义的语音格局中的词语单元，因而，他的描述仅局限于 jour，pur，fond 以及 coeur 这些语音之间的关系。（Ruwet, *Langage, musique, poésie*, p.213）然而，每个小学生都知道 "pas plus pur" 中的头韵和 "le fond de mon" 中的半谐音，对于全句的语音格局至关重要，如果我们将句中的非实义词语单元改变一下，即可产生听上去截然不同的诗句，如 "Le jour n'est guère si pur que le fond d'un tel coeur"，两相比较，差别不言自明。

雅各布森在分析《忧郁》一诗时，强调语音游戏的重要性，并展示了许许多多重复的范例，尤其是间隔遥远的诗行中出现重复的范例，这当然是相当正确的。但是，他丝毫没有把我们引向关于什么是恰当的、

---

① 法语，意为"白昼并不比我的心地更加纯净"。——译者注

什么是不恰当的语音关系的一般理论。即使语言学为文本成分的分类和描述提供了明确而不变的程序，也并没有解决一种语音格局由什么构成这样一个问题，因此也就未能提供发现格局的方法。至于它未能提供发现诗意格局的程序，那就更不待言了。

我们即使摒弃了雅各布森的关于语言学为发现诗歌文本的组织结构提供了确定的分析程序的看法，拒绝了他所谓的这样发现的格局因其"客观"存在于文本之中而必定中肯贴切的看法，我们却仍然可以从他的理论中汲取种种启迪，因为他关于结构陷入这种混乱不堪的假设，主要是他过于看重数字匀称的缘故。如果把他的论著中的其他论点置于一个确实能反映其价值的背景上加以考察，我们或许要对他关于诗学功能的定义另作一番架构。因为，按照雅各布森的分析程序，我们将会清楚地看到，相似成分的重复在任何文本中都可能看到，因此它本身并不能作为诗学功能独有的特征。

然而，雅各布森在分析具体的诗行或短语而不是完整的诗作时，却的确并非只注意格局的分布，而是能够联系这些格局的效应去解释诗学功能。"I like Ike"① 这口号式的短句中运用了高度集中的语音重复，这种语音重复就具有一种功能：它表现了"一个将客体完全包裹住的感情的同音双关语意象，……一个爱的客体反过来又将爱的主体包裹住的同音双关语意象"（Jakobson，"Linguistics and Poetics"，p. 357）。I，like 和 Ike 之间的不可分割的关系表明，"我喜欢艾克"是极其自然的，甚或是不可避免的。看来，按照雅各布森的这个例子的指引，我们或许可以说，只有当我们能够点明诗的效应——由于同义原则从选择轴投射到组合轴上所产生的效应——的时候，我们才把握了诗学功能的一个实例。

我们可以找到证据，对雅各布森的理论阐述作这番更加耐人寻味的解释。韵律虽然是音韵重复的基本形式，然而，"仅仅从发音的角度看待韵律却是一种不健全的、过于简单化的认识。韵律必须包含同韵语言

---

① Ike 为 Isaac 的爱称，全句意为"我喜欢艾克"。

单元之间的语义关系"(p. 367)。而且,"在诗中,任何语音上的明显的相似,都必须与语义上的异同联系在一起加以评估"(p. 372)。诗中的"一切都旨在传达旨意",这与我们用以对待各种散漫的散文文学的倾向性态度不同,正是这旨在传达旨意的一切,赋予音韵重复以判定语义关系的功能。读者在读上一句话时会遇到"approaches...prose"这一语音重复,但无须辨析两者在语义上有什么关系,可是,在《忧郁》一诗的第一节中,"ennuis"和"nuits"的押韵则加强了两者之间可能存在的语义联系。同样,在波德莱尔《女巨人》的第一节中——

> Du temps que la Nature en sa verve puissante
> Concevait chaque jour des enfants monstrueux,
> J'eusse aimé vivre auprès d'une jeune géante,
> Comme aux pieds d'une reine un chat voluptueux.

> 那时候,强壮而热情的自然母亲
> 每日孕育出顶天立地的婴孩,
> 我何不投靠一位秀美年轻的巨人,
> 如淫逸的猫咪依偎在女王的脚旁。

虽然 monstrueux 和 voluptueux 修饰的名词属于另一种关系,可是这两个押韵的形容词却立即使人联想到庞大、淫逸的含义,而这一点在诗中绝不是格格不入的。

雅各布森曾相当明确地指出:

> 相同的发音,一旦作为结构原则投射进语言序列,便不可避免地蕴含了相同的语义,在任何语言层次上,这样一种语言序列的任何构成成分,都将唤起霍普金斯断然界定为"相似比较"与"相异比较"这两种相关经验中的一种。(pp. 368-369)

强调所谓同音同义唤起的"经验"的确动听,可是在他的实际分析中,这一点往往是个缺憾。人们总也弄不明白,那些过渡性的语法形式或直接限定成分所修饰名词的匀称分布,究竟该唤起怎样的经验。后来人们可以这么说，所谓被发现的格局唯有与它们能解释的某种经验相应时才有意义，但是，这里却是一条界标不明的荒径。米歇尔·里法代尔（Michael Riffaterre）曾论证说，雅各布森列举的许多格局中都包含着读者无法领悟的成分，因此始终未被吸收到诗学结构中来。（"Describing poetic structure", p. 207）但是，他所声称的"领悟的规律"并不能推进他的论点，也不能提供区分诗学结构和非诗学结构的方法，理由很简单，因为指明某一具体的格局，然后再断言它不能为读者所领悟，这是极为拙劣的方法。另一方面，我们又不能以读者业已领悟的东西作为标准。首先因为读者自己并不一定知道哪些成分或格局可产生所体验到的诗歌效应；其次，我们在原则上并不愿意剥夺批评家指出我们在文本中没有见到的东西的可能性，而批评家之所见，我们是愿意承认其重要性的；最后，倘若要把雅各布森之辈从各行其是的读者圈中逐出，我们势必得另立其他种种相当随意的标准和原则。

再说，雅各布森本人并没有声称所论结构是可以自觉理解的东西：他说，它们并不需要作者或读者有意识作出决定或予以认识，而完全可以在潜意识的层次上起作用。（Jakobson, *Questions de poétique*, p. 292）当然，要论证究竟什么可能产生潜意识的效应，要比论证究竟什么可能被理解更为艰难，但是，我认为，雅各布森的这一构想又并非为了逃脱被窜改误用的一切可能性。有人抱怨读者无法认识理解语法成分之间的这些复杂关系，他回答说：

> 说话者运用他们语言中所内含的一套复杂的语法关系系统，然而他们自己并不能分离且界定这套语法关系，这一项任务有待于语言学分析去完成。与聆听音乐的人一样，十四行诗的读者从诗节中汲取愉快，即使他体验、感受到前两个四行或后两个三行诗节之中具有某种一致的东西，未经特殊训练的读者却无法断定隐藏在这种一致性背后的东西究竟是什么。(p. 500)

第一句话说得很有道理。使用某种语言的人能够体会到语句的意思，知道这些语句是否合乎语法，虽然他们不能解释产生这些效应的复杂的语法关系系统。可是，正是因为说话者有如此这般的体验，语言学家才有东西可作解释。语法分析如果不能解释语句是否符合语法,不能解释语句成分的语义关系,那么,这样的语法分析即使说得天花乱坠也无人问津。当雅各布森运用这一类比,谈论所谓读者"当即自发地把握语言效应的能力,无须理性地分析产生该效应的过程"时,他毫不含糊地认定,他的理论绝不会越出可验证的范畴。他所谓语法格局重要的观点,表明他坚信语法格局确有其效应,而这样一来,问题又回到了至少还可以再作讨论的层面。诗学功能毕竟还是一种交流的功能,为了检验分离出的格局是否真的产生了某些效应,不妨改变一下格局,看看它们能否改变原先的效应。当然,用这种办法检验上述主张并不总是很容易,因为效应往往很难把握分离;体验效应的变化越困难,所谓某些格局在诗歌文本中具有关键作用的说法也就越令人难以置信。

在雅各布森的理论阐述中,凡涉及语法手段的效应,他往往是措辞明确、直言不讳的。与霍普金斯一样,他强调对仗的句式必然导致或转化为平行对应的思想,而他又指出,这一点也大致适用于音韵类同的情况。(Jakobson, "Linguistics and Poetics", pp. 368-372) 他说,相互对立的语法类型的并置,犹如电影蒙太奇中的"硬切":

> 这种硬切,按照斯波蒂茨伍德(Spottiswoode)的定义,就是将截然不同的镜头或镜头组并置,在观众的脑海中造成这些镜头或镜头组自身并不反映的意象。(Jakobson, "Poetry of grammar and grammar of poetry", p. 604)

这说明语法分析或许还能解释某些情况下意义是如何在读者的头脑中产生的,然而同样是这些语法或音韵类型,一旦另行组合,为什么又不产生这样的意义。易言之,我们可以不把语言学分析当作发现文本中的格局的手段,而是从诗学语言效应的素材出发,归纳出用以解释这些效应的种种理论假设。雅各布森本人在把语言学当作批评手段来加以应用方面是非常擅长的:如不分析整首诗作,而只是解释某一具体的效应时,他比大多数文学批评家更有作为。在印第安纳举行的关于语言风格的讨论会上,约翰·洛兹(John Lotz)问,为什么瑞恰兹(I. A. Richards)一首诗的标题"Harvard Yard in April/April in Harvard Yard",

比颠倒前后两部分,改换为"April in Harvard Yard/Harvard Yard in April"要好得多?瑞恰兹汗颜不知所对,但雅各布森抛出一个确切而且无疑正确的解释,救了瑞恰兹的大驾:在前一种情况下,六个重读音节均被非重读音节隔开,"若将前后两句调换,那么两个重读音节相撞,'...Yard/Harvard...',便破坏了节奏的连续性",而且破坏了全句以重读音节起始、以重读音节结束的匀称。(Sebeok,*Style in Lanyuage*,p.24)这里或许还可以补充一句:颠倒以后前一部分的六个元音雷同(或因读法不同而稍有变化),产生一种单调感。对于这种观点,还可以用改变元音和重音格局的方法进行验证,例如,"May in Memorial Court/Memorial Court in May"似乎至少应该与"Memorial Court in May/May in Memorial Court"具有同等的诗学效应。

如果像这样把语言学当作一种批评手段来运用,那么,它又对诗学功能的定义产生了怎样的影响呢?它不再是一种分析方法的关键,而成为关于诗学程式的一种理论假设,尤其是关于诗人和诗的读者应该如何对待诗的语言而作出的一种理论假设。雅各布森的定义中就隐含着这样的意思,例如,当遇到明显的语音相同和语法并列的成分,诗的读者能够而且容许做的一件事,就是把它们置于同一语义关系之中,视为相同或相对的意思。萨缪尔·莱文(Samuel Levin)关于"对偶句"的理论就直接派生于雅各布森的著述,他对语义互不关联的对仗成分产生的语义效果进行了考察。例如,对蒲柏(Pope)的诗行"A soul as full of worth as void of pride"[①],读者可以认为"pride"是恶习。这种理解是分析了诗句的对仗成分之后获得的:由于"full of worth"与"void of pride"在语法上严格对仗,呈现出结构上的对应,因而读者可以认为它们的意义相同或者相对(与一种好品质等量的另一种好品质,或者是与一种坏品质等量的一种好品质)。从上下文看似乎应该是褒赞,于是读者选择同义。可是,由于"full"与"void"语法位置虽然相同,意义却正相反,因此,尽管"worth"与"pride"的语法位置也相同,但

---

① 按照莱文的分析,这句诗应译作"充满美德且毫不自傲的灵魂"。——译者注

如果读者所期待的对语言成分的并列结构的总体设想要得以实现,这两个词就必须是反义词。(Levin,*Linguistic Structures in Poetry*,p.30)不过,真正证实这种分析的可行性的则是,即使要选择另一种解释,"pride"也必须被视为一种德性,这样仍然能保持并列对仗的效果,反正"pride"不能被理解为非善非恶的意思。

为了认识阅读中的这种期待的力量,我们不妨再看另一个例子,读者的期待没有得到实现,于是产生了一种杂乱无序的情况。杰哈德·德·内瓦尔(Gérard de Nerval)的十四行诗"El Desdichado"(《被取消继承权的人》)起始叙述了被取消继承权的损失,并以反语道出身份:"Je suis le ténébreux,—le veuf,—l'inconsolé"(我是郁郁寡欢的人,鳏夫,得不到安慰的人)。后六行诗中则提供了一系列可能的身份,以及某些与其有关的证据:

> Suis-je Amour ou Phébus? ... Lusignan ou Biron?
> Mon front est rouge encor du baiser de la reine;
> J'ai rêvé dans la grotte où nage la sirène...
>
> Et j'ai deux fois vainqueur traversé l'Achéron:
> Modulant tour à tour sur la lyre d'Orphée
> Les soupirs de la sainte et les cris de la fée.

> 我是爱神还是太阳神?……卢西涅昂还是庇戎?我额上仍留有女王亲吻的红记;我在穴洞做梦,海妖在那游嬉……我两次成功地横渡埃舍隆:用俄耳甫斯的竖琴先是弹奏圣徒的叹息,继而又弹仙女的号泣。

在这六行诗节的第一行中,工整的语法对仗决定了读者的期待,而这种期待必须在语义层次上得到验证。由于两句发问的地位等同,读者或许可以认定爱神或太阳神之间的选择平行于卢西涅昂或庇戎之间的选择,于是,爱神与卢西涅昂之间存在某种共性,而且区别于太阳神与庇戎之间的共性。(不过,诚如莱昂·塞利埃〔Léon Cellier〕所指出的,以交错配列法将爱神和庇戎作为一对,与太阳神和卢西涅昂相对应,在理论上也是可行的。)① 但是，要发现恰如其分的区分特征却极度困难。倘若像雅克·杰尼纳斯卡（Jaques Geninasca）那样，把这首十四行诗作一番彻底的雅各布森式的分析，读者完全按照语法对仗而认定一定存在着并列平行的语义，那么，他可以充分发挥想象，从历史上所了解的庇戎以及太阳神的种种异禀中选择他所需要的意义。（*Analyse structurale des "Chimères" de Gérard de Nerval*, pp. 49 - 100）可是，这样做的结果却与这首十四行诗的其余诗句中所提供的线索正好背道而驰，诗中存在着另一种明显的对立：一方面是古希腊神话世界（爱神，太阳神），另一方面是中世纪的法国传奇（卢西涅昂，庇戎）。由于在这一对典故之后，紧接着的两行中仍旧贯穿着上述两个世界的对立（女王的亲吻，海妖的洞穴），因此我们可以得出结论说，这三行诗的第一行也建立在这个对立的基础之上，而且，用这样的办法把诸项成分组合在一起，就使未能实现的期待得到确认，从而在一定程度上加深了寻求叙述者身份的努力不能只凭"或者/或者"这一简单句式来断定的印象，它要求把诸类型联系起来，而不可孤立地看：诗行的句法所提供的两种选择并非差别迥异，而全诗其余部分所确定的选择，也不是像转折连词"或者"将互不搭界的成分连在一起那样相互排斥。如果运用雅各布森的理论来确定阅读过程的方位，那么会有助于解释诸如此类的诗学效应。

正是在这样的背景下，把雅各布森关于诗学语言的论述作为读者在语法成分的指引下自己进行辨义运作的理论，它才能最大限度地发挥其作用。侈谈文学文本中存在着大量的平行对仗和重复，既没有太大的意思，更无释义的价值。关键的问题是语言格局会有什么样的效应，我们只有在自己的阅读理论中把读者如何处理文本的结构成分的过程具体化，才能得到真正的解答。

为了说明雅各布森理论的实用价值以及他误用了这一理论而遇到的困难，我们最后还可以举个例子，这就是他对莎士比亚第 129 首十四行

---

① 塞利埃. 关于杰哈德·德·内瓦尔研究的出处. 现代文库, 1957 (3): 24; 塞利埃. 关于幻象中的一首诗. 南方手册, 1952 (311).

第三章　雅各布森的诗学分析

诗的分析：

  Th'expence of Spirit in a waste of shame
  Is lust in action, and till action, lust
  Is perjured, murderous, bloody, full of blame,
  Savage, extreme, rude, cruel, not to trust,
  Enjoyed no sooner but despised straight,
  Past reason hunted, and no sooner had,
  Past reason hated, as a swallowed bait,
  On purpose laid to make the taker mad.
  Mad in pursuit, and in possession so,
  Had, having, and in quest to have, extreme,
  A bliss in proof, and proved, a very woe,
  Before a joy proposed, behind a dream.
   All this the world well knows, yet none knows well
   To shun the heaven that leads men to this hell.

精神的挥霍在耻辱的荒漠
那就是情欲的行为，此前，情欲
便赌咒起誓却暗藏杀机，罪孽重重，
野蛮，偏激，粗暴，残忍，不予信任，
刚刚自鸣得意，随之招致鄙视，
拼命搜寻行为的理由，寻到了，
却是令人憎恶的货色，如吞下的诱饵，
那故意设置的诱饵，使上钩者疯狂。
疯狂地追求，疯狂地占有，
占了，占着，却还要极度地攫取，
幸福美妙的构想，到头来竟是祸殃，
原先以为是快活，事后才知是空梦。
  世人都懂的道理，真懂者却寥寥无几，

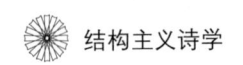

躲开这天堂吧，它把人引向地狱里。①

雅各布森从语言学角度分析这首十四行诗，发现一处语法结构对仗，从中引出了他对该诗语义分析的结论：

> 此诗只有偶数诗节表现出句法主从关系，而且以多层次的"渐进的"结构结束，即带有程度不同的几个从属成分，每个从属成分又推延至从属于它的成分：
>
> Ⅱ A) hated（令人憎恶的）
>   B) as a swallowed bait（如吞下的诱饵）
>   C) on purpose laid（故意设置的）
>   D) to make（使）
>   E) the taker（上钩者）
>   F) mad（疯狂）。
>
> Ⅳ A) none knows well（无人真懂）
>   B) to shun（躲开）
>   C) the heaven（这天堂）
>   D) that leads（它引导）
>   E) men（人）
>   F) to this hell（入这个地狱）。
>
> 两个渐进结构中的倒数第二个语言成分是全诗仅有的两个有生命名词（Ⅱ：the taker，Ⅳ：men），两个语言结构也都以仅有的实词转义而结束——bait 和 taker，heaven 和 hell，而不是天堂的主宰和地狱似的折磨。（Jakobson, *Shakespeare's Verbal Art in "Th'Expence of Spirit"*, p. 21）

根据这一对仗，雅各布森论证道，十四行诗的外侧第一行"介绍了主人公 the taker"，他显然是个受害者，而该诗的"外侧最末一行揭示了心怀叵测的罪犯，the heaven that leads men to this hell，这就披露了

---

① 为了便于理解下文从语言形式角度入手的分析，译诗尽量采取了直译，原诗的韵律等未能顾及。——译者注

究竟是哪个作伪证者声称可以得到快活并设下圈套"。(p. 18)

雅各布森从结构对仗中又推论出具体语言成分的对应。于是，他提出"on purpose laid"与"the heaven"为一对，而且天堂的主宰就是故意设置诱饵的罪犯。这一错误阐释的出现，原因就在于他混淆了对仗的本质与对仗的功能。读者并不会孤立地考虑这首十四行诗的语法结构，并不会将它置于主宰一切的位置。他会把句法特点与其他特点联系在一起考虑，然后找出"to make the taker mad"与"leads men to this hell"之间在主题和语法结构方面的平行关系：后者只是前者的一般化的说法。这一等值同义关系表明，应该将令上钩者疯狂的东西与把人引向这个地狱的东西看成一对，因此，第二诗节中的"诱饵"应与诗末对句中的"天堂"同义。自然的解释应该是将"天堂"解作"幸福"的喻象，而"声称可以得到的快活"引诱上钩者，则不能解作"天堂的主宰"的转义。

雅各布森完全从语言成分的格局考虑，把语言成分的位置当作决定性的因素：既然"on purpose laid"正位于"to make"之前，他就把它与"heaven"视为一对，因为后者正位于"that leads"之前。但殊不知，读者只有在对诗的逻辑和主题关系浑然不觉的情况下才会作出上述这种联系。语言成分的位置确有它的功能，不过并不像雅各布森所指出的这样，它隶属于主题考虑之下。读者会注意到，"on purpose laid"这一短语位于"bait"和"to make"之间，而且，全诗最后一行中没有与之相应的成分。并列对仗的逻辑被破坏了，其意义非同小可：当我们读至末节的对句时，"on purpose laid"所包含的诟骂谴责之声已荡然无存。此时的贪欲已不再无缘无故遭人痛恨，因为仇视它的激情已变成一种漫无目的的指责。这说明，这种缺点的存在，并不是由于某个不为人知的凶犯故意设下这诱饵，而在于人们自己不能从一种知识移向另一种知识——从认（connaître）移向知（savoir）。语法结构增强了这一效应，它使人意识到，当我们读至末节的对句时，某个语法成分已被压制或被超越了。

雅各布森的误解颇能给人以启迪，因为它清楚地表明，一个错误的假设是如何破坏了他的理论的应用的。他毫无保留地接受了自己的解释，这说明他相信这一解释是正确的，因为它是语言学分析的结果。如果谁认为语言学提供了发现诗学格局的方法，他就会把自己的眼睛蒙上，看不到语法格局在诗歌文本中真正发挥的作用，其理由很简单，正因为诗必须作为诗来读，因此，诗还会包括除语法结构之外的其他结构，而它们之间的相互作用则可能为语法结构带来某种语言学家完全不曾料想到的功能。只有从一首诗的具体效果出发，考察语法结构如何有助于解释这些效果，我们才能避免把语法分析作为阐释方法而造成的错误。

即使在语言学自身的应用范畴中，它的任务也不是告诉我们句子的意义是什么，而是用以解释它们如何具有运用语言的人所赋予的各种意义的。如果语言学分析真能提出运用语言者所无法接受的意义，那么，犯错误的将是语言学家，而不是语言运用者。在语言的诗学功能研究中，情况也大同小异：是诗学效果构成了有待于解释的素材。雅各布森提请人们注意各式各样的语法成分及其潜在功能，这对文学研究是一个重要贡献，但是，由于他相信语言学为诗学格局的发现提供了一种自动程序，由于他未能认识到语言学的中心任务是解释诗学结构如何产生于多种多样的语言潜在结构，因而他的分析实践是失败的。

第四章　格雷马斯和结构语义学

> 如果语言字里行间表达的意思与字行本身表达的意思等量，语言的未"言"之意与所"言"之意等量，那将会怎样呢？
>
> ——梅洛-庞蒂

人们或许期望语义学成为语言学的一个分支，使文学批评家觉得它非常有用。如果确有这样一个领域，在这个领域中，语言学描述的方法能卓有成效地应用于文学语言，那么，这就是语言意义的领域。哪一位批评家不曾幻想过一种把文本的意义描述得毫厘不差的科学方法，一种得到验证的最佳方法，说明哪些意义是可能的，哪些是不可能的呢？即令语义学理论尚不足以解释文学中的所有的意义，它是否至少能够指出哪些意义应该按补充规则描述，从而建立起文学理论和批评方法的基本舞台呢？倘若语义学能够担当描述文本语义结构的使命，即使它并不是一副万灵药，它对批评家来说也已经是功德无量了。

然而，这样的希望，无论构思得多么美妙，都始终是空想。语义学还没有发展到能够描述文本意义的阶段，甚至还没有实现它给自己确立的更小的目标。凯兹（J. J. Katz, 1932—2002）和福多尔（J. A. Fodor, 1935—2017）与大多数转换语法学家一样，由于他们谦卑的理论主张而不为人知，他们认为语义学的任务是描述说话者语言能力的有选择的某些方面：他确定语句本义的能力，认识同义语句的能力，以及摒弃非规范读义的能力。他们只关注语句的意义，既非口语也非上下文的话语的意义，也无意详细地刻画偏离正规（如隐喻性）语序的意义。① 希望语义学切实有助于理解文学意义的文学批评家，势必会同意乌利尔·威恩瑞克（Uriel Weinreich，1926—1967）的观点，认为他们"只关心极其有限的一部分语义能力"，至于"是否可以说语义学理论只能解释特殊的一部分言语，即无幽默感的、无诗意的、平庸无奇的散文，这一点却颇令人怀疑"。("Explorations in Semantic Theory"，pp. 397 - 399)

批评家宁可有一种更为雄心勃勃的理论，即使一时不够系统也无妨；从这一点看，A. J. 格雷马斯的《结构语义学》竟鲜有问津者②，不免令人惊讶。殊不知，这部论著试图对一切语言意义进行解释，包括隐喻意义，与上下文关联的话语的意义，甚而一部文本或一套文本的"总体意义"(totalité de signification)。格雷马斯从词语或词汇单元出发，试图规范出各种原则和概念，用以解释它们在语句或完整文本中组合起来产生的意义，此书的末篇为关于小说家乔治·贝尔纳诺（Georges Bernanos）③ 的"想象世界"的研究，格雷马斯声称它"根据获得的全部文本所作出的几乎完整的描述范例，具体阐述了所运用的各种程序，而且最后还提出了一个语义微观世界的种种定型组织模式"(Greimas, *Sémantique structurale*, p. 222)。如按这段话所说，格雷马斯的理论果真为一组文学文本的语义描述和主题描述提供了一套规则系统，其价值就极其可观了。然而，人们非但不必激起那无望的希望，而且可以立即就说，这一番表白并未得到证实。考察一下他的理论所面临的种种困

---

① 凯兹，福多尔. 语义学理论的结构；凯兹. 半句//福多尔，凯兹. 语言的结构. 英格伍德：普伦梯斯豪出版公司，1964：479 - 518，400 - 416.

② 最有价值的讨论是 E. U. 格罗斯（Grosse）的论文《格雷马斯语义学的新方向》，尽管此文未涉及文学问题。J. -C. 科盖（Coquet）的述评《结构语义学问题》未作批评。参见斯蒂芬·乌尔曼（Stephen Ullmann）在《语言》第 18 期（1967）上的述评。

③ 乔治·贝尔纳诺（1888—1948），法国小说家，主要作品有《在撒旦日头的照耀下》（1926）和《乡村神父日志》（1936）等。——译者注

第四章　格雷马斯和结构语义学

难，看看它究竟是怎样失败的，这也许对我们认识这一类语义学理论的可能性和局限性会有所启迪。格雷马斯的论著无非是将语言学的模式具体运用于文学语言描述的最雄心勃勃的实例，它提出这一理论假设：大的语义效应是由最简单的语义单元有规律地组合起来而产生的，我们必须确定，按照这一理论假设来解释文学意义的可能性究竟有多大。

语义学的理论必须适合应用和描述两方面的要求。这就是说，它必须运用能得到经验或实践界定的概念，必须能对直觉领悟的意义作出解释。一种描述理论，唯当它明确了然，不同的语言学家可以用它得出相同的结果，或更确切地说，能够编成程序输入计算机，进行文本描述时它才有适用的价值。如果这种理论果真是一套能产生各种读义的原则，那么，其描述的可靠性将取决于这些读义的"正确"与否。在现阶段的语义学领域内，任何理论至少在下述某一个方面是不成功的：它或者是运用一种条理明确的阐释语言系统，然而对某些语义效应却不能解释；或者是创设一套具体描述待释效应的概念，然而这些概念本身却无法从应用角度得到明确的界定。评价格雷马斯理论的一个基本问题是，人们拿不准它究竟怎么会失败的，而这个问题也许可以说明为什么这位结构主义领袖人物的理论很少有人论述。他每介绍一个新的概念，总是用他理论中的其他概念对其进行界定，同时又用该概念所要解释的语义效果对其进行界定，而这两个定义往往不相榫合，于是，人们不得不掂量孰为主次。他的理论究竟是一套环环相扣却又不能解释一系列语义效果的概念呢，还是它只具体陈述语义能力的各个侧面，而反映这语义能力的各种术语还有待于更恰当的界定？无论是哪种情况，他这套理论都已清楚表明，要从词语的语义特征跨越到语句或文本的意义，是多么困难。

格雷马斯的理论，与任何严肃的语义学理论一样，其基础是"固有性"与"表征"之间的对立，即独立于任何语言的、反映这个世界各种可能存在的特征的理念"布局"，与用词汇和语句所实际组成的种种特征之间的对立。内在性的层次由语义特征的最小单元——"意胚"（seme）构成，意胚是诸如阳性/阴性、年老/年轻、人/动物等对立造成的结果。某一种语言的词汇单元，或称"词素"（lexeme），则体现了

89

这些特征的某种组合。例如，女人，它把一个语音形式与"女性"和"人"的意胚结合起来，这是内在对立的结果。任何语义学理论都需要一套按等级次序排列组织的语义特征，那样就要求我们把所有可能存在的特征逐次排队，因此，迄今为止还没有一种语义学理论达到这一目标。不过，正确划分意胚的最起码的条件已得到非常简单明了的陈述：对任何两个不同意义的词汇单元来说，至少存在着一个或一个以上的意胚可能对这种差异给予说明。

由于一个词语单元的意义在不同的语境中会发生变化，格雷马斯假设一个词素的语义再现包括由一个或几个意胚构成的不变内核（le noyau sémique）和一组语境性意胚——只在具体语境中呈现的各意胚。为了确定某一词汇单元的语义构成，必须考虑该词素在一整套文本和摘要中的全部读义，即语义素（sememe），以此作为词义的内核构成成分，即全部语义素所共有的特征。而意义的变化则归结为一系列语境意胚的变化。这第一阶段的描述，即从语义特征入手对词素进行分析，可视为这种语言的一部词典的形成过程。一切语义学理论都建立在这样一个基础之上，而在这一层次，格雷马斯的论述并无独特之处。关键的问题是，有了词义的再现，我们如何说明语句和语句序列的意义。

最基本的组合是主语加动词或形容词加名词的组合。可是，在"The dog barked at me"（那狗朝我吠叫）和"The man barked at me"（那人朝我吼叫）中，"bark"表示不同的意义，在"a colourful dress"（一件花哨的衣裳）和"a colourful character"（一个生动活泼的个性）中，"colourful"的意义也不相同。遇到这样的情况，语义学该如何解释呢？了解这些词语意义的说话者，能毫无困难地从它们的不同组合中辨析出正确的意义。对于这种能力，语言学能提供什么说法？格雷马斯认为，从依附于一个词汇单元的诸语境性意胚之中作出的选择，是由其他单元中存在的这些意胚当中的一种所决定的。照这一说法，词素"bark"包含着类似于"喉咙发出的一种猛烈的声音"作为它的内核，而"人"和"动物"特征则是它的语境性的变化成分。人们根据动词的主语对"人"或"动物"特征进行选择。（Greimas, *Sémantique struc-*

turale，p.50）若果真如此，那么，决定这一对对词语的正确读义的过程则可以用明确的程序再现出来：从词典中查出每一个词素，写下它的具体的语义；然后，逐个考察第一个词素所包含的语境性意胚，看它们是否也存在于第二个词素的内含中，如果存在则保留，不存在则弃置一旁。

毫无疑问，在语义能力中一定有某种类似于这样的过程在起作用，但是，格雷马斯所归纳的过程却遇到以下一些困难。首先，这一过程在他自己列举的实例中就不起作用。aboyer（吠叫，嗥叫，在……后大声吼叫）包含着"某种喊叫"这一内核，以及"动物的"和"人的"语境性意胚，于是，"Le chien aboie après le facteur"的意思为"那狗朝邮递员吠叫"，而"L'enfant aboie après sa mère"的意思为"那孩子大吵大闹找妈妈"。但是，选择的过程并不总是这么简单：虽然警察是人，"La police aboie après le criminel"却并不是简单地表达警察吵吵嚷嚷地找罪犯，而意味着他们像嗅到猎物气味并猎猎吠叫的猎犬那样，穷追不舍。语义学的理论若要解释这样一种效果，那就要复杂得多，而在目前阶段，它只能解释词汇层次上的比喻读义。格雷马斯以"That man is a lion"（那人是一头狮子）为例，认为只有在词素"lion"（狮子）的词典意义中把对立的语境性意胚"人"与"动物"包括在内，才能得到正确的比喻读义，因为这样当主语是人的时候就可以选择"人""勇敢"之类的特征。按照这一观点，凡可用作褒贬人类的动物性或植物性词语，都必须在相应的词汇中列入这条比喻意义，作为该词的语境性变义。但是，诗学语言的情况似乎又令人觉得，将所有可能存在的比喻意义都罗列进一个词汇是不现实的（因为新的比喻意义还在不断产生），而且，也没有这样的必要（因为新的比喻意义是可以理解的）。下面，我们将考察解释比喻意义的其他方法；而在这里要说明的仅仅是，格雷马斯试图从最小的语言单元发展到较大的语言单元的办法会遇到种种困难，因为他必须在较低层次上就输入很可能到较高层次才会遇到的全部意义。

由于同样原因而产生的另一个问题是格雷马斯理论对语义素所作

的一般限定：为了赋予"colourful dress"和"colourful character"以正确的意义，我们必须创设出同时存在于"colourful"和"dress"中的特征，以及同时存在于"colourful"和"character"中的另一种特征，由于"dress"与"character"的区别而引出的"colourful"的两种不同的意义，犹如"物质客体"之于"人"，"colourful"一词必须把"物质客体"和"人"两种选择都作为自身具体意义的一部分。而这样至少是反直觉的，人们宁肯得到某种可以推而广之的规则，说明一组形容词在遇到具有这些特征的语言单元时会如何起作用。因为"cutter"（切割者/用于切割的工具）一词的两个供选择的意义分别为"人"和"物质客体"，而在前一例中，"人"却不可能是"colourful"的意义的一部分。

不过，对于格雷马斯的理论至关重要的一点是，正确的读义是根据意胚的实际重复选出的，文本中作如是重复的意胚可称为"意胚类"（classemes），文本的连贯性通常由它们决定。恰如意胚的重复形成了意胚类，文本中意胚类的重复又能使读者识别文本中一个意义连贯的层次，即将文本凝聚在一起的"语义层"（isotopy）。

> 意胚类这一构想，即特征将会不断重复的语义单元，对澄清至今模糊却又不可或缺的总体意义的概念（totalité de signification），肯定有它的阐释价值……
>
> 我们将运用语义层的概念，以说明整个文本如何建立在同类语义层次之上，以说明一套能指符号的总体意义，无须作先验的假设，如何就能被阐释为语言表现形式的真正结构特征。（Greimas, *Sémantique structurale*, p. 53）

如果他的确成功地说明通过对一套能指符号进行某种界定明确的处理，就能从中推导出一部文本的总体意义，那么，他的论著对文学批评家就将有重大意义。然而遗憾的是，他所列举的实例根本没有产生所谓意胚类的重复，即能引出某种具体统一的意义。

他论证说，笑话为语义层的功能提供了最好的证据，因为笑话这一形式既能表现思维理解的语言运作过程，又故意戏弄这一过程。在一次

第四章　格雷马斯和结构语义学

满堂生辉的晚会上,一位宾客对另一位说:"Ah! belle soirée, hein? Repas magnifique, et puis jolies toilettes, hein?"(多好的一晚上啊,是不是？美味佳肴,漂亮的服饰〔厕所〕,对吧？)对方的回答当然可以想见:"ça, je n'en sais rien...je n'y suis pas allé."(实在没法说……我没上那儿去。)(p. 70)格雷马斯颇有道理地指出,笑话的第一部分在介绍情景的同时,确立了语境和内含意义的层次,而第二位说话者的回答"突然以与第一语义层针锋相对的第二语义层破坏了前者的完整性"。实际情况就是这样,但是,要把这一切解释为意胚类重复的结果却很困难。把"dress"(服饰)理解为"toilette"(厕所),则是由比上述讨论的意胚类问题远为微妙的语境特征决定的。若要明白"brillante soirée mondaine"(满堂生辉的社交晚会)本身并无任何特征,决定"toilette"非这么理解不可,我们只需把笑话前后两部分颠倒,让第一位说话者径直询问方位——Où sont les toilettes(厕所在哪儿)或"Avez-vous vu les toilettes(您看见厕所了吗),而得到的回答是"它们在您周围"。在这种情况下,读者能毫不困难地选择正确的意义,尽管笑话的引子中没有涉及"卫生设备"之类的意胚。他知道,在这么一个上流社会晚会上,没有人会问哪儿有漂亮的服装。

作为一种语言理论,它必须说明为什么读者能从不同的读义中作出选择,并确定文本的内在联系,这是极为重要的,可是,这一过程却包含着诸如逼真(vraisemblance)和贴切(appropriateness)这样一些相当复杂的概念,这些概念似乎并不是将某一段文本中出现过一次以上的意胚类罗列一番就能表达的。格雷马斯似乎认识到了这一点,他在后来的一章中写道:

> 为了解决发现语义层的困难,就需要一种"文化滤网"(cultural grid)……这一需要使人对客观的语义分析的可能性产生了疑问。据我们目前所知,还很难想象出这样一种文化滤网,以适应对文本作机械分析的需要。而这就说明,描述本身在很大程度上还取决于分析者的主观抉择。(p. 90)

换句话说,格雷马斯认为上述方法本身还不足以成为语义分析的程序。即使语义层的确能把握文本的意义内涵的层次,那也并不是单凭记录下意胚类的重复就能把它们自然而然地识别出来的。当然,它们的确反映了读者语言能力的一个重要方面——亟待解释的一个方面,关于这一概念的用途,我们将在下面作详尽的讨论。

读者一旦识别了文本的各个语义层,从理论上说,他就可以把文本划分为若干个语义层次。格雷马斯不无忧虑地发现,这一过程在很大程度上仍取决于分析者的主观理解,但是他相信,只要小心谨慎,反复核对原文,疏漏是有可能避免的。(pp. 145 – 146)当然,这已经假定我们知道自己在寻找什么,然而,这一点本身却太不明了了。例如,格雷马斯找出了他所谓的基本语义层:"适用性"(practical)与"虚构性"(mythic),前者为"宇宙论"(cosmological)或外部世界的表现,后者为"理智论"(noological)或内省世界的表现。(p. 120)他的例证——"沉重的麻包"(a heavy sack)与"负重的良心"(a heavy conscience),颇能说明问题,而且,在许多情况下,这一区别都能成立,特别是当一个词语的两重意义分别与内省和外部世界相对应的时候。但是,在更多情况下,这样的区别似乎又毫无意义——读者如何判断这一页上的语句究竟是适用性还是虚构性,抑或二者兼有?而有时遇到的是一个完整的意思,毫无必要作进一步的划分(例如,"La police aboie après le criminel"即为内外兼顾,并无歧义)。格雷马斯似乎已经认定,读者此时接触到的短语都已标明相应的"内感受性"(intéroceptive)和"外感受性"(extéroceptive)的意胚类,其实,这是把问题转移到了较低的层次上。从直觉上说,这个程序显然是可行的。例如,在阐释一首诗时,读者要把与诸如人这个意胚类有关的语序统统挑出来,找出它们之间的关系,从而判断哪些是围绕这一语义内核的意群。但是,格雷马斯甚至还不曾为这一运作从形式上作出界定,例如,一个语序究竟应该有多长。

语义描述的第二步是,把属于同一个语义层的语序系列"规范化"("normalization")。这个过程基本上是把语句简化为一连串的主语和谓语,把它们分解成一个定式,这样它们就能相互对应,并相加在一起。

凡涉及阐述行为的部分首先剔除：第一和第二人称代词（以"说话者"和"听话者"替代）、关于主题中时间的叙述、指示词等。如果它们依赖于说话者的境况，而不只是依赖主题的其他部分，就一律剔除。(pp. 153-154) 这样，每一语序就简化为一组名词性短语（即行为者actants）和一个谓语，它或者是个动词，或者是表语形容词，格雷马斯分别称之为"动态"（dynamic）和"静态"（static）谓语，或"功能"（functions）和"限定性修饰语"（qualifications）。谓语可以包括情态动词和某种状语成分（aspect）。行为者或名词性词组正好与以下六个不同角色中的一个相吻合：主体，客体，发送者（destinateur），接受者（destinataire），反对者（opposant），辅佐者（adjuvant）。这样，一个单句将包括多达六个行为者，一个功能或限定性修饰语，可能还会有一个情态动词或状语成分。

这个设想的作用之一就是使语句与文本的"情节"大体上同构。例如，一个表现寻觅主题的故事就会有一个主体，一个客体，若干反对者和辅佐者，或许还有其他的行为者，其作用为给予或接受。这样的情节当然是再理想不过了，它或许应视为对存在于特定语义层中的那些句子所表现的行为关系的既有条理又有明显特征的归纳总结。然而很清楚，我们根本不能按这个办法去改写句子、拼凑结果，因为故事的主人公也许根本不是每一句子的主语，而其他的人物也不一定在句子中占据与主题对应的行为角色的位置。

把行为模式应用于叙事文学的分析将在第九章中讨论，不过，这并不是它唯一的作用。它还能再现阅读的过程，当然，这一点也许更属于它在理论方面而不是实践方面的一项功能。按照这种方法本身所包含的理论假设，它所再现的阅读过程，包括了从头至尾阅读文本，把出现某一名词性词组的各种行为角色、附属于各名词性词组的限定性修饰语系列以及组合在一起构成文本中的行为的功能系列或行为系列分别加以归类。依据上述种种条件而进行的分析，究竟能否实实在在地再现语义综合过程，我们不得而知，因为迄今为止还没有人作出系统的努力，严格按照这样的公式重新改写一部文本，向我们具体地展示这个综合过程是如何一步步得到实现的。① 不过，这种方法似乎至少会遇到两大障碍。首先在语句本身这一层次上，我们知道，格语法形式与格雷马斯的方法相类似，格能与一组名词性成分按照各种逻辑配伍构成一个语句的谓语，但是，关于格的语法关系的争论表明，如果我们要再现语句成分之间的关系，没有相当程度的实际经验，那么所需行为角色的数目是无法确定的。② 而格雷马斯几乎没有列举什么实例，以说明他的语句模式是可行的。其次，至于他的模式如何去对付语句之间关系的所有问题，他只字未提，因而话语分析成了一种令人望而生畏而且在形式上一无着落的活动。即使话语的语义层真的得到了分离，语句之间的指喻关系、前因后果关系如何以具体的形式表现出来，依然悬而未决。③

格雷马斯断言，这种文本的"规范化"能帮助读者"更容易发现文本中的重复和结构"（Greimas, *Sémantique structurale*, p.158），在该书的末章，他试图将小说家乔治·贝尔纳诺的"想象世界"作为他语义描述方法的一个实例。遗憾的是，他并没有涉及文本本身，并没有具体阐述如何从语义特征入手，进而确定意胚类、语义层，乃至最终把握住意义的总体结构。他的研究完全建立在伊斯坦布尔的塔赫辛·俞赛尔（Tahsin Yücel）论《贝尔纳诺的想象物》的论文基础之上，然而，他却息事宁人地声称，俞赛尔研究结果"不允许我们回避任何描述都会遇到的困难"（p.222）。此话不错，但恰好说明他未能克服困难，对于读者来说，他希望看到文本是如何"规范化"的，又如何经过一套界定明确的程序，确定出它的结构和重复，但是，他清楚地知道，这种方法所面临的困难的确没能回避。结果通篇不见任何一段文本的分析实例，哪怕再短也没有。

格雷马斯声称他的程序如下：他以生与死的对立作为基本语义层，

---

① 齐尔伯伯格．论韩波作品的阅读；科盖．诗的组合与转化；文本的结构分析中的问题；加缪的《局外人》．

② 费尔摩．论格//安德逊．英语中的因果连词和独立主格．语言学学刊，1968（4）；海勒戴．关于英语中的及物关系和主题．语言学学刊，1967（3），1968（4）．

③ 蒂克．生成诗学的一些问题；伯勒特．论文本内涵统一性的一个条件；朗齐．指代词与话语；库默．话语语法模式纲要．诗学，1972（3）．

第四章　格雷马斯和结构语义学

然后从全部文本中把这一语义层上的所有限定性修饰语提取出来。把修饰"生"的语言单元分出，简化为若干组语义素，然后再作一次提取，将出现这些语义素的所有的语境罗列出来。他所进行的是一种最传统的格局分布分析。譬如说，如果我们得到"Life is beautiful"（生活是美好的）这样一个语序，在第二次提取时，我们便问，文本中还有哪些名词性组合也被 beautiful 修饰，并且能列为与上述格局分布特点相同的一类。技艺稍逊一筹的分析者显然就会遇到诸如"Marie is beautiful"（玛丽漂亮）或"That dress is beautiful"（那件衣服漂亮）之类的语序，于是便不得不把生活与玛丽和衣服联系起来。然而，格雷马斯却出于某种原因，没有坠入这类令人沮丧的搭配关系之中，相反，他发现 vie（生活）、feu（火）和 joie（快乐）作为一类，与 mort（死亡）、eau（水）和 ennui（厌倦）相对。然后，他进而确定与四个新词语一起出现的限定性修饰成分，"以此类推，直至全部文本都筛滤一遍，也就是说，直至以最后一组（〔n−1〕次）所作的最后一次（第 n 次）提取找不到新的限定性修饰成分为止"（p. 224）。贝尔纳诺《在撒旦日头的照耀下》的开头有这样几句含有 vie（生活）的句子："这是诗人的时刻，他在自己的头脑里蒸馏生活，为的是提取那秘密的，或洒过香水或蘸了毒药的精粹。""他仍在忧郁地思索着已经逝去的天堂般的中产阶级生活。""卡迪艮侯爵在老地方过着没有王国的国王式的生活。"如果格雷马斯能举一个例子说明他所提出的一套如何对上述语句进行分析，那么，他那套以假乱真的严格程序也不至于如此遭人反对。按照格雷马斯的程序，人们实在弄不清楚，究竟哪些语言单元能被提取，作为"生活"的限定性修饰成分。

格雷马斯从他自己制定的一系列栏目中提取的语义特征，被安排在一套两两相对的系统中，以再现生与死之间的联系。甚或可以说，这一组基本的对立被投射进其他语义范畴所产生的结果，又以相应的分离形式再现出来：透明与浑浊、热与冷、轻与重、节律与单调等等。从直觉上看，这番描述有一定道理，因为这些对立面本身都是语言的语义结构所固有的，加之为对立两极所赋予的价值，与贝尔纳诺乖张的想象世界似乎也不无关系。但关键的问题是从这种分析中究竟应该引出什么结论。譬如说,格雷马斯得到的结果,与让-皮埃尔·理查德(Jean-Pierre Richard)之辈从事传统的语象分析所得到的结果,两者究竟有何不同?易言之,不对各种语象作直觉的考察,而从所谓严格的形式入手剖析话语,引出想象世界的结构,这究竟又使人得到了什么?格雷马斯没有作出直接的回答。但我们或许可以想见,他会声称,这种对限定性修饰成分透彻无遗的研究,其优越性就是更加客观。只要用这种方法分析过一篇短短的散文的人就都知道,系统栏目所产生的词语搭配似乎与眼前分析的目的无关,而且,在最终的格局表述中,它们一般都被抹去。譬如,方才援引的《在撒旦日头的照耀下》的句子中,就有生活与中产阶级(资产阶级)这一词语搭配。但是,这在格雷马斯的图解中却从未出现过,为什么呢?看来格雷马斯将它抹去,与趋于印象主义式研究语象的学者不愿注意它,两者都出于同样的原因。若要人相信格雷马斯的方法确实棋高一着,我们不但需要了解这些提取程序如何应用于实际文本,从而对它的效果心悦诚服,而且需要对如何才能选择相关贴切的词语搭配作出解释。

格雷马斯论证说,一组十个对立面类型足以描述贝尔纳诺的想象世界。(p.246)为了验证这一说法,我们不妨考察一下,凡是我们认为正确的关于这一想象世界的陈述,是否已被纳入这些类型之间的关系,而格雷马斯所界定的类型之间的关系,又是否能排除我们所认为的关于这一想象世界的不正确的陈述。但是,即使格雷马斯的结果成功地通过了这一检验,那也只不过说明这些结果是成功的批评成果而已。而他更为雄心勃勃的要求,即所谓他的理论为描述意义提供了一种明确的程序的说法,如果没有描述程序的应用实例,没有具体的分析规则,就还是不能成立的。谁也没有指望格雷马斯在目前的知识状态下就达到那个阶段,他显然也没有这么做。不过,他的失败已经令人对整个设想的可行性产生了怀疑:要架构一个从词语单元的意义中引出一部或一组文本意义的模式,看来在理论上和实践上都是不可能的。

第四章 格雷马斯和结构语义学

若要从格雷马斯的例子中获得教益，最好的办法就是把他观察问题的角度颠倒，以文本的意义并不机械地产生于词汇意义作为出发点，把注意力集中于格雷马斯理论中的豁漏部分，了解这些豁漏是在什么情况下发生的，这将有助于我们确定，作为一种可行的阅读理论，还需要作哪些补充的考虑。通过对格雷马斯的推导规则链条上断裂环节的考察，我们便可以看出，若要使这链条环环相扣，还需要从语言语义学领域之外补充些什么东西。

迄今为止，我们发现有三方面的问题。其一，在意胚类的层面上，通常是两个或两个以上的词语单元组合成一个短语，那一套程序如何解释从诸多读义中作出的选择呢？其二，分辨语义层或连贯意义层面的方法是什么？其三，语义层以上的意义又以什么方法组织起来？换句话说，文本本身作为语义世界的意义如何组织起来？格雷马斯理论所提出的种种概念，虽然为读者所必须从事的辨义活动贴上了标签，也算是作了区分，但是，它们并没有朝着阐释这些活动的方向迈出很远。

要说明人为什么能够选择词语的读义，最大的困难就是比喻问题。如上所述，格雷马斯的机械程序要求充当比喻介质的词语单元在其本义中就具有潜在的比喻能力，这样，例如在"This man is a lion"（这人像一头狮子）句中，正确的读义取决于 lion 一词的词义中包含了语境性意胚"人"。这一要求不仅麻烦无比，而且违背人的直觉。它造成的最不幸的结果就是扼杀了比喻修饰所依赖的语义特征。称某人为狮子，不仅意指他勇敢，其中还有一层隐含的意思，即这种勇敢带有动物特性。可是，如果我们在 lion 一词中注入"人"与"动物"这一对语境性意胚的对立，那么，选择了一义就得排斥另一义，上述效应也就不复存在。邓恩的诗句"For I am every dead thing"（我是一切死亡之物），将生命之物与非生命之物集于一身，这一效应却是语义辨析的机械程序所无法再现的，因为它逼迫我们从意胚类"有生命的"或"无生命的"之中选择一种作为该句的主谓语，而不能二者兼得。但在该句中，唯有当"我"保留有生命的特征时，它与无生命的结合才有意义。

即使对最不可思议的词语搭配，读者也能找到比喻读义，这说明从词汇层面上解释比喻现象是毫无意义的，相反，我们应该对比喻性的阐释所包括的语义辨析活动作一番界定。当然，这种语义辨析的活动极为复杂。试看"Golf plays John"（高尔夫球耍弄约翰），这句话是说明选择限制被打破的一个经典实例。我们知道，plays 一词需要一个有生命的施动主体，于是，我们将有生命的特点赋予 golf。但是，我们所做的绝对不限于此：我们摒弃了 play 应该跟着一个以人为直接受词的意义（与……进行比赛），又抹杀了 John 的某些人的特征，使之成为行为动作的施动对象（只有当某人大大降格，其本身已成为一个客体，无生命的 golf 才能变成主体，摆弄那不幸的受害者）。比喻的内在逻辑需要句子中三个词的语义价值都进行调整，所以，要再现这一语义辨析的过程，我们就不能只把一个词的语义内容简单地与另一个词的语义内容联系起来。否则，我们就必须将 play 和 John 的内容固定，重新考虑 golf 的语义内容，改换成"Golf competes with John（高尔夫球与约翰比赛）。然而，我们早已了解通常的 play 与 golf 之间的关系，这便确定了一种预期的结构，于是，我们将 John plays golf（约翰玩高尔夫球）中 John 和 golf 的作用加以颠倒，将两个词重作安排，嵌入预期的结构。在比喻阐释过程中，各个词增加的语义特征，并不抹杀与之相抵牾的旧的语义特征，它们是并行不悖的，在各个词汇单元内部产生一种有生命与无生命特征之间的张力，这便是比喻之所以俏皮有趣的根源。

　　格雷马斯在提出所谓肯定性语义层和否定性语义层的概念时，似乎承认了保留相互矛盾的意胚的重要性。（pp. 99–100）当一首诗的叙述者把自己比作一条醉醺醺的船时，便确定了"肯定性"语义层的意胚类"人"占据了主宰地位，而实际存在却被扼制了的意胚类"非人"占据了非主宰的语义层。然而，当一个疯子认为自己是一只枝形吊灯时，形成否定性语义层的意胚类"非人"，则转而处于主宰的地位。

　　保留非主宰地位的意胚是一大改进，但仍不足以分析读义选择的过程。例如，我们还需要再现主宰性意胚类选择的过程。试看"A 就是 B"这类比喻形式。这种比喻并不太复杂有趣，其中第一项的语义特征

第四章　格雷马斯和结构语义学

一般处于主宰地位。但是,"A mighty fortress is our God(坚固的堡垒是我们的上帝),这句话的意思并不是我们像神一样崇拜堡垒。在所有格比喻形式 B 的 A 中,A 的不符合 B 的一些特征通常都被扼制住,当然也有例外:"From his eyes of flame / Ruby tears there came."(他从烈火般的眼眸中/淌下殷红的泪珠。)类似这样的情况,语境特点起着决定性作用。我们没有理由认为,读义的选择是早在确定或分辨语义层或语义的内在联系之前,意胚类即已自行作出的调节。

格雷马斯写道:"阅读的主要困难,包括文本语义层的发现和维持在这一层次。"(p.99)文学理论和语义学也面临着同样的问题:"如何克服文本那种字谜游戏性,如何才能客观地确定可能阅读的语义层,这就是语义学描述在起始阶段所遇到的主要困难。"(Greimas, *Du Sens*, pp.93-94)读者阅读一个文本,便了解了它说的是什么,他可以将属于同一个语义层次的一些语言单元抽出来,作为这个文本的议题,这就形成了语言所指的中心点,如果可能,读者所接触的其他语言单元,都应与之发生关系。但是,格雷马斯发现,读者可以在一个文本中随意地选择一串语言成分,把它们视为一组,并架构出某个大的类型,把它们统统包含在内:"把一组语言成分抽出,单独对待,归纳为自成一体的语义素,总是可能的。"(Greimas, *Sémantique structurale*, p.167)于是,人们要问,这种阅读行为虽然符合逻辑,但问题是究竟怎样才能不使它完全成为一种主观随意的活动呢?按照最好的设想,对于文本中语义层的明确描述,"应该能够自圆其说地解释所有可能存在的读义。它无须将所有读义逐一列出,而只需界定每一种读义的条件"[①]。这一目标的实现或许非常遥远,但我们仍必须制定一些总的原则,以说明并非每一种可以想见的语义层对于某一文本来说都是可以站得住脚的。然后,我们还必须发问:"客观地确定语义层的条件"究竟是什么?

对比较简单的例子,人们或许还可以接受格雷马斯所谓某一具体意胚类的重复足以使语义层得到解释的说法。波德莱尔《忧郁》诗的第二

---

① 拉斯蒂埃.语义层的系统论//格雷马斯.诗学符号学论文集.巴黎,1971:96.他正确地确定了目标,却未能实现这一目标。

结构主义诗学

首 "J'ai plus de souvenirs que si j'avais mille ans"（《我的回忆，悠悠越千年》）中，起始是一连串的并列排比句，每一句包含一个第一人称单数的代词形式，而代词与谓语之间是包容者与包容物的关系。这样，当读者读到 "Je suis un vieux boudoir plein de roses fanées"（"我是一间塞满凋残玫瑰的古老闺房"）时，他将如格雷马斯所说的那样，"多少会自觉地从对闺房的'有形的'描述中，把能在第二语义层上得到维持和发展的所有的意胚提取出来，而这第二层语义自一开始就已被假定存在于诗人的内省世界之中"（p. 97）。

但是，在另一些情况下，解释这一过程中究竟发生了什么，或一个主要语义层怎么会使自己得到肯定，将是一件相当困难的事情。拉斯蒂埃（François Rastier, 1945— ）用格雷马斯的理论分析马拉美的《祝酒词》，这一分析表明，语义层的概念从直觉上说是站得住的，然而，究竟怎样才能把它分离出来？这却会遇到种种令人头痛的问题。

Salut

Rien, cette écume, vierge vers
A ne désigner que la coupe;
Telle loin se noie une troupe
De sirènes, mainte à l'envers.

Nous naviguons, ô mes divers
Amis, moi déjà sur la poupe
Vous l'avant fastueux qui coupe
Le flot de foudres et d'hivers;

Une ivresse belle m'engage
Sans craindre même son tangage
De porter debout ce salut

Solitude, récif, étoile
A n'importe ce qui valut
Le blanc souci de notre toile.

（致意/安全/拯救

没什么，这香槟气泡，处女诗行
只为让你看清透明的酒杯
在遥远的地方，有多少回
塞壬七横八竖醉倒在其中；

啊，各方的朋友，我们起航，
我已经站在船尾
你啊，装点华丽的舰首，击碎
冬天里闪电般的涌浪；

酣畅的酒意将我挟裹
无畏无惧，任船儿颠簸
我把这一杯祝福

还有孤寂、礁岩，和天星
统统奉献，只要你不辜负
我们这片白帆的柔情。）

拉斯蒂埃写道："读者的工作，包括了以阐释语言逐一列出表现所选语义层特征的意胚，并为之命名。"（Rastier, "Systématique des isotopies", p. 88）第一层语义可以是"宴会"。任何语言单元，只要读来能与围绕上述概念的语义层面有关，就从文本中提出，读者可以认为，这一语义层由它们维系确定。例如："rien（没什么）=这些诗行（暗示要求叙述者所具有的谦逊）；écume（气泡）=香槟酒泡；vierge vers（处女诗行）=第一次祝酒词……"（p. 86）第二个语义层是航海语义。例如："salut（拯救）=从海中打捞救出；écume（气泡）=波浪泛起的泡沫"。最后，假设了第三个层次，可以用"写作"一词来表示。（p. 92）

但是，这些语义层并非仅仅是重复出现的意胚类造成的。譬如，要架构第一语义层，读者需具有界定宴会仪式的符号系统的知识。为了能够从 rien 中提取"谦逊"的意思，从 écume 中提取"香槟"的意思，

———103

从 toile 中提取"白帆"的意思，他必须懂得宴会上出现的事情，而且必须有按这些现象去阅读的强烈愿望。此外，为了从这首十四行诗中读出关于写作的意思，读者需要从马拉美的其他诗作中获得相当多的证据，在那些诗作里，写作与否定（rien）联系在一起。这最后一层语义谈不上是语义特征的重复，因为文本中唯一直接与此有关的成分是 vierge vers（处女诗行）。这便是说，如果我们设想有位读者，他通晓法文，却毫无诗的经验，不懂诗的程式，尤其对马拉美的诗一无所知，那么我们根本就不会相信，他读了这首诗以后会发现一连串的语言单元在反复暗示这首诗可以阐释为谈论写作。相反，有经验的诗歌读者知道，诗，尤其是马拉美的诗，很可能是论诗的，宴会也好，航海也好，都不会是最终令人满意的语义层，因为宴会总是为了庆祝什么，而航海历来就是意指其他类型的追索的比喻。正因为他具备了这样的知识——因为他运用这种隐含的模式去阅读这首诗歌——他才能把这首诗理解为谈论写作。

拉斯蒂埃讨论的另一实例，更加清楚地表现了读者对于诗歌的这种期待的重要性。"在杰拉德·曼莱·霍普金斯的《茶隼》一诗中，没有一条语义阐释的线索能使人读出除了那最明显的语义层之外的其他意思，这语义层似乎可以粗略地归纳为'一只鹰隼升空又俯冲'。"（p.100）可是，读者对于这一阐释又为什么会不满意呢？究竟是什么使他们"更进一步"？拉斯蒂埃坚信语义的内在联系是由语义特征的重复来体现的，于是，他只好论证说：

> 大量外来语词素的……存在，其中多数为法语，产生了一种外来感，对于一个英国人来说，它隐含了一种贵族气，而对于一个耶稣会教徒来说，则是一种神圣的含义（通过拉丁词源）。由此而发现的第二语义层，即可粗略地归纳为"耶稣升到天堂又降临人间"。（p.100）

按照这一标准，似乎可以推论，凡阅读到任何包含了许多拉丁词源词语的文本，读者即可视之为主题神圣的文本。但无论这一程序多么"客观"，仅从经验角度上看，它就说不过去。况且，它的理论假设也完

第四章　格雷马斯和结构语义学

全没有必要。诗的读者知道，当这种比喻的能量作用于一只飞鸟时，这飞鸟本身就升华为比喻，这样，他无论如何也会寻找同类，以便把握住因这一"挂钩"而发出的光彩，并推而广之。如果宗教语义层不曾在这种阐释探索中出现，那么，对于这位作者的一般期待也可以证明这一层语义的合理性，因为他的诗歌至少应该从宗教意义上进行读解。正如拉斯蒂埃所分析的，我们并无理由相信，架构语义内在联系的过程，不涉及引导读者对文本进行分析的种种一般的文学模式，就能够得到解释。

格雷马斯在讨论另一类型的实例，如从弗洛伊德论著中引述的一个笑话时试图说明，即使在由规规矩矩的语句组成的、完全可以理解的散文文本中，阅读的过程可以是抓住文本的某一个特征，并以此为基础编织出一套纷繁复杂的概念假设，而就语言本身而言，这一假设也实在没有多少确凿的证据——可是，人人却又会同意这种阐释是正确的。

　　一个卖马人向顾客兜售一匹马：
　　——你若买下这匹马，清晨四点动身，
　　六点半钟你就能到达普莱斯堡。
　　——我清晨六点三十分到普莱斯堡去干什么呢？

读者一定会发现，卖马人与顾客两人说话的语义层之间存在着格格不入的冲突，而这正是造成笑话的原因。但是，文本本身并不存在多少非作如此阐释的证据。读者不知道这桩交易发生在何处，去普莱斯堡的路程是长是短，也不知道这匹马究竟能跑多快。所以，把卖马人的话作为那匹马奔跑速度的根据，究竟怎样才算是自然正确的反应，并没有什么客观的理由。其中最关键的因素，格雷马斯没有提及，但它也很可能就是这一文本的结束方式。如果卖马人与顾客的谈话处于同一语义层次，文本就不会像现在这样戛然而止，而正是由于它戛然而止，故而在已经出现的几句话中一定包含了相当多的意义，而这种意义也很可能是由一个对立结构产生出来的。若要使这段文字有趣，卖马人的陈述与顾客的回答必须形成一种对峙，这种期待非常强烈，以致我们舍弃合乎情理的本义,去寻求某种冲突。起始的介绍可视为确定语义层,暗示紧接下去将是卖马人说马,根据我们的文化背景,这番话肯定是夸赞那匹马。这样,当我们在下一句中遇到起程与到达的对立时,就决定了格雷马斯所谓的"专就骑马的好处的各种变量作一种选择"(Greimas, *Sémantique structurale*, p. 92)。接着,我们把顾客的话视为误解——愚蠢的或故意的——这样就自信可以嘲笑两个人物中的一个了。

这个例子充分说明,语义层并不是由于语义特征的简单重复而产生的,而且,若认为文本本身是"有机统一体",则往往会出错。它们的统一性并非由于各部分的内在特征而产生,却往往是在阐释过程中将文本当作统一体的意图所致;期待的力量引导读者在文本中寻求某种组织形式,并发现了它们。一种旨在对文本意义的内在联系作出解释的语义学理论,是绝不会忽略由之产生文本内容并将内容组织起来的各种模式的。

格雷马斯时不时也承认,他其实并不能自动地从低层次移向较高层次,而他所遇到的这个问题"又一次对当作程序考虑的描述的历时地位提出了质疑"。把文本简化为一系列语义素,然后说明这些语义素如何组合为意胚类、语义层,以及最后有条理的内容,即文本的"总体意义",这些从理论上说虽然是可行的,但是,实际上再清楚不过,"对所需描述的结构加以简化,其本身就是以假设的再现为先决条件,那一个结构过程,如果成功地付诸实践,反过来又以简化过程的完成为前提"(p. 167)。按照格雷马斯的观点,这种互为因果的循环,对于制定描述规则是一大障碍,但是对于批评家来说,这反倒是一个有用的实例,说明一个假设结构的再现对于理解过程是多么重要。正如梅洛-庞蒂所说,整体的意义并非由部分意义归纳而成;只有根据对整体意义所作的假设,部分的意义才能得到界定。理解 "n'est pas une série d'inductions— C'est Gestaltung et Rückgestaltung... Cela veut dire: il y a germination de ce qui va avoir été compris"(并不是一连串的归纳——而是对整体的假设和再假设……这就是说:将要被如此理解的东西是会生发出来的)(Merleau-Ponty, *Le Visible et L'invisible*, p. 243)。人们先根据一个假

第四章　格雷马斯和结构语义学

设进行简化，如果不成功，就另换一个假设。语义描述必须把读者所进行的这种架构活动的过程再现出来。

结构的假设对于认识各个层次上的意义都至关重要，尤其当读者找出了语义层，必须把意胚组织成内容时，这就更为重要了。虽然格雷马斯没有提出一个正式的程序，但是他对"Conditions de la saisie du sens"（领悟意义的条件）提出了若干建议。

他提出，人的头脑在架构文化客体时要受到各种限制，这些限制界定了"符号客体的存在条件"。其中最重要的是"符号示义过程的基本结构"，其形式为一种四项对应关系（A：B＝－A：－B），它"提供了一种符号学模式，以说明在一个语义微观世界中意义最初是如何形成的"（Greimas, *Du Sens*, p. 161）。既然意义是辨析，那么任何意义都取决于对立面，而这个四项结构便使任何一项与它的逆命题和它的对立项同时发生关系（黑：白＝非黑：非白）。格雷马斯又论证说，这一基本构型对于整个文本的意义的最简单的再现也是适用的。它可以被认为是两对对立项之间的对应。这一结构可以是静态的，也可以是动态的，视我们对文本进行横组合的阅读还是纵组合的阅读而定，也就是说，作为叙事文字还是作为抒情诗。

"叙事文字要具有意义，必须形成一个指义整体，并被组织起来，作为一个基本的语义结构"，其间，一种历时性的对立与一种类似的主题对立相互对应：avant（前）：après（后）＝contenu inversé（倒置的内容）：contenu posé（确定的内容）。（p. 187）易言之，即起始状态与终结状态的关系，对应于主题的起始状态（问题）与主题的结局（问题解决）的关系。他的结论大致是，读者唯有把叙事文字纳入这一结构，找到主题发展与情节发展的关系，才算把握住了这段叙述文字。这一结构方面的期待，当然有助于具体事件或文本语句的阐释。

可是，抒情诗则往往可以从整体上去把握，无须涉及历时发展顺序，无须自 A 至 B 的运动。格雷马斯写道，尤其是现代诗歌，它是"分类系统的散漫显现"。读者所接触的短语或意象，均以原生的、散漫的状态联系在一起，他必须从中提取可用于把文本组织成两两相对类型的种种特征。诗歌话语的语义素,"一方面携带着构成诗歌语义层的意胚,另一方面又充当意胚的传递介质,也就是说,是发生意胚替换的环节"。就诗学结构和语义特征的交流而言,语言单元一律平等,而每一具体词语所携带的具体的意胚组合,与将词语联结在一起因而成为该诗语义类别之基础的语义特征相比,则变得无足轻重了。例如,用于联系词语、确立有意义的对立关系的意胚 fluidity(流动性)和 luminosity(发光度),与它们在语义素 sky(天空)或 lake(湖泊)中的表现相比,前者更为重要。"我们只需将产生同类的意胚类作为基本的事实,而将语言表现的语义素结构视为第二位的事实,这一点即能得到解释。"(Greimas, *Sémantique structurale*, pp. 135－136)

按照格雷马斯的假设,一首诗的基本结构便成为一对相互对立的语义类别,它们又与另一对对立类别相互对应,从而形成了主题方面的相互依存性。主题类型的形成所受到的主要限制是它们必须二项对立。"一组语言单元不能简化为一类并以一个语义素来表示,除非同时又形成了另外一组,并得到了命名。"(p.167)理由很简单:将一串语言成分归为一类,那就是说它们共有的某个特征与诗义有关;如果这个特征确实与诗义有关;那只是因为它与另一种特征形成了对立,而那另一种特征又是另一类语言成分的共同特征。范·蒂克(Teun A. van Dijk, 1943—)运用格雷马斯的方法分析了一首诗,也得出相似的结论:"可以认为,一个主题意胚的出现,需要另一对立主题意胚的存在作为它的伴侣。"① 二项对立的限制主宰着主题形成的过程。

不过,单纯的对立还不够。我们阅读诗歌,并不因为成功地找出了对立物的对应就心满意足。文化模式使我们在阅读时追寻种种直觉感受到的目标,这些目标会告诉我们,在什么条件下我们会认为目标应该实现了。格雷马斯论证说,对形象的阐释——

> 应该是在提取过程中,只保留与模式的构成有关的那些意胚。这样,诗学语言的描述将摒除诸如 attic(阁楼)和 cellar(地窖)

---

① 范·蒂克. 结构语义学与主题分析. 语言, 1969(23):41.

之类的形象，而只保留对构成反映价值论的语义素有用的意胚 high（高）和 low（低），……例如登高的喜悦和深埋的忧虑。（Greimas, *Sémantique structurale*, p. 138)

由于"价值论的东西"被界定为"非现实的"语义层（关于内省世界的），它的表现受到种种局限（因此，一般属于评价性的描述），因此，这段话的意思是，对于形象的阐释就是发现与对立价值相对应的对立面的过程。我们并不只从一首诗的内部去寻找对立面，而是寻求让这首诗似乎能确定某种价值的那些对立面，使后者在我们的四项对应关系中充当那第二对对立面。按照这一办法，范·蒂克在分析杜布谢（du Bouchet）的一首诗时，发现了两个主题类型——paysage（景致）和maison（房屋），两者与对立价值相互对应，与另外一种解释相比：将paysage 和 maison 与诸如"草"和"地毯"联系在一起，前一种阐释更令人满意。如果我们想要对意义的产生作出解释，那么，正如格雷马斯所说，我们就不得不假定"一套语义层次的等级次序，有的层次要比另外的层次更加'深奥'"[1]，但是，相对的深奥性和主宰作用，至少在一定程度上，将属于一个具体的文学问题。

虽然这些概念中的某几个对于以后关于诗学问题的讨论有用，但格雷马斯的真正贡献却似乎应该是他所试图解决的问题，以及他所遭遇的困难。他希望验证那个关于语义描述的大设想：如果词语和语句能用语义特征的形式加以改写，那么就有可能界定一系列的阅读行为的运作过程，这样就能用与数学运算程式一样的方法，从最简单的语义特征演进到对于整个文本的一系列的读义。但是，正如他所论证的那样，如果读者识别语义层的能力不够，无法考察哪些意胚类得到重复，那么，这种把语义描述用演算规则加以再现的想法就大成问题了。语言学的分析并不能提供一种方法，使文本的意义从它各个组成成分的意义中被归纳出来。其原因还不仅仅是语句在不同的语境中有不同的意思：这仅仅是人们一开始就要碰到的问题。更为困难的是，决定语句意思的语境远不止

---

[1] 格雷马斯. 诗学符号学论文集. 19. 遗憾的是，格雷马斯对这一问题未作讨论。

是文本的其他语句；它是一种由知识和程度不等的期待意义组成的复合体，是一种阐释能力，从原则上说，人们可以对这种能力加以描述，然而在实践上，却极难驾驭把握。因为它一方面包括了对语义内在联系和组织结构的一般模式的各种假设，而另一方面，它又包括阅读各类文本时读者心目中的期待，以及阅读它们需要作出什么样的阐释。倘若将一篇报刊社论像诗行那样排版，从某种意义上说，社论语言成分的语义特征仍保持原状，但是，它们将受到另一种阐释处理，并在不同的语义层上组织起来。于是，试图从文本的构成成分的意义引出文本意义的理论，无论它的条理如何清晰、明白易懂，要对这种类型的区别力加以说明，则非失败不可。

雅各布森和格雷马斯都坚持这样一个假设，即语言学的分析能提供一种方法，发现文学文本的格局或意义。他们面临的问题不同，但他们列举的实例所引出的教训在实质上是一回事：如果起点是文学效果，目的是对它们作出解释，那么直接用语言学的描述方法也许是可行的，但是，它本身并不能充任一种文学分析的方法。其原因很简单，就是因为作者和读者注入文本的远不止单一的语言知识，而外加的补充经验——对文学结构形式的期待、文学结构的内在模式、形成并验证关于文学作品的假设的实践——正是引导读者领悟和架构有关格局的因素。认识这一补充知识的本质和形式是诗学的任务。不过，在我们考察这一领域迄今做了什么，还可以做些什么之前，我们还应该再看一种将语言学运用于结构主义文学批评的方法。

第五章　批评中的语言学比喻

> 恐怕我们还没有摆脱上帝，因为我们仍然相信语法。
>
> ——尼采

如果不直接将语言学描述的手段用于文学语言，我们又怎样才能将语言学运用于批评呢？巴尔特发现，"结构主义产生于语言学，而在文学中，它找到了一个产生于语言的对象"，然而，这一"产物"又何以影响语言研究与文学研究之间的关系呢？巴尔特自己的回答是模棱两可的：一方面，他指出"在每一个层次，论点也好，话语或词语也好，文学作品为结构主义提供了一幅结构的画图，它与语言自身的结构完全类同"；但另一方面，他又认为结构主义旨在"创立一门关于文学的科学，或更确切地说，一种关于话语表述的语言学，其研究对象是在众多层次上把握的文学形式的'语言'"（Barthes, "Science versus literature", pp. 897 – 898）。

换句话说，究竟哪一种是贴切有效的类比，他表现出明显的犹豫：究竟是具体的文学作品像一种语言，还是文学作为一个整体像一种语言？前一种情况类比的基础是，一些语言学的概念可通过引申或象征方式应用于文学作品：把作品当作系统来讨论，作品的各构成成分按其相互关系而界定,所谓横向组合和纵向组合的关系系统,所谓语言序列系统,它们在作品中的功能与语句的名词、动词、形容词的功能相对应。在后一种情况下,类比关系更加坚固,也更加有趣:由于文学本身是一套符号系统,在这方面与语言相像,因而可以设想一套诗学,像语言学研究语言那样去研究文学,从语言学那里接受一切可能得到的启示。

他之所以犹豫不决,也许是因为乔姆斯基之前的语言学模式本身就是界限不明的。虽说结构语言学被界定为分析一套完整素材的方法,可是对于试图将语言学方法应用于其他领域的人,它并没有提出任何准则,说明哪些东西可以作为一套完整的素材系统来考察。为什么不是某一个作家的作品,关于某一主题的作品,甚至为什么不能把某一部作品看成是诗节、章节或语句的汇总呢?而这一模式很容易被解释为无论研究什么汇总系统都行。

无论什么原因,这犹豫不决本身产生了关于结构主义研究方案的两种不同观点。如果我们设想的是语言学与诗学之间的总体类比,那么,我们的任务就不是阐释具体作品的意义,正如语言学家的任务并不是研究具体的语句,说明它们是什么意思一样,而是把作品当作一个文学系统的表现而加以研究,说明这一系统中的约定俗成的程式如何使作品产生意义。相反,如果我们设想的是一种语言与一部具体作品或一组作品之间的类比,那么,作品的分析就不再是服务于目的的手段,它本身就成了目的。读者的任务便是分解它,理解它,正如语言学家的任务是理解他所研究的语言;为实现这一目的,我们可以吸收任何可能有用的语言学概念。

巴尔特在《批评与真理》一书中,将上述两种活动分别称作"文学学"("science of literature")和"批评"(criticism),认为前者更恰当地运用了语言学模式,而后者在引出和界定一部作品的意义方面,更接近于批评的传统使命(Barthes, *Critique et vérité*, pp. 56 - 57)。结构主义者并不回避批评,但他们也许不太把阐释作为目的,而更侧重于巴尔特所谓的对作品的"有条理的转述"("ordered transformations"),通过这一过程,就会"在作品的第一性语言之上,浮现出一种第二性语言，一套符号的聚合体"（p.64）。在我们进入关于诗学的正题讨论之前，不妨简单考察一下这一种批评，尤其是所谓结构主义的语言学和符号学研究能使具体文本的研究活跃起来的种种方法。

从这一观点出发，我们可以把批评文字划为两大类别。第一类把一部作品或一组作品比作是一种语言，将它的研究对象看作一个系统，其规则和形式必须加以阐明。这种批评与较为传统的研究，诸如把具体作品当作"有机统一体"对待，或把某一作家的作品当作同一创作方案的不同变体等，有明显的相似之处，但是，又有所区别，或许由于所谓的"系统的精神"使它充满生气，以及它不愿从事物的同一性上确立联系，而试图从差异类比的基础上确立联系。第二类方法则不把作品当作一种语言来看待，它认为作品只不过是对语言进行理论分析和实践分析的场所。作品被当作一种不曾明言的语言理论的载体来研究，或被当作其他符号系统的载体来研究，应按照各自的理论或系统的术语来进行阐释。

作品作为系统

巴尔特的《论拉辛》（*Sur Racine*），把拉辛的悲剧"当作一个由各种成分和功能组成的系统"（p.6）来研究，毫无疑问应属于第一类批评。虽然由于皮卡尔（Raymond Picard）在《新批评还是新欺骗》（*Nouvelle critique ou nouvelle imposture*）一书中对它进行猛烈的攻击，此书成了六十年代中期关于新批评（la Nouvelle critique）论战的焦点，但还很难将它称为结构主义分析的典型例证。巴尔特自己也承认，这本书是从主题批评向系统化的草样转变时期的代表作。然而，恰恰由于它在某些方面与更接近于现象学批评的主题批评保持了一定距离，因而它才更加有助于说明结构主义批评的特点。

巴尔特在对米歇莱（Jules Michelet，1798—1874）的早期研究中，将干燥、炎热、多产、空虚、丰富、含混等主题分离出来，他想确立作家那个想象世界的结构，在这里，作家是思维主体，这个世界中充满了他无法摆脱的积念:"我们必须首先揭示这人的内在连贯性……发现一个存在(我未说'一个人生')的结构,一套主题,或更确切地说,一个由各种积念构成的组织体系。"(Barthes, *Michelet par lui-même*, p.5)批评的视角与其他现象学批评家一样,诸如让-皮埃尔·理查德(Jean-Pierre Richard)、让·斯达罗宾斯基(Jean Starobinski)和J.希利斯·米勒(J. Hillis Miller),他们的主题研究都明确指向作者"感受世界以及感受自我与世界的关系"的方法,都强调必须"把客观化的结构当作进行架构的主观意识的表现来加以考察"[①]。但是,在《论拉辛》一书中,巴尔特已不愿意再把具体主题当作他在作品中所发现结构的本源。他把各个悲剧当作一个系统的各个阶段来阅读,他所关心的是共同性的结构,这些共同性的结构可以从这些剧本中引出,并作为功能性对立物和组成结构的规律。但是,由于他使用了"某种程度的精神分析用语",他的批评方向有所模糊了,因而他对"拉辛式的人"的研究,也就比较容易被当作关于拉辛本人的主题世界的陈述。诚如他所写道:

> 我所要陈述的是一种拉辛式人类学,它既是结构主义的,又是分析性的:本质为结构主义,因为悲剧在这里是作为一个由各种成分("形象")和功能组成的系统来处理的;表述为分析性的,因为我似乎觉得,只有一种例如精神分析法的语言,才足以发掘出对这个世界的恐惧,才适合描述与被囚禁的人的遭遇。(Barthes, *Sur Racine*, pp.9-10)

尽管语言学的概念在整个分析中无足轻重,但是,语言学的模式却为全书的组织安排提供了一个结构比喻。巴尔特说:第一部分实质上是纵向组合的——它将拉辛的悲剧作为一个系统来考虑,分析了它的各种作用和功能;而第二部分是横向组合的——它对纵组合成分加以考察,说明它们如何在具体作品的层次上组合成连贯序列。(p.9)但更为重要的是,按照语言学模式,巴尔特所要寻找的并不是各剧本中反复出现的实义特征或主题,而是各种关系和对立。因此,当他提出拉辛作品中存

[①] 理查德. 诗歌与深度. 巴黎,1955:9;斯达罗宾斯基. 关于结构主义的评注. 277.

在三种形式"空间",即议院或权位,反议院——剧中人相互侍奉或冲突之所在,以及"外部"——死亡、逃亡和事件发生的地方时,他的意思并不是说每一个剧本都一定包括一个议院、一个反议院以及一个外部世界,他实际是说,存在着两种对立——实际的权位与民众言谈话语的空间之间的对立,以及将人物隔离的地方与潜在的、发生其他事情的外部世界之间的对立,这两种对立具有产生悲剧环境的主要功能。剧中人物发现自己所在的空间,按其功能而言,是一个反议院——"反议院位于行为发生的世界和沉寂的议院之间,无以摆脱,这里是语言活动的场所",而它的封闭性又为悲剧命运推波助澜。(pp. 15 - 19)

同样,巴尔特写道,所谓原始部落的故事——反叛的儿子纠合在一起,把控制他们、不让他们娶妻的父亲杀死——"是拉辛剧作的全部",他此时并不是说每一部悲剧都包含这样一个主题,而是说拉辛的剧作有这样的统一性,"仅在这一古代寓言的层次上可以贯穿起来",但在许多具体的剧本中,又可以将它删改和转化。(p. 21) 如果拉辛的悲剧是一个系统,那么分析这一系统就必须首先确定哪些是功能性的对立,为此就必须把握系统的"中心",它是决定取舍的原则。巴尔特似乎认定悲剧的本身就是中心,并进而发问哪些是产生悲剧的对立或关系。他发现它们有三个——权威的关系、竞争对手的关系和爱情关系,然后他就开始确定这些关系的各种组合又会产生什么样的作用。

虽然他的论点和分析都不如人们所期望的那样清晰,但他似乎认为,原始部落的神话之所以重要,是因为它既反映了使爱情出现问题的权威的关系(如拒婚或乱伦),又反映了受权势支配的人之间的竞争关系。这样,它便包含了产生拉辛剧作中各种人物角色的基本对立。人物本身的差别,"并不由他们在世上的地位决定,而是由禁锢他们在各种力量的一般态势中的位置决定",而这种态势,他认为,是由那三个基本关系的各种不同组合构成的。(p. 21)

虽然《论拉辛》有种种缺陷,诸如容易使人产生误解的精神分析用语,方法论上的不必要的含混,以及作者一见机会就喜欢对法国最伟大的经典作品简短地发表几句惊人之语等等,但是,对于此书的攻击却大都是因为不能赏识巴尔特的建议中的形式主义本质。例如，皮卡尔认定每一剧本中的权威关系在内容上应该一致，因而他轻而易举地指出了"巴尔特先生在同一描述和阐释标题下，把截然不同的现实拼凑到一块"（Picard, *Nouvelle Critique ou nouvelle imposture*, p.40）。当然，那正是这个所谓关系性概念中的要害：各个不同的剧本以不同的方式表现，从悲剧环境来看却是相同的功能。在每一剧本中，产生戏剧环境并界定主人公作用的冲突，是行使权威者与受权威支配者之间的对立。正是这些功能反映了巴尔特分析的兴趣所在和运用语言学模式的痕迹，这些功能不是由剧本内容的属性界定的，而是由于在整个系统中存在着功能性的对立而界定的。

在巴尔特关于萨德（Marquis de Sade, 1740—1814）[①]侯爵的论文中，语言学更为明显地成为比喻用语的出源。分析的对象又是所谓一位作家全部作品的汇总，但这一次，系统的"中心"不再像对拉辛的分析那样，是每一部作品主题发展的产物。萨德的叙述中包含一种巴尔特所谓的"狂放的结构"（rhapsodic structure）：时间的发展是文本线性发展的本质而非内在必要性的结果，讲述故事就是"将可重复的、流动性的片断叠合并置"（Barthes, *Sade, Fourier, Loyola*, pp.143-144）。因此，系统成为一个庞大的语言序列的规范格式，这些语言序列赋予情欲以条理分明的形式，它们成为这一系统的结构成分。分析这一系统，就是确定最小单元的功能性成分，并看它们是如何组合的："il y a une grammaire érotique de Sade（une pornogrammaire）—avec ses érotèmes et ses règles de combinaison"（其中有一种萨德式的表达情欲的语法〔色情语法〕和构成这种语法的色情素及其组合规则）（p.169）。最小的单元是"姿势"，即"尽可能小的组合，因为它只把一个行动及其施动时点结合在一起"。除性感姿势以外，还有种种"功能因素"，例如亲缘联系、社会地位和各个生理变量。各种姿势能组合起来，形成"功能行为"或复合性性感场景，当功能行为被赋予时间性发展时，便形成"情

[①] 萨德，法国作家，作品中多有变态性心理与性行为描述，"性虐待狂"（Sadism）一词即由他的姓氏派生而来。——译者注

节段落"。(pp.33-34)

巴尔特写道：所有这些单元——

> 都受组合或结构原则的支配。这些原则将很容易使色情语言实现形式化，与语言学家所运用的"树结构"（"tree structures"）类似。……在萨德式语法中有两项基本原则：这些原则似乎是叙述者调集他的"语汇"（姿势、形象、情节）单元的正常程序。第一是彻底的原则：在一项"功能行为"中，尽可能多的姿势应该同时完成。……第二是交互的原则……一切功能均可交换，每个人能够并应该既是行为者又是承受者，既是鞭笞者又是被鞭笞者，既是食污物者又是令他人食己之污物者，等等。这一原则至关重要，首先，因为它使萨德式的爱欲真正成为一种形式语言，其中只有行为的类型，而不是以群划分的个人，这就使语法大大简化。……其次，又因为它使我们避免按性别作用去划分萨德式的社会。(pp.34-35)

其实，主宰者与承受者的区别就在于前者对第二代码系统，即言语的占用，而在那冗长的"大段讲演"占据了功能行为和情节不曾占据的空间中，情况更是如此。但是，根据巴尔特的观点，"语汇代码和形象代码（色情的）不断联系在一起，形成一条单线，与具有相同能量的放浪行为并行不悖"(p.37)。作为一种组织模式，言语为行为命名，便使之转变为罪恶，言语细述了意象，便使之转变为场景，言语书写下场景，便使之转变为叙述文字。萨德的写作运用色情代码作为生成意义的手段，占有并污染了语言本身——"这种罪恶的污染"由于其中储存着色情演化发展的每个阶段，"已影响话语表述的所有文体"；这样，它就要保证自己具有一种超越的力量，因为"社会永远不可能识别一种与罪和性有结构联系的文字形式"(p.39)。

语言学在这里当然是模仿的样板，但是，它在确定一种分析程序方面也许并不那么重要，它只是提供一套术语，而由于已经有一种理论将这些术语联系在一起，因此，一旦它们在分析翻译过程中被用作目标语言，它们就能创造连贯性的意义。这种连贯性仿佛是现成的，当这套术语被用来阐释萨德的梦幻世界时，就给人以系统的感觉，觉得这种阐释突出反映了这一想象世界的条理性和组合的彻底性。

从作品汇总中引出系统的另一个也许更加上乘的实例,是热奈特的"L'or tombe sous le fer"(《黄金坠入铁石之下》)一文中对巴罗克形象的研究。它与通常对形象的研究的不同之处在于,它认定在巴罗克诗歌中,"属性被组织成差异,差异形成对立,而感知世界则按照某种物质几何学的严格规律,被划分为对立的两极"(Genette, *Figures*, p. 30)。当龙萨(Pierre de Ronsard, 1524—1585)及更早一些诗人的诗作朝类型聚合的方向发展时,"巴罗克诗歌却似乎反其道而行之,命定地对这种同化的倾向一概予以抵制";例如,在"L'or tombe sous le fer"(黄金坠入铁石之下)这样的诗行中,两种金属被用来表示它们最浅显、最抽象的功能——一种由非连续性对立系统界定的价值"(pp. 31-33)。这里,金与铁对立,使诗行具有一种自然的严密性,除此以外,诗中对这两种金属的属性或这两个词语可能具有的内涵都未予提及;这里仅仅是一种举隅法,使全诗按照意象代码的原则表示"麦子倒在镰刀下"的意思。

热奈特的分析引出了一个对立结构图,图中包括了大约十五个关系项,这就使语言学的构想,即由关系项组成而且各关系项的价值为纯形式、纯差异性的这样一个系统,付诸实践了。与语言学一样,重要的是系统、二项对立、区别特征、关系项等等观念。

托多洛夫(Tzvetan Todorov, 1939—2017)在题为《如何阅读?》("Commet lire?")的论文中谈到他称为"形象化"的功能活动,即把在多层次起作用的某一形象或结构所决定的一部或一组文本视为一个系统。他援引波利斯·艾亨鲍姆(Boris Eichenbaum, 1886—1959)对俄国诗人安娜·阿赫玛托娃(Anna Akhmatova)的研究的例子:"这首诗作在各个层次上都符合矛盾修饰法(oxymoron)的概念,……不仅在文体细节而且在主题方面都表现出来。"诗作所反映出的叙述者既是受情欲支配的罪人,又是圣洁的修女;"以她为中心的抒情叙事诗的发展始终呈现其对立面和矛盾;它始终回避心理定形,并由于这种不连贯的心态而变得很奇怪。意象变得神秘莫测,令人左右为难"(Todorov,

第五章　批评中的语言学比喻

Poétique de la prose, p. 249)。当然,发现这样的类比,本来是批评的拿手好戏,但结构主义者似乎更愿意将他们从一部或一组文本的各个层次上寻到的特征视为一种形式结构。

这种方法的典型实例是热奈特的一篇论文,它讨论了圣·阿芒特以及将错位形象作为结构的基本手法的巴罗克风格。把鸟称为"空中的鱼"这种诗歌语汇,并非孤立的现象,它出源于一种所谓可颠倒的宇宙这种很普通的概念,它认为一物为另一物的镜像。例如,海洋与天空对称,这不仅因为它反映了自然界,而且因为人们认为在其表层之下还存在着一个颠倒的世界。在圣·阿芒特的《被拯救的摇篮》中,通过红海的一段给人以机会去了解——

> 一个新颖的、从未使用过却又非外来的词语,它是对我们所处世界的回答和复制,但又恰好因为它为人所熟知而更丰富、更鲜亮……更有感染力,它的出现,使犹太人既回想起伊甸园,又对应许之地充满了憧憬。(Genette, *Figures*, pp. 15-16)

对于圣·阿芒特而言,"每一个差异都惊人地相似,异则是同的矛盾再现",巴罗克世界的结构是如此严谨,以至于奇异、新颖和不可思议性只能被想象或再现为普通组合关系项的错位或颠倒。这一令人瞩目的主张,正是追求系统性格局造成的结果。

能够说明所谓结构主义批评与一般所熟悉的批评没有多少不同的另一个实例,是托多洛夫关于亨利·詹姆斯短篇小说的论著。他论证说,那些短篇小说具有某种共同的结构属性,一种"将主题和句法、故事的结构和视角组织起来的形象"。詹姆斯的故事的秘密就是,在各个不同的层次上"恰好存在着一个基本的秘密,一种无以名状的、似乎不存在却又主宰一切的力量,它是现存叙述机制运行活动的动力"(Todorov, *Poétique de la prose*, p. 153)。托多洛夫应邀去牛津大学作关于结构主义和文学研究的讲演,即以此为例证[①],但是,人们却可以认为,从某一作家的作品中寻求一个不变的格局并非结构主义批评所专有,它与将

---

① 见戴维·罗比编《结构主义引论》(牛津大学出版社,1973)中托多洛夫的论文。

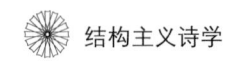

作品的汇总作为一个符号系统的处理方法也不相同。一旦语言学不被用作参照启发的手段，结构主义批评顿时便失去了它与其他批评相区别的诸多特征。

作品作为符号投影

第二种方法涉及语言学概念更广泛的应用，它并不假设一组作品与一种语言之间存在结构上的类同，而把作品本身的研究作为对某一符号系统的考察，旨在把它所提供的新见解用更明确的语言予以再现。例如，巴尔特论证说，布莱希特的戏剧最重要的特点之一是，"革命艺术必须承认符号的任意性，必须允许存在某种'形式主义'，即必须按照适当的方法，符号学的方法，处理形式的问题"（Barthes, *Essais critiques*, p. 87）。布莱希特本人就是一个符号学家，他的审美间离的实践，他的服装和舞台装置的运用，表现了一种特殊的符号理论。"布莱希特的戏剧作为一个整体提出了这样一种假设，即至少在今天，戏剧并不一定要表现真实，而更多的是要达到真实的象征。正因为如此，所以需要能指与所指之间存在某种间离。"

巴尔特关于罗耀拉（St. Ignatius Loyola, 1491—1556）的论述，是一个引申得比较充分的例证。他把罗耀拉视为"聆听神谕人（Logothete）或语言始创人"。罗耀拉部分参照自然语言的模式，划出了一个符号空间，将他的研究素材划分为相互有别的表述，并为符号的组合提供了一种顺序或句法。"创立一种语言，这乃是精神活动的目的"；罗耀拉想构造一种"咨询语言"使使用者能找到向上帝诉说的东西，用适当的形式将他的要求"用代码表示"，这样就能随时得到天启神示。"这位词语制造师或语言造设者的巨大而成败未卜的劳动"，包括拟定旨在生发以结构规范的出自心灵的话语，使祈祷成为有条理而无止境的活动。为了达到这一目的，对立项、横向组合类型、修辞性口头禅以及叙述结构均大量增殖，所有这些"都出于遍及整个思想领域的需要，只有这样，语言

第五章　批评中的语言学比喻

使用者表达要求的渠道才能畅通无阻,话语的能量才能充分发挥"(Barthes, *Sade*, *Fourier*, *Loyola*, pp. 7 - 9)。

如果说罗耀拉的所作所为可看作是创立并研究祈祷符号系统,那么,普鲁斯特的《追忆逝水年华》,则可以读作是叙述者接受符号学知识的记录。吉尔·德勒兹(Gilles Deleuze,1925—1995)在他的著名论著《普鲁斯特与符号》一书中写道,普鲁斯特的作品的"基础不是展示回忆,而是学习掌握符号"(*Proust et les signes*, p. 9)。叙述者接触社交场合的符号、爱情符号、可感知世界的符号以及艺术符号,它们又去处理和转化其他的符号。德勒兹不仅研究了叙述者如何学习识别并阐释这些符号,从而能置身于这些符号架构而成的各种不同的经验领域;他还从小说中归纳出一种如何区别上述四种符号、如何解释叙述者的各种反应和经验的一般理论。他认为,功能性标准是:素材证明的种类,恰当的阐释手段,典型的情感反应,它们所产生意义的种类,阐释机制,符号的时间结构,以及符号与本质的关系。(pp. 102 - 107)对于这些要点的全面考察产生了一套阐释语言,在论及长篇小说的理论设想与顺时叙述中不同行为与经验的布局的关系方面,这套阐释语言比其他任何一种都更加行之有效。这样,德勒兹的阐述不仅记录了普鲁斯特不曾明言的符号学思想,而且将普鲁斯特笔下的叙述者对符号的考察与普鲁斯特自己在小说创作过程中制作产生的符号,尽善尽美地融为一体。

德勒兹的许多创见,在热奈特对普鲁斯特的"间接语言"("le langage indirect")的研究中,得到了进一步的肯定。《追忆逝水年华》记录了叙述者逐渐掌握了间接语言的过程,而这种间接语言,则是人们用以既表达自我又藏匿自我的手段。凡尔杜林夫人的"Je vous gronde"意思是"我感谢您",而非"我训斥你"。"世俗修辞用语,与一切用语一样,是谎言的公开形式,这样的表述应按照谈话双方所公认的某种交流准则去破译。"(Genette, *Figures* II, pp. 251 - 252)手势动作也构成一种必须掌握的语言,它表达一种固定的符号复合体:一旦某个手势动作被普遍接受,它便不再是一个"真实"或自然的表示,这一手势动作首先表示产生某种预期印象的愿望。马赛尔在等待让人把他引见给那几位"如花似玉的少女"时，准备显示出"那种有心探询的眼神，不是流露出惊诧，而是流露出让对方看出他惊诧的愿望——我们竟是如此拙劣的戏子，或如此明察秋毫的相面术士"①之类的行为示义实例比比皆是。约定俗成的索引式符号——

> 几乎总是表示与期待意义相反的意思；在一些极端的例子中，因果关系甚至被颠倒，完全打乱了示义意图。……马赛尔是看上去惊诧，其实并不惊诧。(p. 267)

这样，我们找到了"一种语言来'揭示'言外之意——而且正好是它未曾道出的意思"。

这样，热奈特就从普鲁斯特的作品中发现了一种双重的符号学批评：一方面，我们看到符号永远无法与其指喻物吻合（所指之处与词语在说话者心目中引起的想象永远不是一回事）；另一方面，能指移向所指的过程势必受到种种迂回曲折的歧义的干扰。但是，作为符号活动的艺术作品，会把这两种形式的错位作为自己需要解决的问题，把这两种间隙作为文学探索的空间，从而使错位得到补偿。

而结构主义的批评在处理作品的时候，只把它作为对语言自身的考察，而不把它当作对其他符号系统的分析。作品在自己的写作活动过程中，会精心推敲出一套对于日常交流习俗准则的批评，甚而对它们全盘否定，于是，作品便为批评家提供了一个机会，把这一实践上升到理论，并以此作为对作品的一种阐释，描述出文本中的意义的不寻常的变迁。这种研究并不少见，它们很容易产生于文学话语属性的一般性考察，但是，在侧重研究具体作品的这类著述中，我们也许应该着重提一提斯蒂芬·希思（Stephen Heath）的论文"Ambiviolences"②和米歇尔·福柯的《雷蒙·鲁塞尔》。

---

① 普鲁斯特. 追忆逝水年华：第1卷. 克赖拉克，费赫，校订. 巴黎，1954：855.
② "Ambivalence"一词为"矛盾心理"（如既爱又恨），前缀"ambi-"有"二重"之意。"Ambiviolence"为前缀"ambi-"加"violence"构成，发音与 ambivalence 相近，几乎相同，但"violence"有"对词意作强行曲解"之意，故"ambiviolence"似可译作"矛盾曲解"。——译者注

第五章　批评中的语言学比喻

前者似乎认为，只有一种作品的阅读能兼顾作品语句的详细阐释和一般主题的综合归纳，而《为芬尼根守灵》就可以这样阅读：它将作品文本提出的问题（它"不堪卒读"）作为自己的最终结论。所谓作品的不可读性，作品故意设置的矛盾，并不是通过明智的注释转化出一套阐释语言即可克服的障碍，相反，它本身就是主题设计的特点，它决定了这样一种写作活动。这部作品试图"把语言戏剧舞台化"（"theatralization of language"），使词语本身从其潜在的区别关系系统中突出出来。能指符号已不再是一种透明的形式，读者通过它即可找到所指的意义；它现在本身就是独立的客体，它可以产生各种可能产生的意义：这就是它与其他词语，与拥挤于四周的其他各种类型话语之间的关系。这多样化的关系使意义不再是某种现成的、等着被词语表达的东西，而是一片视域，一个提供给符号示义的角度。在通常语言用于交流的地方，乔伊斯抛出了另一种"语言的活动，在这里，交流的限制取消了，在能指符号的嬉戏中发生了断裂，而能指符号的活动只让人瞥到一眼'意义的悸动'"[①]。乔伊斯写道，这"is nat language in any sinse of the world"[②]，这是语言的异己，被压抑的补充意义，现在被释放出来，像鱼卵一样在纸面上增殖："birth of an otion"，"for inkstands"，"Stay us wherefore in our search for tighteousness"。[③] 在字母拼写上玩弄的变化造成句义的游戏，任何明晰的意义似乎只存在于语言之外，然而，这种明晰的意义却像这个世界的摆设一样，统统被置于错位、矛盾等莫衷一是的地位。希思写

[①]　如是，1972（5）：65.

[②]　由于这句话中的不规范拼写，句子产生了多种歧义。如果 nat＝not，sinse＝sense，world＝word，那么，这句话的意思为，这"在任何意义上都不是语言"。可是，nat 可以是 natural（自然的、质朴的）的意思，sinse 的发音与 sins（罪过）相同，于是，这句话似又有"在这受到罪恶染指的尘世间""这是自然纯真的语言"的意思。——译者注

[③]　与上句一样，这三个短语的不规范拼写的读音可造成歧义。例如"an otion"，其读音听上去可以是"a notion"（一个概念），也可以是"an ocean"（一个海洋），前者产生"一个概念的诞生"的意思，后者为"新出现一个海洋"；"inkstands"意为"墨水台"，但读音听上去又像"ink stains（墨迹）"，而"for inkstands"的读音又与"for instance"相仿，意为"举例"；"stay us"（等着我们）的读音与"stares"（木怔怔地看着）相仿，而"tighteousness"形似"tightness"（严密），又使人联想到"tediousness"（冗长）。由于上述种种变化的可能性，这句话已不可能纳入某一具体固定的意义。——译者注

道，《为芬尼根守灵》，是"la construction d'une écriture qui sillonne le langage (les langues), faisant sans cesse basculer le signifié dans le signifiant, pour, à tout moment, trouver le drame du langage, sa production"（创造了一种新的写作模式，这种写作是在语言〔或数种语言〕中耕耘，留下一道犁沟，让所指跟在能指身后疲于奔命地追赶，这样就能在每一个瞬间都保持语言的戏剧性和创造力）(p.71)。这场在语句层次上演出的戏剧，经过批评家的语言活动，便成为这部作品的符号构想和主题结果：人们原以为意义总是现成的，无须积极地追寻，而只要去发掘就能找到，然而现在，构成这个虚幻世界的一切都被解构，并被纳入了新的运动。

法国文学中与乔伊斯最接近的也许应该算雷蒙·鲁塞尔（Raymond Roussel，1877—1933），福柯的阅读引出了类似的主题。鲁塞尔为了纯化他的文本，赋予它们一种无意于交流的结构，于是就诉诸可作为生发手段的形式程序。他采用了同音双关语的办法，使一个短语引出另一个短语（以英语为例，如"The sons raisemeat"与"The sun's rays meet"）①，然后写成一个故事，把二者糅合到一起。《洛居·索吕》是他玩弄这种游戏的登峰造极之作：故事中说，人发明了一些机器，为的是创造一个世界，但这个世界本身又是由语言机制创造的。这样，能够对极微小的天气变化作出反应的机器，将各种各样的牙齿捡来，镶嵌成形如骑士一般、非常复杂的马赛克图案，然而机器本身却是由同音双关语"demoiselle à prétendants"（"有许多求婚者的姑娘"）与 demoiselle à eître en dents"（"用牙齿嵌成骑士图案的夯槌"）产生的。凡此种种使文本变成了一个封闭的系统，而这个封闭系统，又是对作为一个差异系统的语言的真实模仿。一方面，文本通过毫无意义的双关语，"以单独的、双重的、含混的、牛头人身怪物般的形式"，显示了"集中起来的差异本身"；而另一方面，又表现了各差异的永无终止的变幻，在这一变幻过程中，一个词语把我们交付给另一些词语，而始终不能与真实世

---

① 英语举例意为"儿子们饲养家禽家畜生产肉类"与"太阳光束相交"，汉语中的"气管炎"与"妻管严"可视为类似的例子。——译者注

界产生直接的联系:"这一奇妙的属性使贫乏的语言变得丰富无比。"(*Raymond Roussel*, p. 23) 鲁塞尔的作品表明,当语言成为无拘无束的差异系统时,语言所激起的想象能产生许许多多的意义,从而瓦解了符号的本质为积极、肯定的观念。"作为一种仅言及自身的语言的创造者","他为文学语言开辟了一方奇特的天地,你也许可以称之为语言学的天地,如果这个词不给人以相反的印象的话,这方语言学的天地如梦幻,如着魔,完全是非现实的"(pp. 209 - 210)。关于语言学系统的种种观念又一次被应用于阐释,但批评家发现,最为激进的作品,只有被当作一种特殊的、颠覆传统语言学观念的活动时,才能统一起来。

当然,从比较传统的作品中,可以发现那些颠覆性稍弱的语言学理论的构想。在这种情形下,结构主义中的语言学倾向作为一种阐释策略,将引导批评家把注意力投聚在语言在具体作品中所发挥的作用上,让他所发现的对作品语言的看法成为它的主要论题。若赛特·雷-德波伏(Josette Rey-Debove)的《语言的狂欢》一文,探讨了符号如何在莫里哀的《可笑的女才子》中变成情欲支配的对象。佩尔·阿齐·布朗特(Per Aage Brandt)在《唐·璜或言语的力量》一文中,考察了言语的功能和蕴涵。米歇尔·阿利维(Michel Arrivé)的专著《雅里的语言》,研究了作家雅里(Aifred Jarry, 1873—1907)是如何醉心于符号问题的。托多洛夫的《文学与意义》(*Littérature et signification*, 1967)中,专门有一部分讨论了《危险的关系》中那封信所起的示义媒介的作用,他的《散文的诗学》中有数篇论文,讨论《奥德赛》《一千零一夜》以及贾斯当的《阿道尔夫》的语言,阐述这一批评方法的优劣。

他在讨论《奥德赛》时,试图列举语言上的例证,证明尤利西斯的谎言是文本的主要特点。他指出,文本中的 énonciation(说话的行为)与 énoncé(说出的话语)之间的差异,表现为"la parole action"(作为行为的言语)与"la parole récit"(作为叙述的言语)之间的对立。接着,他又迈出颇值得商榷的一步,将这两种语言形式等同于行为性言语和判断性言语:"作为叙述的言语出自判断性话语世界,而作为行为的言语永远是行为性的。"(Todorov, *Poétique de la prose*, pp. 71 - 72) 这一切其实并不是无关紧要的比喻性说法,而是通过行为性言语与判断性言语的不同属性,显出尤利西斯的谎言或"la parole feinte"(假话)确系反常。

> 一方面,它确系判断性语式:只有判断性言语才有真假之分,行为性言语不可能有这样的区别。另一方面,为说谎而说话不同于为陈述事实(constater)而说话。前者是为了做出行动:任何谎言都必定是行为性的。佯装做假的言语则既是叙述,又是行为。(p.72)

但是,其他言语行为大多数也是这样。说出一句判断性的话即是完成一个行动,说谎也无任何特殊之处。如果我向某人兜售一辆汽车,我告诉他汽车的传动器是新的,那么此刻,我的行为是一个劝说行为(说话是为了行动),与陈述的真假无关,我用这一点来说服对方的事实本身根本不能判断我所说的是真是假。根据 J. L. 奥斯丁(J. L. Austin, 1911—1960)的定义,行为性言语即是陈述本身履行了所指示的行为,例如在"我保证付给你十镑"这句话中,保证行为就是说话行为本身。[①] 谎言并非这一意义上的行为性言语,它们恰好是虚假的陈述。它们虽然在文本中具有特殊的作用,然而,作为语言学的论点却给弄混淆了。

托多洛夫的其他结论基本上仰仗他对所考察作品中的言语赋予的特别价值。在《奥德赛》中"恪守本分与沉默对应,而言语则与反叛相联","说话意味着承担责任,因此也就要冒一定的风险"(pp. 69 - 70)。可是在《一千零一夜》中,"叙述等同于生命,停止叙述则意味着死亡",由此引申开去,"人只不过就是一段叙述而已;一旦叙述不再需要,他就会死亡"(pp. 86 - 87)。这种将人物与他的言语等同的情况,在《阿道尔夫》中也能发现,托多洛夫在他的一篇较好的论文中指出,《阿道尔夫》中包含了一个复杂微妙的语言理论。在《一千零一夜》中,

---

① 奥斯丁. 行为性与判断性//凯顿,编. 哲学与普通语言. 1963;本维尼斯特. 一般语言学问题. 巴黎:伽里玛出版社,1966;269 - 276.

第五章　批评中的语言学比喻

"死亡就是不能说话",但是在这里,言语也是一种悲剧力量,"贡斯当不同意所谓词语能以适当的方式指明事物的看法",因为说话或者能改变人对所谈及事物的感觉,或者能产生人用言语假造出的那种感觉。于是,假话成了真的,而本应是真的反而成了假的。他论证说,这一矛盾结构类似于《阿道尔夫》中的欲望的结构:"词语中包含着不存在的事物,正如欲望包含了并不存在的追求对象。……两者都引入死胡同:交流的死胡同和幸福的死胡同。词语之于事物等同于欲望之于欲望所追求的对象"。(p. 11)

对于语言的兴趣,再加抽象化的嗜好,就能归纳出这一类条条框框,作为对所论作品的主题阐释。但是,这些结论和阐释却与作为类比或借鉴参照的语言学模式全然无缘。与前文引述的例证不同,语言学在此并没有为文学作品的阐释提供具体的方法。也许它提供了一个总的注意方向,或者建议批评家应该寻找相互对应、能组织成一个系统、能产生文本的段落或形式的差异和对立,或者提出一套用以表达阐述的概念。但这两种情况均有失误的可能。在后一种情况下,语言学的声望也许会使批评家以为,只要把语言学的标签往文本的各个方面一贴,就一定收效,可是,毫无疑问,这些标签术语无论类比着用还是孤立地用,它们本身都并不具有什么特殊的地位,未必就比批评家引进或创造的其他术语更能说明问题。而在前一种情况下,即使我们承认,任何有助于批评家扩大他所能认识到的关系范畴的因素,都具有表面自圆其说的价值,形式结构的发现也是一个永无止境的过程,而且,倘若要使这一过程产生实际效果,它就必须建立在文学文本究竟如何才能发挥其功能的理论基础之上。一部作品,唯有通过一种具体阐述其功能的理论,才会有自己的结构,而制定这样一种理论,则属于诗学的任务。

第二部分 诗 学

第六章　文学能力

> 理解一个语句意味着理解一种语言。而理解一种语言意味着掌握了一门技艺。
>
> ——维特根斯坦

使用某种语言说话的人听见一串语音序列，就能赋予这串语音序列以意义，因为他把一个令人惊叹的意识到和未意识到的知识储存运用于这项交流行为之中。他掌握了他的语言中的音韵、句法、语义系统，就能使他把声音划分为互不连贯的语音单元，识别词语，即使所产生的语句对他来说是陌生的，他也能对它作出结构描述和阐释。没有这样一种内含的知识，即内化了的语法，语音序列对他就毫无意义。然而，我们往往认为，这种音韵和语法结构，以及意义，都是言语自身的属性，而只要我们记住它们仅仅对某一特定的语法而言才是言语的属性，这种说法也没有什么害处。另一种语法将赋予这一语序以不同的属性（例如，按照另一种语言的语法，这一语序也许就是胡言乱语）。因此，谈论语句的结构，其中就必然隐含了赋予该语句以结构的一种内化了的语法。

我们也往往认为，意义和结构是文学作品的属性，从某种观点看，这完全正确：当词语序列被当作一部文学作品来看待时，它就具有这样的属性。但这里的限制却表明了语言学的类比是多么贴切和重要。作品具有结构和意义，乃是因为人们以一种特殊的方式阅读它，因为这些潜在的属性，即隐含在客体本身中的属性，要在阅读行为中应用话语的理论才能具体表现出来。巴尔特问道："若无方法论模式的帮助，何以能发现结构？"（Barthes, *Critique et vérité*, p. 19）把文本当作文学来阅读，绝不是让人的头脑变成一张白纸，预先不带任何想法去读；他事先对文学话语如何发挥作用一定心中有数，知道从文本中寻找什么，他必须把这种不予明言的理解带入阅读活动。

如果有人不具备这种知识，从未接触过文学，不熟悉虚构文字该如何阅读的各种程式，那么叫他读一首诗，他一定会不知所云。他的语言知识或许能使他理解其中的词句，但是，可以毫不夸张地说，他一定不知道这一奇怪的词串究竟应该如何理解。他一定不会把它当作文学来阅读——我们这里指的是把文学作品用于其他目的的人，因为他没有别人所具有的那种综合的"文学能力"（"literary competence"）。他还没有将文学的"语法"内化，使他能把语言序列转变为文学结构和文学意义。

如果说这个类比听上去不够确切，那是因为对于语言来说，理解取决于对系统的掌握这一点更加明显。从中学到大学，花在文学训练方面的时间和精力足以说明，文学的理解也取决于经验和熟练掌握。由于文学属于第二层次的符号系统，语言是它的基础，因而在与文学作品接触时，语言知识或能发挥一定的作用，但要具体说明究竟在哪个节骨眼上理解开始依赖这后续的文学知识，则比较困难。但是，划分界限的困难却并不能模糊理解一首诗的语言（读者能把诗大致翻译成另一种语言）与理解这首诗之间的明显区别。谁懂得法语，谁便能翻译马拉美的《祝酒词》（见本书第四章），但这种翻译还称不上是主题意义的综合——不是我们通常所谓的"理解了这首诗"。为了辨识不同层次的内在连贯性，并找出它们之间的相互关系，冠以共同的标题或纳入某种"文学追求"的主题，读者必须对阅读诗歌的约定俗成的程式具有足够的实际经验。

第六章　文学能力

要了解这些程式的重要性，最简单的方法就是截取一段新闻报道文字或从一部小说中截取一个句子，按一首诗那样排版（见本书第八章）。英语语法对这句子所规定的属性没有变化，而文本在改排前后所产生的不同意义，看来不能归因于读者的语言知识，而必须看成是阅读诗歌的特殊程式所造成的结果，这种阅读程式引导读者以新的方式看待语言，从先前未曾发掘的语言中找出某些有意义的属性，它们把文本纳入了与先前不同的一套阐释运作过程。此外，如果我们衡量一下诗歌语言与其批评阐释之间的距离，则也可以看出这些阅读程式的重要性——这一距离的弥合也必须通过构成诗学一部分的阅读程式。

任何懂得英语的人都能理解布莱克《啊！向日葵》一诗的语言：

啊，向日葵，虽然厌倦了时间，
它却仍在数点太阳的脚步，
企盼着到达那金碧辉煌的境界，
那旅行者最终的归宿：
在那里，少年忍着欲火的熬煎，
姑娘红颜褪尽，身披雪白的缟素，
他们从坟墓里坐起，却还在思念，
我的向日葵梦寐以求的去处。

但是，理解语言与对这首诗的主题阐述却还有一段距离。一位批评家在讨论这首诗时，按照诗的主题阐述得出如下的结论："布莱克对禁欲主义的辩证的一击真是太巧妙了。你无法否认性欲的自然基本要求而超越自然。相反，你会完全陷入那乏味的、周而复始的渴望之中。"[①] 试问这样一种读义究竟是怎么得到的？究竟是怎样的阐释过程从文本中引出这样一种理解？基本的阅读程式或许可以称之为符号示义的规则：读这首诗时，把它看作表达了对人以及人与宇宙关系的某一重要问题的态度。这样，向日葵便获得了象征标记的意义，而"数点"和"企盼"这些比喻，也就不只是葵花向阳性的形象化的表达方法，而成为比喻功

---

① 布鲁姆.心象的伴侣.纽约，1961：42.

能词，使向日葵转化为这两句诗行所表达的人类欲求的实例。比喻的内在统一程式，即所谓应该通过语义转化以达到内容和形式两个层次上的内在统一，使读者将时间与永恒相对，并使"那金碧辉煌的境界"既指标志每一天的时间循环结束的落日时分，又指"旅行者最终的归宿"抵达时的死亡的永恒。落日与死亡的认同又进一步为程式所证明，这种程式使读者将这首诗纳入某种诗歌传统。然而更为重要的是主题统一性这个阅读程式，它迫使读者将第二小节中的少年和姑娘也看作是人类欲求的代表；由于他们共同的语义特点是压抑性欲，因而读者必须找出一种方法，使这一点与全诗吻合。这首诗的句法结构上有个特点，那就是三个从句都以一个"where"引出①，这一句法结构恰好提供了这样的方法：

> 少年和姑娘克制住自己的性欲，为了象征性地达到人们通常在想象中看到的天堂。到达那里后，他们从坟墓中爬起，却又受到与过去一样的周而复始的欲望的折磨，他们刚到落日时分就想到向日葵寻求归宿的地方去，而那恰恰是他们现在所在之处。②

这样的阐释绝不是主观的联想。它们是公开的，能够按照阅读诗歌约定俗成的程式进行讨论和论证——或者，按英语所容许的说法，制造意义。这样的程式是文学这门学科的组成部分，读者从这个角度可以看出，所谓诗歌是和谐的统一体，是自足的、自然的有机体，诗歌本身是完整的，具有丰富的、内在的意义这一说法，很可能引起误解。相反，符号学的阐释法认为，诗只应被看作是发声，它之有意义，乃是针对读者吸收内化了的某种阅读程式系统而言的。如果别的程式介入起作用，它的潜在意义范畴就会不同。

诚如热奈特所说，文学"与其他思维活动一样，是建立在它本身也没有意识到（某些例外的情况除外）的程式的基础之上"（Genette, *Figures*, p.258）人们不仅可以把这些程式看作是读者的内省知识，而

---

① 原诗第4、5、8行。——译者注
② 布鲁姆．心象的伴侣．纽约，1961：42.

第六章 文学能力

且可以看作是作者的内省知识。创作一首诗或一部小说的活动本身就意味着介入了某种文学传统，或者至少与某种诗歌或小说观念有关。这一活动之所以可能，就是因为存在着这种文学体裁，当然，作者可以反其道而行之，他可以设法推翻体裁的程式，但是，这恰好是作者创作活动的范围背景，正如食言之所以可能，是由于存在着信守诺言的社会习俗一样。不同的词汇、语句和表达方式的选择，取决于它们的效果；而效果这一概念的前提是，阅读方式不是任意不定的。即使作者不考虑读者，他自己也还是他的作品的读者，倘若他阅读时产生不出效果，他是不会满意的。大家一定会觉得有一位诗人的想法很奇怪，他说："当我琢磨向日葵时，我产生了一种特别的感觉，权且称之为'p'，我想它可以与另一种我称之为'q'的感觉相联系。"于是他写下了"假如 p 于是 q"，作为一首关于向日葵的诗。可是这根本不成其为诗啊，因为连诗人本人也无法从这串符号中读出意义。他可以认为它们表示了上述感情，但那完全是另一码事了。他的文本没有探讨、激发甚或利用那些感情，因此他不可能把它当作诗来读。若要体验写成一首诗的满足，他必须创造一个词语结构，并能按照诗的程式去解读它：他不能径自指定意义，他必须使他自己和别人有可能读出这种意义。

瓦莱里曾经写道："每一部作品都是除作者以外的许多东西的产物。"他提出文学史应该由研究"文学存在和发展的条件"的诗学来代替。在所有的艺术形式中，它是"程式的作用最为突出的一种"。有些作家也许认为他们的作品完全出于个人的灵感和发挥了天才，甚至那些作家——

> 也早已不自觉地形成了一整套习惯和观念的体系，这是他们经验的产物，对于创作过程是不可或缺的。无论他们对于创作作品时一切先定的定义、程式、逻辑以及组合系统何等漠然无知，无论他们多么相信他们只仰仗于创作瞬间本身，他们的作品都毫无疑问需要上述所有这些程序发挥作用，需要头脑进行这些思维运作。

诗歌的程式，象征的逻辑，产生诗歌效果的思维活动，并不只是读者方面的问题，而是文学形式的基础。但是，由于种种原因，把它们当作读者的思维活动，比作为作者视为当然的整个文学活动范围，更容易进行研究。作家们关于创作过程的种种说法之大谬不然，早已为人所共知，但要确定他们将哪些视为当然，办法却寥寥无几。而读者赋予文学作品的意义和感受到的效果，观察起来则方便得多。这样，不仅通过考察产生效果的程式和思维活动的种种假设对于所述效果的解释能力，而且通过考察它们应用于其他诗作时对所感受到的效果的解释能力，上述种种假设就可以得到验证。再者，当我们考察阅读过程时，我们可以对文本的语言作一些变动，从中可以看出文学效果的变化。然而这样的试验，在考察作家接受了哪些程式时，却不可能进行，因为作家对改变文本所造成的不同效果会有何反应，无法得知。转换语法的实例表明，若要从形式上再现说话者与听话者之间心照不宣的知识，最好的办法是给自己或同行们一些句子，然后制定一套规则，这些规则应该能对听话者关于语义、形式完整与否，有无偏离语法，组织结构，以及含混歧义等所作出的判断加以解释。

  因此，我们要说的是，把文学能力视为阅读文学文本的一套程式，这丝毫不意味着作家们生来就是只知道产生一串串文句的白痴，而真正的创作活动，都是由掌握了加工这些语句的巧妙办法的读者来完成的。结构主义的讨论也许看上去在推行这样的观点，因为它们无法把作家的"自觉艺术"分离出来，加以赞扬，其中的原因很简单：与其他复杂的人类活动一样，在这里，自觉与不自觉的界限是非常模糊不定的，既无法识辨，也毫无意义。"您什么时候懂得下棋的？始终都懂？还是只是当您移动一个棋子的时候？抑或是在您的每一步棋中包括了全部棋艺？"[1] 您在开车的时候，按照规定沿道路一侧行驶，换挡，刹车，把车灯往下倾斜，所有这一切究竟是自觉的还是不自觉的？提出作家自觉干了些什么，哪些又是不自觉的问题，犹如询问一个英国人说话时，哪些英语语法规则是自觉应用的，哪些是不自觉应用的一样，都是毫无意义的。熟巧的掌握，在很大程度上可以是不自觉的，但也可能达到极为

---

[1] 维特根斯坦．哲学考察．59．

第六章 文学能力

自觉的纯理论雕琢的程度，两者都是熟巧的掌握。另一方面，当我们说，只有当作品处于阅读过程之中才显示出极为丰富的蕴涵时，这也丝毫不意味着我们对于作家艺术作品的熟巧技能可以有所指责。

按照巴尔特的定义，结构主义诗学的任务，应该是将产生文学效果的那个潜在的系统揭示出来。这不是一门"关于内容的科学"，不是从阐释学角度提出对作品的阐释——

> 而是一门关于内容产生的条件的科学，它讨论的是形式。它所关注的是所产生意义的各种不同变化，或作品可能产生的意义；它并不直接对符号进行阐释，而是描述这些符号的多价衍生体。简言之，它的研究对象不是作品的完整意义，而是反过来，研究那支撑所有这些意义的空洞的意义。（Barthes, *Gritique et vérité*, p.57）

从这个意义上说，结构主义对观察角度作了重要的颠倒，把制定文学话语的综合理论的任务放在首位，而具体文本的阐释则退居其次。对于从事阐释的人来说，无论阐释产生怎样的效益，它在诗学范畴以内总是一项附带的活动，相对于把文学本身作为一门学问来研究，它只是一种使用文学作品的方法。这么说绝非要贬低阐释，我们从与之相应的语言学类比中应该看得很清楚。大多数人对如何应用语言进行思想交流，要比对研究这交流背后的复杂的语言系统更感兴趣，而他们无须感到他们的兴趣受到了把对语言能力的研究变成一门独立学科的人的威胁。同样，结构主义诗学提出，文学研究只包括把作品置于一定环境的间接批评行为，把它当作某一特定的活动来阅读，并以此赋予作品以一定的意义。其任务毋宁说是架构一种文学话语的理论，用以解释说明阐释的种种可能性，即所谓支持各种实在意义的"空洞意义"，而它本身并不让作品得到某一种具体的意义。

倘若阐释批评不是那么起劲地硬要我们相信，文学研究就是对具体作品的解释，上述这番话本来是没有必要说的。然而在这样一种文化背景下，阐释批评把每一部作品当作自足的有机统一体，认为它的每一组成部分都为一个复杂的主题增添效果，那么，认真地思考一番这种批评使我们失去了什么，哪些东西被弄模糊了，也就显得愈加重要了。所谓批评的任务就是揭示主题统一性的看法,是一个后浪漫主义的观念,这一植根于有机说的观念,有不少含混不清的地方。把植物是有机统一体的说法转变为主题统一性的说法,并不那么容易。当然,我们愿意承认,运用植物学的观察方法可以作植物与植物之间的比较,分离出它们之间的同异,或仔细考察其形式结构组织,但这并不能立即引发某种目的论或主题统一性方面的结果。再说,关于文学的话语表述也并非始终这样迫不急待地要委身于阐释现象。早先有那么一个时期,诗歌还并不那么明显地属于个人的行为,还不属于在平静中追忆到的激情,在那个时候,研究诗歌修辞形式和体裁之间的相互作用,研究诗歌形式特点与传统特点的关系,还是可能的,那种研究并不一定非要产生一种阐释,以说明它们与诗歌主题有关。你并不需要从诗歌移到外部世界,你完全可以在文学自身的范畴内进行探索,把它与某个诗歌传统相联系,找出它在形式上的继承和变异。过去很可能有过这样的研究,这一点能给予我们某种关于文学的重要启示,或者至少能使我们考虑到,放松阐释对批评的控制是可能的。

这种放松非常重要,因为分析家如果旨在理解文学是如何起作用的,那么,正如诺思洛普·弗莱所说,他必须着手"制定关于文学经验的普遍规律,简言之,他仿佛相信,在迄今获得的关于诗歌的知识中存在一种可以完全被理解的结构,它不是诗歌本身,也不是对诗歌的体验,而是诗学"(Frye, *Anatomy of Criticicm*, p.14)。很少有批评家像弗莱这样有力地强调诗学的重要性,但是,正如这段引文所表明的那样,弗莱眼中的诗歌、对诗歌的体验以及诗学这三者之间的关系,依然有些模糊不清,而这一视野上的模糊影响了他后来所制定的原则。他关于形态、象征、神话和体裁的讨论,引出了一系列的类型划分,它们把握了文学的某些丰富的内涵,然而,奇怪的是,他所划分的类型,都没有确定的地位。它们与文学话语,与阅读活动究竟是什么关系?他所谓的春、夏、秋、冬的叙述类型,究竟是文学作品的分类手段,还是文学经验所依附的分类?而一旦有人提问,为什么选择这样的分类而不选择其他同样可能的分类,我们立刻就会发现,弗莱的理论框架中一定存在着某种需要说明却又没有说明的东西。

语言学的模式能稍稍调节我们的视角，使需要说明的东西变得显而易见。若要使语言系统的研究在理论上为我们助一臂之力，我们就不能再把说明某一套文本中各作品的具体属性作为自己的目标，而应该全力以赴地阐述业已内化了的文学能力，正是这种文学能力，使掌握了语言系统的人所看到的东西有了这些文学的属性。而要发现结构，并阐述其特征，就必须对将结构描述赋予所论作品的那个系统进行分析，这样，文学类型的划分应该建立在一种阅读理论的基础之上。而恰当的分类只是那些用于解释作品对读者提供可接受意义的范围的分类。

当然，文学能力的概念，或一个文学系统的概念，对于某些批评家来说，不啻一道可憎的符咒，因为他们认为这是对自发的、创造性的、富于感染力的文学的一种攻击。不仅如此，他们也许还会认为，文学能力这一概念本身，由于先定地将读者划分为胜任的和不胜任的两类，因而必须遭到反对，其原因与当初有人提出"正确的"阅读而遭到反对的原因完全一样。在一些人类活动领域中，成功与失败有其明确的标准，例如下棋、登山等，我们可以称之为胜任（有能力）和不胜任（无能力），然而，文学的丰富内涵和感染力的存在，却正是因为它不是这样一种活动，文学欣赏可以各式各样，因人而异，不能纳入自命的专家们所制定的法定规范。

但是，上述这些论述似乎没能击中要害。不可否认，文学作品与大多数的人类鉴赏品一样，很难说是因为理解和熟巧的掌握才能给人以快感——有些作品被误解到无以复加的地步，却依然由于某些个人的原因而受到赞赏。可是，把误解当作一种法定规范而摒弃，并没能对我们平常所遇到的问题，如指出什么地方不对、抓到一处错误、明白为什么出错等作出解释。虽然有些时候出于无奈而只好服从某一较高的权威，但是，谁也不会认为事情总是这样；在多数情况下，我们会感到茅塞顿开，看到一种更全面的对文学的理解，一种更完善的对阅读程序的掌握。如果理解与误解之间的差别毫无意义，如果讨论的双方都不相信有这种差别，那么，关于文学作品的讨论和争议就没有必要，更不用说还要撰写关于它们的批评了。

此外,所谓中学和大学提供文学训练的论点也不能轻易放弃。有人认为,整个文学教育这一套只不过是一个大骗局,这实在是偏听偏信到了无以复加的地步。事情已经再清楚不过,只凭一种语言知识和一定的阅历,远不足以把人造就成洞察敏锐、胜任愉快的读者。要达到这一层次,就需要接触一定范围的文学,而且在许多情况下,需要接受一定形式的指导。世世代代的学生和教师致力于文学教育所花费的时间和精力,构成了一个根深蒂固的观点,他们认定其中有东西可学,而教师则毫不犹豫地为他们的学生判分,衡量他们朝一般文学能力的方向所作出的努力和取得的进步。大多数人会认为——当然都有站得住脚的理由——他们的考题不仅仅是为了测定学生们是否阅读过一套套的作品,还为了检验他们具备了怎样的能力。

诺思洛普·弗莱认为:"任何认真研究过文学的人都懂得,其中所包含的心智活动,与科学研究所包含的是一样的。这里也包含了一种极其相似的思想方法的训练,建立了一种相似的学科统一性。"(pp. 10 - 11)如果这一说法似乎有点言过其实,那无疑是因为那些在科学教学中得到明确阐述的东西,一般在文学教学中没有明言。不过,谁都清楚,一首诗或一部小说的学习研究,有助于下一首诗或小说的研究:我们不仅从中掌握了进行比较的要领,而且懂得了该如何去阅读。我们渐渐揣摩到一套合适的、有价值的问题,渐渐掌握了一套标准,以判断在某一特定情况下它们是否能产生有益的价值;我们渐渐懂得了文学的种种可能性,以及如何区别这些可能性。如果愿意,我们还可以从一部作品推及另一部作品,但是,我们这么做时却不能忘记恰恰是这一推论过程本身,需要得到解释和说明。为了说明这一推论,为了解释文学研究者所掌握的那些所谓有意义的形式问题和特点到底是什么,就需要制定一套关于文学能力的理论。如果我们希望把文学教育以及批评本身的过程弄明白,我们就必须像弗莱所论证的那样,认定有可能存在一种"自成一体的、全面的文学理论,这种理论有其内在的逻辑性、科学性,它的某些内容已被学生不知不觉地逐渐掌握,而它的主要原理,我们迄今为止

第六章 文学能力

尚不了解"（p. 11）。

站在这样的角度便很容易理解，为什么语言学能很有吸引力地充当方法论上的类比模式：一种语法，如乔姆斯基所说，"可以被视为一种语言的理论"，而弗莱所谓的文学理论，则可以被视为读者业已吸收同化然而自己并未自觉意识的"语法"或文学能力。将不明的挑明是语言学和诗学的任务，而生成语法重新强调了这类理论的两项基本要求：它们必须把它们提出的规则作为形式功能活动加以陈述（因为它们所考察的这种智能，并不能理所当然地被认为就是运用这些规则的智能，必须尽可能明晰地对它们予以说明），它们又必须是可检测的（它们必须再生出有关符号示义能力的已经证实了的种种事实）。

这一步能在文学批评中实现吗？最主要的障碍似乎是确定哪些事实可以被视为文学能力的证据。在语言学中，要识辨一种站得住脚的语法所必须说明的事实并不困难：虽然我们也许有必要说明"符合语法的程度"，但我们能够分别罗列出绝对符合语法的规范语句和绝对偏离语法的不规范语句。不仅如此，我们在直觉上对阐释关系有足够的把握，从而大致能说出一句话对于运用该语言的人来说是什么意思。可是，在文学研究中，情况要复杂得多。众所周知，所谓"规范的"或"可理解的"文学作品等概念，就相当成问题。因此，要认定什么是对某一作品的恰当的"理解"，往往比较困难。批评家们的解释尚且会大相径庭，这一事实本身或许就颠覆了所谓一般的文学能力这一概念。

但是，为了克服这一显而易见的障碍，我们只需要问一问，我们需要一套文学理论究竟要用它来说明什么。我们不能要求它去说明一部作品的"正确的"意义，因为我们显然不相信一部作品只有单一的正确的读义。我们不能要求它在规范的作品和不规范的作品之间划一条界限，如果我们相信这样一条清晰的界限根本不存在的话。其实，有待于说明解释的最明显的事实就是，为什么一部作品可能有若干种意义，而不是任意挑出的某一种意义，或者是，为什么某些作品会给人以怪异、文理不通、不知所云的印象。这一模式并不意味着在某一特定方面一定存在着全体一致的看法。它只意味着，我们必须自选一组事实，无论哪种事实，它们似乎有必要加以说明解释，于是我们就设法架构出一个文学能力的模式，对它们进行说明解释。

需要说明的事实种类很多：譬如某一散文语句，一旦以诗行形式排列就会产生不同的意义；譬如读者能够识别一部小说的情节；譬如一首诗的象征阐释比其他阐释更令人信服；譬如一部小说中的两个人物相互反衬；譬如《荒原》或《尤利西斯》曾经令人感到怪异，现在却似乎变得可以理解了等等。诚如巴尔特所说，诗学不甚关注作品本身，而注重于它为什么能被人理解（Barthes, *Critique et vérité*, p.62），因此，一些令人困惑的问题——例如一部作品，为什么一些人觉得可以理解，而另一些人就会觉得文理不通，或者，同一部作品在不同的时期会有不同的读义——就成为这个功能性程式系统的最有决定意义的证据。只要我们构想出合适的程式，任何作品都会变得可以理解：假使存在着一种程式，允许我们把一首诗中的每一个词语单元换成另一个词，后者的第一个字母与前者相同，而后者的选择则按照通常的逻辑意义的需要，那么，即使是最含混不通的诗作也能够得到阐释。文学惯例一旦发生了变化，那就会出现不计其数的稀奇古怪的阅读程式，它们或许都能起作用，因此我们说，某些作品难以阐释恰恰说明了阅读程式实际上受到某种文化背景的制约。此外，如果一部不堪卒读的作品后来变得可以理解了，那是因为，为了满足系统性的基本要求——要求理解，新的阅读方法又产生了。新旧读义的比较能使我们看出整个文学惯例的变迁。

与语言学的情况一样，获取关于能力的信息并没有一种自动的程序，而需要说明的事实却并不匮乏。[①] 逐一考察读者的阅读行为并不能说明问题，因为人们的兴趣不在于具体行为本身，而在于位于行为背后的心照不宣的理解或能力。阅读行为很可能并不是能力的直接反映，因为人的行为可能受到诸多无关因素的影响：我或许在某一时刻走神，或许沉湎于个人联想而出岔子，或许遗忘了上文的某一重要情节，或许无

[①] 乔姆斯基．句法理论面面观．麻省理工学院出版社，1965：19.

第六章　文学能力

意识中理解错了，如若指出，我会恍然大悟的。此刻，人们所关注的是那种心照不宣的理解，即认识那个错误是毫无问题的，而不在那错误本身，所以，即使我们果真进行一番考察，我们仍然需要判断，究竟各种反应是否真是文学能力的直接表现。问题不在于实际的读者碰巧做了些什么，而在于作为一个理想的读者，如果他想按照文学惯例，以我们认可的方式去阅读和阐释作品，那么他心里必须明白些什么。

当然，所谓理想读者只是一个理论构想，或许最好将其看作可接受性这一中心概念的化身。巴尔特写道，诗学"将描述一种逻辑，按照这种逻辑所产生的意义就能被人的象征逻辑接受，犹如法语语句被法国人的语言学惯例接受一样"（Barthes, *Critique et vérité*, p. 63）。尽管决定什么可以被接受并没有一种自动的程序，但这没有关系，因为一个人的理论主张将受到他的读者接受与否的充分检验。倘若读者们不接受他所提出的认为与他们的知识和文学经验有关的、需要加以解释的事实，那么，他的理论就没有多大的意义。由于这个缘故，分析家必须首先使他的读者相信，他所致力于说明解释的意义或效果的确是有的放矢的。人们也许会说，一首诗在文学惯例中的意义，并不是具体读者的直接的、自发的反应，而是在得到解释以后，读者们相信是合理的、无可非议的那些意义。"问一问你自己：人们一般是怎样引导别人理解一首诗或一个主题的？对这一问题的回答告诉了我们意义在这里是怎样得到解释的。"[1] 把读者一步步引向理解的道路，正是文学逻辑的道路，必须找出诗的效果与诗的联系，而且让读者认识到，正是依据了他自己的文学知识才建立了这两者之间的联系。

每一位批评家，不论他属于哪家哪派，一旦他谈论文学作品，或撰写批评，他就接触到文学能力的问题，而他对可接受性以及一般的阅读方法这些概念都已视为理所当然，对于这一点，我们无论怎样强调也不为过分。批评家撰写批评，一定是因为他觉得对文本有了新的认识，但他一定认为，他的读解绝不是心血来潮或突发奇想。除非他认为他只是

---

[1] 维特根斯坦. 哲学考察. 144.

向别人重述自己主观意念的漫游，否则他一定会说，他的阐释是与文本密切相关的，而且一旦指出这种关系，他的读者就会欣然接受：他们或者会把他的阐释看作是他们的直觉所感受到东西的明确表述，或者，他们会根据自己的文学经验，承认批评家从文本到阐释的思维活动是合理的。实际上，批评论点能否站得住脚，完全取决于批评家和读者之间关于可接受与不可接受的共同看法，这一共同立场正是阅读的程序。批评家始终必须就什么能理所当然地被读者接受，什么必须得到公开的、明确的辩护，而什么样的辩护能被读者接受等作出抉择。他必须告诉读者，他所注意到的效果是属于读者应该接受的内在逻辑范畴以内的，这样，他在实践中所处理的各种问题，也就是诗学所希望给予明确说明和解释的问题了。

威廉·燕卜荪（William Empson，1906—1984）的《含混七型》（*Seven Types of Ambiguity*，初版，1930），是非结构主义传统中的一部著作，但是，它相当明确地注意到了文学能力的问题，它说明，人们一旦开始考虑这些问题，就会非常密切地向结构主义的原理靠拢。尽管燕卜荪只希望他的这部著作成为发现各类含混的独创性的力作，但他的整个构思却仍然受到种种合理概念的制约。他当然希望他的分析具有更为普遍的意义，而要实现这一点，他发现必须采取与上文所推荐的立场非常近似的立场：

> 我不断采用一种跨越两种思考方式的分析方法；它产生了一组可供选择的、颇具创见的意义，然后又说，这一组意义已被读者通过其思维天赋在自己的前意识中掌握。这一说法听来一定令人感到疑窦丛生，但关于诗歌的理解的种种事实又是确凿无疑的。对于这样一种假设，最好还是看它如何具体发挥作用而作出判断。（p. 239）

诗歌具有复杂的效果，很难解释，分析家发现，最好的办法是假定他想说明解释的效果已经传递给了读者，然后假设出可能解释这些效果以及其他诗歌中的类似效果的某些具有普遍意义的分析过程。对于反对作出如上假设的人，我们或许可以与燕卜荪一道回答他说，验证的方法是看我们是否能成功地对一旦被告知读者就欣然接受的效果给予说明和

第六章　文学能力

解释。这一假设没有任何危险，因为分析者"必须使读者信服他确实知道他在谈论什么"——使他认识到所论效果是中肯恰当的——"必须巧妙地引导读者去认识到，他所指出的原因的的确确产生了他所感受到的效果，否则它们之间就不会有任何关系"（p.249）。如果读者最终被说服接受了所论效果及其解释，那么他就能帮助证明阅读理论的本质究竟是什么了。"我只希望说明一个训练有素的人读到这些诗行时，头脑里是如何思考的，以及那些虽然训练有素却丝毫未意识到自己头脑的思考活动的人，他们的头脑又是如何思考的"（p.248）。如上关于文学能力的种种论点，普查读者对具体诗歌的反应，是无法验证的，若要得到验证，必须知道读者对分析家试图解释的诗歌效果是否予以认可，并承认他的分析假设也同样适用于其他的情况。

由于燕卜荪才华横溢，加上他的自我意识和坦诚直率，他的这部专著对于诗学研究者可谓功德无量，他对批评界一向奉行的所谓诗歌语言内隐含着客观存在的意义之说公然不予理睬，于是才可能着手研究致使意义产生的思考活动过程。他以两句中文诗的英译为例进行讨论：

Swiftly the years, beyond recall
Solemn the stillness of this spring morning

岁月飞逝难回首
春光永驻是今晨①

然后指出：

> 以上两句我们通常称之为诗，完全是因为它们结构严谨，两句陈述仿佛一气呵成，读者不得不考虑它们之间的联系。至于为什么选择这几件事情入诗，则有待于读者自己去杜撰了，他将杜撰出各种各样的理由，并在自己的头脑中加以组织。我想，这就是关于诗

---

① 燕卜荪的《含混七型》中未注明引诗出处，仅称该诗译者是 Mr. Waley，应为著名英国汉学家、文学翻译家亚瑟·威利（Arthur Waley, 1888—1966）。燕氏与卡勒的分析均根据英译，是否与中文原诗契合，不得而知。此处汉译为英译的意译。——译者注

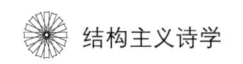

歌语言的运用的最基本事实。(p.25)

这的确是一个基本事实,我们立刻就明白它意味着什么:阅读诗歌是一个由一定规律制约而产生意义的过程;诗提供了一个结构,这个结构必须由读者自己去填补,因此,读者便按照他读诗经验中产生的一系列形式规则去进行创造,而这些规则既是他创造的条件,又对他的创造加以约束。在这种情况下,文学能力所表现的最显著的特点就是要实现阐释过程的完整性:既然是诗,就应该首尾一贯,因此,我们就一定能找到一个语义层次,使这两句相互关联。最明显的接触点就是"swiftly"(飞快)与"stillness"(静止)的对立,这就提供了"创造"的基本条件:任何阐释都应该从这一对立中把蕴藏的语义发掘出来。另外,第一句中的"years"(岁月)与第二句中的"this morning"(今晨),两者都位于时间层次,它们形成又一组对立和接触点。读者或许希望找到一种与这两组对立有关的阐释。倘若确实如此,那么毫无疑问,这是因为这种阅读诗歌的经验已不知不觉地得到读者的承认,二项对立的原则作为语义结构的手段是多么重要:读者在阐释诗歌时,就是要寻找那些置于语义或句法轴线上的对立项。

产生结果的结构或"空洞意义"告诉我们,读者试图将"飞快"与"静止"的对立和两种关于时间的思考联系起来,然后从两句诗行之间的矛盾对立面中引出某种结论性的语义。看来,用这种办法很快就能得到一种诗学逻辑"可接受的"读义。一方面,从宏观上看,我们可以把人生作为时间单位,因而感到岁月飞逝;另一方面,以意识瞬间作为时间单位,我们就会想到感受时间的困难,除非间断式地感受,还会想到钟表的时针在看表的一瞬间是静止不动的。"岁月飞逝"中包含着我们能够高屋建瓴把握时间的优势,而燕卜荪说,这种人生观中隐含着一种"达观稳重",对时间的飞逝产生一种补偿。(p.24)"今晨"中包含着其他早晨——以不连贯的经验反映分别命名的需要——这一不稳定性使"静止"愈加值得珍惜。这种架构二项对立结构的过程,将引导读者发掘出每一诗行中以及两句诗行之间的矛盾对立面。由于主题的对立面应该与对立的价值观相对应,因而就进一步引导我们去思考这样两种时间

第六章 文学能力

观的优点和缺点。结论当然可能有多种。但是，我们的主张，并不是训练有素的读者们要统一到一种阐释上，而是对于诗歌的某种期待和阅读方法将指引阐释的过程，并且对一组可接受的或合理的读义作出严格的限制。

燕卜荪的实例表明，我们一旦认真地考虑批评论点的地位，考虑阐释与文本的关系，我们便开始着手解决诗学所面临的问题了，我们必须对自己的阅读予以论证，而要这样做，就必须把阅读置于由文学总体知识界定的、关于阐释合理性的各种程式之中。从诗学的观点看，需要解释的并不是文本本身，而是阅读、阐释文本的可能性，以及文学效果和文学交流的可能性。正如伽尔丁（J.-C. Gardin）所强调指出的，说明和解释批评所仰仗的阐释的可接受性和合理性的概念，是文学的系统性研究的基本任务。

> 这在任何情形下都是一门"科学"为自己树立的唯一目标，而关于文学的科学也不例外：在文学领域，自然现象所揭示的各种规律性，与某一文化的成员们的某些感知会聚点相对应。（Gardin, "Semantic analysis procedures in the sciences of man", p. 33）

而需要强调的是，即使分析家没有对阐释的可接受性这些概念表现出明显的兴趣，而只是系统地解释他是如何阅读文学的，其结果对于诗学也至关重要。如果他先记录下自己对文学作品的阐释和反应，然后制定一套明确的原则，这些原则能成功地解释他为什么作出这样的阐释，而不是其他，那么，我们便得到了描述文学能力的基础。在此基础上再作一些调整，把其他一些看来可以接受的解读也包括进来，再把看上去纯属个人别出心裁的解读剔除，总之，一定要使其他读者承认，其中相当大一部分与他们未曾明言的想法是一样的。要成为一名老练的文学读者，必须明白对文学作品可作怎样的理解，从而最终能吸收同化一个侧重于人际交流的系统。一开始没有什么必要担心自己设法解释的种种事实是否靠得住，这只会浪费自己的时间。重要的是，先把一组事实分离出来，然后架构一个模式对它们进行解释，虽然结构主义者也往往在实践中失败，但是，语言学的模式至少已经包含了这个模式："语言学能够为文学提供一个生发性的模式，而这正是一切科学的原则，因为它也是运用某些规则去解释具体的结果。"（Barthes, *Critique et vérité*, p.58）

因为诗学基本上是关于阅读的理论，所以，各个流派的批评家，凡是试图明确说明自己所作所为的批评家，都对它作出了某种贡献，而且在许多情况下，他们的贡献甚至比结构主义者们更大。而结构主义所提供的，仅在于将批评角度颠倒，以及一个理论框架，在这个理论框架内，其他批评家的成果被组织起来加以运用。结构主义把制定文学能力理论的任务放在首位，把批评阐释置于次要的地位，这样就利用别人所认为的关于各种文学文本的事实，重新制定出文学的程式和阅读活动的作用。譬如，我们不说文学文本都是虚构的，而是把它作为文学阐释的一种程式，然后说把某一文本当作文学来阅读就是当作虚构文字来阅读。这种颠倒，乍一看似乎无足轻重，然而，重申诗歌话语或小说话语是阅读程序的命题，由于种种原因，却是至关重要的重新定向，其中产生了使批评重新活跃起来的结构主义诗学。

首先，与以往习惯的批评相比，强调文学对具体阅读模式的依赖，使批评获得了一个更为坚固实在的出发点。我们不必再像其他批评理论家们那样，去寻求某种区别文学语言与非文学语言的客观属性，而只需从一个简单的事实出发：我们可以把文本当作文学来阅读，然后就可以径直考察其中究竟包括了怎样的阐释活动。当然，不同的体裁需要有不同的阐释活动，在这里，按照同样的模式，我们可以说体裁不是语言的特殊分类，而是不同类别的期待，它们能使一种语言的语句在第二层次的文学系统中变成不同种类的符号。同样的语句出现在不同的体裁中就会有不同的意义。读者也不会像研究文学语言不同属性的理论家那样，受到文学语言和非文学语言或一种体裁与随时代变迁而产生的变体之间区别的困扰。相反，阅读模式的变化倒为不同时期中起作用的文学程式提供了某些最有说服力的例证。

其次，读者在试图说明他在阅读或阐释一首诗歌过程中究竟干了些

第六章 文学能力

什么的时候，他就会大大增强自我意识，以及对文学的本质乃是一种约定俗成的惯例的认识。如果他坚持认为，我们的所作所为都是自然的，那么，他就很难对这一点有什么理解，也就很难划定他本人与他的前辈或后人之间的区别。阅读不是一种清白无瑕的活动，它始终充满着人为的操控，不去研究读者的阅读模式，便忽略了关于文学活动的信息的主要来源。而一旦认识文学之所以能活跃起来，乃是由于一套又一套的阐释程式的缘故，我们就能很自然地了解，它与关于世界的其他形式的话语相比，有其明显的属性、特质和差异。这些差异存在于文学符号组成的作品之中：存在于产生意义的不同方法之中。

再次，愿意把文学当作用各种阐释活动形成的一种习俗惯例来考虑，就会使读者更易于接受那些最富有挑战性、独创性的文本，而按照既定的理解模式，这些文本属于很难消化吸收的文字。意识到自己的假设前提，并有说明自己究竟想要做什么的能力，我们就能比较容易地认识到，文本在什么地方，以什么方式阻碍我们读懂它，而它违逆我们阅读前的预感，又如何一步一步引向对于自身和一般的社会理解模式的探索，而这些线索素来都是最伟大的文学巨著的后果。《追忆逝水年华》中的叙述者在书末说道，"我"的读者们将转变为"恰如其分地阅读他们自己"：在"我"的书中，他们将阅读他们自己和他们的局限性。促成阅读自己的最好办法莫过于试图说明可理解的与不可理解的、有意义的与无意义的、有序与混乱的感觉。由于文学提供了越出我们理解习惯的语序和词语组合，使语言出现脱节，从而断断续续地再现我们周围世界的符号，文学便对我们为自我这个理解手段和体系所设定的极限发起挑战，就会使我们同意对于自我的新的解释，当然，这一过程也许是愉快的，也许是痛苦的。要全面实现这一点，就需要对于让我们了解自身文化背景的阐释模式具有一定程度的自觉性。由于结构主义对符号活动的热衷，它对于那些革命性的文本一向持极为开放的态度，它从这些文本违逆通常的阅读程式这一现象中发现，文学效果取决于这些阅读程式，而且文学革命也正是从新的阅读程式取代旧的阅读程式开始的。

因此，最后一点，结构主义将视角颠倒，将产生一种建立在诗学基础之上的阐释模式，这时候，作品的阅读便参照着话语的阐释程式而进行，读者的阐释便成为说明作品如何适应我们理解事物的程序还是破坏我们理解事物的程序。当然，这一阅读并不能代替通常进行的主题阐释，然而，它却能避免过早将自己封闭起来——不适当地从字面跳到现实世界——从而尽量让自己停留在文学系统之中的做法。强调文学不仅仅是关于现实世界的陈述，便最终确立了文学符号的产生或阅读与其他经验范畴之间的类比，从而能够研究前者是如何对后者的局限进行探索，并把它们戏剧化的。在这种阐释活动中，作品的意义是，读者在耍杂技一样的阅读活动中，渐渐看出他要作为 homo significans——符号的创造者和阅读者，还面临哪些问题。这时候，文学能力的概念便可以充当一种自我阐释的基础。

下文的讨论将起双重作用：一是评述结构主义者对文学系统各个侧面的考察，二是提出这样的考察在哪些领域可以收到成效。其中，理论规划部分比或许可称为"中音区"的原则受到更为明显的重视，因而，我这里所提出的种种看法，最好被当作一个框架，而不仅仅是关于"文学能力"本身的一个自以为是的叙述，我对许多批评家的考察——不只局限于结构主义者——都可以纳入这一理论框架之中。

第七章 程式与归化

(Stoop) if you are abcedminded, to this claybook, what curios of signs (please stoop), in this allaphbed! Can you rede (since We and Thou had it out already) its world? ①

——乔伊斯

写作，阅读

菲利普·索莱尔斯（Philippe Sollers）写道："今天，基本的问题

---

① 乔伊斯的这段话，由于多处采用不规范的拼写，以故意使文字的字形和读音造成各种歧义的联想，故而也属不可迻译的文字游戏。例如："stoop"（俯身）与"stop"（停止）相似；"claybook"（泥书）的读音与"clearbook"（清晰透明的书）相似；"abcedminded"显然应是"absentminded"（走神），但它的拼法 abc-ed-minded 或 abcde-minded 又可意指"头脑简单"；"allaphbed"显然应是"alphabet"（字母表），但它的读音似可令人觉得是"a love bed"（一张做爱用的床）；"curios"（古董）与"curious"（令人奇怪的）相仿；"rede"（解谜）与"read"（阅读）同音；"world"（世界）与"word"（词语）的字形和读音都相近。因此，这段话的大意是：（请俯身细看）如果您阅读这本泥书（清晰透明的书）时神不守舍（或头脑简单），这份字母表（或这张做爱用的床）上尽是一些符号的古董（多么令人奇怪的符号）啊（请俯身细看）！（既然吾等与汝已达成谅解）您能解开（阅读）这符号世界之谜（这符号组成的词）吗？——译者注

已不再是作家和作品的问题,而是写作和阅读的问题。"(*Logiques*, pp. 237 - 238)写作(écriture)和阅读(lecture)的概念已经推至前台,人们的注意力已不再置于作为本源的作者及作为研究对象的作品,而是集中于两个相互关联的程式系统上:写作这样一种惯例和阅读这样一种活动。把重点放在作家与其作品的关系上,会让人觉得文学是语言交际行为的一种表现形式,一种更具有永久性的表现形式,并且容易让人忽略写作本身的特殊性。可是,正如蒂博代(Albert Thibaudet)早就指出的,应该承认,文学研究的出发点并不仅仅是语言,特别在今天,它是一套印刷成书的写成的文本。①

  批评和文学史往往错误地把说了什么、唱了什么、读了什么置于同一层次的讨论或混同在一个系统之中。文学的发生,乃是书的功能,可是,世上研究书的人想得最少的东西却是书。

一部文本的实体给了它一种稳定性,把它与以言语形式表现的日常交流区分开来,这种区分对文学研究具有重要的意义。如果说这些意义往往没有得到充分的重视,那么,诚如雅克·德里达所论证的,这是因为书文被吸收同化到言语之中已深深植根于西方文化的形而上学。把书写下的词语仅视为口头表达词语的记录,只不过是"在场的形而上学"(metaphysics of presence)的一种表现,它把直接呈现于意识中的东西视为真实,尽量不使意识受到干扰。所以,笛卡儿的"我思"(cogito)中,自我与自我的存在立即吻合,"我思"被视为存在的基本证据,而一切直接感悟到的事物便被推崇到绝对真实的地位。真实和实在的概念被建立在一种对原罪发生之前世界的向往之上,在这个世界中,不需要语言和认识的媒介系统,任何事物都是它本身,形义之间没有任何间隔。②按照这一模式,所谓阐释就成为使不存在的变为存在,恢复作为所论形式的本源和真实性的最原始的存在。这一倾向于是就成为把一部文本当作口述一样对待,按照词语的递进,重新找到说话者在说话时所

---

  ① 蒂博代.批评的生理学.巴黎,1930:141.
  ② 德里达.论文字学.23.参见《声音与现象》中多处.

第七章　程式与归化

要表现的意义，用这样一个启示性的短语确定所谓说话者"当时在想什么"。

不论这一模式对于言语看上去是多么合适，书写文字却都不是这么回事。柏拉图谴责写作，认为书写文字已经与交流现场截断、脱离，而只有交流现场才能成为意义和真实的本源。① 而这一距离，这种书写文字的独立性，则正是文学的内在特征。

> 书写就是制造一个标记，它于是就构成一种产生意义的机制，虽然我不在现场，原则上却不会阻碍产生或引发阅读，不会阻碍让人阅读和改写。……书写文字之所以为书写文字，它必须能继续"起作用"，必须可读，尽管书写文字所谓的作者暂时不在现场，不再承认他写下的观点或他曾经署名的东西。……但就书写文字而言，写作人或写作署名人的地位，与读者的地位基本相同。而书写文字的这样一个基本的特征，作为一种重复的结构，一种脱离了肯定责任、脱离了最终权威意识的结构，如同出生之日便失去父亲、无所依靠的孤儿一样这样的特征，正是柏拉图在《斐德若篇》中所谴责的。(Derrida, *Marges de la philosophie*, p. 376)

人们或许可以这么说，一句话的意义，并不是在句子形成之时即已存在，不是作为一种真实而隐身其后、只等着被重新发掘出来的形式或本质。相反，它是该语句引起的一系列的发展，是由组成它的词语与符号系统的程式之间的过去和未来的关系所确定的。有的文本比另一些文本更像"孤儿"，因为不稳定的阅读程式尚不足以给它找个继父。例如，阅读一篇政治演说必须带有一定的目的，把文本看成是某人按照话语程式和有关制度惯例，为了达到某种交流的目的组织而成的。然而，文学却使文本本身"突出"，使上述"基本的特征"和语言独立产生意义的能力更加自由地发挥作用。书写文字包含一种"差异"（différance），德里达使用了一个"a"，以突出只有在书面语言中才能感知的差异，并强调差异（difference）和延宕（deferment）之间的关系。书写下的词

---

① 柏拉图. 斐德若篇//德里达. 柏拉图的配方.

语本身即是一个客体：与它在差异作用中不断延宕的各种意义有别。(pp. 3-29) 如果在语言中只有永远无法肯定下来的差异，那么，在文学中，我们就最无理由以一种确定的交流意图充当符号的真实性或本源这样一种方式来中止差异的变化游戏。为此，我们说一首诗会有许多种含义。

德里达希望把他的论点再推进一步。他在坚持书写文字不能按口语模式对待的同时又指出，他早已指出的书写文字的种种特征，其实在口语中也存在，因此，口语必须按照书写文字的新模式来看待。(pp. 377-381) 不过，这新跨出的一步只是纯逻辑的推论，只关注社会事实的人可予以忽略：尽管德里达指出，我们应该把口语当成一种书写文字来看待，我们却不妨中止这种概念的游戏而简单地告诉人们，在西方文化中，口头交流的程式与文学程式之间存在着重要差异，不论这些差异的意识形态背景如何，都值得研究。用一种"不在场的形而上学"(metaphysic of absence) 代替一种"在场的形而上学"，把口语与书文的关系颠倒，使书文包括口语，势必会失去说明我们的文化实质的个性。交流的确存在，许多语言实例都深深植根于交流活动之中。例如，这一页书，它并不希望被读作无止境的差异变化，意义被不断地延宕，而是希望被当作一种交流活动，向读者解释"我"对德里达关于交流的看法的看法。它需要与阅读抒情诗程式不同的阅读程式。

为了研究书文，尤其是文学的书文形态，我们必须把注意力集中在引导差异变化的程式和架构意义的过程上。巴尔特强调，"一切书文形态都具有口语语言所没有的不朽性"(monumentality)："书文是一种硬化了的语言，有其独立的存在"，其任务并不在于为思想提供一个入口，而在于"以其实在的统一性或符号的投影，把一种语言形式在其形成之前的意象硬行抛掷在我们面前。书文之所以与口语对立，乃是因为前者总呈现为象征"(Barthes, *Le Degré zéro de l'écriture*, p. 18)。书文有类似于铭文的特点，宛若向世界展示的一个印记，以其实在而且显然是自足的存在给人以不断被延宕的意义。正是由于这一缘故，它需要阐释，而我们的阐释形式基本上就是如何架构使阐释纳入其中的交流

第七章　程式与归化

通道。

这样，口语与书文的区别就成了文学自身的基本矛盾：文学之所以吸引我们，是因为它与一般的交流有明显的不同；它的形式和虚构属性决定了它的奇特、力量、组织结构以及与一般口语不同的永久性。然而，吸收同化这种力量和永久性的冲动，抑或说让它的形式结构作用于我们的冲动，要求我们把文学纳入交流，化解它的奇特之处，并且借助阐释程式的一臂之力，使之能够对我们说点什么。那不同的价值差异所产生的距离，则有待于通过阅读和阐释活动而得到弥合。如果我们不想面对那不朽的铭文目瞪口呆，我们就必须把奇特的、形式的、虚构的成分转化还原，或加以"归化"（naturalized），将它们纳入我们的视野。

归化过程或恢复文学交流功能的过程的第一步，就是使书文本身变成一个阶段性的、类属性的概念。巴尔特在其早期著作《书文的零点》中就是这样运用这一术语的。他既承认书文有明显的不朽性和自足性，也承认各种对书文的约定俗成的看法。书文与作者的语言和风格不同，作者的语言是他继承获得的，作者的风格，巴尔特称之为作者个人的、无意识的习惯用语系统，而书文或写作形式，则是作者有意识采用的：这是作者赋予他的语言的一种功能，一套产生写作活动的约定俗成的程式。巴尔特论证道，譬如，从十七世纪至十九世纪初，法国文学只采用一种古典式书文（écriture classique），这种书文的特点是对反映论的审美习惯深信不疑。(p.42) 阅读基本上就是把握或构成语言的客观所指，当德拉斐特夫人写道，唐德伯爵得知他的妻子与人相好怀孕时，"il pensait d'abord tout ce qu'il était naturel de penser en cette occasion"（他想到了在这种情况下所自然会想到的一切），显然，她充分相信她的读者能领悟这种写作方式的内涵。[①] 语言只需要指向真实世界即可。一个半世纪以后，巴尔扎克对他所指引的方向提供了稍多的信息，但是他对自己的写作的反映功能也同样深信不疑：欧仁·德·拉斯蒂涅是"un

---

① 德拉斐特夫人. 唐德伯爵夫人 // 马涅, 编. 传奇故事与中篇小说选. 巴黎, 1961：410.

de ces jeunes gens façonnés au travail par le malheur"（命运不佳使之生来就注定要劳作的年轻人之一）；勒·巴隆·于洛是"un de ces hommes dont les yeux s'animent à la vue d'une jolie femme"（见到漂亮的女人眼眸就闪亮的那种人）。在这里，理解文本的语言就是对语言所指的世界认同。

不仅如此，除了这一功能以外，形式属性还变成了形容修饰成分，如果它们不使所指事物变得模糊，就不影响意义。古典修辞学对一系列的阐释活动加以界定，它们使读者离开文本表面，包括各种比喻和举隅修辞而移向文字所指的意义。一位修辞学家告诉我们，拉·封丹的"Sur les ailes du temps la tristesse s'envole"（悲伤插上时间的翅膀飞走了），意思为"悲伤不会长久存在"。① 我们明白这句话的意思，乃是因为我们知道，在这个世界上，时间没有翅膀，悲伤也不会飞翔。于是，我们在完成修辞理论所要求的释义时，便舍弃了装饰成分。的确，人们可以说，关于各种体裁中具体表达方式的修辞，以及这些表达方式是否恰当之所以产生争议，就是因为表达同一事物可以有多种说法：修饰词语是一种门面装潢，并不影响语言的再现功能。②

这种写作方式在很大程度上要依赖读者的归化能力和识别作为所指目标的一般世界的能力；而社会情况的变化，已使我们清楚地看到世界并不止一个，结果，这些变化破坏瓦解了这种书文。今天，如果有人再说"他想到了在这种情况下所自然会想到的一切"，他势必会写出意义含混、颇成问题的句子；事情很清楚，在不存在这种确凿的参照基础的情况下，表达方式的改变就是思想的改变。这就需要多样化的阐释办法，因此，巴尔特对各种现代书文进行区别。在每一种现代书文中，"首先需要把握的还不是作者的个人习惯用语，而是（文学的）惯例"（Barthes, "Style and its Image", p. 8）。

当然，人们可以不断增加书文种类数，直至说明各种文本必须施行

---

① 多麦隆. 法语修辞学// 热奈特. 辞格. 206.
② 热奈特. 辞格. 205-221；福柯. 词语与事物. 57-136；卡勒. 拉罗什福尔的寓意语言和矛盾语.

第七章　程式与归化

不同的阅读方法，说明文学惯例造成的各种叙述契合[①]所需要得到的类型特点都产生出来为止。这些书文类型必须既要考虑到一个时期发展到另一个历史时期所产生的变化，又要考虑到每一特定时期的文学体裁之间的差异。例如，方丹涅（Pierre Fontanier）论证道，一般来说，转义在诗歌中比在散文中更为合适，因为它们像诗一样，本身就是"虚构之子"，因为诗旨在给人以快感，而不在提供有关现实世界的教诲。（Fontanier, *Les Figures du discours*, p. 180）换句话说，文学惯例允许诗歌文本与现实世界的关系有所不同，于是，散文中不适用的某些归化过程或阅读方式，在诗歌阅读中却适用。转义在字面上或许是荒谬的，然而，它们却因此能暗示炽烈的感情和活跃的想象，凡此种种恰好都是诗歌叙述者的特长。体裁的程式使具有诗意的"蠢行"变得自然可读，正因为这一缘故，转义修辞尤其适合于颂诗、史诗和悲剧。（p. 181）

人们或许会说，体裁就是语言的一种约定俗成的功能，一种与世界的独特的关系，一种规范或期望，在读者接触文本的过程中起着定向指导的作用。

> 正是摆在书的封面上的这个词（小说、诗），能够（按照程式）像遗传作用那样，产生、规划或"创生"我们的阅读。我们在这里（由于"小说""诗歌"体裁）得到一项指令，这个词本身所包含的规律决定了应该采用怎样一种阅读方式，而从阅读一开始，这个指令就发挥其化繁为简、对与文本接触中产生的冲突进行分类整理的作用。（Pleynet, "La poésie doit avoir pour but…", pp. 95 – 96）

把一个文本当作悲剧来读，就是赋予它一个框架，既呈现出秩序，又表现出错综复杂性。而对于各种体裁的叙述，其实应该是对阅读和写作过程中发挥功能的类型予以界定，对各种使读意能够归化文本、找到文本与世界的关系的期待予以界定，或者，如果换一个观察角度，对作家在某一特定时期能够得到的那种语言、功能予以界定。正如克劳迪奥·纪廉（Claudio Guillén）所指出的："诗学的理论组织结构，在其

[①] 参看本章"叙述契合"一节。——译者注

发展的任何时候，必须基本上被看作思维准则，从事写作的作家通过写作与这些准则保持一致。"（Literature as System，p. 390）

换言之，体裁不仅仅是一种分类。如果把作品按所观察到的相似性搜集在一起，那么我们的确能得到某种纯经验性的分类，然而它却使体裁的概念黯然失色。一种分类法，如果要有理论价值，就必须有其动因；可是，所需动因的种类却存在着相当大的混乱。譬如，托多洛夫在批评诺思洛普·弗莱关于体裁的论述时就指出，没有一种首尾一贯的理论，"我们就始终不能挣脱世世代代传下的偏见的羁绊，据此（这仅是一个想象的例子），存在着诸如喜剧这样的体裁，而实际上，这很可能是一种纯粹的幻觉"（Todorov, Introduction à la littérature fantastique，p. 26）。但是，证明喜剧不存在的理论却又是根本不受欢迎的。当然，这一命题究竟是什么意思，或究竟怎样才能站得住脚，都还难说，但有一点却是肯定的，即任何引出这种结论的理论，最终必然要证明自己本身的失误，正如任何证明《李尔王》不是悲剧的错误一样。如果一种体裁理论还不仅仅是一种分类学，它就必须试图解释，主宰文学的阅读和写作的功能性类型特征是什么。喜剧之所以存在，正是因为把某作品当作喜剧来阅读的这种期望与读悲剧或史诗不相同。

公允地说，我们应该指出，托多洛夫在讨论"虚幻文学"（la littérature fantastique）时，的确按照阅读活动建立了他的体裁。我们可以划分出这样一些作品，读者在阅读时，面对作品所写的奇异事件，究竟属于自然主义还是超自然主义，一时的确不知所从。"这一无定性的领域为虚幻所占据。读者一旦对某一种回答作出抉择，他便离开了虚幻，进入一个相邻的体裁，怪诞或超自然的故事。"（p. 29）这一体裁的存在还可以得到其他方面的证明，例如，我们一般都承认，有些故事，如《螺丝在拧紧》，就需要读者处于无定性状态，而不要把它们当作可以解释的怪诞故事，或明显超自然的一类故事，当我们承认表现无定性也可能是语言的一种功能，而且不再认为"真正的意义"必须是自然或超自然的解释时，我们便帮助确定了一种新的体裁。我们之所以这么做，乃是由于承认了这样一种意义，或文本与世界关系的可能性，然而

第七章 程式与归化

在过去，我们很可能就因为赞同了其他的选择而把这种可能性给排除了。

正如这个例子所说明的那样，所谓一种体裁的程式，或一种书文，其实基本上就是意义的种种可能性，就是将文本归化的各种方法，以及给予文本在我们的文化所界定的世界中以一定的地位。所谓把某一事物吸收同化，对它进行阐释，其实就是将它纳入由文化造成的结构形态，要实现这一点，一般就是以被某种文化视为自然的话语形式来谈论它。这一过程在结构主义文论中可以有种种不同的名称：复原（recuperation），归化（naturalization），动机实现（motivation），以及逼真化（vraisemblablisation）。"复原"强调回收、付诸实践的意思。它可以称为不剩一点糠秕，把一切都碾成面粉的愿望，在整个吸收同化过程中，一点一滴也不让流失；所以，它是研究的中心内容，它强调文本的有机统一性，强调文本的所有组成部分对文本意义或效果的作用。"归化"强调把一切怪异或非规范因素纳入一个推论性的话语结构，使它们变得自然入眼。"动机实现"原属俄国形式主义者的惯用术语，意指通过说明文本的结构单元之并非随意紊乱的而是可以按我们所命名的功能术语加以理解，从而证明这些结构单元的确属于作品结构的一部分的过程。"逼真化"则强调所谓"逼真"的文化模式在作为意义和内在凝聚力来源时的重要性。

无论这一过程叫什么名称，它都是最基本的思维活动之一。看来，我们可以让任何东西象征示义。如果一台电脑按照程序随意输出一些英语语句序列，只要我们能想象出一套功能因素和语言背景，我们就能使这段文本产生意义。如果各种办法都不奏效，我们可以把这一串杂乱无章的词语视为荒诞或混乱的象征，然后，假设它与世界的关系是一种寓意类比的关系，将它看作关于我们的语言是荒诞无序的陈述。正如贝克特（Samuel Beckett, 1906—1989）的例子所揭示的，只要有一个合适的语境，我们总是可以把无意义变成有意义。而在一般情况下，我们所需要找到的语境并不如此极端。罗伯-格里耶（Alain Robbe-Grillet）的大部分作品都可以复原，如果我们把它们读作一个病态的叙述者的冥想或言语的话，这样一个大的框架便给了批评家一个抓手，使他们有可能进一步讨论那特定病理的含义。诗歌文本中的某些错位，可以作预言或迷狂状态的表象读解，或视为韩波（Arthur Rimbaud，1854—1891）式的"全部意义的错乱"。将文本置于这样一类框架，为的是使文本可读可懂。艾略特说，由于现代文化中的间隔性，现代诗歌一定是难懂的；威廉·卡洛斯·威廉姆斯论证说，他的诗韵脚之所以需要变化，例如矮胖子告诉爱丽丝说，"slithy"（"滑腻腻的"）意指"lithe"（"柔软"）与"slimy"（"黏糊糊的"），原因就是在后爱因斯坦的世界里，一切秩序都产生了疑问。上述各种说法都是复原和归化的实例。

下面两章将分别考察抒情诗和小说中包含的具体程式，不过在转入讨论这些具体的文学形态之前，我们还应该看一看归化活动产生的各个层次，以及使文本变得可读的文化与文学模式。这些层次和模式的最小公分母是一致性（correspondence）的概念：使一部文本归化，就是让它与某种话语或模式建立关系，而这种话语或模式，从某种意义上说，本身已被认为是自然的和可读的。这些模式，有的并不特别具有文学性，而仅仅是已知逼真性的化身；另一些则是用于归化文学作品的程式。不过，我们可以把它们统统归为一类，以强调它们的相似的功能，正如结构主义者们必要时在所谓"逼真"的标题下所做的那样。

托多洛夫在专门讨论这一题目的《交流》特辑的引言中，提出三条定义。首先，"所谓逼真性，是某一具体文本与另一种普遍而散漫的或许可称为'公论'的文本之间的关系"。其次，所谓逼真性，是在某一体裁中受到传统的认可或期待的东西："有多少种体裁，就有多少种逼真。"最后——

> 只要一部作品试图让我们相信它与现实而不是与它自身的规律相一致，那么，我们就可以说这是这部作品的逼真性。易言之，逼真是掩饰文本自身规律的面具，而我们应该将这个面具看成是与现实的关系。（Todorov，"Introduction"，*Le Vraisemblable*，pp. 2-3）

第七章　程式与归化

坚持这三层意思并非为了牺牲含混去换取深刻；其实有足够的理由把它们合而为一，冠以一个标题，因为在每一种情况下，逼真都是"一种话语与另一种或若干种话语之间结合为一体的准则"①。必须强调的是，一部作品与一种体裁的其他文本的关系，或与关于虚构世界的某些期待的关系，是同一类现象或同一层次的问题与其同普通话语所表现的人际关系一样。从文学理论的角度看，后者也是一个文本。"整个世界都是这么回事"，它是一系列的假设。② 虽然维特根斯坦并不是指一系列通常认为真实的假设，但是他的观点却有助于我们了解，为什么人们希望把社会造成的现实作为文本来看待。

于是，逼真性成为结构主义的重要概念互文性（intertextualité）的基础：关于某一部具体文本与其他文本的关系。朱丽娅·克里斯蒂娃（Julia Kristeva，1941—　）写道："每一部文本的形成，宛如用引文段落镶嵌而成的拼花图一般，每一部文本都是吸收转化了其他文本而成的。互文性的概念逐渐取代了主体互涉（intersubjectivity）的概念。"（Kristeva，*Semiotikè*，p. 146）阅读一部作品，必须与其他文本相联系或对照才行，其他文本如同一层格栅，通过它的筛滤，这本书才能按照阅读前的目的和期待进行阅读和架构，读者的期待使他从中挑选醒目突出的特点，并赋予它们某种结构。于是，所谓主体之间的交流互涉——应用于阅读的共同的知识——只是其他诸文本的一项功能。

Ce "moi" qui s'approche du texts est déjà lui-même une pluralité d'autres textes, de codes infinis, ou plus exactement：perdus（dont l'origine se perd）… La subjectivité est une image pleine, dont on suppose que j'encombre le texte, mais dont la plénitude, truquée, n'est que le sillage de tous les codes qui me font, en sorte que ma subjectivité a finalement la généralité même des stéréotypes.

---

① 热诺. 解放的文字. 交流，1968（2）：52；里斯蒂娃. 符号学. 211-216.
② 维特根斯坦. 逻辑-哲学论文集. 伦敦，1961：7.

> 阅读文本的这个"我"本身,已经是由其他各种文本,由无限的,或更加确切地说,由业已失去的代码〔它们的本源失踪了〕组成的多元复合体。……主观能动性通常被认为是"我"在处理文本时所具有的充分的潜力,然而,这种虚假的、充分的潜力,其实只不过是构成"我"的全部代码的尾尘而已,于是说到底,"我"的主观能动性便具有一切陈规旧习的共性。(Barthes, S/Z, pp. 16 - 17)

虽然发现构成"我"或读者的全部观念或期待非常困难,但是我们不妨说,主观能动性作为个人核心,却不及互文性恰当,后者是所经验过的所有文本留下的轨迹或犁沟。说明不同层次的逼真的特点,其实就是界定一部作品如何与其他文本交流接触的办法,从而把吸收同化和归化这部作品时主体交流的各种不同表现分离出来。

我们或许可以将逼真性划分为五个层次,也就是使一部文本与另一部文本接触,并按照与后者的关系使之被理解的五种参照。第一是社会造就的文本——所谓的"真实世界"。第二是一般的文化文本。文化的参与者所共同承认的知识是这一文化的组成部分,当然,这种知识还有待于纠正或调节,但是仍可视为某种形式的"自然"。这一层次与第一点有时不易区分。第三是一种体裁的文本或程式,即所谓文学和艺术方面的逼真性。第四,或许可称之为对于艺术性的一种符合自然的态度,其中的文本能明确援引或揭示第三类逼真性,以增强自身的权威性。第五是某些互文性产生的比较复杂的逼真,意指一部作品以另一部作品为基础或起点,因此理解时必须考虑与后者的关系。在每一个层次上,都存在种种使形式技巧的动机得到实现或因为获得一个意义而得到证明的办法。

"真实"

第一种逼真性是运用"一个社会中被认为是符合自然的态度这个文

第七章　程式与归化

本（习惯的文本），人们对这一文本习以为常，已经不觉察它就是文本"[1]。这种文本最好界定为无须证明的话语，因为它似乎是直接来自世界的结构。我们说，人有思维和形体，能思考、想象、记忆、感觉痛苦，能爱能恨等等，而无须援引哲学论点以证明这种话语。它就是一种自然态度的文本，至少在西方文化中如此，因此是逼真的。当一部文本运用这种话语时，它至少在这一层次上具有内在的可理解性，而当它偏离这种话语时，读者就会将文本的"比喻"转化，纳入这种自然的语言。最基本的转化活动便发生在这一层次：如果有人开始发笑，他们最终将停止发笑；如果他们开启了旅程，他们或者将到达目的地，或者将放弃这一旅行。如果文本没有明确提及这些行为的最终结局，我们会尽量去作出怀疑，并理所当然地将这些行为纳入其日常的可信度。倘若文本中明确指出这一行为受到扭曲，我们便只好把行为置于另一个虚幻世界的层次上去考虑了（这一做法本身当然也是为了寻找一种背景，以使这个行为变成逼真的，从而能使文本被人理解）。

承认这第一层次的逼真，并不需要依靠所谓现实是语言创造的惯例这样的论点。那种说法往往失之于粗糙。例如，朱丽娅·克里斯蒂娃曾论证说，凡是语法规范的语句所表达的都是逼真的，因为世界是由语言构成的。（Kristeva, *Semiotikè*, pp. 215, 208-245）其实，还是巴尔特的说法比较合适，语句无论释放出什么意义，它总是仿佛要告诉我们某种简单、有条理而且是真实的东西，这一起码的假设成为阅读这一归化过程的基础。（Barthes, *S/Z*, p. 16）"约翰切断自己的思路，缚在他的脚踝上"，从语法上说是规范的语句，因此有某种逼真性，而我们需要创造某种语境，或将它依附于某个文本，使它能被人理解，可是，与"约翰很伤心"相比，它就不同于后者的那种逼真，因为它毕竟不是人们的自然态度这一文本的组成部分，而构成人的自然态度的成分，都能以简单的观察结论——"而 Xs 就像那样"加以证实。

---

[1] 希思. 小说文本的结构//时代的符号. 剑桥, 1971: 74.

文化逼真性

第二种逼真性包括一系列的文化范式或公认的常识,作品可借用这些范式或常识,但尚未达到第一种逼真的毋庸置疑的地步,因为前一种已被文化承认为一般通则。巴尔扎克笔下的朗蒂伯爵,被描写为"矮小、丑陋,满脸的麻子,像西班牙人那样郁郁寡欢,又像银行家那样让人腻味",巴尔扎克在这里就是运用了两种不同的逼真。前三个形容词均为容易理解的属性,人具有这些属性也是自然、可能的(倘若说他是个"矮小、翠绿和人口统计学的",则违背了第一层次的逼真性,那就需要我们去想象一个奇怪的世界了)。而后两项比较,则包含了在一定的文化中被认可为真实的文化属性或范式(倘若说他"像意大利人那样郁郁寡欢"和"像画家那样让人腻味",就是不逼真的),当然,即使这样仍不免令人产生疑问:银行家并不一定让人腻味。但是,我们将沿袭这样一种范式而接受这种可能性。第二层次上的多数成分都是起这样的作用:人们意识到它们可能是过于简单化了的通则或文化类型,但它们至少能使这个世界初步让人理解,因此在归化过程中可以充任一种归宿语言。

普鲁斯特曾提及一个咖啡店老板,他"总是把他听说或读到的事情,与某个已经熟知的作品相比较,如果两者没有差别,他便赞不绝口"①。一部作品的逼真性,大部分来自它所援引的这个"集体的、无名的声音,它的本源是人类的普遍常识"(Barthes,S/Z,p.25)。传统的逼真性的概念,正是建立在这一层次上。譬如,巴尔特注意到,亚里士多德的《修辞学》,主要是为了整饬一种社会通用语言,以及所有的格言和惯用修辞(topoi),这些格言和惯用修辞有助于形成人类行为的逻辑,例如能够使演说家作出从行动到动机、从表象到实质的推论。

---

① 普鲁斯特.追忆逝水年华:第2卷.406.

第七章　程式与归化

"如果说年轻人比老年人易怒，这种说法听来十分单调浮浅（而且肯定不实）"，但是，这么说却使以下的论点变得逼真："激情是现成的语言表达方式，这一点演说家是非常熟悉的。……激情只不过是人们的一种说法而已：十足的互文性。"（Barthes, "L'ancienne rhétorique", p. 212）巴尔特在讨论巴尔扎克的这一层次的逼真性时注意到，作家仿佛在同时运用七八本教科书，它们包括了人所共知的资产阶级文化的全部常识：一部实用医学手册（包括了各种疾病和症状的概念），一部心理学导论（一般公认的关于爱情、仇恨、恐惧之类的见解），一部基督教和斯多葛伦理学总纲，一部逻辑学，一部关于生、死、苦难、女人等的成语格言大全，以及几部文学艺术史，它们既提供文化背景参照，又提供可供效仿的人物原型。"虽然它们完全来自书本，可是，在被资产阶级意识形态所允许的关系颠倒之后，文化便转化为自然，上述种种代码便成为真实的关系，'生活'的基础。"（Barthes, *S/Z*, p. 211）

援引这种社会通用话语，是使作品置身于现实，确立词语与世界的关系，从而保证理解的一种手段。然而更为重要的是它所允许的阐释活动。当小说中某人物实施了某一行为，读者可以从这个人所共知的常识库存中取其所需而赋予这一行为以某种意义，因为正是这种常识确定了行为与动机、举止与个性的关系。归化的过程基于行为是可理解的这样一个假设前提，而文化代码则使理解方式具体化。当巴尔扎克告诉我们，萨拉辛涅"与太阳一道起身，走进他的画室，直到深夜才出来"，我们在归化这一行为时，可以将它读作人物性格的直接表露，将它阐释为"过分"（根据正常的工作日）或阐释为"对艺术的执着追求"（根据文化和心理范式）。当他步出剧院，"心头被一种难以言传的忧郁笼罩"，我们可以将它解释为不可自拔的文化印记。这些阐释过程使文本的符号标记找到一个自圆其说的语境，而通过那基本的虚构重复，我们从行为中推想出人物性格，当行为与人物性格相符合，我们就会得到快感，这样，阐释过程又使文本变得逼真。

在这一层次起作用的关于世界的各种构想，同时还控制着所谓的"功能性意义的分界，这种功能性意义将应该叙述的成分与无须叙述的成分加以区分，分界线以下的语序被认为是不言自明的"（Health，"Structuration of the Novel-Text"，p.75）。这里有一个普遍性的层次，而只在这一层次上，我们通常谈论与世界的关系：我们"走向商店"，而一般不会说"把我们的左脚上举离地两英寸，向前摆动，重心前移，让脚着地，先落脚跟，然后右脚拇指离地等等"。这后一类描述位于功能性意义的分界线以下，属于俄国形式主义者所谓的"陌生化"（defamiliarization），即造成不同寻常感。阅读的过程通过识别和命名使奇异感归化或减弱：这一段文字描写"行走"。当然，阅读某一具体文本需要这一阐释活动，而这又造成了潜在意义的过剩，这种潜在的意义必须在另一层次得到论证和阐释，不过，功能性实质的入口又充任一种"自然的"基础或实实在在的出发点的作用，由此读者便可以探寻获得其他的意义。譬如，你遇到关于巴罗克风格物体结构的长长的一段描写，又是木板，又是榫头，而只有当你断定它描述的是一张椅子时，这段话才算被理解，然后你又会进一步追问，为什么需要如此不厌其烦地描述区区一张椅子。有了一个自然的基础，才能对奇异性加以识别。

这一层次上的逼真性，包含了晚近一位论述现实主义的作家所谓的"中间距离"（"middle distance"）：这种镜片的曲率既不会使我们与物体过近，也不会把我们提得过高，而是正好与我们日常生活中观察物体的距离一样。他写道，决定这一中间距离，正是一切文学的最熟悉的功能之一："对于一个时代中的人，具体的人物形象及其生活经历的虚构，与形成某种完整性和内在统一性的要求正好吻合。"① 至于是否如他所认为的那样，把这一点视为文学的目的，那当然又涉及文学的根基问题：文学的效果，尤其是叙事散文的效果，多半取决于这样一个事实，即读者必须设法把文本告诉他们的一切与普通人关切的层次联系起来，与按照完整、统一的模式所塑造人物的行为和反应联系起来。

热奈特曾有论及逼真性的文章，或许是这类文论中的最佳之作。他发现，在十七世纪的讨论中，逼真性相当于我们今天所谓的意识形态：

---

① 斯特恩．论现实主义．伦敦，1973：121.

"这一箴言与偏见并存的混合体构成了对于世界的总的看法和一个价值体系。"一个行为,通过它与一条普遍公认的格言的比较而得到认可,而"这种暗示的关系,又起着诠释原则的作用:普遍性决定了特殊性,并因此而对后者进行解释。例如,若要理解某一人物的行为,就将它与普遍接受的一条格言相对照,这种对照被认为是从效果追寻原因"。在《熙德》中,罗德里克与伯爵决斗,原因是"任何事情也不能阻止一位贵族的儿子为他父亲的名誉复仇",一旦将他的行为与这条格言相联系,他的行为便容易理解了。然而,在《克莱芙公主》中,女主人公对她丈夫的忏悔,对于十七世纪而言,是不逼真的,而且是不可理解的,因为那是"没有格言作为根据的行为"(Genette, *Figures* II, pp. 73-75)。

这些格言,或者可以隐含于文本之中(所谓文化中包含的"自然"),或者可以直接加以陈述和引用。而后一种情况即热奈特所谓的"人为的逼真":文本本身实施了归化过程的活动,而同时又坚持了它所提供的规律或解释与世界的规律等同。例如"侯爵夫人差人备车,然后上床就寝"这样一句话,初看是不逼真的(因为它违背了人的行为的一般逻辑),然而只要略加补充即可使全句归化,使句子纳入可以接受的文化模式之中:"因为她极为任性"(这一说明使偏离正轨的行为被理解),或者"与所有从来说一不二的女人一样,她极为任性"(这样就点明了有关格言)。(pp. 98-99) 巴尔扎克的小说中,解释性的从句和概括性的分类层层叠叠,可作为这类文本的最好典型,它们在描写人物和行为的同时,又创造了丰富的社会知识,这种知识反过来正好证明了这种描述的合理性,并使它们被人理解。当然,如果这种人为的逼真性,与社会文化模式造成的自然迥然有别,那么,我们就必须将它推移到第三层次,谓之某一特定想象世界中的纯文学性的逼真了。

体裁模式

第三层次或第三类模式的确包含了专属文学范畴以内的可理解性:

文本可与这一类文学范例相联系,并因此获得意义和内在统一性。一种范例成为所谓某个作家的想象世界:我们让作品构成一个半自足的世界,其内在规律与我们周围世界的规律不尽相同,然而它的内在规律却使该范畴以内的行为和事件具有可理解性和逼真性。对于这种逼真,我们有极强的直觉。例如,我们知道,高乃依笔下的一个主人公绝不应该说"这些问题已让我受够了,我将出走到一个边远城镇当一名银匠"。行为可信与否,需要与一组作品构成的范例联系起来考虑。在普鲁斯特小说中完全可以理解的反应,放在巴尔扎克的小说中就会显得极其离奇、不可思议。离开了特定的语境,高老头就成了毫无意义、夸张无度的角色;然而,按照巴尔扎克小说世界的规律,他又立即能被人理解。其实,我们也许可以说,在逼真性的这一层次上,我们应该识辨各种小说或诗歌之所以能写成的构造程式。譬如,亨利·詹姆斯的小说的程式是,人类对于人际环境的细微之极的分化极为敏感,无论处于怎样的困境,他们都十分珍视这种敏感性,无论如何不愿意直言以陈而破坏了它。而如果没有以下两种程式,巴尔扎克的小说也不会是现在这个样子:第一,决定论的程式,即从根本上说世界是可以理解的,世上所发生的一切,都可以借助某种模式给予解释;第二,在某一共时状态的社会中,决定性的力量是势能——每个单独的人都具有一定量的势能(或贮存或释放),此外,他还可以从其他人那里汲取。[①] 福楼拜的小说,我们或许可以说仰仗于另一种程式,即除了完全的天真无邪以外,一切都不能抵挡命运的嘲弄,而天真无邪则是经嘲弄之后留下的沉淀物。这样,当我们阅读《包法利夫人》,觉得爱玛的确气数已尽时,这并非鞭辟入里的分析使然,而是因为我们已经习惯了福楼拜的行文。我们知道那强烈的企盼必有所终,然而那种企盼的特定形式将强行受到命运坩埚的熔炼,除非它是纯形式,否则绝不会安然无恙,一成不变。[②]

当然,我们可以把这些程式当作是种种设想,或对于世界的种种看法,仿佛小说的任务就是为了表现这些设想或看法,殊不知这种观点对

---

① 詹姆逊. 贝姨及寓意现实主义. 美国现代语言学会学刊, 1971 (86): 241-245.
② 卡勒. 福楼拜:无定性的应用. 第2章第5段.

第七章　程式与归化

小说本身或对阅读小说的经验，都有欠公允，因为，这些程式一般都无法辩护，至少难以被看作是明确的理论，这些程式的本质始终得不到表现。何况我们阅读小说又不是为了发现这些理论；相反，它们倒是达到其他目的之手段，这其他目的就是小说本身。看来，谈论小说形成所必不可缺的神话，或产生小说的形式技巧，要比谈论小说功能所表现的理论，或许更加实用。前者在文学系统的层次上归化，而后者则必须从传记或交流的意义上归化。

当然，后者是一种非常熟悉的归化活动，我们或许可以把它就当作文学来对待，这样就有理由把它也包括在这一层次的逼真性中。但我们必须说，由于我们心目中的文学模式是表现式而并非训诲式的，它允许我们按照各种隐含的理论或无以摆脱的系统去解释文学文本，然而对这些同样的理论或系统，我们在处理非文学性的、推论性话语的文本时，却又并不看重。倘若我们要解释《包法利夫人》一书中查尔斯之死，说福楼拜早期作品始终围绕着这样一个主题——谁若在思想上否定生命，谁就会自招死亡，那么，我们无疑是在暗示，文学比其他任何形式的文字都更加密切地与无意识的自我联系在一起。倘若我们要以巴尔扎克与他情妇们的关系去解释他笔下的女性为何总要扼杀男子气，总是把男人们摆弄得像温驯的孩子一般才去爱他们，那么我们又无非是在强调，我们在这里，而非其他任何地方，找到了一条更为直接的、从文本通向他个人感情结构的渠道。这无异于说，作为文学创作的一种惯例，文本与它的作者总保持着一定的关系，因此，只要将文本的成分与某种特定的心理逼真性相联系，文本就能实现归化，被人理解。

与这一归化过程密切有关，但又并不十分依赖实际作者的另一种归化过程，则有赖于创造一个叙事人（narrative personae）。文本作为一个语言客体，总是既怪异又含混。我们把它当作某个叙事人的自述来读，则可以使文本的怪异性大大减少，这样，合理可信的行为和性格模式就都可能加以利用了。此外，我们从这一假想人物出发进行推论的时候，还可以用实有其事的故事使文本成分变得合乎情理，被人理解：叙事人处于某个特定的环境，并作出自己的反应，因此，他所说的话可以

_169

置于人类行为的一般系统中来读，并按这些行为的逻辑加以判断。他或争辩，或赞美，或劝诫，或描述，或分析，或沉思，而诗则能在这种行为的层次上找到自己的内在统一性。

我们或许可以更加笼统地说，一部文学作品所表现的各种可能的语言行为，正是文学归化活动的基础，因为它为我们提供了各种目的，它们确定了某一具体文本的内在统一性。一旦假设了一项目的（赞美自己的情人，关于死亡的思考等等），我们便把握住了主宰比喻阐释、对立面的组织以及有关形式特征的辨识等方面的中心视点。当然，我们在这里所关注的是文学程式，而我们的文学观念不会听任我们把任何一种语言行为都当作一首诗的决定因素。为邀请一位朋友赴宴而写一首诗固然完全可能，但是，如果我们承认诗是文学，那么我们势必会同意，应该把这首诗当作具有另一层次的内在统一性的陈述来阅读。据此，本·琼生的《邀友人晚餐》一诗，便成为对于某种生活方式的憧憬，通过这首诗所表现的语调和态度，把支持、提倡这一生活方式的价值观肯定下来。邀请已不是主题，而成为形式手段，原先可以被解释为邀请的成分，被赋予了其他的功能。

但是，在具体文本中形成内在统一性的这种种手段，看上去似乎与通常所谓的逼真性还有一定的距离。由于我们在下面两章还要对它们着重讨论，因而在此我们只需弄清楚，它们是文本得以归化的手段，而后就可以把注意中心移向这一层次的逼真性的最后一类程式：体裁程式。

亚里士多德承认，每一种体裁都规定了哪些行为是可以认可的，哪些则不能认可：悲剧表现的人比实际的人更好，喜剧则比实际的人更坏，两者都不违反逼真性，因为每一种体裁都有其特有的逼真性。体裁程式的功能，基本上是确定作者与读者之间的契合，这样阅读之前的期待就可能发挥作用，而符合或偏离公认的理解模式也就都是允许的了。"这个问题基本上就是使文本尽可能被感知；人们可以看到这一观念赋予体裁和模式这些概念以什么样的作用：原型的作用，担任读者入门向导的半抽象模式的作用。"（Genot，"L'écriture libératrice"，p. 49）同样一句陈述，如果出现在一首颂诗或一出喜剧中，读者就会作不同的处理。读者在阅读悲剧和阅读喜剧时对剧中人物的态度是不同的，如果他阅读的是喜剧，他则会期待全剧一定以数对美好姻缘告终。

侦探小说是说明体裁程式作用的最佳范例：要欣赏这一类作品，就必须假设作品中的人物在心理上都是可理解的，案件最终一定会真相大白，有关证据都会有所交代，但是破案过程却必须经历种种复杂的情况。实际上，正是由于这些程式被用于许多无关紧要的场合，它们才变得格外有趣。只有在解开疑团这一层次上，内在连贯性才是必要的：故事的结论必须对所有与案情无关却又值得怀疑的事件给予解释，为"真正的"来龙去脉提供答案，只有到了这个时候，所有的其他细节才可以置于一旁，宣告与案情无关。正是由于这些程式才形成复杂的破案过程，才产生了一种形式，才能从错综复杂的细节中理出线索。而这些程式之所以能起作用，就是因为它们规定了读者按什么样的格局去阅读作品。

当然，蕴含于体裁程式之中的阅读期待，往往也会被违反。它们的功能与其他结构准则的功能一样，也只是提供将读者所遇到的一切进行分类的术语，形成文本的意义。不过，抵制或摆脱体裁程式而产生的意义，往往比体裁程式帮助读者理解的意义更为有趣，因此，超越或抵制体裁提供的逼真性，从中产生另一层次上的逼真性——其基本方法就是揭露体裁程式和期望的人为性，也就不足为怪了。

约定俗成的自然

第四个层次若明若暗地主张，作者可以不遵循文学程式，或创作不按体裁逼真性层次理解的文本。可是，正如人们常说的，即使如此，这仍属于文学程式。十八世纪小说起始总要解释一番，日记或手稿何以落入叙述人之手，或者采用局外叙述者，信誓旦旦地声明某某人所讲述的一切都确有其事，而这些手法本身也是玩弄真实与虚构对立的程式。或者，再换一种办法，叙述人直接表示他完全意识到文学逼真的程式，但

他仍一口咬定,他所叙述的虽属离奇,却完全真实。巴尔扎克在这方面作过不少零散的论述:

> 常常有这样的情况,人的一生中有些行为看上去简直是完全不逼真的,然而却确有其事。难道这不是因为我们总不能对于我们的自发行动作出某种心理的解释,不能对产生这种行为的神秘的缘由作出解释吗?(Balzac, *Eugénie Grandet*, chapter 3)

这里明明白白地告诉读者,所述之事系子虚乌有,然而又无法反对,因为叙述者诉诸人要求得到解释以及神秘不可测这些最常见的观念:如果读者与叙述者一样通情达理,据说他就不会对这些子虚乌有的事感到困惑不安,他就会承认叙述者的坦诚,并心悦诚服地接受叙述者所提出的解释,相信确有其事。

将偏离文学规范作为衡量逼真性的准绳,这的确是阐释语言所迈出的大胆的一步,《听天由命的雅各》(*Jacques le fataliste*)为此提供了又一实例。雅各和他的主人撞上了一群手持草耙、棍棒的汉子:

> 你或许以为,他们是我们方才说到的客栈中的那伙人,他们的侍从,以及那帮强盗。……你或许以为,这帮人会向雅各和他的主人扑来,一场流血冲突就要发生。……这完全取决于我是否让它发生;可是这样,故事的真实性就荡然无存了!……显然,我这里并不是在写小说,因为我忽视了作为一个小说家绝不会弃之不用的手法。认为我所写的是确有其事的人,比那些当作寓言故事来读的人,也许少犯点错误。(Garnier edition, pp. 504-505)

叙述者宣布他不受体裁程式的约束,并以他的叙述不合逻辑(这群人的出现在故事情节中毫无作用)作为故事的真实性的证据。

但正如这个例子所揭示的,这一过程徘徊于偏离模仿说的边缘。它所指的作者有权写下任何他想写的东西("il ne tiendrait qu'à moi que tout cela n'arrivât"),稍加引申就成为:真正的秩序并不取决于一种体裁的程式,而取决于叙事行为本身,而叙事行为的自由只受到语言极限的控制。叙述者一再提出与情节发展相矛盾的发展线索,强调他完全有

第七章　程式与归化

权作这样或那样的选择："究竟是什么阻止我让主人结婚，让他戴绿帽子，并把雅各打发到殖民地去呢？""究竟是什么阻止我让他们三个人物之间爆发一场大吵呢？""这完全取决于我是否要让你为雅各的爱情故事等上一年，两年，三年，取决于我是否要让他和主人分开，让他们各自遇上突然涌上我脑际的那些奇遇。"① 不顾小说发展的需要而追求写作行为本身的自由，或许会需要依靠第一和第二层次的逼真性来具体规范行为的可能性。但是，这些层次又被上升到更高一层次的逼真性或可理解性，这便是写作行为本身。唯有把文本看作是叙述者在进行语言和创造意义的练习，文本才有其内在的统一性。在这一层次上归化文本，必须将它读作关于小说写作的一种陈述，一种对于模仿式虚构的批评，一种以语言创造世界的实例。

当然，否定体裁程式也不一定都滑到这么远的地步。在侦探小说中，书中人物讨论侦探小说的程式，并将这一小说的结构与这部小说中的人物所面临的复杂案情进行比较，是一种常见的手法。但一般说来，这些讨论并不会让读者觉得这部小说已经超越了侦探小说体裁的程式；相反，它们只起了戏剧化反讽的作用。一个歇斯底里的女佣推醒了班特里夫人，说书房里发现一具尸体，夫人唤醒了她从不轻信的丈夫。丈夫说："别大惊小怪……不可能的……一定是你读的那本侦探小说吧……书房里冒出什么尸体，这件事只在书上发生。我从来没有听说过现实生活中有这样的事情。"② 上校的态度实际上并不荒诞不经，但我们并不会以为这是对人为虚构小说的评论。相反，我们会嘲笑他的自信，嘲笑他死抱住逼真不放，我们期待真相大白时刻的到来，因为，作为侦探小说的读者，我们知道书房里的确有一具尸体。

这种对体裁程式的有节制的耍弄，燕卜荪在一部出色的论著中称之为"用以瓦解批评的伪模仿（pseudo-parody）"：文本明知本身带有人为虚饰和程式化的成分，却无意转入不带虚饰的新形式，它试图使读者相信，它已意识到对目前的情状还可以有别的观察角度，因此按照它的

---

① 卡瓦纳夫．空空荡荡的镜子．伏尔泰与十八世纪研究，1973（104）．
② 阿格莎·克里斯蒂．书房中的尸体．第1章．

既定方向发展并不会使事情有所歪曲。[①] 从伊丽莎白时代的诗人到玛丽安·摩尔（Marianne Moore，1887—1972），许多诗作都对诗歌中的人为虚饰颇有微词，看来，这些诗并不是试图超越诗歌程式，或赋予它们的语言以另一种功能，它们只是想越俎代庖地为读者设想出可能反对的理由（其实，读者无须考虑叙述者公开承认的动机，他完全可以将注意力集中在其他方面），并获得更权威的支持（其实，叙述者已充分意识到读者可能对诗歌所持的种种态度，可以认为，叙述者之所以以诗歌形式写作必有其充分的理由）。在本·琼生（Ben Jonson，1572—1637）的《贝德福伯爵夫人露茜》一诗中，诗歌赞美的夸张用语被一一列出（"及时获得了灵感而欣喜若狂"，我开始"像诗人那样"，想象出最为奇妙的尤物），但这一赞美并未因为诗歌不作刻意的描画而被抵消：

　　于是我希望看个真切，便竭力发挥想象，
　　我的诗神太糟，贝德福写道，她就是那样。

　　这最末的两行却的确影响了全诗的归化过程：我们从一个层次的逼真性（抒情诗的赞美）移向另一个层次（实行赞美行为，与约定俗成的赞美形式有关），并把整首诗当作更有见地的赞美来阅读，这正是由于它采用了约定俗成的程式，同时又充分意识到这些程式的局限的缘故。同样，玛丽安·摩尔的《诗》，连同其中的"除了这小把戏以外还有些更重要的东西"这著名的诗行，也没有包括摒弃或揭示体裁程式的意图，而特别应该指出的是，所谓的"小把戏"虽已令人叫绝地体现在她刻意雕琢的音节格律之中，但它也的确把归化过程移到了另一个层次，这是因为它迫使我们考虑（倘若要让这首诗变得可以理解）诸如"我呢，也不喜欢它"这样的陈述在日常话语中的意义与这些陈述被诗歌语境转变后产生的意义之间的关系。

　　看来，对这一层次的逼真性和归化过程的最佳解释，或许就是由于征引或反对体裁程式使阅读方式发生了变化。我们不得不把网撒得大一点，以便把第三层次以外的逼真性和可理解性也统统包罗进来，我们必

[①] 燕卜荪. 田园诗的几种形式. 哈蒙兹华斯，1966：52.

第七章　程式与归化

须让文本所呈现的辩证对立在一个更高的层次上得到综合，但这时的可理解性的基础已经与前一层次有所不同。我们把诗歌或小说作为关于诗歌或小说的论述来阅读（由于它已经通过自己的对立面影影绰绰地暗示了这一主题）。对它进行阐释，就是看它如何运用各种内容或方法，架构一种关于文学世界的想象结构的论述。我们期待着文本按照这些条件聚合为一体，当然，与前几种情形一样，我们在这一层次上也有帮助进行阐释的逼真性的各种模式：关于文学的功能以及如何对待文学的整个传统（当我们发现文本中包含了这种传统性的成分时，文本在这一层次上便是可理解的），关于如何把具体的语言成分和意象作为文学过程的实例来阅读的知识。在阅读许多现代文本的时候，这一层次的逼真性和归化过程变得尤其重要，从某种意义上说，它具有不像别的层次那样简单化的优点，因为它并不需要具体解决某个困难，然而它承认，需要阐释的是为什么会存在这个困难，而不是困难本身。

  只要我们调节自己的视角，直至作品的模糊点自然到可视而不见的程度，换言之，只要我们确定并反复实施这一观念活动（通常是一种非常特殊而有限的活动，作品的文体即产生于其中），每一部作品就都会变得清晰明了。根据这个道理，格特鲁德·斯泰因（Gertrude Stein，1874—1946）的句子"A dog that you have never had has sighed"①，在纯句式结构这一层次上则变得完全透明了。(Jameson，"Metacommentary"，p. 9)

我们不必对它进行阐释，或许只需把它看作是词语有创造思想的能力的一个实例，或者说，它说明语言媒介有一种在自然中并不存在的奇特的错位力量：负值。

  弗雷德里克·詹姆逊的以上这番话对这一过程作了极好的描述。在这一归化过程中，看上去困难或怪异的观象，置于适当的逼真性的层次以后，被转化成自然（模糊点自然到可视而不见的程度）。这个层次集各种方案之大成。即使文学作品最激进的读义也可提出一种方案，而从

---

① 此句可直译为："你从未有过的狗叹息了一声。"——译者注

它这个角度看去，模糊点就变得清晰自然：这是一个说明或制定如何写作的方案。① 在卷帙浩繁的黑格尔传统的阐释游戏中，每一位读者都竭力达到理解领悟其他一切的最外圈，然而这种阐释活动本身却未包括在内。于是，我们这里所谈的这一层次上的逼真性，至少在现时条件下，便处于一个十分优越的地位，因为它有执掌并转化其他层次的能力。但是，它充其量又只不过是一种形式的程式性归化，它试图组织起这个归化过程，使之超越意识形态和习俗惯例，而且，如第十章将要论证的，超越整个观念的范畴。

戏仿与反讽

第五层次上的归化过程可以看作第四层次作了局部和特别调整之后的变体。当一部文本征引或戏仿一种体裁程式时，读者应转移到另一个阐释层次上对它进行阐释，在这一层次上，对立的两项由文学主题本身联系在一起。然而，戏仿某一具体作品的文本则需要一种稍许不同的阅读形式。读者虽然必须在头脑中将两种不同的组织结构联系在一起——被模仿的原本结构和使原本解体的视角，但是，这一般并不能产生综合，不能产生另一层次上的归化，而只能对两者的异同作一番探索。实际上，第四层次的逼真性所发挥的功能，在这里已由戏仿的观念本身所取代，后者充任了归化过程的强有力的手段。我们称某部作品是戏仿，这已经道出它应该怎样被阅读，我们已经从严肃诗歌的要求下解脱，使模仿作品的种种稀奇古怪的特征变得可以理解。斯温伯恩（Algernon Charles Swinburne，1837—1909）的自我扭曲模仿《奈费利迪亚》一诗，一旦作为扭曲模仿来阅读，诗中那令人惊奇的头韵，突出明显的抑抑扬格律，以及全然缺乏内容等特征，便顿时得到了复原，并被赋予意义：我们把这些现象当作对原本特征的仿效和夸张来阅读。

---

① 希思《新小说》中多处涉及；克里斯蒂娃《符号学》第174～371页有涉及。

第七章 程式与归化

倘若要避免沦为戏谑模仿（burlesque），戏仿必须既把握住原本的精神实质，又仿效它的形式手法，然后稍稍加以变化（通常在字眼上），这样就造成了原本的逼真性与仿作之间的距离。"我知道这首诗是如何起作用的；请看要揭穿这首诗故作庄重的架势是多么容易；它的效果是可以模仿的，因此是做作；它的成就是一触即碎的，全靠了阅读程式才得以支撑。"这基本上就是戏仿的精神实质。一般说来，它要求读者作比较刻板的阅读，在鉴赏原本所进行的归化过程与适用于戏仿的比较刻板的阐释过程之间，建立起一种对照。这样所得到的效果，有一部分无疑是由于戏仿本身就是一种仿效的缘故，一旦它的效法对象明确了，那么也就不言而喻地承认，它不应该被当作关于真实问题或环境的严肃感情的表达来阅读，这样，我们也就从着重体现诗歌的比喻功能的那一层次的逼真性中解放了出来。亨利·里德（Henry Reed）的《查尔德·惠特娄》("Chard Whitlow")是对艾略特诗歌的戏仿佳作之一，它借用了一些艾略特的本应按规范的比喻加以归化的诗行，然而却把它们置于另一种语境，让我们换一种方式进行阅读：

> 随着年龄增长，我们不会更加年轻。
> 一年四季去而复来，今天我五十五岁，
> 去年这时候我五十四岁，
> 而明年这时候我将六十二岁。
> 我实在说不出我愿意（悄悄地自语）
> 再看见我的时间——你若能称之为时间：
> 坐立不安地蜷曲在飕飕穿风的楼梯下
> 或捱在拥挤的地铁站清点那不眠之夜。①

一连串的年龄数字迫使我们按字面意义去阅读第一句，不让同义反复在其他层次发挥作用，这似乎与《四个四重奏》的情况一样（随着我们年岁的增长/世界变得越来越生疏）。这样，"你若能称之为时间"中的"时间"，在重新跌落、产生喜剧式的顿降效果之前，只得徘徊于形

---

① 麦克唐纳，编. 扭曲模仿. 伦敦，1964：218.

而上探索的边缘。若置于其他背景之下，末尾两行也许能充当有力的非经验性意象，但是在这里，我们的思路已受到荒诞的经验性意象的阻遏——这些实际消磨时间的办法。而诗中妙笔生花之句，"风中之风不能称之为风"，是对《灰色的星期三》第五段起始几句的戏仿（沉寂是未言之言，听不见的真言/不着一词的真言，真言存于/世界之中，并言尽世界之所言），代之以"风"之后，则进一步强化了原本中所暗示的用以充当仿作联系纽带的炫耀口吻。而《四个四重奏》的表面炫耀之句（你所占有的正是你没有占有的/你所在之处正是你不在之处），因随之而来的变化，得到缓冲而被置于另一种形态，则可作为间接评语来阅读（负伤的外科医生手持钢制器械/探询着机能失调的部位），仿作的逼真性强调按字面意义阅读，呈现出"自然的"阐释与艾略特的诗句所需要的严肃认真的阐释之间的距离。

  戏仿包含了两种形态的逼真性的对立，与第四层次的归化过程所不同的是，这种对立并不上升到高一层次产生综合。相反，仿作者一方的逼真性的主宰地位暂时受到强调。在这方面，戏仿与反讽相似（尽管在其他方面两者不同：反讽建立在语义效果基础之上，而不是形式效果）。克尔凯郭尔（Kierkegaard，1813—1855）认为，真正的反讽家并不指望被人理解，虽然真正的反讽家堪称凤毛麟角，但我们至少可以说，反讽总会提供误解的可能。没有一句话本身就是反讽。嘲讽（sarcasm）往往有其内在的不相协调之处，使欲表达的意义变得非常明显，而且只有这一种读义，然而，对于一句确属反讽的语句来说，则必须考虑到总有一批读者会按字面意义去理解。否则，表面意义与读者所认定的意义之间就没有差别，这样也就没有反讽游戏的空间了。情景反讽，又称戏剧性反讽，显然说明存在着相互对立的两个层次：自以为是的主人公所认定的层次，一旦他坠入诗学作用力所决定的相反层次，顿时就会化作浅层的表象。预想的理解层次被后来的结果破坏，我们觉得后者比较"恰当"，因为它是从另一理解层次推导而出的，尽管它不一定可取。

  情景反讽（situational irony）于是便成为对存在经验进行复原的一种形式，用它去理解世界，并说明先前的一种理解是不真实的。我们正

第七章　程式与归化

要野餐时突然下雨，我们说，"说要下雨果然下雨"，因为我们知道，指望老天爷服从我们的计划，那是可悲又可笑的，于是我们宁肯暗示（尽管以开玩笑的口吻），老天爷对我们不是完全漠不关心，但他仍会按照与我们的期望相反的逻辑行事：他将有条不紊地让我们的计划落空。这样，文学中的情景反讽就包括了两个对立的方面，一方面是主人公对世界的看法，另一方面则是读者根据阅读前的经验和知识所把握到的另一种相反的看法。

词语反讽（verbal irony）也有这种对立的结构，但情况更加复杂有趣，因为它一般不像情景反讽那样有某种事物明显地呈现在我们的眼前（或诸如"他原先却一点也不知道……""如果我事先知道……"等通报情景反讽的出现）。领会词语反讽需要有一种期待，它们使读者能够感觉出语句表面意义所反映的逼真性与他所架构的文本的逼真性之间存在着不和谐之处。有时，这两种不同的期待并不难识别。巴尔扎克写道，萨拉辛涅来到与扎比奈拉第一次会面的地方，"avait espéré une chambre mal éclairée, sa maîtresse auprès d'un brasier, un jaloux à deux pas, la mort et l'amour, des confidences échangées à voix basse, coeur à coeur, des baisers périlleux"（他曾希望这是一间光线昏暗的屋子，他的情妇蜷缩在炉火旁，不远处还有个醋劲十足的情敌，死亡与爱情，窃窃私语地互诉心中的秘密，偷偷冒险接吻）。过多的细节，而且成分复杂——具体与笼统并陈，这一切说明其中含有某种叙述间离的因素，是从另一"文本"摘引的片断，而这一文本已作反讽处理。一套文化原型的"激情的代码"——"成为萨拉辛涅所谓的感受的基础"（Barthes, S/Z, p. 145）。对于萨拉辛涅来说，这是逼真性起作用的层次。是他所期待的内在统一性和被理解的层次，然而，文本又暗示了这一层次的反讽读义，隐含地提出了另一种逼真，据说包含了更多的真实成分：萨拉辛涅的期待是愚蠢的，小说式的；灯火通明的房间，以及炉火中烧的情敌虽不存在，但并非不可能存在。

如果对受到反讽处理的逼真性的确切本源不能确定，那么反讽过程就变得更为复杂了。在日常交谈中，起作用的期待来自交谈的双方对于客观语境的共同了解：对乔治和哈里都了解的人能够判断乔治方才谈及哈里，与文本显示的哈里符合逻辑的举止行为并不一致，他根据对乔治的了解而认为，由于乔治对上述文本是熟悉的，所以乔治方才所说的话必须当作反讽对待。乔治的陈述经反讽阐释而得到归化，即使此人并不认为乔治在"转述"他人的蠢话中带有反讽的含义，这种情况仍会发生。在文学阐释中，起作用的期待心理甚至是由更为复杂的社会和文化经验的总和所决定的。

福楼拜写道，爱玛·包法利在病中有一种幻象，一种她孜孜以求的置身于天堂的幸福感、纯洁感。然而在这里，福楼拜的语言本身并未显示出明确的反讽。

> Elle voulut devenir une sainte. Elle acheta des chapelets, elle porta des amulettes; elle souhaitait avoir dans sa chambre, au chevet de sa couche, un reliquaire enchâssé d'émeraudes, pour le baiser tous les soirs.

> 她想成为一个圣女。她购置了念珠；她挂起护身符；她希望在她的居室里，在她的床头，有一只镶嵌了绿宝石的圣骨盒，供她每天晚上亲吻。

我们如何才能识别其中的反讽呢？究竟是什么产生并支持所谓阅读这些话时应该保持某种距离，并探究可能存在的话外之音呢？

首先，我们求助于人类行为的一般模式，我们假设在这一点上与叙述者是相通的：人可以决定当一名护士，当一名修女，然而却不能决定成为一名圣女；即使退一万步说，修行成圣是一个可行的目标，成圣之路也绝不会是购买这些物件。再说，我们心目中圣徒的形象想必也是与爱玛孜孜以求的具体形象相冲突的：圣骨盒上的绿宝石并不能保证灵魂的升天，而它更不是买来供人亲吻的。如果我们求助的这些模式有一定道理，那么我们也必须承认，文中勾画出的这种态度也是可能的：对某些人来说（爱玛也包括于其中），按字面意义阅读文本是完全可以接受的。

这样看来，反讽至少是首先取决于文本的指喻性（referentiality）：

第七章　程式与归化

我们进行复原的第一步是认定文本指喻我们所熟悉的世界，因而我们能够对它作出判断；如果它是幻念或神话故事，如果它是关于马来群岛波尔尼奥岛上的原始部落的，我们就失去了判断的标准，无法识别其中是否有所不当，或是否是作者的自我放纵。正是由于这一缘故，小说一向被认为是最适合采用反讽的文学形式。小说不断向我们强调所指世界的现实，是为了使我们关于人类行为的模式发挥作用，使我们发现文本的表面意义是多么荒唐可笑。

但是，即使在这一起始阶段，文本与外部世界之间也存在一种辩证的关系，因为按照已知的证据，我们的反讽观念得到了加强，或者说被激起了，我们就会期待爱玛是一个愚蠢、自我放纵的女人；文本已经确立的内在统一性便会成为一个基准标志，我们就会把关于她的思想行为的所有表述都与这一基准点相联系。

我们有了对现实世界的了解和对小说世界的了解，那么，一旦文本作出的判断与我们的判断不相一致，或一旦在我们认为应该作出判断之处，文本却无动于衷，没有作出判断，我们就会发现反讽的存在了。当然，我们必须对叙述的逼真先行有一个印象——如福楼拜的文字的内在统一性所在的层次，这样，我们就能确定文本是否真的表现出反讽，或者相反，文本的描述并没有反讽的构想，然而我们智高一筹，可以作出反讽的判断。

在反讽读义中，我们针对爱玛态度的逼真性和可理解性而提出的另一种逼真性和可理解性，应该说由多种因素组成，关于这些因素，我们往往会随便用一个比较含混的字眼"语境"（"context"）把它们概括到一起；我们在人类行为层次上的关于逼真性的模式，它们提供了判断标准；我们对于小说世界的期待，它们告诉我们书中行为和人物的各个细节应该如何阐释，这样就能使我们进行判断；文本语句所作出的表面判断，而我们通过反讽阅读对其中的不协调处进行还原；以及最后一点，我们对文本的惯用程序的了解——一种反讽逼真性，它证明我们活动的合理性，并告诉我们，我们的确是按文本的要求进行这种阅读游戏的。

_181

这一复杂的过程在根本上甚至还包含了一种用"真正的"意义取代表面意义的过程,这一点,我们可从文本会因此而变得更加令人信服得到证明。但是,这种需要上升到第二层次的逼真性,这种"真正的"阅读,对于巴尔特来说,却似乎是反讽的最大不幸,因为它从此中止了意义的游戏。他曾写道,不求助于另一个僵化的原型,要对一个僵化的原型进行破坏或批评是极其困难的,而这另一个僵化的原型就是反讽本身。"Comment épingler la bêtise sans se déclarer intelligent? Comment un code peut-il avoir barre sur un autre sans fermer abusivement le pluriel des codes?"(谁若不宣称自己聪明又怎能揭穿愚蠢?而如果不是不恰当地对所有代码的多元实质造成限制,那么一种代码何以能比另一种代码更具有优越性?")(Barthes,S/Z,p.212)反讽批评家若不是断言自己的观点完全真实,又何以能批评别种观点或态度过于局限?

这的确是一个至关重要的问题,因为从迄今为止的叙述来看,反讽归化似乎提出了比它所否定的意义更为堂皇的见解。此刻,当我们提出,一部文本其实是不同于它的字面意义的另一种东西,那么,我们就引出了作为保证使我们获得真正文本的阐释方法的模式,这些模式建立在我们对文本和世界的种种期待的基础之上。惯于冷嘲热讽的人也许会说,反讽是复原和归化的最终形式,我们因此一定可以保证,只要我们想听什么,文本就会说什么。只要称之为反讽,一切怪异、不入眼之处,甚至我们不同意的态度,都可以统统削减消弭,与其听任它们滥用我们的期待,毋宁让它们证明我们的正确。

但是,我们也可以把定义颠倒一下,注意它的不太玩世不恭的另一面,那么就可以说,所谓文本具有反讽,是我们避免过早地将文本封闭的一种愿望,尽量让文本对我们充分发挥它的作用,让它包括阅读时我们头脑中出现的一切疑问,并尽量作出善意的解释。这就是说,反讽的期待一旦确立,我们就可以开始反讽阅读,它绝不会引向与文本字面陈述相对立的、完全的肯定或"真正正确的态度",而只会引向一种形式上的逼真或内在统一的层次,即反讽无定性本身这一层次。与表象对立的不是实际真实,而是永无终止的反讽的绝对否定性。

第七章 程式与归化

譬如在斯蒂芬·克莱恩（Stephen Crane，1871—1900）的作品中，我们发现许多表面上不协调的例子：违反语言使用习惯的现象，人们一般认为属于反讽用法；但是，它们隐含的意义是什么，却又极难断定。在《海上扁舟》中，我们读到"许多人应该有一只比航行在这海上的船更大一点的浴缸"，从所比较的两者顺序的颠倒中，我们识别出反讽的存在：船的大小如同一只浴缸，形状也相似，灌满了水，然而，浴缸是为了盛水，船则不能让水进来。因此，"许多人应该"便奏出一个奇怪的音符，难以定位：这一短语似乎只暗示叙述者的超脱，不愿意为所述文字负责。"浪头又急又高，简直到了非常恶劣、野蛮的地步，每一个泡沫团都是小船航行碰到的一个问题。"这里又一次出现了笔调这一基本问题，它暗示反讽的存在，但浪头的确高到野蛮的地步，难道读者真会认为叙述者正以讽喻的目光看着小船里的人们，让他们联想到浪头急到恶劣的程度，继而又将这种以自我为中心的观点抹去？那稍许故作矜持的轻描淡写，即所谓"小船航行碰到的一个问题"，又是否真的能够无视驾船的困难，保证它不翻覆沉没呢？读者几乎能够永无止境地提出一个又一个的问题，而比较令人满意的唯一解答是从反讽无定性的层次对这些奇怪的叙述进行归化。

巴尔特说，福楼拜——

> en maniant une ironie frappée d'incertitude, opère un malaise salutaire de l'écriture: il n'arrête pas le jeu des codes (ou l'arrête mal), en sorte que (c'est là sans doute la preuve de l'écriture) on ne sait jamais s'il est responsable de ce qu'il écrit (s'il y a un sujet derrière son langage); car l'être de l'écriture (le sens du travail qui la constitue) est d'empêcher de jamais répondre à cette question: Qui parle?

在铆接一个充满无定性的反讽修辞时，为文字注入了一种有益的骚动：他绝不中止代码的游戏（或做得很不到家），其结果是（这无疑是对写作是否真是写作的真正的检验）人们永远无法知道他是否对所写下的文字负责（是否在他的语言背后还有一个独立的主体）；因为写作的本质（构成写作的作品的意义）就是对"谁在说话"这个问题不作任何回答。(Barthes, S/Z, p. 146)

这恰好是读者阅读克莱恩时似乎会遇到的问题：无法中止意义的游戏，无法形成完整的文本，甚或文本的片断也不可能。因为它们是由态度不明的什么人站在不明确的立场上说出的，读者不得不承认，写作的行为，即超越语言交流范畴的活动，的确是成功的，而使故事达到连贯统一的逼真性的层次，就是把反讽本身作为一个总的构想。我们或许应该说，叙述中的错位说明语言是一种超然物我的生命体，它对一切事物进行检验，却保持着一定的距离和超脱，而这种距离和超脱达到了无可理喻的严酷的程度。读者在反讽的波涛中穿行，无疑是一次发现意义的航程，他不得不去检验将船上人的感受加以淡化的全部语言表达方式，他不得不对语言用以模糊实际经验或故意使它变得脆弱不堪而加以嘲笑的种种轻描淡写重新审视一遍。从这一层次上提出一种读义，就是按照这一格式赋予文本成分以某种功能，对这些成分进行归化处理，但这种格式并不是由反讽形成的某种实实在在的凝聚物，而是作为延缓定论的反讽手段本身的一个行为过程。

在这些不同层次上归化就是把文本与各种连贯意义的模式相联系，使文本变成可理解的。虽然按照结构主义的说法，归化一般被认为是件坏事，然而，它又是阅读的合情合理的功能；我们至少应该注意到，当俄国形式主义批评家（结构主义者在这一问题上并不排斥他们的论著）在"动因的实现"(motivation)这个标题下论及归化过程时，他们的确是当作一件大好事来对待的。某个成分若在文学文本中能发挥作用，它就受到动因的驱使，而在一部成功的艺术作品中，任何成分原则上都有动因驱使。最低级的功能应数"写实主义动因的实现"：倘若在对一间房间的描写中，我们发现某些成分与人物毫无干系，在情节中不起任何作用，那么，这一意义匮乏现象本身将使这些成分把整个故事搁置在真实的层次上，它们所表示的意义就是：这就是现实。正如巴尔特所指出的，上述功能建立在西方文化中一个根深蒂固的假设的基础上：世界就

第七章　程式与归化

在那儿摆着，而表示它的最好的方法就是显示一个一个客体，它们的唯一功能就是搁在那儿。(Barthes, "L'effet de réel", p. 87) 俄国形式主义批评又界定了"构造性动因的实现"，即对情节结构或对人物刻画起作用的成分，以及"艺术性动因的实现"，即造成特殊艺术效果的成分或手法，而这方法讨论最多的就是"陌生化"，或谓认识更新。[1] 至此，读者应该明了，各种不同的动因的实现代表了各种不同的归化文本的方法，即把文本与各种理解模式相联系的方法：写实主义动因的实现包括了我所论述的第一和第二层次的逼真性，构造性动因的实现包括了第二和第三层次，而艺术性动因的实现包括了第二、第三、第四和第五层次。批评之所以看重动因实现的问题，乃是因为它担当了架构连贯统一、可以理解的文本之幻象的任务。

结构主义的批评对文本的归化虽不满意，却没有能力超越：要谈论文学，就回避不了归化的问题，而只能推迟它，让它在一个更高、更侧重于形式的层次上发生。这一过程中存在着避免过早地把文本意义封闭，让文本与一般语言的差异、形式特征和无定性的语义游戏得到最充分的展开这样一种愿望。我们非但不去解决理解主题或某人物对某问题的陈述方面的困难，反而故意保留这些困难，而我们的注意力则放在文本组织上，当作对某些其他问题的说明。这一切的最高层次就是说明语言本身的问题。

把阅读过程当作归化过程的讨论，当然也就产生了朝这样一种批评发展的倾向，因为，如果我们终于意识到阅读和批评中所包括的种种归化活动，那么，我们在处理文本并设法超越在各个逼真性层次上所发现的意义的过程中，我们就会把新的注意力投向文本是如何抵制我们的归化活动的。这样，一部文本的最有趣的特征——结构主义批评所津津乐道的特征——也就是文本所强调的彼岸性，是与文学活动中的文化模式所讨论的情况迥然不同的那个特征。但这个题目必须留到下一章讨论了。我们在转向从诗学中产生的批评这一问题之前，关于诗学本身还有

---

[1] 托马谢夫斯基. 主题学//李蒙，赖斯，编. 俄国形式主义批评. 内布拉斯加大学出版社，1965：78-92.

许多问题需要讨论。如果结构主义者们迫不及待地跳到程式系统之外，我们并不一定要学他们的样子，更何况他们所感兴趣的突破规范的问题，正是由他们还没有来得及耐心考察规范本身造成的。我们现在必须对迄今为止关于抒情诗和小说系统的研究给予充分说明，另外还要指出还有哪些工作有待完成。

第八章　抒情诗的诗学

> 神力给予的戕害——我们找不到伤瘢，而内省的差异，却正是意义之所在。
>
> ——艾米莉·狄金森

如果把一段平平常常的新闻报道体的文字按抒情诗格式重新排版，四周默默留出赫然醒目的大片无言空白，文字虽然一字不动，它们对读者产生的效果却会发生相当大的变化。(Genette, *Figures* II, pp. 150-151)

> Hier sur la Nationale sept
> Une automobile
> Roulant à cent à l'heure s'est jetée
> Sur un platane
> Ses quatre occupants ont été
> Tués.

（昨天在七号公路上/一辆汽车/以时速一百公里行驶撞上/一棵法国梧桐。/车内四人全部/丧生。）

把上述报道文字写成诗体，读者思想上就会有一种完全不同的阅读期待，这一套程式将决定这段文字该如何阅读，从中应该引出什么样的解释。社会新闻成为次要的成分，这一悲剧也只起文学示范的作用。例如，"Hier"（昨天）的作用完全改变：意指所有可能的昨天，表示一种平常的、几乎是随意的事件。读者很可能对"s'est jetée"（直译为"把自己抛掷出去"）中表现出的主动性，对"车内人"与汽车关系中表现出的被动性，给予新的重视。由于没有提供任何细节或解释，诗歌暗示了某种荒诞性，而不具任何感情色彩的通讯报道文体，读来无疑会给人以节制和听天由命的感觉。我们甚而会注意到在"s'est jetée"之后有一种悬念的成分，在"platane"一词上可能感觉到双关语的成分（"plat"＝flat〔意气消沉〕），在最后的那个孤立的"tués"（死亡）一词上则感到一种终结感，而所有这些又都给人以一种从庄重顿降为平庸无聊的印象。

显然，这与新闻体文字的阐释截然不同，而这些差异只能从读者对抒情诗的阅读期待不同得到解释，从决定符号示义程式的不同得到解释：诗是一种非时间顺序性文字（所以，"hier"有其新意）；它本身就体现了完整性（所以，虽然未作解释，它本身却能表示意义）；它应该从象征层次上达到意义的连贯统一（所以，"s'est jetée"与"ses occupants"能被重新阐释）；它表现了一种态度（所以，诗的语气被认为是一种故作姿态）；它的版面布局也可以作空间或时间方面的阐释（"悬念"或"孤立"）。当读者把文本当作一首诗来阅读时，就可能产生新的效果，因为这种体裁程式产生一套新的符号。

这些阐释活动在任何意义上都不算是结构主义的；对于内涵比较复杂的诗歌进行阐释，读者和批评家们一般都需要巧妙地运用这些阐释活动。上述信手拈来的例子则更有利于强调，诗歌的阅读和阐释取决于一种隐含的、未予说明的抒情诗的理论，竟达到了何种程度。"别忘了，"维特根斯坦写道，"一首诗，即令以传递信息的语言写成，也并不用于提供信息的语言游戏之中。"① 但仅仅记住这一点还不够，我们必须进

---

① 维特根斯坦．短扎．牛津，1967：28.

一步探究这里所谓的语言游戏的本质是什么。

诗居于文学经验的中心，因为它最明确地强调了文学的特殊性，强调了与用以表达个人对世界的经验感受的普通话语之间的区别。诗的特殊性使之与一般言语相区别，诗的文字记录虽属语言交流的范畴，然而，诗的特殊性已经改变了这一语言交流范畴。诚如传统理论所示，诗是创造；写一首诗与同朋友说话迥然有别，诗的形式规则，诸如诗行断句、节奏、韵律等程式，使诗成为一种非个人的客体，诗中的"我"和"你"成为诗的构造成分。一部文本成为一首诗，并不一定取决于语言属性，希望从诗歌语言的特殊性出发建立一套诗歌理论，似乎注定要失败的。

譬如，克林斯·布鲁克斯（Cleanth Brooks，1906—1994）在阐释他的诗歌语言理论时曾说过一句很有名的话："诗的语言就是悖论的语言。"（*The Well-Wrought Urn*，p. 3）诗歌语言本质上就是含混和反讽，它呈现出一种"张力"（tension）[①]，尤其在它的限定形态方面更是如此；而"细读"（close reading）加之对语言内涵的了解，便能使我们发现一切成功的诗歌中的"张力"和"矛盾语"（paradox）。于是，从格雷（Thomas Gray，1716—1771）的诗行"The short and simple annals of the poor"（"穷人们简短的编年史"）中，我们可以发现"annals"通常的内涵与置于"short""simple"和"poor"的语境后所产生的语义特征之间存在着一种"张力"。（p. 102）虽然布鲁克斯和其他一些批评家发现了各种诗中都存在"张力"和"矛盾语"，但这种理论却未能说明诗的本质，因为任何一种语言中都可以找到类似的"张力"。奎恩（W. V. O. Quine）的《从符合逻辑的观点看》（*From a Logical Point of View*），很少有人会误认为是一首抒情诗，然而，它的开卷第一句为"A curious thing about the ontological problem is its simplicity"（"本体论问题中最有趣的一件事就是它本身的质朴简单"）。在这里，

[①] 所谓诗的"张力"（tension）说，由"新批评"派的主将之一爱伦·泰特（Allen Tate）提出，他认为"诗存在于诗歌语言的外延（extension）和内涵（intension）之间的整个过程中"，泰特把这两个词的前缀剔除，剩下"tension"，认为诗就是 tension。因此，这一"tension"与一般所理解的"张力"并不相同。——译者注

"ontological"一词使人产生的联想,与所强调的"简单"之间就存在着"张力",何况按这篇论文所显示的远不是那么简单。此外,"事物"(thing)一词的用法中也包含着巧妙的反讽,"thing"一般与物质性实体有关,然而在这里却用来表示本体上捉摸不定的东西:某种事实或有关属性。说实在的,这一例子所显示的"张力"甚或超过了格雷的诗行。我想,希望把格雷列为诗人而把奎恩排斥在外的批评家,将不得不说第一种情形的"张力"是有意义的,而第二种是无意义的,读者只需注意前者,而后者可以忽略不计。

当然,如果奎恩的句子出现于另一种语言游戏中,被另一种程式接受,那么,这种反讽就会变成主宰性的主题:

From a Logical Point of View
A curious
                thing
about the
                ontological
problem
                is
its
                simplicity

从符合逻辑的观点看
一件令人奇怪的
                事
关于
                本体的
问题
                是
它的
                质朴性

第八章　抒情诗的诗学

这样一种印刷排版形式会引起读者完全不同的注意，"thing""is"和"simplicity"等词将释放出它们潜在的一些语言力量。我们此刻所注意的已不再是语言的属性（内在反讽或矛盾），而是关注一种阅读的策略，其主要阐释活动程序将被应用到被排成诗体的语言对象上，尽管此时的音步和韵律格式并不十分明显。

当然，这并不排斥形式格局的重要性。正如雅各布森所强调的，在诗歌话语中，同义原则成为构成语序的手段，音律和节奏上的内在联系，是使诗区别于一般言语交流功能的主要手段之一。诗是由吸收并重新组成所指意义的能指符号形成的结构。形式格局这一最基本的特性，使诗把其他话语形式中的意义统统吸收同化，并置于新的组织形态之中。但是，形式格局意义本身又是一种约定俗成的阅读期待，既是对诗作特殊处理的结果，又是对诗作特殊处理的原因。正如罗伯特·格雷夫斯（Robert Graves，1895—1985）所论证的：

> 读者阅读标准散文时并不"听"；只有在读诗时，他才寻找音律、节奏的变化。自由诗（vers libre）的作者仰仗印刷机使你注意所谓的"音律"或节奏关系（要把握并不容易），若以散文形式写成，它或许会从你眼皮底下滑过；这一句，你将发现，它正在嗤笑你呢。①

我们阅读诗歌，不仅需要识别形式格局，而且不能只把它们当作交流性语言所附带的修饰成分看待。正如热奈特所说，词语技巧本身虽然起着催化剂的作用，但诗的本质不在此，而在于说来简单其实意义深远的诗歌强加于读者的那种阅读方式（attitude de lecture）。

一种诱导性的方式，它超越或先于诗体或语义特征，赋予话语的全部或部分以某种不及物的实在和绝对的存在，即艾吕雅（Paul Eluard，1895—1952）所谓的"诗学特征"（l'évidence poétique）。此刻，诗歌语言似乎会呈现其真正的"结构"，不是由其具体特点所界定的某一特定的形式，而是一种状态，一种实在和深度，任何语序似乎都能造就这样一种实在和深度，只要它们的四周被那种

---

① 格雷夫斯．平凡的常春花．伦敦，1949：8.

_191

"无言的空白"包围,把它们从普通语言(不是它的一种变体)中孤立出来就行。(Genette, *Figures* II, p. 150)

这就是说,形式格局和诗歌语言的变体仍不足以产生真正的诗的结构或诗的形态。第三个至关重要的因素(它在前两个因素都不存在时仍能有效地发挥作用),就是程式化的期待,即诗歌由于它在文学中的地位而受到的某种独特的重视。从诗学观点分析诗歌,就是具体阐明使诗歌语言纳入与普通语言不同的目的论或最终归宿的程式性期待究竟包含了什么,而这种期待或程式又如何产生了形式手法的效果,以及为诗歌所吸收同化的外部语境的效果。

距离与指示词

首先,所谓距离与非个人化的问题。阅读一位诗人写的一首诗,而且该诗人又非个人知交,这与阅读他的一封书信的情况就很不相同了。后者是直接纳入语言的交流范畴而写成的,需要了解各种外在的语境才能读懂,也就是说,这外在的语境对于书信的理解是不可或缺的,尽管我们可以不那么明确地意识到这些。书信中的"我"是一个实实在在的个人,恰如书信中所称谓的"您"一样;它在某一特定的时间、特指的环境中写成。所以,阐释这封书信就必须把这些背景考虑在内,把书信当作某一具体时间上的具体人的行为来阅读。诗则不具有这样的时间性,也不存在上述那种人与人之间的特定关系。虽然我们在阐释时可能会求助于外在的语境,从中引出实实在在的故事(一天早晨,诗人正与他的情人躺在床上,阳光照进居室,告诫他该起床干事了,他说道:"多管闲事的老蠢货,这任性无礼的太阳……"),但是,我们知道,这种故事只不过是我们虚构出的一种阐释手段。我们所求助的并不是实际语言行为发生的语境,而是要把诗歌看作是对那种语境的模仿——直接的模仿或迂回的模仿。我们求助于个人性格和行为的模式,以使诗中的代词的所指得到落实,但是,我们知道,我们对于诗歌的兴趣却正因为它并非某一实际语言行为的记录。当我们说抒情诗不是直接聆听到的而

第八章 抒情诗的诗学

是间接偷听到的①的时候，我们当然绝不会认为我们真的把耳朵贴在钥匙孔上偷听；我们只不过把这样一种虚构当作阐释的手段。实际上，我们设想出克服非个人化的诗歌话语的种种策略，这本身就是诗的非个人性的最好证明。

如果考察一下我们对于抒情诗的期待是如何改变了诗中指示词的效果，诗学功能的这一侧面也许就能看得再清楚不过了。指示词是语言的"定位取向"特征，它们表示了语言行为发生的环境，从我们的目的出发，最值得注意的是第一人称和第二人称代词（在一般话语中，其意义为"说话者"和"语言传递的对象"），表示前文已提及的冠词和指示词（指喻某一外在的语境，而不是话语的其他成分），决定语言行为发生的环境的地点状语和时间状语（这里，那里，现在，昨天），以及动词时态，尤其是非无限性现在时。② 这些指示词作为诗歌技巧手法的重要性，几乎是无论怎么强调也不为过，而我们总愿意谈论读诗一开始就发现的某个诗中人，但不可忘记，这些指示词并非取决于语言行为的实际环境，而是在这种实际环境的一定距离之外起作用。布莱克在他的前四首《短诗》(*Poetical Sketches*)（《致春天》《致夏天》《致秋天》《致冬天》）中，依次与每一季节对话，询问它愿意早点离去还是驻留不走，我们当然不会简单地认为这就是这番话语（布莱克与季节的对话）的语境，而只会承认，这个程序是一种手段，其意义必须纳入我们对全诗的阐释。那么，我们如何架构那个与季节对话的诗学上的"我"，又如何理解那个作为对话对象的"汝"呢？正如杰弗里·哈特曼（Geoffrey Hartman，1929—2016）所指出的：

> 倘若呼唤季节是一种无故的或仪式性的行为，那么，它有利于突出这些诗文中的抒情感染力，即 "*ore rotundo*"③。这里，声音在

---

① 此语出自英国经济学家、哲学家约翰·斯图亚特·穆勒（J. S. Mill, 1806—1873），他曾说过，读者不是直接聆听诗人作家对他说话，而是无意中听见诗人作家与别人的对话："The artist is not heard but overheard."因此文学阐释就成为既必要又困难的问题。——译者注
② 雅各布森. 指示词、词语类别和俄语动词//选集：第2卷. 130 - 147；本维尼斯特. 一般语言学问题. 巴黎：伽里玛出版社，1966；225 - 266；李昂斯. 理论语言学导论. 275 - 281.
③ 拉丁语，见贺拉斯的《诗艺》，意为"嗓音的浑圆"。——译者注

呼唤它自己，呼唤它的早先力量的形象。布莱克沉湎于对那种力量的不断的回顾，把《圣经》主题及影响、文学经典乃至十八世纪高亢激越的"颂"的传统熔于一炉，洋洋洒洒地呈现在我们面前。唯有诗歌语汇，而且是寻求自身真实性的诗歌语汇，才是诗学和预言精髓的本质，但这一本质目前已经失落。（Beyond Formalism, p. 194）

指示词并不能让我们找到一个外在的语境，相反，它们却迫使我们架构出一个虚构的言说语境，形成一种声音、一种被呼唤的力量，这就需要我们考虑引出这种声音和力量的属性之间的特殊关系，并使之在诗中处于中心位置。使我们放弃话语的实际环境，选择所谓祈求诗神、预示未来的模式等，都符合约定俗成的程式，而这些程式又把这第二种阐释框架重新置入诗歌作品之中，以证明那表现了诗学精神的阅读期待的力量：这一诗学精神能再现所呼唤的东西。我们之所以能感悟到这一精神，一部分原因就是由于理解诗歌的程式把诗歌移出了一般的交流范畴。

具体的主题效果往往会大相径庭，这是在许多情况下会遇到的现象。如若不是由于存在着不同的阅读期待，当我们发现雪莱的《云》中的"我"只是一朵浮云时，我们就会茫然不知所措；如若不是由于根深蒂固的阅读程式，我们就会轻易地对语言行为的实际环境认同。现在，由于"我"只是一种诗学结构成分，我们最初的认同必须再回到诗作之中，因而我们必须进一步确定让云彩说话究竟意味着什么，诗中究竟隐藏着什么样的"我"，并使对此作出的回答在我们的阐释中处于中心的位置。华莱士·史蒂文斯（Wallace Stevens, 1879—1955）的《一只陶罐的轶事》只给我们提供了一个指示词：起始一行中的"我"。

　　我在田纳西放了一只陶罐，
　　它圆圆的，放在一个小丘上。

读者填入或想象出任何一位说话者，都将是一个诗学成分。其自我特征取决于把陶罐放在田纳西这一行为被赋予什么样的意义，因此，他必定是能够充当这一行为施动者的某个人。诗中出现了指示词，这本身就说明行为媒介有一定的重要性,而这一点,任何阐释都必须包括进去。

　　整个诗学传统运用表示空间、时间和人的指示词,就是为了迫使读者去架构一个耽于冥想的诗中人。这样,诗就成为某位叙述者的话语,他在说话的那一时刻,正站立在某一特定的景象面前,但是,即使这种表面认识有其真实的成分,它也已经被诗学程式吸纳转化,只有这样,某种主题的发展才有可能。整个的戏剧性就是思想本身受外界刺激作出的反应,而读者必须考虑客体与感受两者之间的距离,只有这样,由诗歌所促成的这两者的化合才能被看成是完成了的整体。柯尔律治的《风神的竖琴》以第一、第二人称代词,动词的现在时态,以及时间、地点的指示词确定了它的语境:

　　　　我的沉思的赛拉!你温软的面颊枕着
　　　　我的臂膀,这是多么甜蜜的慰藉
　　　　坐在我们吊铺旁(……)
　　　　仰望片片浮云(……)
　　　　　　多么沁人心脾的芬芳
　　　　一阵阵来自远处的豆田!(……)

这里的场景是想象的出发点,然而,读者必须把这一环境视为表现一种安全、宁静、完满的氛围,因为这些战战兢兢的泛神论的思绪在审慎的宗教思考面前退下之后,诗歌又回到它本身的指示词上("这只吊铺,您,衷心崇拜的处女!"),扎根于诗歌话语本身的语境中。这一回复虽然不如华兹华斯的《丁登寺》那么外露,指示词的作用却大同小异,读者按诗作起始数行而架构的环境绝不能被当作诗歌的外在框架,而只能是对于诗歌主要主题结构的提前肯定:想象力对客观世界具象的吸收同化和所作出的反应。同样,在叶芝的《在学童们中间》一诗中,首句"我漫步穿过教室,心头充满疑问",后又有"我在那儿看着这个或那个孩子",它们并不是仅仅为我们提供话语的环境,而是要迫使我们架构出一个符合全诗其余部分主题要求的叙事者。

　　总之,即使是在某些特定场合所作出的明显的个人陈述,阅读程式也能使我们避免把这个框架当作纯个人经历来考虑,而是按照把诗作其

195

余部分都连贯起来的要求,架构出诗作所指的语境。必须架构一种虚构的话语环境,这样才能获得一个把握主题的功能。由诗学程式而造成的指示词读义的这番变化,在叙事者"我"并不明确的诗作中同样存在。在叶芝的《丽达与天鹅》的起始几句中,表示前述提及的定冠词数目之多达到了超常的程度。

> A sudden blow: the great wings beating still
> Above the staggering girl, the thighs caressed
> By the dark webs, her nape caught in his bill,
> He holds her helpless breast upon his breast.
>
> How can those terrified vague fingers push
> The feathered glory from her loosening thighs?

> 突然一击:硕大的翅翼仍继续扑腾
> 在踉踉跄跄的姑娘的上方,乌黑的蹼掌
> 拍抚着她的双腿,口喙叼住她的脖梗,
> 他把孤弱的姑娘紧贴在自己的胸脯上。
>
> 那僵木的十指早已惊惶失措,又怎能
> 把羽翅的光晕从她松弛的双腿上推开?

这些定冠词的一般功能并没有受到破坏:我们必须为它们设想出一种所指(天鹅的翅膀,此时此刻的姑娘,她的双腿,天鹅乌黑的蹼掌等等)。[①] 反正我们不能简单地断言诗人正看着这样一幅场景,或正看着这一场景的再现,并因此认为这就是理所当然的解释。因为指示词在这里的用法只是一种选择的结果(他知道读者并没有在看着这一场景);所以我们必须考虑诗人的这种做法,他把整个事件变成一个相对静止的场景,并以此为出发点,去探询知识与力量,探询赋予形体的过程与历史决定论的关系,以及他的这一选择究竟有什么含义。我们不妨再举一

---

① 哈礼德. 文学研究中的描述语言学//哈礼德,麦肯托希. 语言的格式. 伦敦,1966:57-59.

第八章　抒情诗的诗学

例。本·琼生的《我的第一个女儿》一诗以一个地点副词开始：

> 这里躺着她父母双亲的悲悯，
> 玛丽女儿，他们青春的结晶

这个指示词首先并不是告诉我们一个时空方位，而是告诉我们，当我们把它的所指与坟墓进行认同之后，我们所面临的是怎样的一种虚构行为，以及全诗应作怎样的处理。它起着传统的墓志铭上所表示的"人生的归宿"的作用，由于诗歌程式已使我们习惯于把虚构环境与实际行为分开，于是我们便可以把这首诗当作墓志铭来阅读，并且理解为什么标题中的"我的"（my）会变成第二句中的"他们的"（their）。虽然这一类"铭文"构成诗的一种亚属，与警言隽语式短诗颇为相近，但是，约定俗成的诗歌指示词的使用造成了阐述距离感，使读者能按一般抒情诗的阅读方法处理这种铭文——尽管这种铭文讲述了一个有其自己的渊源和特征的故事。

在当代诗歌中，非个人化当然被用来设置更多的理解障碍。人们在思想交流时一般认为，世界是井然有序的，于是通过玩弄人称代词和模糊不清的指示词所指，不让读者构成一个有始有终的阐释行为，成为对所谓有秩序的世界表示怀疑和诘询的主要方式之一。仅举约翰·艾什伯里（John Ashbery，1927—2017）的一首诗为例，也许就足以说明，当无法确定的所指为架构虚构性阐释语境设置障碍以后，它对诗歌阐释造成了怎样的困难。①

> They dream only of America
> To be lost among the thirteen million pillars of grass：
> "This honey is delicious
> Though it burns the throat."
>
> And hiding from darkness in barns
> They can be grownups now

---

① 艾什伯里. 网球场上的誓言. 米德尔城，1962：13.

结构主义诗学

> And the murderer's ash tray is more easily—
> The lake a lilac cube.

> 他们只梦想阿美利加
> 将消失在一千三百万草茎支柱当中：
> "这蜂蜜真可口
> 虽然它火辣辣地刺激喉咙。"

> 藏匿在草棚躲避黑暗
> 想必他们现在已是成年人
> 这凶手的烟缸可以十拿九稳——
> 这湖泊是紫丁香的团簇。

看来我们很难架构起一个场景或环境，因为需要包括在整个设想中的东西太多了："他们"，"一千三百万根草茎支柱"，"这蜂蜜"，同一个或另一个"他们"，"这凶手的烟缸"，还有"这湖泊"。我们非要把所有这些都作为某单一环境的构成因素，而这一努力似乎又注定不能成功。但在这里，我们不妨看看我们的阅读期待所产生的效果，因为一旦有了某些设想，就可能产生种种读义。假如第一行中的"他们"与第六行中的"他们"是同样的人，假如后者就是第五行"藏匿""躲避"的主语，那么，我们就可以说"梦想阿美利加"就是"躲避黑暗"——藏匿到惠特曼的草叶中这一愿望的成熟形式，早先的那个愿望现在已经得到体制化——化为无数却又有数的支柱。如果我们认为这凶手不适合这一特定的环境，他来自另一个语境，那么，我们可以把这种藏匿形式与另一种更加十拿九稳的躲藏和发现形式相联系，后者是由对侦探小说的戏仿片断（凶手的烟缸作为一条线索）而暗示的。如果我们认为第三行中的"这"并不指外在的语境，而指第一行中的"梦"，那么，我们可以说，梦想阿美利加是一种既苦涩又甜蜜的感受；我们甚或可以把第三、第四行看作从另一语境移来的平行并列的直接引语，那么，我们可以认为它是一种成年人的经验——他们懂得珍视这种甜蜜，尽管随后的回味不太舒服。与人类的这番大惊小怪相对照的则是这个湖泊（什么湖泊？），在

第八章　抒情诗的诗学

这里，诗行的语音与意义的描述珠联璧合（the lake a lilac cube）①，晶莹透剔，无论如何也不与一个环境中的其他构成成分为伍。

联系比比皆是，却又单薄勉强，特别是由于众多的指示词阻碍了我们架构一个推论性的环境，以确定哪些是它的主要成分。但是这些目标又激励读者对他自身的思维结构形态进行探索，而这种探索比一般情况下的探索受益更大。话又得说回来，倘若不是由于使我们架构虚构的诗中人以及以实现把诗的内在联系解释通的要求这最初的阅读程式，我们也不会进行这样的探索。菲利普·索莱尔斯说："在阅读过程中，我们必须意识到自己在阅读中无意识地写下了什么。"（Sollers, *Logiques*, p. 220）我们的"无意识的写作"，就是我们归化文本使之条理分明的努力，但在诸如艾什伯里的诗中，这一努力受到了挑战和诘难。

我们实现条理化的主要手段，当然就是诗中人或叙述主体的理路，一旦无法架构一个充当诗歌语言之源的主体，我们的阅读过程就会变得无所适从。朱丽娅·克里斯蒂娃认为，诗歌语言包括一个不断从主体进入非主体的过程，而"在这个语言逻辑解体的另一个空间里，主体被瓦解了，在符号的位置上发生了能指互相取消的碰撞"（Kristeva, *Semiotikè*, p. 273）。然而，正如上述例子所显示的，其实只是实实在在的叙述人被瓦解了，或更确切地说，被误置了，转化为另一种非个人化的形态。诗中人是一种设想，一种诗学语言的功能，然而恰恰是他肩负了具体叙述主体的统一诗意的使命。即使是架构诗中人很困难的诗作，它们的效果也将取决于读者尽量架构一个明确的阐述立场。亨利·迈斯柯尼克（Henri Meschonnic）对克里斯蒂娃撰写过十分中肯的批评。他指出，强调文字的非个人性，强调通过架构一个虚构的诗中人而产生的意义，比谈论所谓主体的消失要更有意义。（*Pour la poétique*, II, p. 54）即使在艾什伯里那样的诗作中，归化过程也绝不会被完全遏止：读者可以将指示词的所指转变为另一种形态，认为这些诗行是语言片断，它们虽然可以用于一般的所指，但是在这里却只起记录的作用

---

① 这一句的英语发音中辅音〔l〕和〔k〕各出现三次，lake〔leik〕与 lilac〔'lailak〕的第二音节发音相仿。——译者注

(书写的手写就之后就继续移动下去了),而那阐述环境,就是语言按其自身的形式格局把各个片断汇聚起来条理化后形成的。如果我们同意这一看法,那么,我们就可以进一步将诗中人假设为统一诗意的主宰,正如艾什伯里在另一首诗中所写的,诗中人的话宣告了——

> 这些自食性的诗行将把自己的精髓吞没,一无所剩,唯余下痛苦的缺憾,但我们知道这缺憾中已包括静态的存在。
>
> 然而这些都是本质的缺憾,它们挣扎着要站起身来摆脱它们本身。

有机的整体

关于抒情诗的第二个基本程式,我们或许可以称之为对于完整性或内在连贯性的期待。这当然与非人格化的程式有联系。普通的语言行为不一定是自足的整体,因为它们只不过是一个复杂情境的组成部分,从中才能引出它们自身的意义。可是,如果一首诗的阐述环境本身就是一种虚构,它必须重新回到诗作当中充当它的一个组成部分,那么我们就该明白,为什么批评家一般都赞同柯尔律治所强调的,真正的诗歌应该是"诗歌的各个部分都相互支撑、相互解释的"(Coleridge, *Biographia Literaria*, chapter 14)。当然,这一观点受到了挑战,尤其是将它视为判断诗作优劣的标准,有人认为不妥:"一首诗,与其说是一个有机体,毋宁说它更像一株圣诞树。"这是约翰·克罗·兰色姆(John Crowe Ransom, 1888—1974)的观点。① 不过,即令我们接受后者的比喻,我们仍不大容易摒弃诗是和谐整体的观念——一些圣诞树比另一些更加悦目,我们仍会认为匀称以及装饰的和谐得体是圣诞树悦目的原因之一。

然而重要的是,即便我们否定诗的整体和谐,我们在阅读时仍然要

---

① 兰色姆. 艺术令自然主义者不安. 肯庸评论, 1945 (7): 294-295.

利用这一观念。理解是一个目的实现的过程，而完整的感觉是主宰这一过程的目的。按照最理想的要求，读者应该能够对一首诗的一切都给予说明，而在各种综合解释当中，我们显然又更加看重那些最能成功地说明各成分相互关系的解释，而那些孤立的、无关紧要的解释则受到冷落。有些诗作可视为成功的片断，或不完整性的代表，但是，它们的成功仍取决于我们对完整性的追求，这种追求使我们承认诗中存在着间隙和断裂，但我们已经赋予它们有价值的主题意义。试看庞德（Ezra Pound，1885—1972）的《纸莎草》一诗：

> Spring……（春天……
> Too long……太长……
> Gongula……贡古拉……）

它本身就不是一个和谐整体：元音与辅音的结合并没有成功地促成语义上的连贯。我们必须把它当作断片残简来阅读，那些省略号也的确要我们这样去理解。但是，我们读它却带着连贯性的假设（例如，假设这四个词是某一连贯陈述的一部分），从而推断将它当作一首爱情诗来读（贡古拉为陈述传递的对象），把诗中的间隙当作期待或言犹未尽的表示。这就是说，要阐释这首诗，就得假定一个完整性，然后再对间隙作出解释，或者去探索填补这些间隙有哪些可能性，或者径直认为这些间隙就是意义。

在结构主义文论中，完整性的观念表现为多种形式。雅各布森所谓的诗在音律和语法结构的层次上表现出严格的匀称，我们已经讨论过了。格雷马斯关于抒情诗是语义层分类的推论性展示的理论中也包含了这一主张，即读者通过语义类型的架构而逐步实现对诗作的理解，他所寻求的是一种四项同类体，其中这两对相互对立的语义类型与相互对立的价值相对应。这当然也是一种关于阅读程式的假说，以说明读者在阅读时朝什么样的目标迈进。托多洛夫把阅读称为"形象化"的过程，读者试图发现一个中心结构或主宰文本各个层次的生发性机制。而巴尔特则说，在现代诗歌中，"词语产生一种形式上的连贯性，这种连贯性会逐渐发散出理智或感情的密度，没有词语，后者也就不会存在"。但是，具体的词语本身就包含着所有潜在的意义和关系，从事交流的话语需要从中作出选择，这样，词语就"创设了一种充满间隙和隐语、充满缺空和吞并成性的符号、不见任何预想和固定意图的话语"（Barthes，*Le Degré zéro de l'écriture*，pp. 34，38）。完整性的概念之所以至关重要，是因为正是根据这一系列的说法，现代诗歌的行为才得以界定：除了暂时的或极单薄勉强的联系，语言形式所体现的连贯性是无法得以实现的。与所有关注阅读行为的人一样，巴尔特也必须把追求衔接吻合、追求完性视为前提，当作一种阅读期待，尽管文学活动本身往往使这种期待落空，然而，恰恰又因为这一缘故，这种期待才是他所希望描述的文学效果的本源。

从具有明显断裂的诗作中，也许更容易观察到阐释过程追求完整性的意图。托马斯·纳什（Thomas Nashe，1567—1601）的抒情诗《别了，告别大地的恩泽》的最后一节如下：

> Haste, therefore, each degree
> To welcome destiny.
> Heaven is our heritage,
> Earth but a player's stage;
> Mount we unto the sky.
> I am sick, I must die.
> Lord, have mercy on us.

> 于是，愈来愈急切
> 迎接命运的到来。
> 天堂是我们的世袭领地，
> 大地仅是演戏的舞台；
> 我们攀登抵达天域。
> 我病魔缠身，我必须死去。
> 主啊，请赐予我们仁慈。

最后三句中每一句本身并不含混，但是，燕卜荪说，由于读者认为它们

第八章 抒情诗的诗学

相互关联，故而它们变得含混了。读者必须把它们纳入一个具有整体性的结构，使它们能相互容纳，达成某种妥协。办法当然有多种——对于后三句的多种阐释，但是，按照它们所采纳的不同的模式可以作如下的区别。首先，如果所采用的模式是最基本的命题、反命题和综合的辩证模式，我们则可以说，这位神秘主义者所表现的自以为是的狂喜与自然人的恐惧相对立，而第三句以基督教的谦恭解决了上述对立。其次，如果所采用的模式是通过某项共同特征把三句诗联成一个语序，那么，我们则会认为"它们所传递的感受非常强烈，以致不应该将它们视为相互对立的语序；读者能够使各个不同的成分调和；读者已不在意它们之间的差异，而完全沉浸在将它们联系在一起的想象之中"（Empson, *Seven Types of Ambiguity*, pp. 115 - 116）。最后，采用所谓对立不得解决、转化为另一种形态的模式，我们或许可以说，最后一句是对前两句中矛盾的回避，从感觉判断的范畴跳到了信仰的范畴。倘若还有甚至还不如以上几种的其他的阐释，那么，毫无疑问，原因就是它们没有找到一个与我们关于整体性的基本模式相适应的结构。

在纳什的这首诗中，统一性的模式帮助我们将三个互不关联的平行成分意合为一个语序，而在有的诗作中，虽然诗意本身是统一的，但复杂的句法结构使这种统一变得非常困难，这时，我们也可以运用统一性的模式去发现诗中的结构。

Soupir

Mon âme vers ton front où rêve, ô calme soeur,
Un automne jonché de taches de rousseur,
Et vers le ciel errant de ton oeil angélique
Monte, comme dans un jardin mélancolique,
Fidèle, un blanc jet d'eau soupire vers l'Azur!
—Vers l'Azur attendri d'Octobre pâle et pur
Qui mire aux grands bassins sa langueur infinie
Et laisse, sur l'eau morte où la fauve agonie
Des feuilles erre au vent et creuse un froid sillon,

203

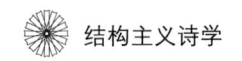

Se traîner le soleil jaune d'un long rayon.

叹息

啊，娴静的姊妹，我的灵魂飞往你的眉间，
那里却沉睡着缀满了枯叶的秋天，
又飞过迷乱的天穹——你天使般的双眼，
继续升腾，犹如在忧郁笼罩的花园，
一股不停叹息的白色清泉向着蓝天！
——向着苍白纯净的十月的蓝天
它从大片水洼中反射出无限的慵倦
又听任昏黄的太阳曳下长长的光圈
在那死水的表面，传来枯叶的呻吟，
微风拂过，泛起清冷的漪涟。

正如休·肯纳（Hugh Kenner）所说，马拉美旨在表现一种单一的效果，其"联系的诀窍是让各种成分从一个核心语句散漫地溢出，但这个核心语句始终紧紧把握着它们之间的相互关系，使读者的思想能够全面把握住它们"（"Some Post-Symbolist Structures"，pp. 391-392）。为了领悟这种效果，并从整体上去把握诗作，我们必须把诗作的成分划分为与其句法的综合结构相对立的各种结构。第一种或许就是纵向与横向的对立：一方面是灵魂和那股白色清泉的向往，而与之相对的是水洼的"死"水，落叶在临死前的飒飒作响（呻吟），以及随风飘零、在水面划出清冷的涟漪。这一对立形成了贯穿全诗的基本主题，但是，还有一些诗的特点没有得到说明，倘若要使它们也包括在内，我们则必须求助于其他的模式。缀满枯黄的落叶的秋天在一个女人的眉间"做梦"，清泉向往的蓝天在泉水塘里留下倒影，在这两种情形下，向往的目标又转化回复到原先的出发点。上与下的对立，只有通过向往这一纵向运动才得到维系，这一运动当然也就是全诗的综合行为（全诗通过一个表示顺从和向往的行为产生了各种联系）。但是，我们也许希望与上一个例子中一样，超越这种辩证的结构，把灵魂看作不断升腾，永不抵达，那清泉并未触及天空，而是又坠落回池中。不仅如此，那天使般的眼睛所看到的迷乱的天空与后句中的"蓝天"是一回事，而曳下长长的光圈、滞留不去的落日，则再也无法与那女人的眸光脱节分离。于是，我们希望把这些素材重新组织一番，将它们纳入一个大致的四项同类体中，得出女人之于秋天，等同于灵魂的向往之于它必然却又没有提及的失败。冬天就要来临，阳光就要消失。

在阐释过程中追求完整性的意图，似可看作格式塔心理学中"简洁从优"法则的文学性表述：与素材相吻合的、内容最丰富的结构势必会率先得到采纳。[①] 关于艺术感受的研究已经证明了结构模式或期待的重要性，正是这些模式或期待把人所感受到的归纳组织起来[②]，看来有理由认为，读者如果在阅读和阐释诗歌过程中寻求统一性，那么，他至少必须对什么是统一性的一些最基本的概念有所了解才是。而最基本的模式似乎就是二项对立，而二项对立的辩证统一，即用第三项取代一个无法解决的对立项，四项同类体，用一种共同特征串联而成的语序，以及这语序派生出飞跃性或总结性的最后一项。任何一种阐释，如果它不能按照上述统一性的模式把文本组织起来，读者就不会满意，这一点至少可以成为一种说得过去的假设。

主题与顿悟

与上述统一性的概念密切相关的主宰抒情诗的第三个程式或期待，是所谓意义（significance）的程式或期待。写下一首诗，就是宣布某人所制作的这个词语结构体具有某种意义，读者在阅读一首诗的时候也会认定，无论诗作多么简短，它一定包含着（至少是隐含着）潜在的内容，值得引起注意。这样一来，读诗就成为想方设法赋予诗作以意义和重要性的过程，而在这一过程中，我们将求助于各种阐释活动，这些阐

---

① 科夫卡．格式塔心理学原理．纽约，1953：110.
② 冈布利克．艺术与幻象．伦敦，1959.

释活动其实就是诗这门学科的组成部分。当然,有些抒情诗明确宣称,它们关注那些在人类经验中占有重要位置的主题,但是,许多抒情诗却不是这样;对于后一种情况,我们则必须动用种种特别的程式。

第一种或许可以称为"把任何描述性的抒情短诗看作一种瞬间的顿悟"。如果某个物体或情境成为一首诗的焦点,那么,按照约定俗成的理解,这本身就意味着它十分重要:它是一种强烈感情的"客观对应物"("objective correlative"),或是出现即刻感悟的场合。这尤其适用于意象派诗歌、俳句或其他短诗,它们通过抒情诗体来强调它们的重要性。庞德的《在一个地铁车站》——

> The apparition of these faces in the crowd;
> Petals on a wet, black bough.

> 人群中这些幽灵般的面影;
> 一根黑乎乎湿树枝上的花瓣。

需要看作是对某种"内在特质"的领悟,一种即刻的感悟,就在此刻,形式得到真正的把握,表象转化为深沉。类似的情况在威廉·卡洛斯·威廉斯(William Carlos Williams, 1883—1963)的许多抒情诗中也存在。厨房的餐桌上留着一张便条,上面写着:"是这么回事,我吃了放在冰箱里的李子,它们很可能是你留作早餐的。请原谅,它们真可口:那么甜,又那么凉。"这可以是一种善意的表示;然而,一旦把它按照诗的格式写下来,有关诗义产生的程式立刻就起作用了。[①] 便条本身在当时当地的实用意义被剔除(只保留所指语境,含蓄地肯定这种体验的重要性),于是,我们必须说出一种新的作用,以证明这首诗存在的必要性。在已知的对立面,即吃李子与这一行为违反社会礼俗两者之间,我们可以说,作为便条的诗变成了一种调解力,一方面承认社会礼俗的重要性,因此表示歉意,但另一方面,由于增加了末尾的几个字,又肯定了这即刻的感官享受也不可或缺,在处理人际关系("我"与"你"

---

① 威廉斯. 威廉斯早期诗作选. 诺福克, 1951: 354.

的关系）时，必须为这种经验留有一定的余地。我们甚至还可以更进一步说，便条与早餐的世界也是语言的世界，正如瓦莱里所说，"水果本来就是给人以享受的"，在这种情况下，语言的世界就无法吸收同化或抵制感官享受的冲动了。吃李子的行为所肯定的价值，是一种超越语言的价值，无法为诗所把握，除非以否定的形式（表面上看来无意义），正是由于这一缘故，这首诗只好采用寥寥数语而且表面上非常平庸的形式。

如上的阐释活动当然也并不局限于阅读现代诗。关于抒情诗，历来有一条不言自明的假设，这就是，诗中唱诵的是某种具体的经验，但实际意义却要重要得多。试看龙萨《爱情》中的一首：

> Mignonne, levez-vous, vous êtes paresseuse,
> Jà la gaie alouette au ciel a fredonné,
> Et jà le rossignol frisquement jargonné,
> Dessus l'épine assis, sa complainte amoureuse.
> Debout donc, allons voir l'herbelette perleuse,
> Et votre beau rosier de boutons couronné,
> Et vos oeillets aimés auxquels aviez donné
> Hier au soir de l'eau, d'une main si soigneuse.
> Hier en vous couchant, vous me fîtes promesse
> D'être plus tôt que moi ce matin éveillée,
> Mais le sommeil vous tient encore toute sillée.
> lan, je vous punirai du peché de paresse,
> Je vais baiser cent fois votre oeil, votre tétin,
> Afin de vous apprendre à vous lever matin.

> 起来吧，亲爱的，瞧你有多懒！
> 云雀已在天空欢快地歌唱，
> 夜莺匍匐在山楂丛中，
> 正充满柔情蜜意地鸣啭。

_207

起吧,该去看看刚爆出的米粒般的草芽,
以及那花苞累累的玫瑰,
当然还有你最珍爱的香石竹,
你昨晚亲手给它们浇了水。
昨夜临睡前,你曾答应我,
今天清晨要比我醒得更早,
可是到现在,你的眼皮还不肯睁开。
算了,我要重重惩罚你的懒惰,
吻你的眼睛,吻你的胸脯,吻上一百遍,
让你知道应该早点起来。

如果我们抛开诗中隐含的实际背景,那么就完全可以把它当作一首田园诗来阅读,它所肯定的价值是黎明拂晓时分的爱的感受,一种纯真无邪、充满柔情的嬉闹,由于女人与自然化为一体,因而便格外有一种微妙的美感。为了获得一种能够证明这首诗的存在必要性的读义,读者必须把诗的内容(浇花、让你知道应该早起等等)转化为广义的气质和性格的再现。

另一种程式的性质迥然不同。这条原则是,如果诗歌能读作对于诗本身问题的思考或探索,那么,这种诗歌就是有意义的。对于一些含混朦胧诗或短得不能再短的诗,只要我们有把握认为它们是诗,这条原则就特别有用。阿波利奈尔(Guillaume Apollinaire,1880—1918)著名的一句诗便是极有说服力的一个实例:

> Chantre
> Et l'unique cordeau des trompettes marines

歌手
水上号角的一根独弦

在没有任何其他有意义的行为主体的情况下,读者只好求助于这样一个事实,即"歌手"是对"诗人"的传统比喻。正如让·科恩(Jean Cohen)所说,诗的协调表现为按照某个隐含的主体找出两个成分之间的

第八章　抒情诗的诗学

关系[①]，为此，读者必须自己架构这隐含的行为主体，将歌手与乐器联系起来，最明显的就是选择"诗"或"艺术活动"之类。这一句六音步十二音节亚历山大格式诗的二项对立结构暗示我们，将两个名词词组置于对应的位置，强调双关语——弦（cordeau）暗指"水上号角"（cor d'eau），强调含混——"水上号角"（trompettes marines）同时又有"木制乐器"的含义，我们就能把它们视为对等。这种双关语的现象，通过举隅法创造对等意义的现象，都是诗学活动的普遍现象，然后，借助于诗歌所言与诗歌自身的形式有关这条最基本的程式，我们就找出了一条完整的阐释：这首诗之所以只有一句，是因为水上号角只有一根独弦，但是，语言从根本上说是含混的，这就使得诗人能够用独行诗奏出美妙的音乐。这样一种解释有赖于三条程式：一首诗应该是完整的；它的主题应该有意义；而这一意义可用对诗的思考这一形式表现。这种解释包含了四道一般的阐释程序：读者应该设法确定二项对立或对等的关系；读者应该寻求双关语、含混意义，并把它们联系起来；为了达到普遍认可的层次，语言成分可读作举隅（或隐喻等）；以及诗之所言与诗之所以为诗有关。

诗可以读作关于诗本身的陈述这一程式极为有用。如果一首诗看上去平庸之极，那么很可能它就是以平庸的陈述来说明平庸，以此而暗示诗不能超越语言，它最终与我们的直接经验不同，或者，它暗示诗充其量只能给世界上万事万物一个简单的称谓来赞颂它们，仅此而已。这种程式能吸收同化一切，赋予它们以意义。也许有人对此表示怀疑，但是，批评文论，诸如对马拉美和瓦莱里的多数批评文论，都已证明了它的重要意义。在某种意义上，所有旨在再现的诗歌——所有不是完全表现纯思维活动的诗歌——都是寓意式的诗歌：对诗学行为以及它所进行的吸收同化和转化活动的比喻。

当然还存在一些发现诗义的其他程式，但是，它们一般只是某一具体批评流派的专利。传记式程式告诉读者，通过从诗中发现关于一种感

[①] 科恩.诗学语言的结构.165-182. 这当然也适用于其他类型的诗的并行结构。

情、思想或反应的记录,使诗变得有意义,这样,诗就被当作一种行为表示来读,其意义存在于一个人的生平环境之中。与此相仿的还有精神分析和社会学的程式。"新批评"的倡导者们希望就诗读诗,用一种通用的自由人文主义取代那些更加明显的释义程式(尽管所谓张力的平衡或转化的概念极其重要①),进而部署了克莱因(Ronald Salmon Crane, 1886—1967)所谓的一套"简单化的术语"。他们所有关于对立统一、张力、反讽、矛盾语的分析都归结于此:"生与死,善与恶,爱与恨,和谐与争斗,有序与无序,永恒与时间,实际与表征,真实与假伪……感情与理智,复杂与简单,自然与艺术。"(*The Languages of Criticism and the Structure of Poetry*, pp. 123 - 124)这些对立为主题意义提供了基本的模式,读者则设法从诗作中找到它们就行了。然而,与结构主义诗学(它无意将阐释作为目的)相反的结构主义批评,则把关于语言、关于文学本身、关于符号的概念作为产生意义的模式。成功的批评活动将告诉人们,诗中所隐含的关于符号的地位,关于诗学行为本身究竟是什么。完全回避上述模式当然是不可能的,其理由非常简单,因为读者必须对他所要读出的意义有所了解,无论这一意义是多么界定不清,也得有所了解。

阻遏与复原

一部作品的"终极意义"("ultimate significance")的概念在这一层次上变得非常重要,而正是在这一层次上,我们遇到了批评多元性的问题。早在这一阶段之前,就存在着可以发现各种类型作品意义的各种一般性的阅读活动,而这些阅读活动可以界定为归化的各种形态。关于非个人化、统一性和意义的程式,仿佛已经为阅读诗歌搭建了一个舞台,决定了阅读的总的方向,但是,在处理文本本身的过程中,还有一

---

① 维姆塞特. 词语之象. 莱克辛顿,1954:98 - 100.

第八章　抒情诗的诗学

些更为具体、局部的程式在起作用。

华莱士·史蒂文斯说，"诗必须尽量/阻遏智力的阐释"；而诗的特点也正体现于这种阻遏作用上：阻遏不一定就是混沌不清，但是，至少在诗的格式和形式的语义关系上不是一眼就能看清。二十世纪的批评越来越多扩大形式特征的范畴，并设法从诗义的角度去分析它们的效果。当然，诗歌的阅读一向包括使一切具有诗意的东西都变得可以理解的运作，而诗学也一向（只不过不予明言）要努力说明这些阐释过程的本质。

譬如，结构主义的"威严的祖先"——修辞学，基本上就是"对语言形式的分析和分类，使语言世界为人们所理解"的一种努力。（Barthes, "Science versus literature", p. 897）修辞学理论为文学作品的各种特点命名，试图说明哪些手段适用于哪种体裁，目的就是证明这些特点存在的合理性。热奈特论证说，修辞学的活跃，是由"为了从系统的第二层次（文学）中发现作为第一层次（语言）特征的透明性和严密性"这一欲望促成的。（Genette, *Figures*, p. 220）看来，修辞学声誉的衰落，或者说，修辞学日渐式微直至结构主义者将它重新复兴，很可能是因为对它的作用存在着误解。由于不率先理解文本就无法读通文本，就无法冠以种种修辞手法，因此，作为一种分类学学科的修辞分析，非常有可能只不过是一种无益或辅助性的活动，于批评并无重要的影响。然而，关于阅读的符号学或结构主义的理论，使我们把视角颠倒，把修辞学的训练看作是为接受训练者提供一套形式模式的方法，供他在阐释文学作品的过程中加以运用。当他遇到马莱尔伯（François Malherbe）的诗行——

　　Le fer mieux employé cultivera la terre

　　铁若更好地利用就可以造就良田

他将发现，他所熟悉的修辞手法界定了一系列从"铁"一词入手的阐释活动，直至他最终发现，最佳读义（最富有逼真性的）是两个举隅比喻的读义（铁→武器；铁→犁）。虽然结构主义者不曾着力强调这一点，

_211

但是，他们的讨论却暗示，如何从一个意义过渡到另一个意义（从"不吻合意义"到"吻合意义"），如何把这一转变过程解释成适用于某一特定的诗歌形态，从而使文本得到归化，在这一点上，修辞比喻发挥了很好的引导作用。当一个热恋中的男子被他心上人投来的一瞥"杀死"时，读者必须进行语义转换，使文本变得可以理解，否则就会像《浮士德》第二部中的海伦娜一样，错把夸张的恭维当成了悲剧；不过，读者还必须认识到，文本的语义迂回是一种表示赞美的一般形式。热奈特说，修辞比喻"只不过是一种对比喻手法的意识而已，它的存在完全取决于读者是否意识到他所面对的话语中的含混"（Genette, *Figures*, p.216）。当读者发现了文本中的一个问题时，他就遇到了一个修辞比喻，然后就要采取某些有规律的步骤，去找一个解决问题的办法。

如要说明修辞活动的派生能力，最好的办法是找一个短语，然后考察各种修辞手法是如何听任读者发展这一短语的。假设一首诗的首句为"我厌倦了橡树而四下漫游……"，那么读者会把"橡树"置于各种语义阐释活动之中，引出一长串可能存在的意义。比利时的列日学派在论述修辞活动方面做了大量工作，按照他们的普通修辞学的分析，我们就会明白为什么说修辞比喻是阐释的基础。根据这一分析，在架构语义意象时运用两种类型的"分解法"（decomposition）：整体可以划分为部分（树：树干、树根、树枝、树叶等等），或将类属划分为构成物（树：橡树、柳树、榆树、栗树等等）。最基本的修辞比喻是举隅法，它运用上述两种关系，让读者从部分移向整体，从整体移向部分，从具体构成物移向类属，又从类属移向具体构成物。当这四种运作应用于"橡树"时，便产生了以下各种不同的读义：

  部分→整体：树林，园林，门，桌子等（包含了橡树或以橡木制成的东西）。

  整体→部分：树叶，树干，橡子，树根等。

  构成物→类属：树，坚固的东西，高耸物，无生命有机物等。

  类属→构成物：一般橡树，圣栎，冬青橡树，染色橡树等。

当然，根据上下文只有几种意义是恰当的，而从具体到一般的过程显然

第八章　抒情诗的诗学

更加重要；从载体移向内容的运动，则往往会把载体视为某个笼统类属的一个构成物。从类属移向类属构成物或从整体移向部分的运动，也许最好被看作对所指物的承认，而并不是比喻性的阐释：在"老树"一语中，唯有上下文确实指明这里的树是一棵橡树，我们才会把"树"看作"橡树"。但是，也还有这样一些情况：我们因为注意到某个行为或条件所指喻的一个整体其实只是整体的一个部分，从而使一个转义修辞变得可以理解。例如"国家发怒了"，其实是指这个国家的政府或领导人发怒了。

　　隐喻是两个举隅比喻的结合：它从一个整体移向其中的一个部分，再移向包括这个部分的另一个整体，或者，它从一个具体物体移向一个一般类属，然后再移向这个类属中的另一具体物体。再以"橡树"为例，我们得到：

　　　　具体物体→类属→具体物体
　　　　橡树→高耸物→任何高大的人或物
　　　　坚固物→任何强健的人或物
　　　　整体→部分→整体
　　　　橡树→树枝→具有分枝的物体（银行？）
　　　　树根→具有根基的物体

从具体物体移向类属再移向具体物体的运动是阐释隐喻的最常用程序。

　　在其他两种把一对举隅比喻结合在一起的方法中，从类属移向具体物体再移向类属一般是不规范的。迄今为止还没有一个这样的名称，按这一模式进行的阐释通常会被认为大成问题：狗类中包括的动物也可以是棕色动物这一类中的成员，而"我喜欢狗"，除非在极其特殊的情况下，否则便不能被理解为"我喜欢棕色的动物"。不过，第四种可能性——从部分移向整体再移向部分，属于转喻：在"乔治一直在追赶着那条裙子"中，裙子与姑娘是概念性或视觉性整体的组成部分之间的关系；在其他一些情况下，原因可以代表效果，或效果代表原因，因为两者都是一个过程的组成部分。

　　修辞比喻系统为读者提供了一套指令，当他阅读文本遇到问题时就

213

可以求教使用,虽然在某些情况下,阐释活动本身还不及修辞分类为读者提供的保证来得重要:这种保证看来奇怪,实际上完全可以接受,因为它属于某种形象化的表达方式,所以完全能被理解。如果我们知道,夸张法、间接肯定法、共轭式修辞法、一笔双叙法、矛盾修辞法、似非而是修辞法、反讽法等修辞手法都可能存在,那么,我们看到词语或短语未按它们的字面意义去处理,也就不会大惊小怪了。我们可以减弱夸张语的强调程度,增加间接肯定的强调成分,为共轭式修辞法中的一个词语提供两种意义,在一笔双叙法的一个词语上区分两种不同的意义,在矛盾修辞法或似非而是修辞法中假定表述方式的真实性,并试图找出解决矛盾的办法,在反讽修辞中将本义颠倒。① 当然,读者不再通过为修辞比喻手法命名的方式来逐渐完成这样的阐释活动,但是,他们日益熟练的理解过程与方丹涅提出的转义认同过程非常相似。

> 观察完整的句子,或构成语句的每个命题,或最后再观察构成语句的每个词语,看它们是否应该作出与其本义或常义不同的理解,或者看这后一层意义上是否又附加了另一层,即语句主要想表达的意思。以上两种情况都属于转义……作为一个类属它叫什么呢?……那取决于它的指喻或表达的特殊方法,或取决于与它的基础的关系。它是否建立在两个事物相似性的基础上?如果是,那它就是一个隐喻了。(Fontanier, *Les Figures du discours*, p.234)

人们把需要作语义转化处理的短语提出来,然后逐一考虑哪一种运动比较合理。这一组可能出现的转义运动,在一定程度上就是由这种修辞比喻构成的。

当然,我们必须强调,诗的理解并不是一种用说得通的解释取代说不通的解释的简单过程。约定俗成的程式引导我们期待比喻的内在连贯统一,承认其价值,这样就能保留修辞比喻的喻体,并在考察它们可能存在的各种意义时把它们组织起来。诗学效果在很大程度上就取决于从

---

① 卡勒.《拉罗舍福科尔》中的矛盾语和寓意语言.现代语言评论,1973(68):28-39.

第八章　抒情诗的诗学

形象化语言中引出的各种半成品意义之间的相互作用；价值并不是一种语义结论，而是存在于整个探讨过程之中，燕卜荪关于含混的论述为以上看法提供了令人称道的佐证。他以《哈姆雷特》第三幕第三场的几句诗行为例——

> but tis not so above;
> There is no shuffling, there the Action lies
> In his true Nature, and we ourselves compelled
> Even to the teeth and forehead of our faults
> To give in evidence,

但天上却不是这样；
在那里没有模棱两可，在那里任何行为
都呈现其本来面目，而我们则被迫
如实招认，甚至要面对我们一切过失
的牙齿和前额，

指出，在"我们一切过失的牙齿和前额"中，我们所知道的仅仅是身体的两个部分，以及最后审判日。而这些都有赖于读者的想象力去作进一步的联想。这里没有现成的意义，非但如此，还给人以紧迫和实用的印象。毫无疑问，这完全出自"一种感觉：在这一上下文中，作为被人理解的手段的一部分的这些词语本身，就包括了（各个方向上）[①] 闪现着幻象的可能性"(Empson, *Seven Types*, p. 92)。运用所有格的隐喻，当然属于最有力的隐喻，因为"Y 的 X"可以表达许多不同的关系。[②] 在这里，看到摆在我们面前的语言形式——"被迫如实招认，甚至要面对我们一切过失的牙齿和前额"，我们虽然很想说，这里的主要意思是指"我们过失的最确定、最邪恶、最基本的方面"，但是，如果我们承认隐喻的全部影响力，那么我们一定会暗自琢磨牙齿和前额与我们的过

[①] "各个方向上"系卡勒所加，燕卜荪的原文中没有。——译者注
[②] 布鲁克-罗斯．隐喻基本原理．146-205.

失之间的关系,让隐喻对我们发生作用:"前额,除了是挨打的目标,又可用来呈现惭愧脸红和皱眉;……牙齿,除了是攻击的武器,又可用作袒露心迹,而那儿挨打……是羞辱的标记。……前额将策划过失的大脑遮覆,而牙齿则用来把过失吐露。"(p.91)人们或许会说,燕卜荪的论述,基于一个双重的信念:一方面,文学效果可以从意义得到解释,所以,词语诠释是一种基本的分析手段;而另一方面,我们同时又必须在各个方向上进行意义转换,以求最大限度地保持隐喻的本义。

正如燕卜荪所说,表面上的矛盾,意义混浊不清,或偏离一般的逻辑等,这些都是迫使读者"采取诗学态度对待词语"的最有力的动因。对于燕卜荪来说,这种对待词语的态度是一种探索,一个有其内在条理的创新过程,在这一过程中,行为本身比结果更为重要,但在这一过程中,结果会被整理出来。对于结构主义者来说,语词的组织过程并不那么重要,他们更趋于认为,是语词组织强行给词语带上了桎梏,反倒是诗把词语解放出来,而且不再给它加上新的桎梏:词语"闪闪烁烁,具有无限的自由,它的光芒将射向数以千计的不确定却又可能存在的种种关系上"①。这样,对于结构主义者来说,除非去论证诗是如何破坏了一般语言的功能,否则撰写具体诗作论述就比较困难。但值得庆幸的是,结构主义者如此强调的"能指的产物",却并不只是简单地破坏秩序,而是吸收或重新组织了语义背景,批评的主要作用之一就是通过对各种类型的有形结构的语义价值或语义效果作出解释,使这一过程得到归化。

诗的有形结构的最明显特征就是分行分节。一行诗末尾的断行,或诗节之间的空隙,必须赋以某种价值,办法之一就是把诗歌形式看成是一种模仿:断行代表空间或时间上的间隔,应纳入主题,并与全诗的意义结合在一起。因此,在《失乐园》的第一卷中,叙述撒旦跌落天界这一古典神话段落,就可以当作一种模仿性的形式来阅读:

and how he fell

---

① 巴尔特.书文的零点.37.

第八章 抒情诗的诗学

> From Heaven, they fabled, thrown by angry Jove
> Sheer o'er the crystal battlements: from morn
> To noon he fell, from noon to dewy eve,
> A summer's day; and with the setting sun
> Dropped from the zenith like a falling star,
> On Lemnos the Aegean isle.
>
> (lines 740-746)

> ……他以跌落
> 天界,相传被暴怒的宙夫猛推一记
> 滚过水晶城墙直落而下:自清晨
> 到正午,又自正午到露水浸淫的黄昏,
> 整整过了一天;伴随着落日
> 坠自天穹之颠顶,宛若一颗流星,
> 落在爱琴岛的莱姆诺斯地境。

"跌落/天界""自清晨/到正午"和"落日/坠自"之间的断行,一般被认为特别富有表现力,这里的版面空白,形象地再现了空间跨度。我们或许还可以再举一个现代文学的例子。在罗伯特·罗厄尔(Robert Lowell)的《爱德华先生与蜘蛛》一诗中,诗节分段把一个介词与其宾语隔开:

> Faith is trying to do without
> faith.

> 信仰正试图摆脱
> 信仰。

一位批评家在说明这首诗的形式特点如何得到归化时这样评论说:"版面恰到好处地模仿了大写的信仰衰退为小写的信仰的过程,而且暗示了一个似非而是的矛盾:'Faith'变成了'faith'(支撑着任何一种生计的比较次要的、临时性的设想),而这一变化的困难,以及跨越(勉强

_217

地跨越）横亘其中的距离，则由诗节本身表现出来。"① 这样阅读便是从上下文的外观上进行归化：认定版面空白再现了现实世界的空间，或至少再现了思维过程的一个间隔。这一类诗歌本身已假设，读者将自己进行这种归化活动——假设这样的阐释活动属于诗的一部分。②

对于诗行行末的另一种归化法，不用那么快地从词语移向现实世界，它建立在或可称之为阅读现象学的基础之上。诗行末的间断代表阅读中的停顿，因此形成了句法结构上的模棱两可：读者试图把停顿前的语序构成一个整体，然而停顿之后，却又发现方才的结构实际上不完整，于是，停顿前的语言成分在新的完整结构中必须重新被赋予功能。《失乐园》第四卷中有一个极为明显的例证：

> Satan, now first inflamed with rage, came down,
> The Tempter ere th'Accuser of mankind,
> To wreck on innocent frail man his loss
> Of that first Battle, and his flight to Hell
> 　　　　　　　　　　(lines 9 - 12)

> 撒旦，初次怒火中烧，来到下界，
> 先前的原告，如今却成了引诱人，
> 将他第一次战役的败北，以及地狱沉沦
> 一并迁怒于无罪而脆弱的凡人。

读至第三句的停顿，"his loss"（他的失败）被看作是人的沉沦，然而，读了下一句，我们必须对方才关于主题和句法的结论进行调整。③约翰·霍兰德（John Hollander）对这一问题曾有最透彻而独到的论述，他指出："这里的跨行本身已将前提和盘托出，代词造成的含

---

① 皮尔逊. 罗厄尔的纯白的意义//兹渥斯，编. 幸存的诗. 伦敦，1970：74.
② 关于诗的程式和归化的最成功的论者是福埃斯特-汤普逊的《诗的技巧》（*Poetic Artifice*）。
③ 由于汉语、英语句法结构的不同，汉译中将原诗第 4 行的意义提前至第 3 行，因而无从看出卡勒论述的意义调整。——译者注

第八章　抒情诗的诗学

混则反映诗中撒旦的失败不仅与亚当一样，而且是后者的原因。"（"Sense Variously Drawn Out"，p. 207）第三卷的第 37～38 行也是一例："Then feed on thoughts, that voluntary move/Harmonious numbers"（"于是不断注入思想，那自然的运动/和谐的韵律"），产生一种"闪烁不定的犹豫不决，思想究竟能否自行运动，是否还有什么别的东西"，这样就使我们明白，韵律"就是思想本身，只不过转换了一个新的视角而已；'move'（'运动'）的位置使人一时无法确定它的语法地位，但它把'thoughts'（'思想'）和'numbers'（'韵律'）联系在一起，其紧密程度大大超过了因果关系"①。

　　这样一种归化若发生在另一层次上，许多人一定会说，要比前一种情况更为中肯贴切，因为它允许诗作自身的结构吸收并重新架构意义，而不是将诗作的结构看作一种现状的化身。毫无疑问，大多数对节奏和音韵的处理也正是在这一层次上展开的。尽管伊凡·福纳杰（Ivan Fónagy）对音韵与视觉或触觉之间的联系问题曾有过十分有趣的论述②，但必须承认，如果只局限于拟声效果（拟声法）和音响象征，那么诗歌分析是不能深入的。这些问题虽然非常朦胧晦涩，但看来还是不要从形式直接跳到意义，而应该尽量把形式特征构成语义结构时所遵循的种种程式说清楚，从而引出某种间接的意义。我们可以采取三种运作方式。首先，论证一种语音特点或节奏特点强调或突出了某一特定的形式，以此达到强调其自身意义的目的。在波德莱尔的诗句"Jé sentis ma gorge serrée par la main terrible de l'hystérie"（"我感到被可怕的歇斯底里的魔掌扼住了咽喉"）中，最后一词将分散于全句的声音汇集于一身，达到一种总和的效果。布莱克的《致金星》，吁请这支"明灿灿的爱的火炬"——

　　　　scatter thy silver dew
　　　　On every flower that shuts its sweet eyes

---

① 戴维.《失乐园》的音乐句法//克尔莫德，编. 活着的弥尔顿. 伦敦，1960：73；里克斯. 弥尔顿的恢宏的文体. 牛津，1963.
② 福纳杰. 音律的隐喻. 海牙，1963；托多洛夫. 声音的意义.

In timely sleep. Let thy west wind sleep on
The lake; speak silence with they glimmering eyes,

把你银色的夜露洒向
每一朵鲜花，让它合上眼睛
及时进入梦乡。让你的西风睡在
湖面上；无声地流出你闪烁的眸光，

按照音步格律，"In timely sleep. Let thy west wind sleep on"一句中的"on"在诗行结尾应重读，这就产生了"继续睡眠"的意思，从而加强了风睡在湖面上而且一直睡着的喻象。

第二种运作则是运用音步或音韵格律产生萨缪尔·莱文（Samuel Levin）所谓的"耦合"（couplings），使并列对称的声音或节奏产生或转化为并列对称的意义。在瓦莱里的"La Dormeuse"（《睡着的姑娘》）十四行诗中，全诗的焦点集中在六行诗节的首句"Dormeuse, amas doré d'ombres et d'abandons"上，初一看，我们或许会说，诗中人注视着"睡着的姑娘，朦胧而柔美的一团金光"，诗句音韵的和谐隐喻诗中人所感受到的美。但是，音韵格律把 Dor，doré，d'ombres，dons 与下一行的押韵词 dons（礼物）联系在一起，这样就使一组语义成分——睡眠、黄金、阴影、礼品产生了联系，造成某种衔接的可能。不仅如此，"amas"与诗中两次在重读音节位置出现的"âme"（灵魂），以及指代睡着的姑娘的"amie"相对应。正如杰弗里·哈特曼所说，"am"这一音节游移于全诗，把诗中的这些成分衔接在一起，正是由于"amas"中存在着"âme"，它"引导我们找到了全诗最基本的主题：事物的美与它是否属于人的感觉无关"，在这一"团块"（amas）中，灵魂既存在，又不存在，唯其隐而不现，诉诸人的审美意识而不是感情的时候，才最为有力。[①]

再举一个节奏耦合的例子。在庞德的《回归》一诗中，有一个强劲

[①] 哈特曼. 未经调节的视像. 纽约，1966：103.

的节奏喻象,将表现天神们过去情状的几个诗句连接在一起:

Góds of the wingèd shóe!
With them the sílver hóunds
　　　　sníffing the tráce of aír!

脚下生翼的天神!
身后一群银灰的猎犬
　　咻咻追寻着飘来的气息!

关于这群猎犬的身份,我们无须操心;这里重要的是诗中的节奏,节奏本身的内在统一性和连续性把三行诗句凝为一体,它们所表现出的坚毅与天神们返回时行动滞缓、意气消沉形成强烈的对比。①

ah, see the tentative
Movements, and the slow feet,
The trouble in the pace and the uncertain
Wavering!
See, they return, one, and by one

啊,看那
举止,以及滞缓的脚步,
迈得多么艰难,踉踉跄跄
东倒西歪!
看,他们回来了,一个,又一个

最后,当上述两种运作都没有把握时——当诗歌音韵格律的主题效应很难看出时,我们只好仰仗关于诗体的统一性和匀称结构的程式,并从这些角度论证诗歌形式特征的合理性。无意义诗歌之所以有其吸引力,无疑在很大程度上是因为它们能使读者从初露端倪的语义中窥见其

---

① 肯纳.一些后象征主义结构//布莱迪,等,编.文学理论与结构.耶鲁大学出版社,1973:392.

内在的结构,从而得到某种满足,我们可以从如下角度谈论这些诗歌,使之得到归化:作为旨在把语言纳入另一体系的技巧手法,其目的何在,我们无法确切把握,但是,它至少仍是一种可供选择的体系。正因为如此,所以它能为其他的语言系统投去一束斜光。迈克斯·雅各布(Max Jacob)的名句"Dahlia, dahlia, que Dalila lia"没有吸收同化外在的语境,因此,并不像我们前文中所列举的例子那样,将外在语境转化:所谓"迪莱勒①扎捆大丽花"的说法并不贴切。相反,我们所得到的是一种语音上的互相烘托,它运用一些意义的断片("捆扎"或"扎成一束"是重要的),以暗示其他意义的不相干。在这方面,超现实主义与旨趣崇高的诗仅相距咫尺,试看雪莱《云》的末节:

> I am the daughter of Earth and Water,
> And the nursling of the Sky;
> I pass through the pores of the ocean and shores;
> I change, but I cannot die.
> For after the rain when with never a stain
> The pavilion of Heaven is bare,
> And the winds and sunbeams with their convex gleams
> Build up the blue dome of air,
> I silently laugh at my own cenotaph,
> And out of the caverns of rain,
> Like a child from the womb, like a ghost from the tomb,
> I arise and unbuild it again.②

> 我是土地和水的亲生女,
> 天空是我的乳娘;

---

① 迪莱勒(Delilal)为《圣经》中力士参孙的情妇,她把参孙出卖给腓力斯人。——译者注

② 译诗引自杨熙龄译《雪莱抒情诗选》(上海译文出版社,1981)第130页。——译者注

第八章　抒情诗的诗学

> 我从海和陆的毛孔中来去；
> 我变化，但永不会死亡。
> 雨水过去了，天幕光洁异常，
> 不染丝毫的垢尘，
> 风与笼罩着天宇的日光，
> 就盖成蓝色的空气的穹顶，
> 我暗暗为我这座空墓而发笑，
> 从雨水的洞窟，
> 像婴儿离开子宫，像鬼魂走出墓道，
> 我又爬起来，拆掉这座空墓。

唐纳德·戴维（Donald Davie）说这一诗节"被不顾规则的用语糟塌了"，意指诗中缺乏语义的连贯性。例如，他指出，"oceans and shores"（"海洋与海岸"），"无论在口语还是在文章中都是不可思议的"①。我们或许能为雪莱作一番辩护，但我看最终仍不得不认输，因为很明显，"shores"是为了与"pores"（"毛孔"）凑韵，cenotaph"（"衣冠冢"）是为了与"laugh"（"大笑"）凑韵，可是它们却缺乏同一范畴的联系。戴维说："雪莱为自己的诗定下很高的基调，劝我们不要企望诗中有精微的辨析与散文叙述的意思。"而带着这样的期待，我们看到抒情诗的一种程式在起作用：诗或音韵结构的运用，使我们从经验的环境中获得超脱，诗或音韵为我们提供了另一种境界，这正是我们称为"崇高"的境界。

我们对这样的诗尽量从形式和抽象意义上使之归化，阐述它的各种特点如何形成规律性的格式，而这些格式有助于突出诗的不朽性和非个人性。不过，我们还可以提出一个总的背景，说这诗作的使命就是从现实主义的"中间距离"上逃逸出去，像华莱士·史蒂文斯那样，强调"语言的乐事即我们的主宰"，说杜撰虚构是一种有价值的活动，以此使这些诗作变得有意义。

---

① 戴维．英语诗歌语汇的纯洁性．伦敦，1967：137．

223

> Si les mots n'étaient que signes
> timbres-poste sur les choses
> qu'est-ce qu'il en resterait
> poussières
> gestes
> temps perdu
> il n'y aurait ni joie ni peine
> par ce monde farfelu[1]

（如果词语仅仅是符号/贴在物件上的邮票/那么什么还会保留/尘埃/姿势/逝去的时间/那将既无欢乐也无痛苦/在这疯狂的世界上）

相对而言，结构主义者对于诗歌的论述很少，他们的论述极少被引用即为明证，但保罗·佐姆瑟（Paul Zumthor）的杰作《中世纪诗学论文集》（Essai de poétique médiévale）却是例外。他对中世纪时期的诗歌程式重新加以整理，迄今为止，对阅读活动和所采用的抒情诗的程式进行系统论述的，还没有第二人。因此，我们只能从结构主义那里讨得一个理论框架，然后再从其他批评传统的批评家那里，从他们为了实现更宏伟的目的而对抒情诗所进行的研究中，汲取所需素材后填入这个理论框架。当然，正如我已经指出的，用这种办法对批评论述进行重新整理，其本身就是一大进步，因为它告诉我们，如要理解诗歌的程式，还有哪些问题尚待进一步研究。下面我们将讨论小说的问题，在这方面，结构主义者将有更多的话要说，因此，下一章的阐述将更有说服力。

---

① 扎拉．四十首歌谣与反歌谣．蒙特拜里耶，1972：第5首．

第九章　小说的诗学

人总想白里挑黑。

——马拉美

　　菲利普·索莱尔斯写道："小说，是社会用以表现自己的方式。"小说比任何一种文学形式，甚或比任何一种文字，都更能胜任愉快地充当社会用以自我构想的样板，通过小说这种话语，世界得到清晰的再现。无疑是由于这一缘故，结构主义者将自己的注意力倾注在小说上。正是在这一领域，他们能够从容自如地对符号学的过程进行最充分的研究：符号的创造和组织，不仅仅是为了产生意义，而且是为了产生一个充满意义的人类世界。我们期待着小说将创造出一个世界，这就是主宰小说的基本的程式，毫无疑问，这种程式当然也主宰着那些试图突破这一程式的各种小说。文字的结构总有一定的规则，那就是必须让人在阅读文字时，从中窥见一种社会形态的模式，窥见具体的个性、个人与社会的关系，当然，还有最重要的，即世界的各个侧面所呈现出的某种意义。"我们的自我属性，"索莱尔斯继续写道，"取决于小说，这包括别人如何看待我们，我们如何看待自己，我们的生命又如何不知不觉地形成了一个整体。别人若不是把我们视为某一部小说中的人物，那又是什么呢?"（Sollers，*Logiques*，p.228）小说是思维认识的基本的符号媒介。

可读性，不可读性

小说如何参与意义的产生，这本身就是个值得考察研究的题目，可是，小说通常与世界的联系不同于诗歌，这就使小说另有一套批评功能，引起结构主义者们更大的兴趣。正是因为读者期待能看到一个世界，他所阅读的小说，就成了思维认识模式被"解构"（deconstructed）、揭示和质疑的场所。在诗歌阅读中，偏离真实性可视为隐喻，读者应加以译解，或者把它看作一瞬间的想象或预言，很容易使之复原；可是在小说中，程式化的期待使这些偏离真实的现象变得愈加费解，正因为如此，也就愈加具有潜在的影响力；而结构主义者的兴趣正集中于此，集中于理解的边缘。巴尔特在《S/Z》一书中对巴尔扎克的讨论，首先提出所谓可读文本与不可读文本的区别——按照传统理解模式可以理解的小说，与那些写得出（le scriptible）但我们尚不知如何阅读的小说之间的区别。（Barthes，*S/Z*，p.10）虽然巴尔特自己的分析表明，这一区别本身并不是文本分类的有效方法——因为每一部"传统的"小说，不论其价值如何，都会对理解模式提出批评，至少也会作一番考察，而任何一部激进的小说，从某一特定的角度看，又总是可读、可理解的；但是，这一区别至少指出了把理解活动作为分析的焦点是恰当的、大有裨益的。即使当小说并不明显地瓦解破坏我们关于连贯性和意义的观念的时候，它也会创造性地运用这些观念，参与胡塞尔（Edmund Husserl，1859—1938）所谓的"重新活跃"（"reactivation"）理解模式的活动：将视为自然的东西引入意识，作为过程、作为结构加以展现。[①] 就我们现有的全部小说来看，即使是阅读二十世纪之前的文

[①] 希思. 新小说. 伦敦：埃立克出版社，1972：187-188.

第九章　小说的诗学

本，它们也都在暗示我们，或逼迫我们分析时采用不同的人物个性、因果关系和意义模式，倘若我们能够回避这一点，那就真的很令人吃惊了。即使小说本身对所依仗的理解模式不提出怀疑，摆在读者面前的各种不同的理解模式也会促使他进行比较和思考，从而发挥批评的功能。

所谓可读文本与不可读文本的区别，即"传统的"或"巴尔扎克式"小说与现代小说（通常以新小说为代表）的区别，或按最新的说法，即巴尔特所谓的"快感文本"与"极乐文本"（texte de plaisir 和 texte de jouissance）的区别，在结构主义的小说文论中一向居于中心的位置。尽管它使人们的注意力有效地集中于结构和理解的形态，但它很可能建立一种扭曲的对立，将严重阻碍我们对于小说的研究。幸运的是，巴尔特本人已含蓄地承认，这些只是功能性概念，并非文本的实际分类。他注意到，有人似乎希望有一部地地道道的现代文本，完全无法阅读，"一部没有影子的文本，完全与主宰意识形态无缘的文本"，可是，这将是"一部不会开花结果、没有任何生命力的作品，一部思想贫瘠的作品"，它不会产生任何意义。"文本需要它的影子"——"某种意识形态，某种模仿，某个主体"。它至少需要几只衣袋，几条纹理，或这方面的一些暗示：颠覆，也必须先有明暗反差才行。（Barthes, *Le Plaisir du texte*, p. 53）另一方面，"可读的"或传统的文本，除非思想贫瘠之极，否则便不可能意义毕现，一目了然；它总会以某种方式向读者挑战，引导他对自身或对世界重新审视一番。斯蒂芬·希思认为新小说是与"巴尔扎克式"小说的断然决裂，他在讨论中曾经援引米歇尔·布特（Michel Butor）的观点，认为新小说通过自身的写作实践，揭示了世界是由一系列表达系统组成的："书中的意义系统将是读者在日常生活中所处意义系统的意象。"（Butor, *The Nouveau Roman*, p. 39）当然，一切为小说所作的辩护都认定有这样一种关系：读者阅读小说所感受到的意义都与读者自身的生活经验有关，并使读者重新审视这种生活经验。激进的小说，尽管它与现行的理解模式和意义连贯性的模式相对立，但是在依赖文本与一般经验的联系这一点上，却与传统小说并无二致。

正如巴尔特所承认的，我们可以从两方面考虑被结构主义者视为基本批评手段的上述对立。我们可以说，传统文本与现代文本之间，"快感文本"给予的快感，与"极乐文本"给予的狂喜之间，仅有程度的差别：后者只是前者更为自由的发展；罗伯-格里耶由福楼拜发展而来。但是，另一方面，我们也可以说，快感与狂喜是两股平行的作用力，互不相交，现代主义的文本并不是一种符合逻辑的、历史的发展，而是一种断裂现象，或反叛脱俗的表现，因此，对这两种小说能同时欣赏的读者，自己也不能综合出一种历史发展的延续性，而只能生活在矛盾之中，感受到一个分裂的自我。(Barthes, *Le Plaisir du texte*, pp. 35 - 36)也许我们应该比巴尔特更进一步，指出巴尔特之所以会提出这两种观点，就说明我们要处理的还不是一种小说取代另一种小说这一历史发展过程，而是那自始至终存在于小说本身的一种对立：可以理解与理解有问题这样一对矛盾。正如朱丽娅·克里斯蒂娃所指出的，小说自诞生之日起，便包含着反小说的种子，小说是在与形形色色的规范相对立的基础上形成的。(Kristeva, *Le Texte du roman*, pp. 175 - 176)结构主义者在论及古典文本时，最后总能发现文本中的断裂、含混不清、自我否定以及其他一些特征，而这些特征往往不被看作是只有现代小说才具有的特征，这一点当然令人瞩目。承认小说自身在这方面存在着一种延续性——从福楼拜到罗伯-格里耶，从斯特恩到索莱尔斯，其实并不强迫我们放弃所谓"极乐"是理解的断裂或破坏造成错位狂喜的看法。

如果这样来归纳我们考察小说的观点，那么，我们就能比较贴切地把结构主义的论述用于整个小说，而不只局限于现代主义文本这一特定的种类，而且，我们还可以把研究的重点集中在小说所运用或拒绝运用的意义连贯性模式和理解模式上。文化模式在以下三个领域或三个亚系统中显得尤为重要：情节、主题和人物。然而，我们在讨论这三方面的模式之前，还应该考察一下把小说看成由若干系统构成的等级序列的一般结构主义小说理论，考察一下这一观点所确定的叙事体虚构文学的基本程式，以及用于研究叙述本身的差别分类。

如果我们将本维尼斯特提出的原则用于小说，即"一个语言单位的

第九章　小说的诗学

意义可以界定为它联结高一层次的一个单位的能力",那么,我们就可以说,小说话语单位必须按它们在一个等级秩序结构中的功能来确定。巴尔特说,要理解一部文本——

> 不仅需要一步步追寻着故事的展开,而且需要确定各种不同的层次,把叙述顺序的横向联系投射到一条隐形的纵轴上,阅读一段叙事文字,不仅仅是从一个词过渡到另一个词,而是从一个层次过渡到另一个层次。(Barthes, "Introduction à l'analyse structurale des récit", p. 5)

人们虽然几乎全然忽略了读者如何从一个层次过渡到另一个层次的问题,但是,语言系统层次的重要性已经引出这样的假设:为了在其他领域进行结构分析,"读者必须首先区分出若干个描述层次,并将它们置于等级秩序或整合总体的背景上"(p. 5)。体裁程式可以视为对于这些层次和它们的结合的期待;而阅读的过程则旨在内省地承认哪些文本成分同属某一特定的层次,并依此对它们作出阐释。为了说明问题,我们不妨观察一下两个遥遥相望的层次——琐碎细节的层次和叙述语言行为的层次。

叙述契合

如果说主宰小说的基本程式是读者的期待,通过与文本的接触,他们将窥见一个小说所产生或指喻的世界,那么,就应该有这样一种可能:文本中至少可以找到一些成分,它们的功能在于满足读者的这种期待,肯定虚构的再现或模仿的倾向。在最基本的层次上,这一功能是由一些权且可称为描述性沉积物的成分实现的:这些语言单元在文本中的作用首先就是指示某具体的现实(细小的动作,无足轻重的物件,多余的对话)。在描述一间居室时,与象征代码或主题代码毫无关系,因而没有被它们吸收结合的语言单元(例如,不能为我们提供任何关于居住者情况的语言单元),在小说情节中不起任何作用的语言单元,却能产生一种巴尔特所谓的"真实效果"（l'effet de réel）：它们被剥夺了一切其他功能，只在表示"我们是真实的"这一点上结合在一起。（Barthes，*L'effet de réel*, pp. 87 - 88）这样，诚如巴尔特所说，纯粹的真实再现就成为一种对意义的阻遏，造成一种"虚幻的所指"（"referential illusion"），据此，一个符号的意义只能是它的所指。

这些成分确认了模仿契合，并使读者能够放心地像阐释现实世界那样阐释文本。当然，通过阻遏这一认同过程，不让读者从文本移向外部世界，让他把文本当作自足的语言客体阅读，从而破坏这种契合，也是完全可能的。但不可忘记，这种效果之所以可能，也完全是由于小说的总有所指这一程式。罗伯-格里耶有一段有名的对一片西红柿的描述，它先告诉我们西红柿完美剔透，后又说有疤瘢，其目的在于玩弄这样一个事实，让这段描述初看上去具有一种纯粹的指喻功能，可是当写作表现出犹豫不决时，这种功能就被破坏了，这样便把我们的注意力从某一认定的客体引向写作的过程本身。（Robbe - Grillet，*Les Gommes*，Ⅲ，iii）我们不妨再举一例。在罗伯-格里耶的《在迷宫》（*Dans le labyrinthe*）的第一段里，关于天气的描述初看似乎是为了确立一个背景（"外面正下着雨"），然而紧接一句就产生了矛盾（"外面阳光明媚"），此刻，我们不得不意识到这里唯一的真实只是写作本身的真实，而这种写作，正如让·里卡尔多（Jean Ricardou）所说，用了一个真实世界的概念，为的是表现写作自身的规矩和准则。①

如果认同过程在这一层次没有受到阻遏，那么，读者就会认为，文本正指向一个他能够识别的世界，而且，当他吸收同化了这个世界之后，他将重新返回文本，为他所认同的一切赋予意义。在这阅读循环的第二次运动中，如果文本过多地扩散出似乎完全起着所指作用的语言成分，那么，这一运动也会受到干扰。大量列举或描述各种物件，但又好像没有明确的主题目的，这虽然能使读者窥见一个世界，却无法形成一个整体，他只得到一些支离破碎的意义，这些意义只停留在那个世界或

---

① 里卡尔多. 新小说中的问题. 25；希思. 新小说. 伦敦：埃立克出版社，1972：146 - 149.

他自身的经验上。真正的"现实主义"或指事喻物的话语,其根本特征,正如菲利普·海蒙(Philippe Hamon)所说,是要把故事彻底否定,或引出一个空虚的主题(une thématique vide),使故事根本不能成立。("Qu'est-ce qu'une description?", p. 485)例如,福楼拜对布瓦尔和佩居谢所面临的场景有这样一段描述:他们新近获得了一幢乡间别墅,头一天清晨,他们起床,朝窗外凝望——

> 正前方是一片田野,右首有一间谷草棚,还有一座教堂的尖顶,左首则是一片白杨树。
>
> 纵横交错的两条小径,形成一个十字,把菜园划分为四块。菜畦里整整齐齐栽种着各色蔬菜,但这儿那儿却又冒出几株矮小的柏树或经过整枝的果树。菜园的一侧有一条藤蔓覆顶的走道,通向一座凉亭;另一侧,是一堵墙,支撑着一棚瓜果;菜园的后部是一道竹篱,一扇门通向庭院。院墙外有一片果园,凉亭后面是个灌木丛;竹篱外有一条羊肠小径。
>
> (第2章)

从这段描述中很难看出有什么主题目的。所有的语句引导我们穿过一片菜园,最后让我们看到一个果园、一丛灌木、一条小径。刻画细节的癖好的结果却是一个空虚的主题。福楼拜把通向概念的门径统统堵死,充分体现出他纯熟地掌握了巴尔特所谓的间接文学语言技巧:"使一种语言变成间接的语言,最有效的办法就是尽量不断地指喻具体事物本身,而不是它们的概念,因为一个具体事物的意义总是闪烁不定的,而概念的意义却不会。"(Barthes, *Essais critiques*, p. 232)依仗这一指事喻物的功能,福楼拜笔下的描述似乎完全出于一种表现纯客观的愿望,这就使读者以为他所架构的世界是真实的,然而它的意义却很难把握。

指喻功能可以通过描述细节而得到肯定,但是,它在相当程度上又取决于文本所隐含的叙述方式。阅读诸如皮埃尔·居约戴(Pierre Guyotat)的《伊甸园,伊甸园,伊甸园》这样的小说,一部分困难就在于我们无法确认叙述者,因而不知道小说的语言应如何定位。如果我们能够把它当作某个叙述者所讲述的真实的或想象的情况来阅读,我们就多少能把它组织起来；但是，我们竟然碰到了一个长达二百五十五页的句子，"仿佛小说的问题不在再现想象的场景，而在表现语言的场景，于是，这种新的模仿的对象已不再是主人公的奇异经历，而是符号能指的奇异经历：发生在它身上的一切"①。所幸的是，这种小说并不多见。在大多数情况下，我们能够把文本按照某一公开的或隐含的叙述者的话语组织起来，看作他们所讲述的某个世界中发生的事件。萨特认为，十九世纪的小说，讲述角度是智慧和经验，而聆听的角度是条理。叙述者无论是充当社会分析家的角色，还是回忆往事的个人，他都把握着世界，当他本人的全部激情耗尽之后，便向一群文明听众叙述一件又一件事情，这些事情现在已经能够明确道出，付诸文字了。（Barthes, *Qu'est-ce que la littérature?*，pp. 172-173）

最简单的一种情况或许是叙述者将他本人的身份和读者的身份等同，读者与叙述者一道回顾往事。即使没有炉边故事这样一个总的框架，然而因为有了巴尔特所谓的 "在整个故事中叙述者和读者都已明了的代码"②，我们仍然能把文本转化为讲述一个对叙述者和读者都存在的世界的故事。例如，乔治·艾略特的《织工马南传》的第一页告诉我们："在那纺车还在农舍中嗡嗡作响的岁月里……在远离街巷的地方或偏僻的山坳坳里，也许能看到一种面带病容、身量极矮的人。"原文中的定冠词，以及 "也许能看到"，肯定了一种客观情况，这种情况与叙述者和读者都有一定的距离，而读者必须被告知，在那个年代，异常的人个个都与迷信相关。随着叙述者的形象逐渐变得清晰，一个想象的读者也被勾勒出来。叙述文字表明了他需要被告知什么，他或许会作出怎样的反应，他会接受什么样的推论或联系。在哈代的《卡斯特桥市长》中，肯定所述场景客观性的语句，指出了一旦读者身临其境，他可能会看到什么："然而，在这一对男女的行路姿态中，真有什么奇特的，是他们竟能始终保持一种绝对的沉默，如果谁无意之中向他们投去一瞥，即使原先不曾留心注意，这时也会被他们的沉默引出好奇心来。"这里，

---

① 巴尔特. 这就是意义之所在//居约戴. 伊甸园, 伊甸园, 伊甸园：前言.
② 巴尔特. 叙述结构分析的引言. 交流, 1966（8）：19.

第九章 小说的诗学

叙述者似乎并不掌握更多的情况,他与读者一样,也是一个旁观者,于是,他只好想方设法从中引出某些信息,以确定这一场景的真实性:

> 这男人与女人是夫妻,是怀抱中小姑娘的父母,这一点是毫无疑问的。这三位一体沿路往前走着,他们之间有一种熟稔之极乃至新鲜感尽失的气氛,犹如一圈光轮将他们罩住,因此可以断定,他们之间绝不可能是任何什么别的关系。
>
> (第一章)

同样,巴尔扎克的文字中所特有的那种小的悸动,几乎也都是引出并巩固与读者的契合的手段,强调叙述者只不过是个略微多知道一些的读者,他们同处于小说语言所喻指的世界之中。文中的指示词,后面紧跟着关系从句(she was one of those women who...; on one of those days when...; the façade is painted that yellow colour which gives Parisian houses...),产生了各种类别,同时又暗示读者已经知道它们,他能够识别叙述者所提及的这类人或物。对读者来说,业已人格化的旁观者扮演着小说中的人物,同时又暗示读者应该对叙述中的场景事件作出怎样的反应:"从上尉接受车夫的帮助而走出车厢,你可以说他已经有五十岁。"(on eût reconnu le quinquagénaire。) 这些语言结构说明,从这一场景引出的意义是叙述者与读者共有的:完全逼真的。伏盖夫人的长裙"résume le salon, la salle à manger, le jardinet, annonce la cuisine et fait pressentir les pensionnaires"(席卷了客厅、餐厅、小花园,又来到了厨房,而且让人预感到会上房客们那儿去)。"让"谁"预感"?这段文字所宣布的或所包容的这些是对谁而言的?不仅仅是对叙述者——他对这番综合并不负责,也是对读者而言的,由于他对社会这部巨著熟悉精通,因而他也被假定有能力建立这种联系。当我们读到"扎比奈拉,仿佛惊恐万状……",巴尔特问道:"这里是谁在说话?"说话者并不是全能全知的叙述者。"这里听到的声音,是读者通过代理人传达给叙述文字的声音……这就是阅读所发出的声音。"(Barthes, S/Z, p. 157)

当阅读的声音听不见的时候,小说就出问题了。例如,在罗伯-格里耶的《嫉妒》中,许多描述不是按照读者在场就会注意到什么或得出什么结论而展开的，因此，文本就无法形成隐含的"我"与隐含的"你"之间的交流。燕卜荪说："几乎所有的陈述都认定你对所论事情已经了解一部分，但不是全部，而一旦你知道更多的东西，它又会告诉你不是那么回事。"（Empson, *Seven Types*, p. 4）当一部文本表现得仿佛读者对晚餐餐桌的摆设毫不熟悉——当它的描述丝毫不考虑"人所共知的秩序"的时候，读者必须有思想准备，文本在一股脑儿告诉他更多的东西，而它自己也不知"所论的事情"究竟是什么。这时，潜在的意义过剩，而交流的焦点却没有。

与模仿期待相吻合的小说，认定读者会通过语言而游移到一个世界中，由于指喻同一事物的方法多种多样，它们就会允许有许多不同的修辞。譬如在《高老头》一书的起始，巴尔扎克的叙述者明显陷入对于所述故事的沉思，而就在"社会文明的战车"这一喻象恰到好处地得到了象征性的发展，辗过人们的心头，把它们轧得四分五裂，而且"一往无前"地继续行进之时，我们突然被告知，这个故事中所说的一切都不带丝毫的夸张："记住：这场悲剧既不是虚构，也不是小说。字字句句都是真的。"几页以后，经过一段狄更斯式的对"公寓气味"的描述（刻意追求文字上的花哨，而无意于描述的精确），他又向我们保证这一切均属真实，他的语言所指甚至还不能尽述全貌："如果能发明出一种办法，将每一位房客喷出的不同的鼻息中那令人作呕的基本粒子称一称，那样才能描述出来。"他这里似乎在说，不要被我的语言蒙骗了。无论语言铺陈到什么程度，它仍然不过是引你进入一个世界的姿态而已。

这类文本对故事与表述、所指事物与叙述者的修辞作了一个内在的区别。结构主义者在他们的小说研究中运用这一对立关系，是从语言学中受到的启发，他们的根据是本维尼斯特所区分的"两种不同但又互补的系统……故事系统（l'histoire）和话语系统（discours）"（Benveniste, *Problèmes de linguistique générale*, p. 238）。说一部文学作品既是故事，又是叙述，听上去似乎说得通。例如，当我们阅读雷蒙·凯诺（Raymond Queneau）的《文体练习》时，我们看到同一个故事可以用九十九种不同的方式讲述。但是，从语言区别过渡到文学区别，却充满了难以想象的困难,这就引起我们对叙述的一些十分有趣的侧面的注意。

本维尼斯特提出的区别,建立在动词时态系统的基础上:完成时与过去时(简单过去时或确指过去时)之间的区别,前者确定了过去事件与说话人论及这一事件的现在时刻之间的联系。(如:约翰买了一辆汽车。)"与现在时一样,完成时态属于话语语言系统,因为它的时间所指是说话的当下,而过去时的所指则是事件发生的时刻。"(p.244)两者区别的关键在于语言形式中是否包含着说话时刻的情状。因此,第一、第二人称代词就被排除出"故事"的系统,因为这些指示词的意义取决于说话时的情状(现在、这里、两年前,等等)。

这还不能成为故事及其表述形态之间的区别,因为一个故事(a story)是能够以故事(l'histoire)的形式叙述出来的。本维尼斯特曾以巴尔扎克的《冈巴拉》中的一段为例:

> 在拱廊处转弯以后,那年轻人望望天色,又瞥了一眼怀表,做了个不耐烦的手势,走进一片烟店。他点燃一支雪茄,站到一方镜子前,打量了一下自己的衣装,其考究已多少超出法国人举止习俗所允许的程度。他扶了扶衣领,又整理一下黑丝绒马甲,马甲前胸横挂着一条热那亚出品的那种沉甸甸的金链;然后,只见他一挥手,将丝绒绣边的外套搭在左肩,那自然下垂的褶皱,线条格外地潇洒,他又继续前行,全然不顾周围行人投来的好奇目光。当店铺中的灯盏相继点亮,他似乎觉着夜幕已经完全降下时,便向皇宫广场的方向走去,好像怕被人认出似的,因为他始终贴着广场的边缘,一直走到喷水池,这才来到街两侧停满了租用马车的弗鲁瓦芒多大道上。

这一段除了一处用了现在时(超出法国人举止习俗所允许的程度),其余没有任何话语式语言代码。"事实上,甚至连叙述者也不见了,"本维尼斯特说,"这里没有人在说话,似乎只有各个具体的事件在陈述其自身。"(p.241)

从语言学角度看,也许的确是这么回事;但是,文学读者仍能辨别出一个叙述者的声音:"一条热那亚出品的那种沉甸甸的金链"暗示了叙述者和读者之间的一种共通的关系和认知;"好像怕被人认出似的,因为……"给了我们一个叙述者,他从某个行为推想出一种心态,而且设想读者会与他一样接受其中的联系。如果我们真的把故事与所有表现具体叙述者的特点截然分开,那么,我们就会像热奈特所说的那样,将把任何一点笼统的观察或评价性的形容语都排斥干净,把最审慎的比较、最谦卑的"或许"、最不起眼的逻辑联系都排斥干净,而所有这些都是话语而不是故事的一部分。(Genette, *Figures* II, p. 67)

托多洛夫说,本维尼斯特所分辨出的"不仅仅是两种语言的特点,其实也是任何一种语言的两个互相补充的侧面"(Todorov, *Poétique de la prose*, p. 39),这一说法虽有模棱两可的遁词之嫌,不肯说明这一区别的真正含义,但仍不失为一个恰当的评语。我们的确可以区别两种语言形态——一种是语句中包括说话时的情状以及说话者的主观意识,另一种则不含上述内容,但我们应该知道,每一个语序都既是一个陈述,同时又是一个语言行为。一部文本,即使它再努力争取成为本维尼斯特所谓的纯故事,它也会包含某一特定叙述方式的特征。"简单过去时本身充当着文学性的(即一般被排除出话语的)形式符号,它"已经暗示它所表现的世界是一个人为架构的、反复斟酌后的、超脱的、压缩到只剩下有意义的线条的世界",而不是抛掷在读者面前的那个混沌一片、毫无条理的、公开的现实。如果文本宣称"la marquise sortit à cinq heures"(侯爵夫人五点钟出了门),叙述者则保持了一定的距离,把一个完全剔除了现世存在密度的纯事件摆在我们的面前。巴尔特说,因为小说采用了这一形式,所以它使生活变成了命运,使时间的延续变成了有方向性的、有意义的时间。(Barthes, *Le Degré zéro de l'écriture*, p. 26)不仅如此,描述所表现出的对事件不同程度的了解或了解的精确程度,也使担任叙述的人物角色产生了极大的变化。试比较"他点燃一支香烟"和"他从盒子里取出一根细细的白色的圆柱体,将一端放进两唇之间,他举起一根燃着的小小的木梗,移至圆柱体另一端下方一英寸处"。按照本维尼斯特的定义,以上两句都是故事(histoire),但是,

第九章　小说的诗学

由于它们与第二层次逼真性中所谓"功能性意义的分界"的不同关系，它们表示了不同的叙述态度。

　　在对本维尼斯特的论点作出的各种变通解释中，最令人费解的是巴尔特在《叙述结构分析的引言》中提出的"个人"叙述与"非个人"叙述的区别。他说，前者并不仅因为第一人称代词的出现而被确认；有些寓言故事虽然以第三人称写成，"实际上却是第一人称的表现"。那么应该如何判断呢？我们只需将语序重写，用"我"代替"他"，如果其余无须变动，那么这种语序就是个人叙述。（Barthes, "Introduction à l'analyse structurale des récits", p. 20）据此，"他走进一爿烟店"，可以改写为"我走进一爿烟店"，而"他的制服使他气度不凡，他似乎为此而感到高兴"改写为"我的制服使我气度不凡，我似乎为此而感到高兴"就不太协调，其中隐含了一个精神分裂的叙述者。不能重写的语句属于非个人叙述。巴尔特说，这是叙述（récit）的传统形态，它运用建立在过去时态基础之上的时间系统，旨在排除说话者的现时性。"本维尼斯特说，叙述中，谁也没有说话。"

　　这十分令人费解。按照本维尼斯特的标准，"他走进一爿烟店"是非个人叙述。巴尔特却说它是个人叙述。对于巴尔特来说，使第二个例子成为非个人叙述的特点是"似乎"，它表示叙述者的一个判断，如果不是明确采用本维尼斯特的标准，而采用热奈特的标准，那么它可以使这个语句作为话语而不是故事的实例。巴尔特声称追随本维尼斯特的说法，却几乎完全颠倒了他的分类。使语句不能改写为第一人称的因素，是语句中有的成分暗示了叙述者不是语句中提到的人物。这样，说来有些矛盾，叙述者的标志反而成为"非个人"话语形态的标准。巴尔特的讨论，指出了叙述中主观意识的复杂性，以及区分两种不同情况的用途，一种是除了主人公的观察角度被标明以外，没有任何其他的观察角度（他称之为个人叙述），另一种是此外还指明了另一位叙述者（非个人叙述），但是，问题是这一区别很难通过引述本维尼斯特的语言学分析而得到证明。语言学或许能成为一种原动力，但收获的果实却往往与播下的种子面目迥异。

237

识别叙述者是归化虚构文学的基本方法之一。文本中的叙述者总要对它的读者说话，这一约定俗成的程式，对于我们对那些离奇的或表面毫无意义的作品进行阐释而言，是个有力的支持。因为如乔治·艾略特所说，小说是"世人世事在我的头脑镜面上反射出镜像的忠实记述"，所以读者可以把任何异常都视为叙述者的幻想或禀性造成的效应。在第一人称的叙述中，读者若实在找不到其他的解释，就可以认为这是叙述者在表现个性或痴迷。哪怕在有些场合根本就找不到自报山门的叙述者，我们仍可以按照文本语言成分所反映或揭示的特点，假设出一位叙述者，这样，文本的任何一个侧面几乎都仍旧能够得到解释。正如布鲁斯·摩里斯赛特（Bruce Morrissette）所设想的那样，为了对某些痴狂性的描述作出解释，便假设一名患妄想狂猜疑症的叙述者，这样就使罗伯-格里耶的《嫉妒》得到了复原；如果把《在迷宫》当作一名身患健忘症的叙述者的自述阅读，那么这部小说也能得到归化。[①] 即使是最不连贯的文本，只要看作叙述者的梦呓，也都可以得到解释。这样的阅读，当然适用于一大批现代小说文本，不过，一些最激进的作品则会使这样的复原显得是一种随意强加于文本的意义，而且让读者明白他的阅读依赖理解模式到了何等地步。为此，斯蒂芬·希思极有说服力地论证说，这样的小说，一旦得到归化，一旦向读者证明，为求得理解他必须付出怎样的代价，它就变得平庸之极。（Heath, *The Nouveau Roman*, pp. 137-145）用巴尔特的话说，当写作不许读者对"谁在说话"作出回答时，写作就成了纯粹的写作。

但是，我们已经找到有效的办法不让文本沦为写作，当我们觉得假设某一个叙述者有困难的时候，我们可以求助于亨利·詹姆斯以及追随他的一些批评家所提出的现代文学程式，即所谓有限视角的办法。如果我们无法把文本中的一切都归属于一个单一的叙述者，从而把文本贯穿起来，那么，我们可以把它肢解为若干场景或片断，把它们当作某一在场的人物所观察到的情况，以此赋予这些细节以意义。这一办法是为使

---

① 摩里斯赛特. 罗伯-格里耶的小说. 巴黎，1963.

写作人格化并把人物当作文本视焦的没有办法的办法。其实，值得注意的是，采用这种办法阅读的往往是福楼拜一类的作家，他们的作品所表现出的非个人性，使读者很难把文本归于某一个清晰可辨的叙述者。

谢林顿（R. J. Sherrington）是主张这种复原的批评家中观点比较极端的一位，例如，他认为，《包法利夫人》中描述查利走访农庄、初次会见爱玛的段落，就运用了有限视角的方法，因此，"只有那些自行强加于查利的意识的细节才被提及"。他走进厨房，注意到百叶窗关着；"自然，这一事实又把读者的注意力吸引到从百叶窗缝中透进的光线形成的光斑，以及从壁炉烟囱射在炉灰上的光斑"。由于爱玛站立在壁炉附近，"他继而又看见了爱玛，并且只注意到一点：'她袒露着的双肩上闪烁着细密的汗珠'"。多么符合查利的性格特征！谢林顿充分赞扬了福楼拜恰到好处地只列述查利所注意到的细节的做法。但是，就在描述光斑和爱玛的语句之间，还有一句表现一群苍蝇的活动与死亡的语句，我们从中可以看出查利的性格，然而对于这一点，谢林顿却没有解释："桌上放着用过的玻璃杯，苍蝇在上面爬来爬去，有的落入杯底的残剩苹果酒里营营作响。"① 如果我们把这一点也归入查利所注意到的细节中，我们对这些细节的复原便会坠入一种循环论：福楼拜之所以描述苍蝇，是因为查利注意到了它们；而我们知道，它们之所以是查利注意到的，是因为它们被描述了。

事实上，这只不过是任何老练的读者几乎都不会使用的所谓再现合理性的翻版而已，即某一个段落，由于描述了世界，就被认为是合理的，或认为它已经得到了说明。这种决定论实在苍白无力——按照这一标准，任何逼真的东西同时也是合理的——已经无人郑重严肃地运用它；而有限视角的概念所表现出的决定论也是苍白无力的。要证明它的局限性并不困难，譬如我们讨论《梅茜知道了什么》这样一部小说时发现，这部小说有一个明确的构思，即所谓"和盘"托出，它"把她周围的整个环境都交给读者，可是，真到交底时，却仍然只能依靠她所接触

---

① 谢林顿. 福楼拜的三部小说. 牛津，1970：83.

到和注意到的场合和联系。如果说,由于文本中的语句告诉了我们梅茜所知道的,于是就认为这些语句已经得到了证明,那我们显然不会满足,因为我们所需要的是,这些语句要有助于形成各种认知格局,形成一出返璞归真的戏剧。确定叙述者是一种重要的阐释策略,但它本身对读者的帮助毕竟有限。

代　　码

巴尔特在《叙述结构分析的引言》中,除对叙述进行分析以外,又提出小说的另外两个层次:人物形象和功能的层次。后者的构成成分非常复杂,但又是最基本的层次,因为它再现了从叙述形态抽象出来、尚未经阅读活动的综合性再组合的小说基本成分。命名为"功能"其实很糟糕,因为"功能"用于表示这一层次上所发现的某一特定的语言单元。我们最好还是采用《S/Z》中所谓的"阅读单位"(lexies)层次这一术语。一个阅读单位,就是阅读时能够从文本中单独抽出,其效果或功能与前后相邻者都不相同的最小的语言单位。它可以是一个单词,也可以是简短的一串语句。阅读单位的层次,也就成为读者接触文本的基本层次,在这一层次上,语言单元被划分、整理归类,然后上升到高一级层次被赋予各种不同的功能。

如何讨论这些基本的语言单元和它们的组合形态,当然可以吸收各种各样的建议,这就需要进行选择,立下某种硬性的规定,以使我们的陈述井井有条。巴尔特对阅读单位的组合进行了面面俱到的考察,提出了所谓五种不同的"代码",可用于文本的阅读,每一种代码都是一种"引文角度"("perspective of citations"),或谓语义总模式,它能使读者把属于该代码所划定的功能范围内的语言成分挑选出来。易言之,代码使读者识别语言成分,并把它们归类,置于具体功能的名下。每种代码都是"编织在文本中的各种声音中的一种"。把某一语言成分确定为某一代码中的一个构成单位,就是把它当作某一类话语表述的标志(一

第九章 小说的诗学

次诱拐事件即令读者了解迄今为止已写下的全部诱拐事件);这些构成单位是"某一件事的许许多多次的闪烁",而这某一件事则总是那已经读过、看过、做过、体验过的事(这代码就是这"已经发生过的一切"的尾迹)。(Barthes, *S/Z*, pp. 27 – 28) 把阅读单位分类,就是根据读者对其他文本的经验和关于整个世界的话语的经验所确定的类别,为它们找到一个位置。

对于巴尔特来说,与列维-斯特劳斯一样,代码是由它们的类属性决定的——它们只把同一类成分组合在一起——同时,也是由它们的解释功能所决定的。因此,根据读者选择的角度以及文本的性质,确定的代码数可以各不相同。实际上,《S/Z》中提出的五种代码,也并不是说只有这五种,或五种就足够了。选择行为代码(proairetic code)主宰读者对情节的架构。阐释代码(hermeneutic code)包括回答逻辑,谜语与解释,悬念与突变。这些无疑都是小说的组成部分,两者都可以放在情节结构的范畴中考虑。意胚代码(semic code)为读者提供模式,使其能够收集与人物有关并能发展人物性格的各种语义特征。而象征代码(symbolic code)则引导从文本中提取象征读义和主题的推论。这两种代码分别属于人物形象领域和主题领域,虽然关于主题阐释的更贴切的阐述并不限于逐一列出象征阅读所仿效的模式。最后,还有巴尔特所谓的参照代码(referential code),由文本所指的文化背景构成。这或许是这几种代码中最令人不满意的一种。当然,像巴尔特那样,将文本从头至尾浏览一遍,挑出全部与文化客体有关的所指(例如,她像一尊古希腊雕塑),以及各种定型的知识(例如,谚语成语),也未尝不可,但是,它们却远远未能包容"一种佚名的、集体的声音"的种种表征,这一声音的"本源是整个人类的智慧",而它们的基本功能则是要让各种逼真性的参照模式发挥作用,使虚构契合实体化。由于我们已经在前文中讨论了逼真性的各个层次,这一代码便不再赘述。我们将只讨论其余四种代码如何互相区别的问题。这里顺便应该提及的是,关于叙述问题(读者收集语言成分以说明叙述者的性格,并将文本置于某种交流活动中的能力),巴尔特没有提出任何代码,这是他的分析的一大缺陷。

巴尔特在讨论如何找出语言成分并赋予其功能时，借用了本维尼斯特关于分配性关系（distributional relation）和综合性关系（integrative relation）的区别，用以区别两种不同的语言单位：前一类语言单位由它们与文本中出现于它们前后的同类语言成分的关系界定（分配性），而后一类的重要性不是取决于它们在语序中的位置，而是取决于读者如何对待它们，如何把它们与同类属单位组合，让它们在更高一级的综合层次上获得意义（综合性）。（Barthes, "Introduction à l'analyse structurale des récits", pp. 5–8）于是，如果小说中的一个人物买了一本书，这一事件就可能以下列两种方式分别起作用。如巴尔特所说，它可能是"在以后的某个时候，在同一层次上成熟的一个成分"：该人物读书以后明白了某个重要的道理，那么，购书的意义就是它的事后的结果。而另一种情况则是，这一事件没有产生重要的结果，但它可以被视为某种语义特征，它们可以被挑出来，在另一层次上用以架构人物性格或架构某种象征性的读义。

这一区别与格雷马斯所谓的"动态表述"（dynamic predicates）或"功能"和"静态表述"（static predicates）或"修饰语"的区别相仿。我们可以说，选择行为代码和阐释代码决定了如何识别各种动态表述，后者在文本中的语序分布极为重要，而意胚代码和象征代码的成分，则不使语序组合成各种特征（或修饰语），后者将在高一层次上得到组合。这一区别，如视为我们赋予一部小说各阅读单位的不同作用的再现，在直觉上则是说得通的，但是，我们究竟是如何确定的，甚至当我们回过头来看，某个语言成分究竟是否应该当作功能或当作修饰语（或一分为二，各司其职），对这些基本的问题，我们却几乎没有给予考虑。在朱丽娅·克里斯蒂娃的术语中，与功能和修饰语相对应的是 adjoncteur prédicatif（表述性附属成分）和 adjoncteur qualificatif（限定性附属成分），按照她的看法，促发"尊为圣徒的小若望"这一行为的语序，"与发挥'限定性附属成分'的陈述并无区别"。作为独立的语句，它自身的属性丝毫没有决定意义。那么，我们又如何解释效果上的差异呢？她论证说，我们必须求助于致使各类行为变得突出的各种社会模式。某一

第九章 小说的诗学

时代的社会话语将使某些行为变得更有意义,更令人瞩目,更值得编成故事,这样,我们就可以说,一种动态表述的作用——

可以由任何一种语言成分来实现,这一语言成分在它原先所属的互文性空间中,与文本所属的那种主宰性社会话语相对应。在"尊为圣徒的小若望"中,表述性附属成分的作用起始于从决斗和战争的话语中挑出的语序,并非出于偶然。因为这些是1456年前后那个时期社会话语的主要能指符号。……在这一背景下,任何其他类型的话语(商业、集市、旧书、法庭)都降到次要地位,只能是修饰性的……没有形成故事的力量。(Kristeva, *Le Texte du roman*, pp. 121-123)

此话确有一定的道理。文化模式使某些行为比另一些行为更有意义,而如果在一部文本中出现这些行为,它们就很可能为情节增色。但是,如果克里斯蒂娃的观点真的有道理,那么岂不是说,了解了某一时代的文化,读者一眼就能识别出情节中居首位的动态表述或行为?实际情况却并非如此。我们不能只把属于情节的某一特定时代的行为列出就算万事大吉,因为不同故事中的行为有不同的作用。它们的作用更取决于叙述的结构,而并非取决于任何内在的或由文化决定的属性。为了考察它们如何在情节中被赋予各种作用,我们必须再一次求助于《叙述结构分析》或情节结构的研究。

情 节

巴尔特说,行为序列构成了可读性文本或可理解的文本的结构的坚甲。它们提供了既具有顺序性又具有逻辑性的秩序,于是就成为结构分析最热衷的研究对象之一。(Barthes, *S/Z*, p. 210) 此外,在这一领域又明显存在着一种需要研究并作出解释的文学能力的问题。读者能够说出两个文本讲的是同一个故事,能够说出一部小说与一部电影的情节相同。他们能够概括出情节梗概,并讨论情节梗概是否得当。因此,要求文学理论对情节这一概念给予某种说明，说明它具有无可辩驳的合理性，说明我们可以毫不困难地运用它，这似乎并不为过。一种关于情节结构的理论，应该能够再现读者识别情节、比较情节以及把握它们的结构的能力。

我们所必须采取的第一步——所有进行情节分析的人似乎都同意的一步——就是假设在文本的实际语言表现形式之下，还存在着一个自成一体的情节结构的层次。情节的研究不同于语句之间衔接组合的研究，因为同一情节的两个文本并不一定要有相同的语句，或许也不一定有共同的语言深层结构。而一旦我们以这些术语来讨论这一问题，我们立即就会明白这将是一个多么庞大的任务。解释语句何以能组合形成首尾连贯的话语已经是一项令人生畏的难题，但在这项工作中，我们所摆弄的语言单元至少还是现成的。而在情节结构的研究中，我们之所以感到困难重重，则是因为分析者既需要确定哪些成分可以看作叙述的基本成分，又必须考察这些基本成分是如何组合的。难怪巴尔特曾经感叹说：

> 分析者所面临的是无以计数的情节，以及讨论情节的多种视角（历史的、心理的、社会的、人种的、审美的，等等），因此，他所处的地位与索绪尔大致相仿。一方面，他所面对的是千差万别的语言现象；另一方面，他又要从表面上杂乱无章的状态中抽取出一条分类原则，找到一个描述的视焦。（Barthes, "Introduction à l'analyse structurale des récit", pp. 1–2)

但是从理论上说，情节结构的分析显然又是可行的，因为如若不行，我们就得承认所谓情节和我们关于情节的印象都是随心所欲、莫衷一是的现象。而实际情况显然又不是这样。看来，我们还是可以较有信心地讨论某情节梗概是否确切；某一具体事件对于情节是否重要，如果重要，它又起什么作用；某一情节究竟是简单还是复杂，连贯与否；以及它是沿袭人们所熟悉的套路，还是包含出人意料的曲折。当然，所有这些概念都没有明确的界定。我们或许可以说，它们有一种与其功能相吻合的模糊性。而遇到具体问题，我们很难说某一语序是否在情节中发挥了关键作用，或某一情节梗概是否真的准确无误，但是，我们能够识别不同

第九章 小说的诗学

类型的情节，能够预见何时何处将可能出现违背情节的情况，这恰好表明我们所进行的讨论确有其明确的目的：我们运用一些概念进行讨论，而这些概念对于你我的价值，我们是理解的。

我们能够讨论并论证情节的陈述是否合理，这就提出了一个非常有力的假设，即情节结构原则上是可以分析的。此外，情节本身似乎又是有序的，而不是由任意的行为序列组成的，而且，正如巴尔特所说，"在不可预测的最复杂的过程与最简单的组合逻辑之间，横亘着一道鸿沟，因此，如果不求助于一套关于构成单位与构成原理的隐含的系统，那么，谁也无法组合或提出一个情节"（p.2）。

可是，当人们真的面对关于构成单位与构成原理的这一隐含系统的构想时，却很可能会更加一筹莫展，这不仅是因为它们种类繁多、千差万别，还因为找不到明确的程序来对各执一词、互不相让的批评方法作出评价。各种理论都忙于为自己界定出所谓的情节单位，都成了自成一体的系统，按照各自定立的条件，使一切情节都能得到描述，然而却没有一种理论来对某一系统如何才能够得到验证作出解释。

这种状况的出现，在一定程度上无疑是由于结构主义者对语言学模式所作的阐释。结构主义者们所熟读的语言学家，并不曾充分讨论语言学分析必须满足的条件，他们对于分解和分类程序的关注，对于抽象的结构构成单位的发展的关注，使结构主义者们认为，如果一种阐释语言在逻辑上是说得通的，如果它的分类是系统性探讨的产物，无论这种探讨采取演绎法还是归纳法，如果这些分类可用于描述任何情节，那么，就没有必要再作进一步的论证了。

但是，逻辑上说得通、可以用来描述任何一部文本的阐释语言却可能多种多样：情节可以按"成功的行为""不成功的行为"以及"既不成功也不失败，只是为了支撑故事的需要"来进行分析，也可以按"破坏平衡的行为""重建平衡的行为""旨在破坏平衡的行为""旨在重建平衡的行为"来进行分析。许多类似的阐释语言还会应运而生，如果它们的分类具有足够的概括力，那就很难找到不适用于这些阐释语言的情节。

_245

其实，评价一种情节结构理论的唯一办法，就是看它所作出的描述究竟在多大程度上与我们对所论故事情节的直觉的了解相吻合，看它究竟能不能将明显错误的描述排除。读者识别并概括情节的能力，将相似情节加以归纳的能力等等，提出了一系列有待于解释的情况；而没有这种直觉的了解（每当我们复述或讨论情节时都表现出这种直觉），就无法对情节结构的理论作出评价，因为那样无所谓正确与否。

弗拉基米尔·普洛普（Vladimir Propp，1895—1970）的开风气之先的著作《民间童话形态学》，是结构主义情节研究的出发点，作者似乎很好地掌握了这一方法论的关键。他提出，他所研究的童话，已经按调查者进行分类，因为这些调查者"具有读者立即能感受到的特殊结构，虽然我们自己对此一无觉察，但这种特殊结构已决定他们的类属"。童话的结构"不知不觉地变成了"分类的基础，这一点应予以说明，或"转换成形式上、结构上的特征"（*Morphology of the Folktale*，pp. 5-6）。他甚且求助于语言学，以证明他的程序的合理性：

> 一种活的语言是一个具体的事实——语法是它的抽象的基础。这些基础层次位于许许多多生动现象的根基部；而科学的注意力正是集中于此。如果不对这些抽象的基础层次进行研究，那么任何一个具体的事实都不能得到解释。(p. 14)

他的具体分析表明，他所感兴趣的"具体事实"都与读者的直觉有关。普洛普的前辈维谢洛夫斯基（A. N. Veselovsky）曾在初始阶段的一次结构分析中提出，情节由单个的母题（motif）组成，例如"龙劫走了国王的女儿"。但是，普洛普认为，这一主题可以分解为四个因素，每个因素都可作变动，却并不改变情节本身。龙可以换成巫婆、巨兽或任何其他的邪恶势力，女儿可以换成任何受宠爱的人或物，国王可以换成别的父亲或拥有者，而劫走可以换成其他的失踪形式。他的结论是，对于读者而言，情节中的功能性单位是一个由各种成分构成的变化格式，这些成分中的任何一种都可以被选出，填入某个具体的故事，正如音素是一个功能性单位，它在说话者的实际发音中又呈现出各种各样的变化一样。普洛普认为，童话由两类成分构成：第一类是"角色"

（roles），由各种不同的人物充任；第二类是"功能"（functions），它们构成情节。

功能是"戏剧性人物的行为，按其对于整个故事的行为过程的意义而界定"（p.20）。这一定义是普洛普所作分析的最要紧的特点：他先考察了是否还有其他行为可以取代故事中的某一特定行为，同时又不改变它在故事中充当的角色的情况，然后提出能够包罗所有这些行为的总类即是所谓功能的定义。功能"不能脱离它在叙述中的地位而得到界定"，因为同样的行为在两个不同的故事中可以起大不相同的作用，它们必须划归不同的功能。主人公建造一座大城堡，也许是为了完成他为自己定下的一项艰巨的任务，也许是为了不受恶人的侵犯，也许是为了庆贺他与国王的女儿喜结良缘。在每一种情况下，这一行为可以与不同的行为互换，它与它前后发生的行为的关系也各不相同，因而属于不同的功能。

普洛普研究了一百个童话，从中归纳出三十一种功能，形成一个体系，而这些功能在具体童话中存在与否成为童话情节分类的基础。这样就"立即产生了四种类型"：通过斗争并取得胜利而发展；通过完成一项艰巨的使命而发展；通过上述两种情况都实现而发展；以及通过上述两种情况都不得实现而发展。（p.92）但是，这些结论都是根据他的研究对象本身的属性得出的，它们对于他的分析所引起的讨论固然重要，然而对于我们此刻的目的却没有多大的意义。

克劳德·布雷蒙（Claude Bremond）对普洛普所使用的结构的概念提出了批评，他认为，每一种功能势必又会释放出一组替补性的结果。而普洛普关于功能的定义，却以为"一种功能不会释放出替补性的选择。因为它是由它的结果界定的，所以，不可能产生与之对立的结果"（"Le message narratif", p.10）。我们阅读一部小说都会有这样的感觉，在某一特定时刻，故事会有多种发展可能性，因此，我们或许会以为，情节结构分析就应该将这一事实包括在内。此外，布雷蒙也求助于语言学模式来支持他的论点，认为普洛普的分析仅仅着眼于"言语"（parole），而不是"语言"（langue）。

_247

如果我们把观察角度从运用句末限定式的语言行为（句末对句首词语的选择起决定作用），移至语言系统（句首决定句末），整个指义方向就被颠倒过来。我们架构功能系统的顺序应该从出发点（terminus a quo）开始，它在以一般语言描述情节的时候，就会释放出一整套的可能性，我们不应该从归宿点（terminius ad quem）出发，而俄国童话这种具体的语言行为从各种可能性中作出自己的选择，就属于后一种情况。(p. 15)

看来布雷蒙认为，如果把语言作为一个系统对待，那么我们就会发现，每句话的第一个词对后来的词语都会加以限制，但同时又开启了下一系列的可能性；而如果我们考虑的是已经说出的完整的一句话，那么我们则可以说，这最初的词语非这样选择不可，只有这样才可能实现语句的结尾。但是，无论这一观点包含着什么样的道理，它与结构似乎都并不相干。我们谈论一个句子的结构，或一种语言的结构时都会发现，一个结构的各构成成分之间的意义关系是一个双向的运动。动词对主语和宾语施加某些限制，宾语对动词也施加了限制，等等。没有一种从语句初始部分产生因此能对每一项语言成分作出解释的语法，能够统摄后来跟进的全部语言现象。事实上，语言学的类比模式非但不能支持布雷蒙的论点，反而说明了结构分析在整个语序的各成分之间起着相互决定的作用。

这一争论具有极其重要的意义。对普洛普而言，一个语言成分的功能是由它与语序其他成分的关系决定的。功能并不仅仅是行为，而是行为在整个叙述中所充当的角色。的确，如果主人公与歹徒交手，那么读者的兴趣很大程度上会被吸引到胜负未定的结局上；但我们可以说，这也是斗争的功能未有定论的缘故。读者只有了解了结局，才能明白它的意义和地位。布雷蒙论证说，这种目的论的结构概念是不足取的，但恰恰相反，这正是我们所需要的关于结构的概念。巴尔特说："每种功能的实质，可以比喻为它的一粒种子，它允许把一个语言成分在故事中种下，日后这个成分将会成熟。"（Barthes, "Introduction à l'analyse structurale des récits", p. 7）情节必须受制于目的决定论：某些事情的

第九章　小说的诗学

发生只是为使叙述沿其轨道发展。热奈特把这种目的决定论称为——

> 虚构的矛盾逻辑，它要求按其功能属性，也就是说，按它与其他成分的对应关系，去界定每个语言单位、故事的每个成分，并用后者说明前者（按照叙述的时间顺序）等等。（Genette, *Figures* II, p.94）

另一种办法是不作功能分析，只对行为进行分析，设法具体指出任何一个行为可能产生的各种结果。但是，这种理论将无法解释为什么某行为具有这样而不是别样的结果，而这对整个故事又会造成怎样的区别，殊不知，这区别正是第一个行为的功能的变化。总之，我们不能只挑出情节的构成单位而不考虑它们的功能。这是语言学模式的基本点，对于文学的结构分析来说，同样如此。

看来，上述论点已有事实为证，因为像布雷蒙那样的理论，把注意力集中于可能出现的选择上，势必会对不同的叙述作不同的描述，例如对尤利西斯经历的史诗叙述，其中的叙述者不断提及以后的事件和情节的最终结局，那是一种描述，然而对于同样的故事，如果其中没有那样的超前叙述，那就会是另一种描述。在前一种情况下，叙述选择的幅度缩小了（如果叙述者宣布尤利西斯将抵达伊瑟卡，他就无法再让波利斐默斯杀害尤利西斯），而在后一种情况下，故事就可能产生更多的枝杈。但从定义上说，这两个故事的情节是一样的。实际上，布雷蒙混淆了阐释代码的活动与选择行为代码的活动。后者的成分必须作反时间顺序的界定，而前者的成分则是按顺时间顺序加以识别，犹如对悬念或疑案的期待那样。如果我们在此对阐释代码再说上几句，那么我们再回到情节结构的论题时思想准备就会更加充分了。

巴尔特写道："陈述阐释的各项内容就是对各种不同的形式条款加以区别，因为正是通过这些形式条款，一个疑团才得以确定、提出、具体地陈述、拖延，以至最终加以解决。"（Barthes, *S/Z*, p.26）虽然巴尔特基本上只着重讨论疑案的问题，读者却可以把整个文本中发现的任何一个看上去没有得到充分解释的疑点都纳入其中，可以提出各种问题，唤起了解真相的欲望。这种欲望便形成一种搭建结构的力量，引导读者去寻求一切能够组织起来、多少能够回答他所提出的问题的那些特点，而正是从这个意义上看，阐释代码显得尤为重要。虽然这里已经将一般性的兴趣或好奇心排除，即了解那些我们感兴趣的人物后来会怎样的愿望已经被排除，但是，这还算不上是个不幸的结果，因为我们在讨论故事的结构时，完全应该能区别什么是读故事的愿望，什么是从所谓的悬念（即存在着一个具体的问题）中了解事情的结局的愿望，我们之所以要读下去，并不是因为知道得越多越好，而是为发现有关的答案。想知道下一步又发生了什么的愿望本身并不成为架构结构的重要力量，而为了知道一个疑团或一个问题是如何解决的，才的确会引导读者将语序组织起来，以满足我们的愿望。

布雷蒙所说的出现选择或分岔的时刻，可以视为情节中的一些时点，在这些时点，行为本身提出了认同与分类的问题。男女主人公在一次激烈的争吵之后，可能和解，也可能分手离异，读者此刻所感到的悬念，从结构上说，是一种想了解争吵应被看作是对爱情的考验还是爱情的结束这样一种愿望。尽管这一行为本身可能完全会按他的个人愿望去表现，但他还是不了解这一行为在情节结构中的功能。只有当疑团或问题得到解决，他才从对行为的理解进入对情节的理解或再现。

巴尔特没有讨论情节的不稳定性，虽然这个问题已包括在阐释代码的范畴之内。他关注的基本上是身份属性的疑点。书名往往变成这样的疑团：《米德尔马奇》一直读到第六章，我们才弄清它究竟是一个人、一个家族、一幢宅第、一座城市，还是一个主题隐喻。诸如《鸽翼》《废墟来客》《名利场》《夜未央》这些书名，由于我们试图确定如何把它们当作隐含的主题应用于小说，把小说组织起来，因而愈加令人瞩目。所指不明的指示词，出现于小说的开场白中，也造成了阐释的起伏。海明威的《弗朗西斯·麦康伯短促的幸福生活》起始就是一句颇费阐释的句子，它提出了一系列的问题："已经是午餐时分，他们一起端坐在带有绿色双层门帘的餐厅帐篷下，仿佛什么事情也没有发生过。"

巴尔特所考虑的问题，包括了作品人物或叙述者所关注的大多数问题："'而这是谁呢？我得知道。'她兴致勃勃地说。""谁也不知道兰蒂

第九章　小说的诗学

一家从哪里来。"或者更加微妙的问题："不久,那上流社会的人习以为常的夸张,产生并越来越发展了关于这个神秘人物的最有趣的想法、最离奇的说法,以及最荒唐无稽的故事。"而种种关于这些故事无须深究的暗示,则无非是为了提高读者的兴趣而已。阐释过程中的前三项,巴尔特分别称为"主题标志"(la thématisation),即提出疑团围绕的对象,"定位"(la position),即指明的确存在着一个问题或疑点,以及"表述"(la formulation),即明确当作一个疑团来陈述。第三项活动可以由文本自身或读者去完成,然而巴尔特的意思是,进行阐释阅读,就是将这一模式运用于文本。

阐释过程中的后来几项更加重要,因为"如果话语要捕捉到疑团,并使它始终保持开放状态,那么它必须完成大量的工作"(Barthes, S/Z, p. 82),然而正是在阐释过程的后几项运作中,读者在不断追寻话语发展的同时,又不断受到话语所做工作的影响。而只有当问题一直是个问题时,它才是重要的搭建结构的力量,才能使读者按照文本与它的关系把文本组织起来,并按照他所试图回答的问题去阅读文本的语序。关于这几项程序,首先是"回答允诺"(promesse de réponse),即叙述者或某个人物指出,回答即将作出,或这个问题不是不可解决的;然后是"圈套"(le leurre),即某个回答,严格说来也许是真实的,然而其用意却是让人误入歧途;"模棱两可"(l'équivoque),即某个含混的回答,把疑点弄得更加扑朔迷离,使它变得更加有趣;"阻遏"(le blocage),即承认失败,宣告疑点无法弄清;"回答暂停"(la réponse suspendue),即某事件中断了发现过程;"部分回答"(la réponse partielle),即了解了部分真相,但疑点仍在;以及最后的"真相大白"(le dévoilement),即叙述者、人物或读者接受令人满意的结局。(pp. 91 - 92,215 - 216)

以上所述仅仅是个示范,它告诉我们如若读者置身于阐释的过程,他们可以赋予文本的各种成分以什么样的作用。但它还没有发展到提出一种阐释结构理论的程度,因为它并没有详细地说明文本的成分究竟怎么会被当作疑团的,也就是说阐释过程是怎么开始的。可是,巴尔特的讨论却至少有一个优点，那就是提醒我们注意文本中的疑团是如何把文本贯穿起来的。在侦探小说中，需要阐释的成分比比皆是，而正是这一特点，使侦探小说故事具有一种内在的连贯性，尽管它的情节、人物、描述等等结构松散，却丝毫不会破坏文本的统一。托多洛夫曾论证说，亨利·詹姆斯的短篇小说的组织结构都大同小异：答案一再被推延，隐秘永远不作揭示，这样就为读者提供了一个视角，他可以自己把一个系统强加于参差不一的各种成分之上。我们还可以想一想疑团如何把《俄狄浦斯王》贯穿起来。"真相的声音"在阐释代码的推动下发挥作用，它最终可能与故事本身的声音重合，但是，阐释结构不同，情节一样的两个故事也可能产生截然不同的效果。

布雷蒙不赞成普洛普强调按目的论界定的功能，说他忽略了可能造成不同结果的经验行为；而格雷马斯和列维-斯特劳斯则指责普洛普所发现的形式"离经验观察的层次太近"。他们认为，他不应该只从具体童话的行为上升到那略加抽象后的三十一种功能，而应该进一步考虑一个故事所必须满足的一般结构条件，应该说明它的那些功能是更加基本的结构的表现或转化。包括了民间童话乃至大多数小说的"戏剧化的叙述"（récits dramatisés）类，在其最基本的层次上被界定为时间性对立（起始状况与终结状况之对立）与主题情状对立（内容被倒置与内容被解决之对立）相对应的四项同类体。① 论及称为情节的语序，不仅必须挑选出行为，而且必须挑选出对主题有影响的行为。只有从故事的起始状况过渡到终结状况、有助于形成问题与问题的解决之间的对立的那些成分，才是故事情节的构成成分。

当然，普洛普所列出的全部功能，都有这样一种构成主题的力量，不过，这一套三十一项功能却不免过于人为武断了。从结构上说，如果他能把它们转化为三四个基本成分，那么分析者就能更加得心应手。列维-斯特劳斯在《俄国童话形态学的分析》一文中，把逻辑上关联的功能加以合并（"这样，我们可以把'违背'看作'禁止'的反义，而后

---

① 列维-斯特劳斯. 俄国童话形态学的分析. 142；格雷马斯. 论意义. 187.

者又是'指令'的反义转化"),从而减少了功能的数目。而格雷马斯未作过多的解释,就把凡是能用新造术语加以涵盖的功能统统归类合并,径直提出了三类语序:"因为在此无法作面面俱到的证明,我们干脆提出一个假说,从中可以找出三类叙述语序。"(Greimas, *Du Sens*, p. 191)然而遗憾的是,他既没有提及如何才能证明这一假说的合理性,也没有说明这一假说究竟又提出了哪些主张。

这三类语序,一是"履行性语序"(les syntagmes performanciels),与任务、事项等完成有关;二是"契合性语序"(les syntagmes contractuels),它们把事态引向某个结局(某人承担某件事或拒绝做某件事);三是"分离性程序"(les syntagmes disjonctionnels),它们包括各种各样的运动或错位。但最后一类显得特别牵强多余。出发与抵达虽然重要,但格雷马斯的理论却牵着他炮制出了一个"出发"对"微服抵达"和"抵达"对"回归"的四项同类体。当他分析一个具体神话的结构时,引出了更加混乱的结果:六种"错位"被说成是"出发+运动"(或者"横向""快速横向""上升",或者"下降"),一种说成是"反向回归",另一种是"正向回归"。(pp. 200-209)实在不清楚这样的分析究竟能达到什么目的。如果它的意思是,运动的方向和速度在决定某一事件的功能方面比这一运动的原因更为重要,那我们只好说,他自己的思想运动没有提供任何这方面的证据。如果某个英雄横向、快速地逃离歹徒,它的确与赛跑很不相同,但从功能上说,它与为了躲避而慢慢地、垂直地爬上树去又十分相似。

履行性语序包括了通常划归为情节的大部分语言成分,但它无意论证这一分类本身及其进一步的区分(如交战和考验)是否合理。不过,格雷马斯自己已很快认识到,按照他的这种阐释语言对文本所作的改写和分析,只提取了"出于对叙述模式形式属性的了解而预期的成分"(pp. 198-199)。所作的改写比我们提出的情节梗概更加形式化,这一事实本身并不成为决定性的考虑,但它的确促使我们去进一步思考,为什么这一思维模式应该看作是合理的。

唯一可能的答案是,这一模式的分类隐含着有关叙述结构的重要假设，但是要说明这一论点并不容易，尤其是对第一和第三类。第二类（契合性语序）比较有把握：它暗示了情状本身对于情节而言并不是个中心环节，我们所寻求的仅仅是包含了内在的契合或违背契合的情状。按照格雷马斯的观点，大多数故事都是或者从否定性契合移向肯定性契合（与社会的间离到重新与社会结合），或者从肯定性契合移向这一契合的破裂。虽然划分区别并不容易——大多数小说都具有某种结局，即使这一结局是由某个未予指明的契合破裂造成的——但它使我们注意到由叙述模式所暗示的情节结构的一个重要方面，即从被倒置的内容向被解决的内容的运动。

托多洛夫在早期论述《危险的关系》的著作中，试图运用列维-斯特劳斯的同类体模式来描述情节："人们已经接受所谓故事以横向组合方式再现了纵向组合关系系统的假设。"我们必须进一步用四项同类体的形式将这一系重新架构。按照列维-斯特劳斯分析俄狄浦斯神话的做法，将事件划为四类，每一类构成同类体结构的一项，已经证明是可行的，但是，托多洛夫认为，在选择或描述这些行为以使它们与结构相吻合的过程中，"存在一种搞不好就堕入随意武断的危险"（Todorov, *Littérature et signification*, pp. 56—57）。造成这种困难的原因，据说是列维-斯特劳斯当时制定同类体结构时，没有考虑故事的线性发展的一面，而认为各种关系只在整个故事中不断地重复。整个情节将与这一连串的四个行为或四个片断同构，或者，重现情节结构的同类体至少被认为确实应该达到如此抽象的程度，它才可能在故事的各个不同的部分得到重复。

为了使具体语言序列的特点与整个情节的向前运动同时得到保留，托多洛夫在他的《〈十日谈〉的语法》中试图发明一种普遍适用于各个层次又不会让人把行为塞入某一特定语义模式的阐释语言。他划分了三种"基本类型"，分别称为"专用名词""形容词"和"动词"。第一类代表人物，而从情节结构的观点看，它纯属各个命题的主语，本身没有任何内在属性。"形容词"与格雷马斯的"修饰语"和克里斯蒂娃的"限定性附属成分"类似，又进一步划分为状态（即对立的变体，如幸福/不幸福）、属性（美德/缺陷）和条件（男性/女性，犹太教/基督教，出身高贵/出身低贱）。动词也有三类：更改情状的、犯下某种过失的和惩罚的。除此之外，任何命题都将属于以下五种模式中的一种：指示性的（真正发生过的行为）、"义务性的"（构成某一社会法则的成文的、集体意志）、祈愿性的（人物所希望发生的事情）、条件性的（如果你做 X，我则要做 Y）以及预言性的（在某种情况下 X 将会发生）。(Todorov, *Grammaire du Décaméron*, pp. 27 - 49)

看来，托多洛夫选择这样一些类型，是要认认真真地用他的语言学的模式，写出一套"叙述的语法"，而建立在规范语句基础上的这些类型，则可用于改写文本本身以及情节梗概的语句。但是，读者如何从包含了形容词与动词的语句移向整个语序都以形容词和动词代替的情节梗概，这里却一字未提。同样的语法分类在两个层次上运用，这一事实本身成为它们之间的联系，然而却未能清楚地说明这种综合的过程是怎么回事。

这种阐释语言究竟有什么意义呢？托多洛夫指出，他的分类把叙述结构和语言结构联系在一起，有助于我们对叙述本质的理解："on comprendra mieux le récit si l'on sait que le personnage est un nom, l'action un verbe."（如果我们懂得一个人物是一个专用名词，一个行为是一个动词，我们就能更好地理解叙述。）(p. 84) 但是，动词与行为的相似太明显了，并不能说明一种阐释语言的合理性；而托多洛夫自己犹豫不决，也无法证明他的分类就一定合理，因为它们都是从"通用语法"中引出的。(pp. 14 - 17)

如果确实想要证明他的阐释语言的合理性，那就必须依靠直觉判定它的分类所包含的区别，以及它们所确定的情节的分类都是正确的。首先，动词分为三类就表明存在着两种情节：一种包括情况有所更改，一种包括违法与惩办（或未予惩罚）。可是，我们实在看不出后者有什么必要被单独作为一种情况对待。为什么不把包括一种探索或作出某项决定的语序作为单独类型对待？约翰·鲁瑟福（John Rutherford）发现这一异常现象后建议，将违法与惩办省去，代之以把违法后的悔恨负疚当作形容词谓语（犯罪即更改了情况，并改变了原先描述某人物状况的形容词）。① 这无疑是一项改进，不过却降低了这一理论所声称的意义。情节的构成特征现在就变成了一种情状得到了更改——这一点自亚里士多德最早阐述后从未受到认真严肃的诘询——而情节中所包含的属性也就成了主要行为更改后的属性。这似乎是一个合理的当然也是微不足道的主张：当我们阅读一部小说乃至短篇小说时，我们能够指出一系列适用于主要人物的形容词，但是，不到某一件事真正表明或可能表明这些属性中的一项发生了更改，我们不会知道哪些是确实与情节有关的。

这一分类系统更加强调却又更成问题的一项主张，表现在所谓一个故事从一种情节结构过渡到另一种情节结构所必须经历的变化上。在薄伽丘的一个故事中，庞隆奈拉听见丈夫归来，便把她的情夫藏进一只大酒桶。她告诉丈夫那人是想来买酒的，正在察看酒桶。趁她丈夫清洗酒桶之际，两人继续调情。托多洛夫对这一情节的改写可以归纳如下："X犯下了过失，为社会所认可的结果是Y应该惩罚X；而X想避免惩罚，于是设法改变情状，其结果是Y相信她没有过失，也就没有惩罚她，尽管她依然继续她原先的行为。"（p.63）按照托多洛夫的理论，庞隆奈拉更改情状的行为并没有影响情节结构。如果她不耍骗术，径直让情夫离去，以后再来，故事的结构也完全一样。如果说这一点似乎还不能令人满意，这是因为我们的文化模式把"骗术"或"欺瞒"作为叙述的基本架构方式（含有欺骗行为的故事被视为与没有这种行为的故事不同），而我们则喜欢看到这种情形的再现。不过，请注意，按照托多洛夫的理论，如果庞隆奈拉预先告诉情夫，她能让她丈夫相信他是顾客，那么故事的结构就会发生变化。不过，倘若读者感到这一变化使情节结构的改变小于方才提到的让情夫离去而不使用骗术的办法，那么，他已经隐隐地对托多洛夫的阐释语言所包含的理论提出了怀疑。

与上述例子相仿，托多洛夫又不得不将同样的结构描述用于另外两个故事，一个说的是X发现自己的朋友Y懒散拖沓，狠狠教训了他一

---

① 鲁瑟福．叙述的结构（未发表手稿）．牛津女王学院．

顿，使他改掉了坏毛病，而另一个说的是 X 爱上了 Y 的妻子，将她勾引成奸。在第一种情况下，X 试图修正一种属性，获得了成功；而在第二种情况下，"所论属性是他们发现自己所陷入的两性关系"（他希望她改变原先不是他的情人的属性，结果成功地实现了这一改动）。于是，我们又一次发现这样一种奇怪的情况：第二个故事与第一个故事结构相同，但与第三个故事——X 爱上了 Y 的妻子，向朋友预言他能把她勾引到手，并果真将她勾引——截然不同。这些结果均归因于第一类动词的普遍性：凡是更改了某一情状的都会得到同样的结构描述，所以，这一理论所指出的情节结构的主要区别，都归因于形态的变化。正如克劳德·布雷蒙所指出的，"我们应该想到，所谓第一类动词的语义内容，只不过是必须辨明的语法功能的临时替代物而已"，而下一步的工作将使我们把情状明显更改的情节区分开来。[①]

看来，一个最基本的问题是，托多洛夫并没有考虑到他的理论究竟应该说明哪些事实，因此也就没有考虑到理论本身确定的但没有明说的分类的合理性。他觉得他的语法是仔细研究了一套文本之后的产物，因而是对这套文本的描述，然而他却不曾说明为什么这一描述比之其他描述技高一筹。他忽略了识别情节并使情节得以综合的阅读过程，因而无从作出解释。不过，他的类别划分至少还是界定比较充分的，读者可以实际运用它们，看它们会有什么结果，而这一点，许多别的理论就更谈不上了。

克里斯蒂娃在《小说的文本》中关于情节描述的论述，一开始也从语言学中抽取了基本的类别划分。她论证说，叙述语序与规范语句中的名词性和动词性的句法结构相仿，因此，最基本的类型是动词（表述性成分）、形容词（限定性成分）、"示意语"（附属于谓语的表示空间、时间和情态的成分），以及主语或"行为者"（"actant"）。按照这些分类，她架构起所谓"在小说语序结构中能产生划分叙述的复杂成分的应用参照模式"（le modèle applicatif de la génération des complexes narratifs

---

[①] 布雷蒙. 关于《十日谈》的语法的评论. 诗学, 1971 (6)：200-222. 托多洛夫接受了这一看法。

en classes narratives dans la structure phrastique du roman）（Kristeva, *Le Texte du roman*，pp. 129－130）。这一模式通过递归式组合的办法产生关于结构的描述。必须至少有一个动词，否则语法就会完全无拘束地把词语组合在一起：任何数量的动词都会出现；在语序的某一点上，任何数量的形容词（不论有无示意语）也都会出现；而且，动词和形容词上还会附上无以数计的示意语。不消说，这一模式对小说的结构也没有提出非常有力的假说。

克里斯蒂娃论证说，她的模式确定了八种不同结构的分类，可是实际上，几乎一切叙述（récits）都可以纳入她的第一类，即具有一定空间、时间和情态示意语的行为和修饰语的序列。人们或许可以设想出她的第三类（只包括一个人物和种种行为）、第四类（只包括一个行为、一串修饰语和示意语）以及第六类（只包括由许多人物实施的行为）中的一些具体例子，虽然这些都不是叙述文字的主要形式，只是一些稀奇古怪或个别的例子。不过，另外四类就不只是奇怪，而是简直不可能了。在第二类和第五类中，形容词没有示意语，然而即使是最中性的表述（"the tall man…"）也包括了情态表述（He is tall）。在第七类和第八类中，竟然没有人物，只有行为（有无示意语两可），这简直已经完全离开了叙述虚构的范畴。（p. 132）事实上，我们很难从克里斯蒂娃的模式中引出某种有意义的假说。这些类型本身并不能确定恰当的情节分类，除了说到与语言学有关这一点以外，没有作任何努力说明它们的合理性。当然，克里斯蒂娃用各种成分的自由组合取代了句法限制和语言结构。她的认识假设似乎是，倘若一切语序都可以用从语言学引出的阐释语言加以描述，那么，这种描述和阐释语言就必定是有意义、有价值的。但遗憾的是，她所列举的例子已足以证明事实并非如此。

既然格雷马斯与列维-斯特劳斯从四项同类体出发向下的努力和托多洛夫与克里斯蒂娃从语句成分出发向上的努力，似乎都不能恰当地充当情节结构的模式，那么，还有什么可取之策呢？要想取得哪怕是最起码的可行性，我们也必须考虑阅读活动，这样，我们不但要顾及格雷马斯和托多洛夫方案中所暴露的裂缝，而且要对读者遇到的行为和事件如

第九章　小说的诗学

何形成情节作出一定的解释。换句话说，一定要考虑该对哪些事实作出解释。譬如，西摩·查特曼（Seymour Chatman）试图以结构主义术语分析乔伊斯的《都柏林人》中的一个故事——《伊芙林》，我们可以把各种可行的情节梗概排列如下：

（1）伊芙林要私奔出走，去开创一种新的生活，但在最后时刻放弃了这一想法。

（2）伊芙林决定与弗兰克私奔，去开创一种新的生活，她苦苦思索她的过去与现在，不知自己是否应该就这么过下去。她决定出走，但在最后时刻改变了主意。

（3）伊芙林同意与弗兰克私奔去阿根廷，去开创一种新的生活，在她出走的那天下午，她坐在窗口，眼望着窗外她一向熟悉的街道，心头掂量着两种考虑，一方面是她幸福的童年回忆，她对这里一切的依恋，她的家庭责任感，另一方面是她的父亲变得越来越粗暴，弗兰克对她的吸引力，他将使她获得新生。她决定逃跑私奔，但是，当她随他登船之际，她猛然感到一种强烈的几乎真有一只手将她拽住似的冲动，她放弃了出走的念头。

人们显然会对这些梗概中的细节提出这样那样的异议，但它们作为故事情节的叙述还是基本可行的。为得到这些梗概，我们舍去了许多东西，至于哪些该舍去，一般意见还是一致的。例如，在故事的第二段中，我们读到"那个从最后一幢房子里出来的男人，在他回家的路上经过这里"。这是一个行为，但是任何情节梗概都会把它舍去。其原因就是它不产生任何后果。初读这篇小说，我们会拿不准这一语句起什么作用，待继续读下去，此人再也不被提起，我们就会判断它并不是故事情节的一个构成成分，而只不过是为了表现伊芙林的散漫的观察，但后者则可以置于"冥想"的标题之下，作为整个情节的一部分。

在《叙述结构分析的引言》中，巴尔特作出这样的区分：一种是"核心"，它们相互衔接，构成情节；另一种是"催化剂"或"卫星"，它们附属于核心成分，但本身并不构成行为序列。如果我们对这一区分再作两点限定，那么它就可以部分再现阅读的过程。首先，核心成分与

259

卫星成分在文本中并不一定就是不同的语句。核心成分完全可能是一连串被视为卫星成分的语句所表现出的抽象。西摩·查特曼把"有一个时期,那边曾有一片空地,在那里……"作为《伊芙林》的第二个核心成分,然而,这语句本身并不属于行为序列,它只是核心成分"冥想"的一个表现。① 其次,核心和卫星纯属关系性术语。情节结构的某一层次上的核心成分,在另一层次上会变成卫星成分,而一个核心成分的序列本身又能汇入一个主题成分。伊芙林回想起她与弗兰克恋爱时所做的事情,这些行为虽然可以按核心成分和卫星成分划分,却又属于我们称为"幸福的恋情"之类的更大的成分,而在另一个层次上,它又成为主题成分"与弗兰克在一起时生活的光明面"的一部分。

究竟是什么主宰着这识别核心成分和卫星成分的过程呢?在《S/Z》一书中,巴尔特试图从文化模式中找到答案:

> 任何人阅读文本时都要从行为(行走、暗杀、约会)的类属名称上吸收点点滴滴的信息,正是这个类属名称创造了语序。只是当我们为语序命名的那一刻,而且只因为我们为语序命名了,语序才存在;它的发展完全跟随着这一命名过程的律动,不断地追索,不断地得到肯定。(Barthes,*S/Z*,p. 26)

在最低层次上,我们可以说,当巴尔扎克的叙事人把萨拉辛涅带到一个"狂乱酒宴"上时,他就提醒读者以下的语序必须参照狂乱酒宴的模式来进行阅读了,这里的每时每刻、每个成分都由行为序列的转喻加以表现:一个女郎将酒洒出,一个男人睡着了,口出笑话,污言秽语。产生这一语言序列的横向组合关系,融入了在文化模式层次上赋予成分以意义的一个纵向组合。(p. 163)

普洛普为他这么多的功能命名,这些名称早已包含在读者的阅读经验中(与歹徒的争斗,拯救主人公,惩罚歹徒,困难的使命,等等),他似乎已经认识到这种文化套式的重要性。虽然布雷蒙声称"使命、契

---

① 查特曼. 叙述结构分析的新方法. 语言与文体,1969(2):6. 查特曼又作了"隐含核心"与"外露核心"的区别。关于这一问题的进一步的讨论,见卡勒《界定叙述单位》。

第九章　小说的诗学

约、错误、陷阱等"都是用于识别叙述情节的"一般类型",但我们仍可以说,小说本身已经为我们判断哪些是生活中有意义的事件提供了实质性的依据——哪些事件重要到足以构成一个故事。所以,《伊芙林》的一开始,"她坐在窗前,注视着黄昏把阴影投向大街。她的脑袋斜倚在窗帘上,印花窗帘布上散发的尘土气息直冲进她的鼻孔",这一语序迫使我们继续等待着某个事件的出现,以便得到一个贴切的命名的线索。她正在"等待"某一具体事情的发生?她"拒绝"去干某件事情?她正在"考虑"或"作出决定"?我们的文化模式在等待着,但我们暂时还不清楚该吸收哪些提示。

"关于选择行为的语序,我们了解了多少呢?"巴尔特在《S/Z》的结束时写道:

> 它们是阅读的一种力量产生的,这种力量竭力想用一个足够超验的术语为一组行为序列命名,而这些行为本身均出自人类经验的积淀。我们也知道,这些选择行为的分类似乎不太确定,或至少说,我们除了将最有可能的逻辑,现存的井然有序的世界的逻辑,已经发生完成、已经成文的逻辑赋予它们以外,无法再赋予它们以其他的逻辑。因为术语的数目和系统都是可变的,有的产生于日常琐碎行为(如敲门、安排会议)这种实用性的概念群,而有的则产生于已经写就的小说模式的类群。(p.209)

但是,人们又并不因此而善罢甘休,听任自己的替换模式处于这种零散状态,因为读者在选择如何命名时,始终受到结构目的论的控制和引导,他因此而知道自己朝哪个方向移动。譬如,在《伊芙林》这篇小说里,我们找到了第一个核心成分"冥想"之后,就会期待对整个结构更为重要的核心成分的出现,因为我们知道冥想本身并不能造就一篇小说,它必须与人物所思考的某个主要问题、决定或行为发生关系才行。于是,当我们读到"她已经同意出走,离开这个家。这妥当吗?"的语序时,我们就会把这个问题作为架构全篇的主要手段。此前此后的冥想和回忆,都按它们与这一问题的关系组织起来,我们对究竟如何才算是一个完整的结构,心里会有一个想法,这个想法使我们等待着对上述问题

261

的回答和实施决定的行为。一旦我们确定了叙述的主宰结构，我们就有办法去处理预先设想的核心成分和卫星成分了。它们体现了格雷马斯所谓的从被倒置内容向被解决内容、从一种契约向另一种契约的运动：伊芙林同意与弗兰克私奔，这就否定了与她母亲之间的契约，她的决定肯定了她与弗兰克之间的契约，但这一契约又被她的最后一刻的行为破坏，与母亲的契约又得到恢复。

读者在综合情节时心中所期待的目标，实际上就是关于主题结构的设想。如果我们说，核心成分的排列是由读者的愿望所控制的，即读者想达到满意地把握整个情节的结构层次，如果我们将这种形式视为格雷马斯和列维-斯特劳斯所谓的四项同类体，托多洛夫所谓的情状更改，克里斯蒂娃所谓的变化，那么，我们至少就得到了一条总的原则，其效应可以在较低层次上窥见。读者必须把情节从一种状态组织成另一种状态的文字段落，而这段文字或这样一种运动必须成为整个主题的再现。小说的结局必须由开场演化而来，读者通过对其中异同的比较即可引出意义。而这一点又对如何命名起始与终结施加了限制。读者可以设法确定一串首尾连贯的因果关系链，互不相干的事件可以读作通向一个既定目标的各个阶段；或者，读者也可以确定一种辩证的运动，在这一运动中，各事件呈相互对立的关系，这种对立维系着必须得到解决的问题。这些同样的限制在较低的结构层次上起作用。为了架构一个起始或终结状态，读者将抽出一组行为，按其因果顺序排列，而按照更大的主题结构之需所命名的这种状态，其本身就是一种逻辑发展，或者，他也可以将一组事件读作某一普遍条件的体现，而这一普遍条件则充当总体结构的起始或终结状态。

为了具体说明在最抽象的层次上主宰情节结构的主题形式，我们或可求助于某种原型情节或规范情节的理论，例如诺思洛普·弗莱的理论。他的四种叙述类型（mythoi）——春、夏、秋、冬——同时又是定型的情节和主题结构或对世界的看法。与春季叙述类型相应的是爱情成功的喜剧情节：一个约束性的社会设置了种种障碍，但这些障碍均被克服，剧中人过渡到一个新的、健全的社会。秋季的悲剧情节包含一种契

第九章 小说的诗学

合的否定性变化：障碍取胜，对立面（人、自然或天意）为己复仇，如果其中有调和妥协或重归于好，那也是作出牺牲后换得，或在另一个世界获得。夏季叙述类型的最常见的情节就是寻觅主题的罗曼史、危险的旅程、千钧一发的搏斗，以及对英雄的赞颂。而冬季叙述类型与罗曼史正好相反，表现的情节呈反讽模式：寻觅以失败告终，社会没有得到改造，主人公懂得了除了死亡或发疯外，在这个世界上找不到其他出路。（Frye, *Anatomy of Criticism*, pp. 158 – 239）这种形式可以充当模式，帮助读者识别和组织情节：了解了究竟什么会构成悲剧或喜剧，就能使读者为核心成分命名，使这些成分与主题发生联系。

如果结构主义者希望对这些问题进行考察，他们就会把目光投向一位声名卓著的先辈，那就是俄国形式主义批评家维克多·什克洛夫斯基（Victor Shklovsky）。很少有人像他那样意识到，"中短篇和长篇小说结构"的研究应该从读者对于小说形式的期待入手，对读者的结构性直觉进行阐述。他发问道：为感受到一个故事的完结，我们需要什么呢？在有些情况下，我们觉得一个故事并没有真正完结，究竟是什么造成了这样的印象呢？究竟什么样的结构能够满足我们对小说形式的期待呢？（Shklovsky, "La construction de la nouvelle et du roman", pp. 170 – 171）什克洛夫斯基考察了几种似乎能产生结构完满的情节的平行对应类型：人物间的关系走向反面；从预兆或担心发展到预兆果真应验；从一个问题的产生发展到问题的解决；从对于某种情状的伪谴责或对该情状的错误再现发展到对这一切的更正。但最有趣的则是他关于插话式小说及其可能有哪些结尾的论断。一般说来需要一篇与先前的情节序列迥然不同的结束语，它使情节序列收场，并提示我们如何阅读。例如，对主人公十年后的境遇描述一番，则能告诉我们情节序列是否应读作主人公逐步沉沦、失望、与凡夫俗子同流合污等等。但还有一种结尾，什克洛夫斯基称之为"虚幻式结尾"——这种极端的情况恰好说明了读者对形式的期待和阅读的策略，正是读者的这一能力被用来产生一种故事的终结感。"通常都是通过对自然或天气的描述来造成一种虚幻的结尾。……这一新的母题往往作为先前发生故事的平行陪衬，故事因此而

给人以结束的感觉。"（pp. 176 - 177）

对天气的描述可以作为令人满意的结束，因为读者会对它作比喻性或举隅性的阐释，然后把这一主题陈述与故事中所发生的行为予以对照阅读。什克洛夫斯基援引《瘸腿魔鬼》中的一段为例，书中的一名过路人，停步帮助一名在战场上致残的伤员，自己却被逮捕了。"我请读者自己杜撰一段对塞维利亚夜景或无动于衷的天空的描写，续在故事之后。"（p.177）他显然是正确的。这段描述将使故事有一个令人满意的结构，因为无动于衷的天空会造成一个主题喻象，有助于识别和肯定故事中事件的作用。它一方面强调了故事的反讽；另一方面，作为情节的主宰结构，它又突出了行为的反讽运动。

什克洛夫斯基似乎已经意识到，情节结构的分析应该是对形成情节的架构过程的研究，他知道，要发现哪些规范在起作用，最好的办法之一就是改变文本，观察其效果如何相应地发生变化。巴尔特发现，叙述文字的分析者必须善于想象"反文本"，即文本中可能出现的乖张错乱，叙述中任何不可思议、令人反感的现象。（Barthes, "L'analyse structurale du récit", p. 23）这一点有助于他识别功能性规范。这样，分析者的任务就不再是确定情节的分类办法或提出转述情节的阐释语言，因为这些分类法和阐释语言已多得不计其数。他必须像巴尔特所说的那样，解释"读者自己的阐释语言"，"我们自己所运用的表述情节的语言"（Barthes, "Introduction à l'analyse structurale des récits", p. 14）。

主题与象征

结构主义者没有把主题作为一个单独的考察对象进行研究。其原因也许很简单，因为主题并不是一组具体的语言成分的必然结果，相反，它只是对我们从文本中发现的连贯一致的形式的命名，或对我们成功地将各种代码联系在一起并呈现出条理的方法的命名。正如格雷马斯和列维-斯特劳斯的模式所清楚表明的，选择行为代码的最终结构是主题，

第九章 小说的诗学

因此不妨说，情节无非是主题结构的顺时性投射。人的生、活、死，总是从中间说起；"为赋予他们的生命跨度以意义，他们需要与起始和终结相应的虚构参照"（Kermode, *The Sense of an Ending*, p.7）。为了说明某件事，人们就把它编入一个故事，它的各个部分便以有条理的序列的形式呈现出来。这种顺时性的结构形成了小说所特有的理解可能性：所谓主题，我们通常并不是指小说提出的一种普遍规律，也不是指从小说所表现的情况，我们就能预见到可能发生的事件。把握一部小说的主题，正如 W. B. 伽利（W. B. Gallie）在另一种情况下所强调的，就是一步一步跟随故事的发展。跟随故事的发展与追踪一个论点不同：成功地跟随故事的发展并不需要有预见演绎性结论的能力，只需要一种判断它是否正确可信的意识，一种识别"维系逻辑连续性"使它的各个成分能被理解的意识。①

但是，产生统一性、转化、连续性等都是离开文本的成分作外向推论的问题，赋予这些成分以一种普遍的功能的问题。对于《艰难时世》中的路易莎来说，因为从围墙木板的节孔中偷看骑马而被人逮住，这意味着什么呢？这就得取决于我们如何看待这一事件，如何看待格莱德格兰兹一家的人物形象了。她显然违反了她父亲制定的家规，但是，她仅仅是因为好奇而犯下过失，还是因为对具体的事物好奇而犯下过失呢？范妮·阿辛厄姆砸碎金碗——《金碗》中极为有趣的事件之一——又究竟意味着什么呢？其实，这也是如何将金碗的功能普遍化的问题，这样我们就能把麦琪、范妮和普林斯都不愿意使用的一些称呼运用到这一事件上。主题的外向推论的问题与象征性阅读的问题有非常密切的关系：通过什么逻辑，我们才能从事物或事件中引出普遍性，使事物或事件表示一定的意义？

小说的阅读程式提供了两种办法，我们或许可以称之为"经验性复原"和"象征性复原"。前者的基础是因果关系的外向推论：如果书中描述了某个人物的豪华的服饰，我们便可以借助于关于人物性格的套式

---

① 伽利．哲学与历史理解．伦敦，1964；26，22-50.

说，他这般装束，是因为他是个纨绔子弟或花花公子，从而确定了描述与这后来的意思之间的符号关系。这样一种外向推论在小说中比在其他形态的经验中更加适用，因为我们在对待小说文本时，心中有更加明确的假定，小说中所注意到的任何一点都更值得注意，更有意义。但是，从因果关系中引出的意义却不是人人都能认可的，研究时也比象征性复原产生的意义更加困难。当因果关系不存在，或各种可调集的因素仍不足以说明某一事物或事件在文本中所得到的强调，甚或我们实在无法处理某一细节的时候，那就采取后一种复原的办法。一般说来，我们往往不愿意看到一个完满无缺的局面与一个不那么完满的局面之间、一个道德完美的人物与一个有道德缺陷的人物之间有某种因果的关系，但象征性代码却允许这样的联想，使我们能够把前者视为后者的朕兆。或换个比方，蓄着两撇八字胡与歹徒作恶并没有因果联系，但是，象征性代码却让我们确定一种前者为后者的表征的关系。

　　这种外向推论非常有趣，尤其因为象征性阅读本身并不是自由联想，而是受某种规律支配的过程，但它的极限又非常难以确定。对于象征的处理顾此失彼、捉襟见肘是较差的本科生论文中最常见的毛病之一，然而，即使他们愿意改进，也很少有人会取得很大的进步，能把读者究竟需要掌握什么这一点说清楚。结构主义者并没有成功地说明可信的象征性读义与不可信的象征性读义之间区别何在，但是，巴尔特对象征代码的研究对这种复原中所包括的基本机理却提出了一些积极有益的看法。

　　象征代码以某种形式手段作为自己的基础，那就是对照。如果文本中出现两个成分——人物、情状、物体、行为等，又表现出某种对立，那么，读者的眼前就展示出"一整个替代和变化的空间"（Barthes, S/Z, p.24）。如果出现两位女主人公，一黑一白，外向推论的机制就活动起来，读者将这一对立与主题对立相对照，它就可能表现：邪恶/善良，禁止/允许，主动/被动，拉丁语系/北欧语系，性感/纯洁的。读者可以从一种对立过渡到另一种对立，逐个试验，甚至把它们颠倒，然后决定哪一组对立符合将文本中其他对立关系统统包容的更大的主题

第九章　小说的诗学

结构的需要。这样，《萨拉辛涅》中的象征代码的第一个表现，就是发现了叙事人端坐在窗前，他的一侧是一个高雅的聚会，另一侧是一座花园。这样的对立在巴尔扎克的小说中极为平常，随着叙事人追寻各种可能的象征性读义，这一对立呈现出明显的变化：死亡之舞/生命之舞，自然/人，冷/热，寂静/喧闹。叙事人本身成为对立的焦点，他在窗前的位置被视为模棱两可的位置、危险的超然的位置："其实，冷风阵阵袭来，冻僵了你的半边身子，我的脚也已经冰冷，但你的另一半身体却仍能感受到客厅里湿润的热气。"（p. 33）

这一段中表现的对立仍保留着，并运用到象征代码的下一个主要表现上——一个憔悴干瘪的老人与一个年轻美貌的女郎之间的对比："与内部和外部、热和冷、生命和死亡的对立相关的是，这老人与少妇当然也被最无法动摇的障碍隔开：意义的障碍。"（p. 71）他俩比肩而坐，呈现出一种象征性的凝合（"真是不折不扣的生与死"），当少妇伸手触摸老人时，这是一种"突发性的越界冲动"。既神往，又厌恶，当她触摸到他时，那过分的反应表现为一种"意义的障碍"，强调了这一排他性的对立的重要，这就需要读者采取象征性的读法来处理这一对立，并在更大的象征结构中给它一个位置。

当然，对于一个对立项作出阐释，就会产生格雷马斯所谓的基本意义结构：一个四项同类体。但是整个过程并不就此止步，因为第二对对立项又可作为进一步外向推论的出发点。令人吃惊的是，在这些语义转变的过程中，只需要保留微乎其微的原始内容。列维-斯特劳斯根据他所研究的神话指出，虽然太阳和月亮本身不能用于表示任何东西，但只要它们被置于对立的地位，它们就能表示无以计数的其他的对立关系（当然，在某一特定文本中可能产生意义的幅度又是极其有限的）。（Lévi-Strauss, "Le sexe des astres", p. 1168）在小说中，象征阅读活动大多沿袭转喻或举隅比喻的模式——采取边缘搭界或联想的办法进行外向推论，是象征性复原的形式，这与经验性复原又密切相关。但是，我们也发现某些例子属于列维-斯特劳斯研究的一种特殊的象征转义，在这种情况下，对立的两项由某种共同的属性衔接在一起，然而两者又

_267

被置于对立的地位,以表示这一属性既在又不在的两面性。烤与煮是烹调的两种形式,因此同属于文化的范畴,然而,两者的对立(直接架在火上与经过一种文化的媒介物——锅),在文化系统内则可以用来表示文化与自然的对立。①《萨拉辛涅》中的少妇与老人两者都是活生生的人,但这个把他俩联系在一起的语义特征,或许早已"飘悬在空气里",因而当他俩被置于相互对立的地位时,就成为一种反差:生与死。两个男人若置于对立的位置,则会表现出阳刚与阴柔或人与兽之间的反差。这种语义产生的过程非常奇怪,无疑值得作进一步的研究。

列维-斯特劳斯对代码的研究表明,象征阐释是从文本中的对立移向社会、心理或宇宙代码等更为根本性对立的过程。在这里,关键的问题是,所谓"更为根本性的"究竟指什么意思?象征阐释究竟朝什么目标运动?对于人们所希望赋予象征的那种意义,究竟有什么样的限制呢?巴尔特称意义为——

> 一种企图制服其他力量、其他意义、其他语言的力量。意义的力量取决于它的系统化的程度:最强有力的意义是它的系统吸收了最大量的成分,似乎达到了包容整个语义天地中一切可视之物的程度。(Barthes, S/Z, p.160)

较弱意义必须让位于较强、较抽象的意义,因为后者能够更多地涵盖文本中蕴含的经验。巴尔特指出,这股力量的源头——使象征阐释朝它运动的力量之源——是人体:"象征的领地只被独一无二的物体占据,从它那里引出统一性(又从那里我们获得命名的能力⋯⋯)。它就是人体。"(p.220)人体是欲望之所在,把它作为象征领地的主宰,势必大大推崇某些精神分析的阐释。实际上,巴尔特在《S/Z》以及在《文本的快感》中,只是把人体和性欲用作表现各种象征力的比喻。所谓文本能激起情欲,指的是它既把你深深卷入,又挑逗捉弄你。它的根本吸引力就在于它既挑起我的欲望,又从我的追求中逃脱。把人体作为象征天地的中心无非是说,它是一种最终将其他意义制服的力量的化身。即使

---

① 列维-斯特劳斯.生食与熟食.344;饮食方法的起源.249.

第九章 小说的诗学

在以去势作为明显主题的《萨拉辛涅》中,巴尔特也没有听任人体本身去主宰主题结构,而只是把它作为一系列代码中的一个,这就指出了抹杀差别是危险的,因为不同的系统(语言的、两性的、货币的)的功能所依靠的正是这些差别。(pp. 221-222)

虽然我们不能说象征阐释总是指向身体,但是,我们总愿意把一些通过直觉而把握的意义归之于这样那样的象征。如果有人把《萨拉辛涅》起始的舞会与花园的对立阐释为热与冷的对立,那么这显然不能令人满意:当然也不是说这种对应关系不能成立,而是说它不够深刻丰富,不足以成为象征领地的恰当结构。我们一定会说"为什么热与冷呢?",为了满足象征力的要求,我们又会继续移向诸如人的激情与激情的消亡、生命与死亡、人与自然之类的对比。为了说明这些要求,鲁莽的批评家也许就会迫不急待地抓住托多洛夫在《虚幻文学导论》中的结论。在那部论著中,他把所观察的主题加以归并,划分为"我的主题"和"你的主题",前者是有关"人与世界、认知系统的关系",后者是有关"人与他的欲望,也就是与他的无意识的关系"(Todorov, *Introduction à la littérature fantastique*, p. 146)。这些分类的意义在于引出它们的认识前提:文学主题说到底总能用这些术语来表达,无非是关于个人与世界、个人与自我的关系。而与之相应的认识前提则是,我们何时终止从象征中作一般化的推论,这种意识却是由我们对包容于这总的分类中的结构和因素的了解所决定的,因此,这些结构和因素完全值得充任象征所指喻的象征物。这一点或许可以解释为什么格雷马斯称象征阐释是架构"价值论的语义素……诸如高处令人欣悦和深处令人烦躁"的过程,因为意识及其客体之间的最笼统的语义关系就是吸引或摒弃的关系,而最基本的评估经验——它们也包括在人体范围之内——就是幸福和不幸福的经验。巴巴拉·史密斯(Barbara Smith)已经说明,"我们的生命和经验中任何'自然的'停顿位置的指喻——睡眠、死亡、冬季等等,当它们在诗中作为期限特征出现时,往往会产生一种终止闭合的力量"(*Poetic Closure*, p. 102)。照此看来,在象征或主题阐释过程中,也有一组相类似的人类的基本经验,充当约定俗成的歇脚点。

巴尔特把这问题颠倒过来说：一旦外向推论和命名的过程停止，一种界定明确的评论就被创造出来，作品被封闭或完成，语义变化告一段落，语言得到"归化"。这就是作品的真实或秘密。（Barthes, S/Z, p. 100）我们就像那倒霉的批评用语所说的，发现了作品"真正要谈的"东西。当然也有这样的情况，作品本身告诉我们在哪里结束，它对自己的主题作一番明确的评论以后自行终止，但即使如此，我们也并不一定接受这个终点，我们完全可以按照阅读程式继续寻找其他的终点。我们停下来，往往是因为我们觉得找到了真谛或最大的力量之所在，而不会像巴尔特所指出的那样，我们停止之处都是真谛之所在。当然也应该说明一点，真谛和终点的选择并不是相互排斥的。

许多作品向这一归化过程提出挑战，不让我们感到象征读义的追求是极为自然的。这种作品虽然可以划分为截然不同的两类，但这两类都属于寓言式而非象征式的。寓言这种形式，一般认为需要加以评说，但不消多久它自己就会道出，正如柯尔律治在他著名的定义中所指出的，寓言也强调评论有人为性，它的表面意义与终极意义迥然有别。

> 我们可以放心地把寓言文字界定为运用一组替代动因和喻象，伴以行为和相应的附属物，用一种伪装的方式传递道德属性和思想观念，而这些属性或观念本身并不是五官感觉的对象，或其他什么喻象、替代人物、行为、命运和境况。这样，呈现在眼前或想象中的尽是差异，而同时又向思想暗示这一切是多么相像。[①]

在象征文本中，阐释过程则刻意显得自然。歌德在区别象征和寓言时曾说，共性被纳入个性，因而我们赞赏它的力量和意义，却又始终不会离开具体事物的层次，这样，正如象征的辩护士们所不懈告诉我们的，我们通过文学体验到一种在现实世界很难找到的有机统一或和谐：具体与抽象的融合，表象与真实的融合，形式与意义的融合。所谓象征，它本身必须能包含我们在语义转换过程中所产生的全部意义。它是一个自然符号，其能指与所指已不可分离地融合为一体，它不是一个人

---

① 柯尔律治. 杂论. 伦敦，1936：30.

为的或约定俗成的符号,那种符号的能指和所指是由人的权威或习惯联系起来的。然而,寓言却强调层次与层次之间的差异,标榜这种我们为了产生意义而必须跨越的距离,这样就使阐释活动的程式性暴露无遗。它或者讲述一个经验性的故事,其本身也许并不值得注意,但它却暗示,如果我们想读出传统驱使我们所追求的那些意义,那么就必须将故事翻译成另一种形态;或者,它摆出一副让人百思不解的面孔,设置重重障碍,甚至阻碍上述那种翻译,逼着我们将它读作关于阐释过程本身的寓言。前一类包括从最简单的寓言形式——说教寓言,到但丁、斯宾塞、布莱克的错综复杂的寓言,但是,在每一种具体情况中,恰当的阐释层次都是由一个外部的权威认定和说明的:我们关于基督教教义主题或关于布莱克的想象的知识,使我们识别比较说得通的寓言意义。当外部权威性不足或当我们不知道究竟应该如何处理的时候,就出现了第二类情况。如果作品能产生意义,它就成为寓言,可是,如果我们无法找到阐释层次,那么,我们的手头就还是一部作品,例如《为芬尼根守灵》、《远离人烟的地方》(*Locus Solus*)①,甚至福楼拜的《萨朗波》,它毫不掩饰其能指与所指的差异,仿佛就是把阐释的困难或虚假作为自己隐含的主题。② 也许可以这样说,寓言这种形式认识到经验与永恒无法合二为一,于是就强调这两个层次的格格不入,强调无法把它们拉扯到一起,除非暂时地、在互不关联的背景下,强调保护每一个层次和用人为的办法把它们联系在一起的重要性,以此来祛除所谓象征关系的神话性。唯有寓言能够完全自觉地、不带神话色彩地建立这种联系。

人　物

　　人物是小说的一个重要成分,然而,结构主义者却对它关注最少,

---

① 法国作家雷蒙·鲁塞尔(Raymond Roussel)于1914年出版的一部小说,对一批西方现代主义、后现代主义诗人、小说家和艺术家产生过重要影响。——译者注

② 卡勒. 福楼拜. 第8章第3节;德·曼. 时间性的修辞//辛格尔顿,编. 阐释理论与实践. 巴尔的摩,1969:173-209.

而且处理得最不成功。虽然对于许多读者来说,人物是虚构文学中一股主要的凝聚力——小说中的一切都是为了表现人物及其发展,但是,结构主义的方法往往把这一点当作一种意识形态的偏见,不把它当作阅读活动中的事实来加以研究。

其原因并不难寻。一方面,结构主义的基本精神就是与通常用于小说批评的所谓个性化的概念和丰富的心理联系等背道而驰的。它强调人际关系系统和习俗惯例系统对个人的作用,个人成为各种力量和事件的交汇点,而并无个性化的本质,因而它摒弃一般流行的关于小说人物的概念:所谓最成功的"活生生的"人物就是那些充分得到展现的、在生理与心理特征上卓然不群的、既独立又完整的人物。这种人物观念,结构主义者会说,是个神话。

另一方面,那种论点往往又兼有某种历史的特点。如果按福柯所说,人只不过是我们的认识上的一道褶皱,一旦认识体系的构形发生变化,人的目前形式就将消逝,那么,作为一种自称参与了这一变化的思想运动,在看待所谓丰富而独立的人物这一概念时,将它视为对另一时代进行复原的方法,也就不足为怪了。弗吉尼亚·伍尔夫、福克纳、娜塔丽·萨洛特以及罗伯-格里耶笔下的人物,不能按十九世纪的模式对待;它们都是作品语言结构上的节瘤,相比较而言,它们的自我属性都是不稳定的。

上述观点各有其合理之处,但仍旧应该区别对待,否则这种合理性就会模糊。小说已经发生变化,阅读的理论和实践也必须相应跟上。适用于十九世纪小说个性化心理本质的阅读期待和吸收同化程序,对于现代小说中的无面人(faceless)主人公或更早期小说中的流浪汉主人公束手无策,无能为力。但是,正如萨洛特和罗伯-格里耶等人与"巴尔扎克式"小说开战时所显示的,这些隐匿不见主人公的现代作品的效应,却仍取决于关于人物形象的传统阅读期待,所不同的是这些小说将人物曝光后又抹杀了。萨洛特的《黄金果》或索莱尔斯的《数字》中,有一种或许可称为"虚设的主人公"的主人公,其作用不是肖像,而是标签,它们拒绝成为丰满的人物形象,这本身暗示了对个性概念的一种批判。例如萨洛特的《马尔特罗》，同名主人公起初的存在是实在的，但随着小说的发展，"他清晰的性格轮廓逐渐变得模糊，到了最后，他和别人一样，也湮没在芸芸众生的大海之中"。马尔特罗的溶解就是小说的本质：那深不可测、奇妙无比的个性，就在读者眼前被抛弃了，用娜塔丽·萨洛特的话来说，这样是给"对非个人生活的更深刻的现实主义的研究让位"（Heath，*The Nouveau Roman*，p. 52）。

掌握了处理人物方法上各历史阶段的区别，我们就能以一种不同的方法阅读许多早期的小说了。《情感教育》虽然可以当作对人物性格的研究来读，将弗雷德里克·莫罗置于中心，从小说的其余部分推想出丰富的心理刻画，但是，我们现在却不免提出疑问，究竟这样是不是最好的阅读方法。如果这样阅读，那么就会像亨利·詹姆斯所抱怨的，我们将发现一个空洞虚无的中心。小说并不只是刻画了一个平庸的个性，而是表现了对我们以为是种种最重要问题的全无兴趣：弗雷德里克对阿尔诺夫人，对罗萨奈特，对达姆勃勒斯夫人的爱情，究竟有什么意义和价值？通过情感教育，他学到了什么，又失去了什么？作为读者和批评家，我们对这些问题可以作出回答，但这显然又是人物的传统模式要求我们这么做的。如果这么做，我们就是设法将文本归化，就是回避或缩减其中种种奇怪的空白和沉默。①

如果结构主义提出的历史区别有一定的价值，那么，它对于人物观念的总的批判则有一个优点，即可以让我们对一向在批评中起着重要作用的所谓丰满而"栩栩如生"的人物形象的观念，作一番再思考。传统小说依靠的是真实、符合经验的特性等观念，但结构主义者却论证说，得到充分刻画的个性化的人物形象其实并不是最真实的，这就向传统小说提出了挑战。一旦我们对最生动具体的形象刻画最符合生活真实表示了怀疑，我们就必须考虑其他可能的合理性，因此就处于更有利的地位，研究人物塑造中不可避免的人为手段的问题。"我们因钟爱而赞美的人物形象，其实也是由约定俗成的程式塑造的，也有同样的人为性，

---

① 卡勒．福楼拜．第2章第4、5节．

我们要复原一种艺术，唯一的办法只能是承认它是一种艺术。"（Price,"The Other Self", p. 293）

关于人物形象塑造的程式基础的讨论，将集中于这样一个事实，这就是"小说家塑造的人物的各个侧面，是由远远超出他对其他人的现实之爱所决定的"（p. 297）。小说家们告诉我们的人物形象，各个作家的说法大相径庭，千差万别。为了得到逼真的印象，我们觉得还可以增加这样那样的细节，这无疑是至关重要的。但是，我们阅读小说，却又必须承认这样一个前提，即该知道的都已经告诉我们了：意义所在之处，正是小说家专注的那些层次。当我们超越了逼真性的概念以后，我们便站在把人物塑造作为主要兴趣所在的位置上。那么，什么程式系统决定着在某一部或一类小说中起作用的所谓丰满和完整的概念，并主宰着细节的选择和组织呢？

关于在不同小说中运用的程式化的人物形象模式，结构主义者没有做过多少研究。他们更关心的是如何发展和改进普洛普关于人物的作用或功能的理论。"结构分析并不急于从心理本质上界定人物，它迄今所做的是通过各种假设，把人物界定为'参与者'，而不是'存在者'。"（Barthes,"Introduction à l'analyse structurale des récit", p. 16）不过，这也许是从一个极端跳到另一个极端的典型，这里提出的两个角色十分笼统，而且还要直接依赖故事的情节，它们给我们留下了巨大的沉淀物，结构分析应对它们的组成给予解释，而不能置若罔闻、不理不睬。

普洛普提出了民间童话人物的七种角色：歹徒、辅佐者、施予者（魔法媒介提供者）、被追寻者及其父亲、派遣者（派主人公外出历险者）、主人公和假主人公。他并没有声称这些角色具有普遍意义，但是格雷马斯却把他的假设当作"很少几个行为者的术语便足以说明一个微观世界的组成"的论据。为了提供一套普遍适用的角色，即"行为者"（actants），格雷马斯从他关于语句结构的论述中又进一步推论产生了一个行为者的模式，声称这一模式能充当任何语义"场景"的基础，无论这场景是语句还是故事。任何东西都不能成为一个示意整体，除非它能作为一种行为者结构加以把握。（Greimas, *Sémantique structurale*, pp. 173-176)

格雷马斯的模式包括六个因素，它们的组合关系和主题关系可以表示如下：

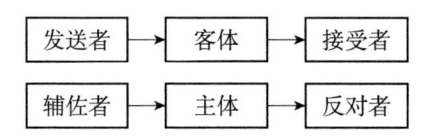

```
发送者 → 客体  → 接受者
辅佐者 → 主体  → 反对者
```

其中的焦点是主体追求的客体，它位于发送者（destinateur）与接受者（destinataire）之间。主体有其自身的投影辅佐者（adjuvant）和反对者（opposant）。（p. 180）如果以同样的形式表现普洛普的各个角色，就得到如下的图示：

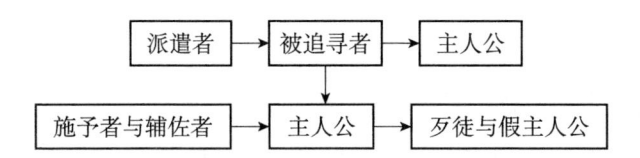

```
派遣者       → 被追寻者 → 主人公
施予者与辅佐者 → 主人公   → 歹徒与假主人公
```

反对这种划分的人或许首先会提出，从直觉上说，派遣者与接受者之间的关系和其他诸关系似乎性质不同。要说任何叙述都包含一个追求某物、得到内部或外部的帮助和反对，并不困难。但是，要说派遣者与接受者的关系和其他诸关系基本性质相同，这就需要论证了。格雷马斯却只字未提。

不仅如此，更为明显的是，他正是在这一点上并不能从普洛普那里获得经验上的支持，但他却硬要把他的分析拿来证明自己的论点。普洛普提出的七种角色中，没有一种可与接受者对应，于是格雷马斯不得不辩解说，民间童话特殊，其主人公既是主体又是接受者。然而，这显然又与派遣者即发送者的说法相违，因为派遣者一般不给主人公什么东西，那是辅佐者或被追寻者的父亲的角色，他们可能将主人公寻求之物最终交给他。由于这个问题的存在，谁若运用这一模式去研究各式各样的故事，很可能就要煞费苦心方能发现恰当的发送者和接受者。

格雷马斯声称，他的模式能将把两个相同角色融于一人的故事归并到一起，从而确立一种将故事分类的方法。但这种分类法作用有限。譬如，格雷马斯论证说，在民间童话中，主体与接受者是融为一体的，可是，在任何故事中，如果主人公希望得到某物，那么最终无论得到与否，其实都是这么回事。这样，所有的民间童话和大多数小说都可以归并为一类，而与主人公为别人取得某物的故事有所区别而已。而另一种可能的区别则是，有些故事中辅佐者与反对者分别是不同的人物，而有些则融合为一个或更多的既是又非、是非并存的人物。但这种情况就比较微妙了，与其说是不同的类属，毋宁说仅是程度的不同。

以上种种揣测都只是一些尝试性的看法，因为格雷马斯极少论证他的模式如何付诸实践，所以我们只能希望我们找的例子将证明这一模式，虽然应用起来困难重重，但还不至于全然无用。我们的原则似乎应该是，如果在某一部具体小说中，由于对每一角色的代表者一时难以确定而造成主题判断或决定方面的问题，那么，运用这一模式的困难仍应尽量往可行方向理解，而不要全然摒弃它（模式正确地提出了一个主题问题）。但是，如果主题已经比较清楚，却很难用这一模式表述，那么，这些困难便动摇了格雷马斯的假设前提。以《包法利夫人》为例，你可以说：主体——爱玛，客体——幸福，发送者——浪漫主义文学，接受者——爱玛，辅佐者——莱昂、罗多尔夫，反对者——夏尔、庸维耶、罗多尔夫。这里，罗多尔夫（或许还有莱昂）究竟只充当辅佐者一个角色，还是身兼辅佐者和反对者二职，比较难以确定，但是这似乎与小说的主题问题无关。我们只须说爱玛试图从他们每个人那里找到幸福，却都以失败告终，但这一点，又很难用格雷马斯的模式来表述。关于《艰难时世》，人们可以说：主体——路易莎，客体——正常的生存，发送者——格莱德格兰兹（?），接受者——路易莎，辅佐者——茜茜·朱普斯、范茜（?），反对者——帮德比、柯克唐、功利主义。人们或许可以说不惹人注目的范茜是个辅佐者，也可以说格莱德格兰兹非但不是发送者，反倒是个反对者，尽管他热爱自己的女儿。但是，这种模棱两可似乎也不能代表一个主题问题，问题就出在引出了一个"发送者"的概念，这似乎又与格雷马斯的模式相违。

一般说来，我们阅读小说时总要运用某些可能出现的角色的总体假设。我们希望及早决定对哪些人物该密切注意。找出了主要人物,就可以确定其他人物与他的关系。可是,如果说我们在潜意识里已在试图填补这六个角色的空缺,张罗着为它们分摊角色,那么很遗憾,实在找不出证据来说明实际情况确实如此。

托多洛夫在分析《危险的关系》一书时,试图把欲望、交流和参与者模式的三条轴线作为人物之间的基本关系,从而将格雷马斯的模式付诸应用。他还进一步制定了这部小说中主宰这些关系的某些"行为准则"。例如,倘若A爱B,他就会设法让B爱他;倘若A发现他爱B,那么他就会竭力否认或掩饰这种爱。[1] 然而在他的《〈十日谈〉的语法》中,他又公然摒弃了格雷马斯关于行为者的分类。他以语句作为模式(当然格雷马斯也是这么做的),提出了"语法主语总是不具有内在属性的;内在属性只有当它与一个谓语暂时结合时才获得"(p.28)。于是他建议把人物当作专用名词看待,它们的某些属性是在叙述过程中才附上的。人物不是英雄、歹徒、帮助者,它们只不过是一组谓语的主语,读者边读边把各种属性附加在它们身上。

托多洛夫没有作任何论证,所以,人们只好认为一个最主要的问题依然没有得到回答:在阅读过程中,我们究竟是把某一具体人物的行为和属性简单地加起来,从中抽出一个人物个性和角色的概念呢,还是对各种需要填充的角色存在着形式方面的期待,而我们在整个阅读过程中始终受这些期待的引导?我们究竟是只留心某个人物干了些什么,还是希望他能够纳入那为数有限的几个空缺中的一个?格雷马斯模式的失当之处可能让我们选择前一种答案,然而毫无疑问,我们还是希望最好能产生一种关于功能性角色的更恰当的模式,使我们作出第二种选择。正如诺思洛普·弗莱所提出的:

> 无论在戏剧还是在小说中,一切栩栩如生的人物形象能否站得住脚,完全要看属于它们戏剧功能的固定原型是否恰当。那固定原

---

[1] 托多洛夫. 文学与符号示义. 巴黎, 1967: 58-64; 查特曼. 形式主义和结构主义的人物论. 文学语义学学刊, 1972(11).

型本身并不是人物，但是，人物需要它，犹如扮演它的演员需要一副骨骼的支撑一样。（Frye, *Anatomy of Criticism*, p. 172）

弗莱的分类法似乎比格雷马斯的更有前途，它们与春、夏、秋、冬四种叙述类型相对应。例如，在喜剧中，我们看到 eiron 即自我、自我作践者与 alazon 即冒名预替者之间的对照，它成为喜剧性情节的基础，又看到丑角和守财奴之间的对照，它成为喜剧气氛的两极。关于这些类型中的每一种，我们都能找到许多固定的人物形象，我们的文化代码中包含着它们的各种模式：仅冒名预替者中就包括刚愎自用的父亲、吹牛大王、纨绔子弟、冬烘学究等。诚如弗莱所说，应该弄清楚的是，一出戏或一部小说中的各个人物，并不是都恰好与这些类型中的某一种吻合，而是说这些模式能引导对人物的理解和创造，使我们能够设置安排喜剧环境，赋予人物以可让人理解的角色。

巴尔特虽然未能像弗莱那样提出一种全面的分类方法，但他在《S/Z》一书中对人物与语义代码的讨论，却直接涉及阅读活动中各种细节如何组合和阐释以形成人物形象的过程。他在分析巴尔扎克的文本时，从每一句或每一段里，把那些文化代码中使我们汲取某种恰当内涵的、有助于形成人物形象的成分逐一挑出。当文本告诉我们，萨拉辛涅年轻时"对玩耍倾注了异乎寻常的热情"，在与他同伴扭打时，"倘若较量不过，他就用牙咬"，我们会直接把这"热情"和"异乎寻常"的过分视为他的性格的表现。但"用牙咬"需要进行某种阐释：从公平合理的徒手摔跤的规则看，它可以被看作"过分"，而从文化和心理定式看，又可阐释为"女人气"。（Barthes, *S/Z*, p. 98）这一命名内涵的过程——为它们定型以备后用的过程，对于阅读过程至关重要。

> 说萨拉辛涅"既主动又被动"，为的是让读者从他的性格中找到某种"不能把握"的东西，让读者致力于为这种东西命名。这就开始了命名的过程：阅读就是为命名而奋斗，就是让文本的语句经历语义的变化。（pp. 98–99）

这种命名只能是近似而不可能是确凿的。随着文本语义特征的增长，要求读者把它们归并组织起来，读者从一个名称滑到另一个名称。

第九章 小说的诗学

"Reculer de nom en nom à partir de la butée signifiante"（在符号示义过程的追迫下，从一个名称退到另一个名称）——这就是阅读所包含的归纳汇总的过程。(p. 100) 当读者成功地为一串意胚命名后，就确定了一种格局，形成了一个人物形象。例如，萨拉辛涅就是心理骚乱、艺术能力、独立不羁、暴烈、过分、女性化等等的汇合。(p. 197) 恰当的命名提供了一种意义覆盖面，让人确信这些从文本中收集的特性互相关联，形成一个整体，其实际内涵大于各部分相加的总和。"恰当的命名使人物存在于语义特征之外，然而这些特征之总和又能完全涵盖他。"(p. 197) 恰当的命名使读者认定这种存在。

意胚的选择和组织由关于人物的意识形态即无形的心理统一性的模式决定，它们告诉你哪些东西可能属于人物性格特征，这些特征如何才能共处，并形成整体，或至少告诉你哪些特征共处不会有困难，而哪些又必须针锋相对，产生张力和含混。当然，在一定意义上，这些观念从非文学经验中获得，但是，我们也不可忽视它们也都是文学的程式。例如弗莱引述的模式，其内在逻辑和效应的产生则完全由于它们来自文学经验，而不是生活阅历。因此，它们更有条理，更容易参与意义的产生。倘若小说的功能之一是让我们相信还有其他各种思想的存在，那么，它一定会成为我们关于人物概念的来源；人们也可以不同意索莱尔斯所谓的小说话语已成为我们无形的社会智慧，成为我们认识理解他人的工具，成为我们把他们视为具体人的模式的说法。(Sollers, *Logiques*, p. 228) 无论它们在小说以外的作用是什么，我们关于吹牛大王、年轻的情人、精于算计的下人、聪明人、歹徒的模式（这些无疑又是多价的、有一定伸缩幅度的模式），都是文学的产物，它们有助于我们选择语义特征，以填入某一恰当的命名，或赋予该命名以内容。随着我们阅读的进展，我们会引出新的语义特征，得出其他的命名，因为，请原谅，托多洛夫，一个人物形象并不只是这些特征的算术组合，而是建立在文化模式基础之上的"有倾向性的或有目的的集合"[①]。

[①] 查特曼. 小说的结构. 大学评论, 1971（春季号）: 212.

倘若我们要理解语义代码的运作过程，我们就需要把提供内在连续性的最基本形态的文学固定原型作一番更完整的概述，但即令如此，这一代码在很大程度上依然是开放的。在阅读过程中，一个人物的基本轮廓一旦开始形成，我们就立即可以调集一切研究人类行为的语言，用这些语言来架构文本。正如巴尔特所强调的，意胚只不过是个出发点，是一条意义的通道。我们说不出道路的尽头一定会有什么——"一切都取决于读者中止命名过程时所处的层次"（Barthes，S/Z，pp. 196 - 197），但是，大致指出意义行进的方向和行进时总的形态，至少还是可行的。

在这里，正如在其他方面一样，结构主义并没有提供一个关于文学系统的完全定型的模式，但是，它所提出的问题，以及试图解决这些问题的系统陈述，至少提供了一个大的框架，把小说视为一种符号形式的想法则可以纳入其中。它把注意力集中于它怎样与我们的阅读期待相吻合或抵触，什么时候会产生条理或违背条理，认可或错置的相互作用等等，这就为一种能说明阅读的快感和困难的小说理论开辟了道路。过去把小说视为模仿，现在我们把小说看成是一种结构，它运用不同的架构世界的模式，使读者明白自己是怎样理解世界的。

第三部分　前　景

第十章 "超越"结构主义：《如是》

> 一种体系就是一道诅咒，永远地将我们放逐；我们总又不得不创造另一种，这番劳苦是一个残酷的惩罚。
>
> ——波德莱尔

虽然持各种观点的结构主义者都认为阅读是一种结构活动，而且应该对这一产生意义的过程加以研究，但是，许多人会对本书第二部分提出的关于结构主义的看法表示异议。他们也许尤其会反对将阅读当作一个有规律的过程，或当作一种"文学能力"的观念。对于与《如是》评论发生联系的一批理论家来说，我所提出的方案也许显得是在意识形态方面削去了结构主义最有生命力、最激进的锋芒：不是将它当作一种把符号实践活动从束缚它的意识形态中解放出来的能动的力量，而是将它当作一种研究和描述现状的分析学科。他们的论点也许可以归纳如下：

你在对结构主义的阐述中所征引的乔姆斯基的那部分语言学理论，恰恰是我们所摒弃的。他所谓的"语言能力"的观念，以及他对使用本国语言说话人的"直觉"应用，使单个的主体成为所指的归宿、意义的源泉、创作活动的大本营，把能够主宰他认为规范语句形式的某一组特定的规则抬到了特殊的地位。文学能力的概念将某些人为的、约定俗成的程式置于优先考虑位置,而将所有真正具有创造性、生发性的违规活动一概逐出了语言的范畴。

因此,我们不想接受文学能力的观念,这一观念其实更具有规范性的约束力。我们的文化意识形态提倡一种特殊的阅读文学的方法,你非但不提出挑战,反而将它绝对化,将它变成了一套规则及其操作的体系,你把它当作合理的、可接受的规范。诚然,早期的结构主义的确设想过一种"文学系统"的可能性,它试图对每一部文本进行结构描述,但是,这唯一可用来证明文学能力的合理性的看法,现在已被认为是个错误。文本可以有许多读法;每一部文本自身就包括难以数计的结构的可能性,而架构一套规则系统以产生某些结构并竭力推崇它们,这本身就是露骨的从概念出发、从意识形态出发的行为。

这一主张意味着巴尔特在《批评与真理》中提出的那种诗学——分析作品的可理解性,分析由之产生可接受意义的逻辑——已经被摒弃或超越,以接受一种强调作者与读者的创造自由的更为"开放"的方法。巴尔特在论及从《叙述结构分析的引言》(1966)到《S/Z》(1970)期间结构主义所发生的变化时,说了这样一段话:

> 在前一篇论文中,我求助于一种从对偶发性作品的分析中引出的总体结构。……而在《S/Z》中,我将这一视角颠倒,拒绝了那个超越于若干部文本之上的模式(更不必说那超越一切文本的模式了),旨在假定每一文本都有其自身的某种模式。易言之,每一文本都必须区别对待,而"区别"在这里完全应作尼采式或德里达式的理解。我不妨再换一种说法:文本永远不停地,一遍又一遍地被阐释代码扫描爬梳,但是,它又不是某一专门代码的产物(例如,叙述代码的产物),它并不是某一种叙述语言(langue)的"言语"(parole)。(Barthes, "A Conversation with Roland Barthes", p.44)

这一论点颇有点奇特,因为如果换一种术语,它则与来自传统营垒的对结构主义的攻击十分相像。那些反对诗学理念的人说,每一部文学

第十章 "超越"结构主义:《如是》

作品都有其独特的属性,若把它视为文学系统的一例则导致批评的贫瘠:多种多样、千姿百态的读者和作品,各种各样的文学创作的可能性,使人不能用一种理论囊括各种形式的文学及其各种各样的意义。没有任何一门科学能够穷尽创作天赋的表现。

这与巴尔特所说的每一部文本都有其自身的模式、有其自身的系统其实已非常接近。它并不是只具有文学系统分派给它的一个结构,也不是只蕴含着一种用代码储存的意义,因而只要了解了文学代码就能将它破译。阅读必须将注意力集中在文本之间的区别上,集中在它们之间相似和差异、引证、否定、反讽和扭曲模仿之间的关系上。这些关系是永无止境的,任何终极意义都会被它们不断推延下去。

可是,巴尔特的论点又似乎在根本上显得含糊不清。他不仅保留了代码的观念,这意味着保留集体的知识和共同遵守的规范,而且他的这个概念正是在《S/Z》一书中得到了最充分的发展:代码表示迄今为止一切被写下、读过、见过、做过的事情。文本不断地被代码扫描爬梳,这便是文本意义的源泉。文本可能并不只有一个由叙述法则分派给它的结构,这只是因为阅读活动的程序使它形成了各种不同的结构。倘若文本有多义性,这并不是因为它本身只蕴含着一种意义,而是因为它把读者纳入了按照各种恰当的程序去产生意义的过程之中。因为使人能够阅读文本的阐释代码会产生多义,于是就摒弃系统的概念,这是一种奇怪的、不合理的推论,因为多种意义和结构的存在,恰恰就成了我们所谓的阅读活动的复杂性和重要性的最有力的证据。如果每一部文本只有一种意义,那倒还有可能争辩说这意义是文本固有的,与一般文学系统无关,然而事实却是存在着全然开放的一组意义,这本身就说明我们所面对的阐释过程相当有力,需要作一番研究。看来,我们不得不作出这样的结论,《如是》派的理论以及他们提出的反对文学系统和文学能力的论点,其本身早已反证了他们所扬言要摒弃的那些观念。

为了说明这一情况,也为了说明前几章中所概述的那种结构主义是很难超越的,我们必须再细细地考察一番《如是》派超越其自我的努力。至于为什么要超越结构主义,雅克·德里达在他的《书写与差异》

中或许已说得再清楚不过。

首先，在文学研究中，结构的观念具有目的论的性质：结构由某一特定的目的而定；它被认为是服务于该目的的一种建构。"人们要认识某一有条理的整体，除了从它的目的或意图开始，还有别的办法吗？"(*L'Ecriture et la difference*, p. 44) 人们必须先行假设某种超验的"终极原因"或作品的终极意义，除此以外别无他法去发现它的结构，因为结构是使目的呈现于作品全过程的手段。结构分析者的任务就是把作品当作一个空间构造展示出来，其间，过去的时间与未来的时间永远指向一端，那就是现在。德里达写道：

>人们立刻会同意说我们这里有一种关于结构主义或关于任何结构主义程序的隐而不宣的形而上学。而尤其应该指出的是，一种结构主义的阅读，虽然总会适时地发生，然而反过来说，它岂不恰好又证明了有这样一部供人参拜的上帝之书的存在？(p. 41)

从这种意义上对结构进行的研究，势必就成了这样一种运动："它包括赋予结构以某个中心，使结构指喻某一即刻的'存在'，或某个特定的起源。"这个中心建立并组织起结构，它允许语言成分作某种形式的组合，并排斥其他形式的组合："这个中心将由它引发的语言游戏封闭起来。……所谓具有一个既定中心的结构这一概念，其实也就是人为的、有限的语言游戏的概念。"(pp. 409 - 410) 这种封闭性，被看作是证明了意识形态的存在。

说明这一点并不困难。人们论及一部文学作品的结构，总要选择某个有利的观察角度：从对于意义的各种看法或一首诗的各种效果出发，设法确定形成这些效果的结构。有的构型或格局虽然也可能存在，却于事无补，于是被视为无关的结构而摒弃。这就是说，一种以诗歌功能作为"中心"的直觉的理解，主宰着各种形式的相互作用：它既是出发点——使人能够确定结构，又是一限定性的准则。

然而，赋予任何准则以这种特殊的地位，使它成为基本的成因而自身却始终不动，这显然唯有意识形态才能够做到。各种意义或一首诗的各种效果则是由构成读者历史的各种偶然事件或由流行于当时的各种批评概念、意识形态概念所决定的。这些具体的文化成果——读者所接受的关于文学的教育——为什么就应该置身于结构之外限制结构而本身却不受结构的限制呢？把任何假定的效果当作我们进行分析的固定点，看来不能不是一种教条式的、从概念出发的举动，它反映了一种追求绝对的真理和超验的意义的欲望。

德里达写道："当理论开始思考结构的结构性本质的时候"，上述中心地位便受到了认真严肃的诘问。(p. 411) 一种中心被解体的系统（a systèm décentré）变得非常令人神往。人们在分析系统本身的过程中，能否不改变和不替换那个中心呢？虽然人们仍旧需要一个出发点，但是，这分析的全过程，难道就不能包括对于从那个不受考察的假设中置换出来的中心的批判吗？于是，结构主义或符号学就被进一步界定为这样一种活动：它的价值就在于它总要对自身的假设前提作没完没了的审视。

> 符号学除了作为对于符号学的批判以外，不能再进一步发展。……符号学的研究不啻是这样一种考察：当考察结束时，它除了发现自身的意识形态运动以外一无所获，于是它只好承认它们，否定它们，再重新开始。(Kristeva, *Semiotikè*, pp. 30 – 31)

克里斯蒂娃的这一方案将如何影响实际的符号学分析虽然不得而知，但人们至少可以想象语言如何才能被当作中心被解体的系统来看待。语言学家长期以来把语言的某些"规范"用法，即所谓交流意图明确、语法规范的语句当作他们的出发点。德里达指出，这种对语言的看法发生于关于逻各斯（logos）的形而上学范畴之中，它把所指（signifié）视为第一位，而能指（signifiant）仅仅是一种符号标记，人们通过它而达到把握思想的目的。而文学产生意义的特殊方法被当作表达言外之意的手法而另眼相待。结构主义者或许会说，如果我们认真考虑上述情况，我们将发现一大批例子，其中的能指并不表现所指，而是超越了所指，它本身只是一个多余的符号，只引发出一场符号示义的游戏。为了认识这种过剩现象，我们必须把语言的规范用法作为"中心"。可是，一旦把握了这一中心所排斥的现象，我们就又必须将中心的建立并主宰语言结构的作用取消。这一点，只要我们认真考虑一下索绪尔关于意义的本质在于区别的理论，就能做到。他的论点是，在语言系统中"只存在着没有肯定项的差异"。倘若意义只是一种表现语言成分差异的功能，而每一语言成分只不过是差异关系上的一个节瘤，那么，每一语言成分只向我们指出与之不同的其他有关语言成分。而这些关系是没有止境的，它们都有产生意义的潜力。

于是，我们的论点就这样展开：我们不能把语言产生意义作为自己的出发点，不能以此作为一种规范的概念主宰我们的分析，因为关于语言最引人注目的一个事实就是，它产生意义的形式是不受限制的，诗人总要超越一切规范的限制。无论我们的分析建立在多么大的可能性上，这些可能性总会被超越，词语搭配组合而成的结构总要抵制现行被接受的阅读方法，这就迫使我们进行试验，不断从语言本身所包含的无限的可能性中引出新的关系。正如马拉美所说：

> 对人脑而言，词语会自行升华为许多珍奇稀罕、价值无限的层面，而人脑则位于这一切闪烁不定的中心；人脑在考察词语时，除了按照它们通常的联系以外，还在它周围投影，宛如那光怪陆离的溶洞之四壁，当然，这又是由词语的运动这一原则决定的，即词语将不断超越既定的话语意义。这一切都发生在瞬息之间，熠熠煌煌，交映生辉，远远地，斜向地，偶尔地那么一闪，很快又消失了。

这样，正是由于这"熠熠煌煌，交映生辉，远远地，斜向地，偶尔地那么一闪"，"Un coup de dés"这一短语，便在那爆出火花的偶然的闪烁中，给了我们一连串的差异：coup 不同于 cou, coût, coupe, couper；计数序列 un, deux, des；考虑到置换，则有 des coups；或者，联系到英语中的双关语，the blows of the day（白昼的打击），或 the cup of its radiance（那闪光的奖杯）。这种联想恰如朱丽娅·克里斯蒂娃所谓的"符号示义活动的无限的记忆储存"，能够释放出一切不是它却远远地反照着它的东西。从这一短语中，我们可以读出其他语序的印迹，它与它们都不相同，但又希望按照它们的参照使自己得到确立。

第十章 "超越"结构主义:《如是》

她把这种具有无限生发可能性、可作为任何实际文本基础的文本称为"种文本"("geno-text"):

> 这个种文本可以视为包括了语言的整个历史演变和所能承担的各种指喻活动的文本。语言的过去、现在、未来的各种可能,在显文本("pheno-text")中尚未得到具体表现或被掩盖起来的各种可能都已包含在内。(Kristeva,*Semiotikè*,p. 284)

按照她的观点,这才是唯一可以充当诗歌语言分析的中心的概念,因为只有它包括了(按照定义)诗人和读者所发明创造的符号示义过程的一切可能的变化。而如果用任何其他的概念作为分析的基础,那么一旦为它所排斥的新的程序被提出,它立即就会土崩瓦解。

但是,种文本的定义提出后,立即又产生了这样一个问题:种文本是个空洞的、不存在中心的概念。因为人们永远不知道它究竟包含了什么,所以不能用它达到任何目的,它的效果是永远不让人们否定一个文本的语言结构。因为一切组合关系早已存在于种文本之中,所以,它很可能就是意义的本源。反对者将找不到立足之地。由于根本就不存在所谓文本的意义或效果的最原始的状态(在她看来,任何旨在确定规范意义的行为,都是十分有害的、过早的封闭),因此也就没有任何东西能够限制意义的游戏。正如德里达所说,"因为不存在终结意义,这就为符号示义游戏开辟了无限广阔的空间"(Derrida,*L'Ecriture et la différence*,p. 411)。因为担心别人的攻击,说那主宰意义分析的就是意识形态的各种理论认识前提,《如是》派的理论家们于是便试图将它们先行打发掉,或至少在原则上希望能做到这一点。

这一重新定向产生的最主要实践成果,就是强调了阅读和写作的能动性、生发性的本质,扫除了所谓文学作品是"再现"和"表现"的观念。阐释不再是将隐藏在作品背后并作为作品结构核心主宰的某种意义复原出来,相反,它是一种参与并观察作品可能提供的各种意义的游戏。易言之,语言的批判有这样一种功能:它把读者从对本源意义、超验意义的怀旧渴望中解放出来,让他接受"妙趣横生的尼采式的对人世游戏和对生成变幻的本真性的肯定,对一个无所谓真实、无所谓本源、无所谓追悔的符号世界的肯定,而这一符号世界就是为积极能动的阐释而提出的"。德里达又继续写道,其实有两种阐释:"一种试图破译,梦想破译出存在于符号及其游戏领域之外的某种真义或本源,它所体验到的阐释的需要像是一种放逐流亡",被放逐到它所追求的最本源的丰富蕴涵之外,另一种则是接受阐释的能动性和创造性,义无反顾地、兴高采烈地一往无前。(p. 427)

从一定意义上来说,这种方法有其明显的诱人之处,它试图以不断创新的快乐去替代不断回顾的烦恼。既然任何系统或从任何系统中流出的阐释都没有终极的、绝对的合理性,人们便试图把评价的目标从阐释的结果移向阐释活动或理论建构活动,而不是所获得的结果本身。所谓应该与结果相对应的东西原本是没有的;所以,人们与其将阐释视为人世间的一种娱乐,其结果如果大致与游戏之外的某个真义相近就引起我们的兴趣,倒不如干脆承认德里达所谓的"产生意义"的最广义的写作活动乃是一种人世间本身的娱乐或游戏。

> 于是,我们从一开始就陷入了象征符号的无动因的不断增殖的游戏之中。……把这些象征符号联系起来的无动因的印迹应该理解为一种运作,而不是一种状态,它是一种积极的运动,一种不断瓦解动因的过程,而不是一种一旦形成便一成不变的结构。(Derrida, *De la grammatologie*, p. 74)

这就是说,我们必须把自己从那个逻各斯中心主义的或神学虚构中解放出来,这种虚构虽然承认符号的人为性,却同时又认为符号是一成不变的、得到权威认可的,因此受到程式的严格控制。而形式并不是决定意义的必备的和充分胜任的因素,这是产生意义的补充条件。符号有其自身的生命,并不受制于任何元模式(archè)或目的(telos),并不受制于任何原始或终极的原因,而在某一具体形式的话语中主宰其用法的程式则是伴随性的次要现象;它们自身就是暂时性的文化产物。维特根斯坦问道:"我说'啵啵啵'能表示'如果不下雨我就出去散步'吗?我必须置身于一种语言中,我才能以某种事物表示某种事物。"[1] 确实

---

[1] 维特根斯坦. 哲学考察. 牛津, 1963:18.

第十章 "超越"结构主义：《如是》

如此，我无法用"啵啵啵"表示或传达那种意义。但是，也正如维特根斯坦所做的那样，我可以确定上述两者之间的某种关系，一旦这种关系得到确立，那么就产生了这样一种语言，使"啵啵啵"能够传递"如果不下雨我就出去散步"的意思。这不是说"啵啵啵"被赋予了一种意义，而是说在"象征符号的无动因的增殖游戏"中，它有了表现某种可能的意义的发展印迹。简言之，语言问题还不仅仅是个表达交流的问题——以不相吻合的模式表现我们所遇到的最复杂有趣的语言现象的问题。它正如德里达所说，是一个标记和产生意义的问题，是一个语言序列以其发展所具有的并能生发出的意义"印迹"的问题。词语形式并不是简单地为我们指喻某种意义，而是为我们开启了一个空间，使我们能把这一词语形式与包含了它的意义印迹的其他语言序列联系起来。

但是，这一观点无论在理论上有怎样的吸引力，在实践上却是困难重重。对于文化现象的分析，总是要在某个背景环境中才能进行，而在任何一个时刻，某一文化中意义的产生总是受到约定俗成的程式的控制。当年维特根斯坦讨论意义与意图问题时，人们不能用"啵啵啵"表示"如果天不下雨我就出去散步"，今天的情况也好不了多少。符号学家可以研究那些使读者得以读出文本意义的隐含的规则——它们界定了可能接受的阐释的幅度，他也可以设法改变这些规则，但是，这些都是截然不同的活动，文化史的种种事实已足以让我们明白应该区别对待才是。

只需一个例子即可说明这个问题：《如是》派理论家们所接受的索绪尔关于字谜游戏的理论。索绪尔相信，拉丁语诗人在他们的诗作中有规律地将关键性专用名词隐去，他花费了相当多的时间以揭示这些字谜的真义。不过，他觉得诗人的意图至关重要，而由于他对所获得的结果总心存疑虑，因而他的那些猜想终于未能发表，因为他总是不能为自己的实践找到确切的所指，而他所做的统计又总是不完整的。[①] 克里斯蒂娃等人对于意图问题不感兴趣，他们从索绪尔的研究中看到了一种强调

---

① 斯塔罗宾斯基．词语下的词语：索绪尔的字谜游戏．巴黎，1971．

文本的物理性的理论（"能指"是字母的组合），于是假设"一种具体的符号示义功能的扩张，能够在某一特定文本的整个符号指喻性物质中，将作为最基本意义单元的词语和符号的功能免除"（Kristeva, *Semiotikè*, p.293）。文本是一个空间，那些因时而异排列在一起的字母，能以不同的方式重新组合，从而引出一系列可能的组合格式。

显然，这是一种可能的阐释手段：如果我们允许分析者去找出那些能丰富他对文本读义的关键词语所组成的字谜，我们便给了他一道极有力的产生意义的程序。但是，事情也很清楚，正是在这种时候，"意识形态"的限制又不允许他以这样的方式阅读。如果我们设法排除这样的限制，我们就非得运用其他的原则不可，而这些原则本身也同样属于它们那一套意识形态。譬如，克里斯蒂娃曾论证说，索绪尔只寻求专用名词的字谜是"错误的"（p.293）。倘若她的意思是能从文本中找到其他的字谜，这当然对，但根据同样的理由，人们可以说她只寻找法语词汇的字谜，却人为地将法语文本中可以找到的德语词汇字谜或任何文本中都可以找到的无意义词串字谜（如 Un coup de dés 是个 deepnudocus 字谜）排除在外，也是错误的。

而更为重要的是，只有当读者凭借现行的阐释手段，以处理这种阅读方法所发现的任何结论时，字谜才能被用于产生意义。当读者发现马拉美的诗题"Brise marine"（海风）中有一个 rire（笑）的字谜时，他可以说道一番，因为他知道这个词语如果真的在诗中出现，应该如何处理。如果在阅读阐释过程中会出现某种意义，那一定存在着某种具体的办法，使字谜与文本发生关系。

当克里斯蒂娃对一部文本的某些段落进行分析的时候，她其实的确是在运用从普通的阅读程序中引出的有关原则。例如她在讨论"Un coup de dés jamais n'abolira le hasard"① 这句话时，尽管她声称，"这句子必须按照语句所产生的回声来读，这些回声使每一个词都成为无数种读义的生发点"，可是她自己却并没有怎么运用这无数的可能性。她

---

① 法语，意为："掷骰子永远不能排除偶然性。"——译者注

第十章 "超越"结构主义：《如是》

的最接近于字谜的发现是从 abolira 一词中引出 bol，lira，ira 和 lyra，但她并没有作出什么努力，从种文本中所包括的"一切过去和未来的语言"中汲取意义。虽然她引用其他诗歌中的意象，以说明 coup 一词"通过一系列的退缩、延伸、逃避，把存在于文本之中的全部主题意义注进阅读过程"，然而她却忽略了诸如 cou，coût，coupe 这些十分明显的联想，而它们又会引出一系列意义发展的方向。（Kristeva,"Sèmanalyse et production de sens", pp.229-231）为了使她的研究像一种分析，她不得不采纳了相当严格的阅读程式。没有这样的程式，阐释就无从谈起。

的确，正是由于她的理论表现出了毫无节制的自由，她如果要从这无数的可能关系中确定她将采用哪一种，那就必须应用某些认定相关性的原则，这一点对她尤为重要。而且，她还需要某种办法把她的选择结合起来。若要使阅读过程从一种文化理论的局限中"解放"出来，你就必须重新引入一些强有力的规则，应用于由随意的提取和联想所产生的组合或对立上。当然，任何事物都可以与其他事物联系在一起：一头母牛与热力学第三定律相似，因为二者都不是废纸篓。然而这又能说明什么问题呢？当然，其他一些关系也的确可以有主题含义，然而关键的问题是这些关系的选择和发展究竟是由什么决定的。退一万步说，即使有某种激进的理论将中心"掏空"，可是，一旦分析者作出选择，提出结论，那中心也就必然会自行填上。总有某种符号学的或文学的能力在起作用，而如果所要处理的关系数目增加了，对这种能力的需要将会更大。

这一点，克里斯蒂娃可能也不否认，但她或许会说，那中心是永远不会固定的，它总是在不断地架构又解构，这架构与解构过程是自由的，这正是他们的理论所孜孜以求的。

> 符号学在其发展的各个时段都必须对它的研究对象、研究方法以及两者之间的关系加以理论化。它因此而对本身给予理论化。而且，由于它转向本身，它便成为解释其自身科学实践的理论。……由于符号学是各门科学相互作用的交汇点，由于它在自身的发展中

293

总是一个不断理论化的过程,因此它无法证明自己是一门科学,更毋庸说是唯一的科学。相反,它只是一个研究的方向,它总是呈开放型,它只是一种转向自身的理论活动,一种永不停步的自我批评。(Kristeva, *Semiotikè*, p. 30)

这一观点毫无顾忌地引发出所谓生成变幻的本真性的神话:不断的变化,其本身就是目的,就是自由,它使人从需要,也即从任何一种具体的系统状态中解放出来。如果事情的确如巴尔特和福柯所说的那样,我们的社会和文化世界只不过是各种象征系统的产物,那么,按照上述论点的逻辑,我们是否不该赋予此时此刻的习俗惯例所硬行规定的程式以任何特殊的地位,而欢欣鼓舞地宣布我们有权随心所欲地创造意义,并通过这种不断的自我超越,使自己在外来的、建立在实证基础之上的批评攻击面前立于不败之地呢?

这一观点有其自身的缺陷。首先,虽说对于任何一套符号学程式的研究,都会因为这一研究的结果而被部分否定(我们愈是意识到程式,便愈容易产生改变它们的想法),但是,我们不能以诉诸自我超越的办法来逃避这一事实。即使符号学无意证明本身是一门科学,它也并不因此而逃避批评。这门学科无论有怎样的过去和未来,任何具体的分析都是在一定的阶段发生,都是一个具有前提和结果的客体;在下一个阶段有可能否定这些前提,但这并不影响评价活动是否可能和恰当。

其次,所谓自由创造意义的说法似乎是一种幻想。正如福柯所及时指出的,作为意义产生之基础的那些规则和概念——"创造话语的那么多不受限制的手段和方法"——同时又必然是"局限性的原则,看来,我们如果不考虑它们的局限作用,就无法对它们积极的、产生意义的作用给予解释"(Foucault, *L'Ordre du discours*, p. 38)。某事物之所以具有意义,正是因为它不可能具有其他的意义。我们之所以能谈论阅读一首诗的方法,正是因为其他种种可以想见的办法是不合适的。没有规则的局限,任何意义都不可能存在。

德里达从不急于提出积极的建议,但实际上,他已敏锐地意识到逃避批评是不可能的,逃避只有通过语言和概念才得以传布,然而又正是

第十章 "超越"结构主义:《如是》

语言和概念施加了种种限制。

> 因此,我们必须设法把自己从这种语言中解放出来。并非真的采取措施使自己获得解放,因为那样就要把我们自己的历史环境也给否定了。于是就只好想象这么去做。并非真的把我们解放出来,因为那样是无谓的,只会剥夺意义投向我们的光芒。所以就只好最大限度地阻遏它。(Derrida, *L'Ecriture et la différence*, p.46)

把我们自己从无所不在的意识形态、从意义的程式中解放出来是"无谓的",因为我们降生在一个充满意义的世界上,我们甚至无法回避它的种种要求,因此不得不承认它们。况且,即使我们能这么做,我们也只会陷入无意义的空话之中,而一旦被剥夺了"意义之光",讨论也就无从进行。我们所能做的,只是想象自己从起作用的程式中解放出来,而这样就能更清楚地看到程式本身。

《如是》派的成员无论为自己赢得了什么样的自由,它都必须建立在约定俗成的程式之上,都必须包括一套阐释程序。产生意义与人为地分派意义,合乎情理的发展与随意的联想,有着重要的区别。他们追求的是前者而不是后者,他们不想承认自己的分析比任何其他的分析逊色,在这个意义上,他们仍然致力于在程式的范围内活动。其实,正如索莱尔斯所做的那样,人们能够"揭示"但丁的书文的革命性,能够确认洛特雷阿蒙(Lautréamont,1846—1870)在法国文学史上的地位,这本身就意味着人们接受了某种评判论点及其合理性的标准。

《如是》派实际主张的并不是超越符号,而是对读者的识别符号能力作一些改变,引入一些新的、创造性的阅读程序。这番努力当然完全合情合理,而且他们自己的理论与文学作品之间的交锋,也很可能给他们以某种成功的机会。但是,事物的本质又决定他们只能一步一步地前进,只能依靠读者实际运用的那些程序,一些程序不灵了,新的产生意义的办法就会提出,而只有在这时才能取代那些办法。他们很像冯·纽哈斯笔下的水手,想在汪洋大海上重造自己的船,他们不懂得修船只能是逐块船板地修,便吵着要把整条船拆散。而这两种办法的差别是,如果真的在大海上,后者将使你葬身海底。

这里我想论证一点：虽然结构主义无法跳出意识形态，无法为自己提供基础，这一点却并不要紧，因为对结构主义的批判，尤其对结构主义诗学的批判，也做不到这一点，它们也无法通过回避批评的策略引出站得住脚的论点。我们或许可以说得更客气一些，任何扬言结构主义诗学不曾把握文学的各种符号示义形式的攻击，它自己也未必就能提出另一种自圆其说的选择。其实，无论是传统观念的幼稚批判（强调文艺作品的独特性，对一般理论一概排斥），还是《如是》派的老于世故的语义分析（把不断的自我超越上升为理论），都同样要失败。它们两者都把阐释过程视为随意的、无章可循的：前者失之于疏漏（不承认一般符号学的理论），而后者则是由于公然地推崇侥幸行事。

相反，我们则主张，一行诗所产生意义的幅度，正是基于无数其他的意义是不可能的这一事实，至于问及其他意义凭什么理由被剔除，而回答时却又要超出按所产生作用的程式去重新表述，这不啻是要挣脱文化，一头扎入不知意义为何物的子虚乌有之地。正如巴尔特所说，读者总是"guidé par les contraintes formelles du sens; on ne fait pas le sens n'importe comment（si vous en doutez, essayez）"（受到意义的形式局限的引导；人们不会无缘无故地确立意义，不信您试试看）。(Barthes, *Critique et vérité*, p. 65）这一点说来简单，近来却很不幸地被忽视了。我们还必须指出，意义变化的可能性还取决于某个同一性的概念，因为只能是今天有了产生意义的程式，这才有可能谈得上它们明天会发生变化，而且，我们觉得意义有发生变化的可能性，其本身也恰恰说明了存在着值得研究的人际的象征系统。我们无意逃出意识形态，相反，我们必须绝对置身于意识形态之中，因为需要分析的程式以及关于什么是理解的种种看法，都在意识形态之中。如果这里有一种循环论，那么，这就是文化本身的循环论。

第十一章　结论：结构主义和文学的性质

衣服的开口处不正是人体最动情的部位吗？

——巴尔特

巴尔特说，"我认为，结构主义这一名称今天应该留给特别强调与语言学有直接联系的那种方法论的运动"，而且"在我看来，这是最确切的界定标准"（Barthes, "Une problématique du sens", p. 10）。这定义是合适的，但正如以上各章所示，它却很难说是准确的。它所包括的各种批评方法，无论就其批评的概念而言，还是它们对语言学的运用，都有天壤之别。实际上，语言学对法国的文学批评的影响，大致有三种不同的情况。首先，作为一门"科学的"学科，它使批评家懂得，追求严格和系统性，并不一定需要从事因果解释。一个语言成分可以按其在关系网中所处的位置，而并不一定按因果关系链获得解释。这样，语言学的模式便有助于说明放弃文学史和传记批评这种愿望的合理性；它虽然会使故作科学状显得有点不得体的狂妄，然而它的结论，也即文学可以作为"具有自身规律的系统"[①] 加以研究，则又无可厚非，这就使法

[①] 索绪尔. 普通语言学教程.

国人稳稳地获得了英美"新批评"的某些优点，而又不致陷入将具体文本视为自足客体，所谓"白板一块"那样的失误。

其次，语言学提供了一系列的概念，讨论文学作品时可以有选择地或比喻式地加以应用：能指和所指，语言和言语，横向组合和纵向组合关系，等级系统的层次，分配性和综合性关系，意义的区别或差异性本质，以及其他诸如回避诡辩用语或行为性话语之类的附属观念等。当然，这些观念可以运用得很巧妙，也可能运用得很笨拙。由于它们出自语言学，因而它们本身并不能产生真知灼见。但是，运用这些术语可以有助于确定某一层次上或各层次之间事实上或效果上存在的各种关系，而它们能产生意义。

如果不是选择性地运用这些概念，而是把它们当作一个语言学模式的组成部分，那么，我们就得到了语言学影响文学批评的第三种方式：为符号学研究提供一套原则。语言学指出了我们应该如何研究符号系统。这一主张比其他两种情况都更加贴切，语言学所指出的这一方向，被认为是结构主义主体的特点。

不过，在这一大的方向上，如何阐释语言学模式，如何将它用于文学研究，又有各种不同的方法。首要的一个问题是，语言学的方法究竟应该直接地运用，还是间接地运用？由于文学本身就是语言，因此，把语言学的手段直接用于诗歌、小说之类的文本，至少应该说可以帮助解释它们的结构和意义。这究竟是不是语言学能够实际承担的一项任务，还是我们必须间接地运用语言学的方法，创造类似于语言学的另一门学科，以对付文学形式和意义呢？其次一个问题是，无论是直接应用还是间接应用，语言学究竟是用以提供一种"发现程序"或确切的分析法，从中引出正确的结构描述，还是只能为符号学研究——具体说明研究对象的本质、认识假设的地位及其评价形态——提供一种总体框架？

倘若将这两组选择合并，它们就形成一个框架式的梗概，其中包括四种不同的观点。第一种主张语言学提供了一种发现程序，它可以直接用于文学语言，并揭示其诗学结构。雅各布森的语法成分分布的分析，即属于此类，我已经试图说明，这些分析的失败证明了应该摒弃这一方

第十一章 结论：结构主义和文学的性质

面的对语言学的运用。我们不该认为语言学的描述能够揭示文学的效果，相反，我们必须以效果为出发点，去寻求对文学结构的解释。

格雷马斯的出发点是认为语言学，特别是语义学，应该能够对各种意义，包括文学意义作出解释。然而，正如他设计的语义学所清楚表明的，语言学并不能为语义效果的发现提供一套规则系统。而通过对他的理论的研究所引出的主要结论是：文学的意义并不能用一种从小的语言单位引申到大的语言单位的方法加以解释；一部文本的最终语义结构虽然可以用语言学的术语加以表达，然而达到这些效果的过程却包含着某些更为复杂的阅读期待和语义运作。看来，格雷马斯的论述可以列入第二类。它表明，虽然语言学并不能为发现文学结构提供程序，但是，某些复杂的阅读活动至少可以通过把语言学方法直接用于文学语言而得到部分确认。

我们从语言学模式的直接应用转到间接应用后，则会发现另外两种类似于雅各布森和格雷马斯的立场。第一种认为语言学所提供的发现程序，可以用类比的办法应用于任何一组汇集起来的符号学素材。巴尔特的《世界的体系》中所遇到的问题表明，这种对语言学模式的依赖将会导致无法确定需要解释的对象。在文学研究中，这种态度突出地表现在托多洛夫的《〈十日谈〉的语法》和其他一些批评专著中，它们一致认定，如果将语言学的分类当作比喻应用于一组文本，那么就能产生与说明语言学系统一样站得住脚的结果，或者说，将划分文本片断并加以分类的运作应用于一组故事，就能产生一种关于叙述或情节结构的"语法"。这样运用语言学的模式，有可能产生种类繁多的结构描述，于是结构主义者们有时便声称，这样运用而造成的方法论上的不确定性，其实是由于文学作品自身的属性所致，他们以此为上述运用语言学模式的方法辩护：如果结果发现了许多结构，那么这说明作品本身就包含着许多结构。当然，这一应用方向又会由于刻板的类比而造成完全不搭界的结果。从语言学引出的任何原则或一套分类，若要当作发现程序加以应用，则必须有个前提，即这种用法必须被语言学的同类模式证明是合理的，但这样一来，评价的问题又被放弃、回避或忽略了。

这个问题要得到解决，就必须采取第四种立场，也就是不把语言学当作一种分析的方法，而是当作考察符号系统的总的参照模式。它告诉我们应该如何架构一种诗论，这种诗论与文学的关系恰如语言学与语言的关系。这是运用语言学模式的最恰当、最有效的方法，它最大的优点在于把语言学作为一种明确无误的方法论的参照，而不是各种比喻术语的来源。语言学的作用则是强调我们必须建立一种参照模式，以解释语言序列对于有阅读经验的读者是如何形成形式和意义的，强调我们必须从选择一组需要解释的事实出发，强调认识假设必须受到它们说明这些效果的能力的检验。

把文学能力作为诗论的研究对象，也许会招致某种异议，其理由为，人们可能挑选出的任何称得上能力的东西，都是非常不确定的、多变的、主观的东西，因而不能充当一门具有内在统一性的学科的基础。这种反对意见有一定的道理，毫无疑问，既要避免一种试验性的或社会心理学批评的危险（过于看重具体读者所做的实际的、与众不同的批评活动），又要避免一种纯理论批评的危险（其假设规范也许与读者的实际活动无关），走一条不偏不倚的中间道路，那是非常困难的。但是，尽管有这样的困难，一个无法改变的事实是，除非我们彻底放弃教学和批评的活动，否则，人际规范和阅读程序的概念就是不可避免的。文学训练或批评论点的观念之所以有意义，恰恰是因为阅读并不是一种纯个人性的、无章可循的过程。让某人理解一部文本或懂得一种阐释，需要有共同接受的出发点和共同的思维方式。对一部文本会见仁见智，理解各异。这之所以有趣，恰恰是因为我们认定统一的见解是可能的，而任何不同的见解都具有可以认识的基础。其实，我们承认阐释的差别，恰恰是因为我们把见解一致视为在共同的阅读程式基础之上进行交流的自然结果。

于是，道理应该很清楚，所谓能力的概念，并不会像某些结构主义者所担心的，重新把单个的主体当作意义的本源。在这里，唯一的主体是一个抽象的、人际构成物："Ce n'est plus 'je' qui lit; le temps impersonnel de la régularité, de la grille, de l'harmonie s'empare de ce

第十一章 结论：结构主义和文学的性质

'je' dispersé d'avoir lu：alors on lit."（现在不再是"我"在阅读；有规律、有筛选的、和谐的、非个人的时间已经取代了这个"我"，从已经阅读的行为中取代了这个支离破碎的"我"，因此是人们在阅读。）（Kristeva，"Comment parler à la littérature"，p. 48）阅读主体已由一系列约定俗成的程式、有规律的主体与主体之间的栅格构成。那个经验性的"我"已经在阅读行为中消融于取代他的这些程式之中。事实上，关于能力的观念之所以不可或缺，恰恰是因为能力与单个的主体并不具有共同的边界。

那么，结构主义诗学的作用是什么呢？从一种意义上来说，它的任务简单得可怜，就是尽可能明确地把一切关心文学乃至对诗学有兴趣的人所默认的东西挑明。从这一角度看，它不是阐释学，它并不提出令人惊异的阐释，或解决文学上有争议的问题，它是关于阅读实践的理论。

但是，只要我们把注意力投向文学作品的某些方面、文学的某些特性，那么，结构主义甚或结构主义的诗学，显然就又提供了一种文学理论和一种阐释模式。为了理解我们究竟是怎样使文本产生意义的，就需要人们不把文学看作一种再现或交流，而把它看作一系列的语言形式，这些形式或者顺应或者违逆意的产生。结构分析并不通向某一意义，也不能发现一部文本的秘密。诚如巴尔特所说，作品犹如一头洋葱——

> 由许多层次（或层面，或系统）构成，其实它最终既不包含什么内芯、内核、秘密，也不包含不可分解的原则，除了它本身这无数层的包裹以外，什么也没有——除了它本身的表层统一性以外，什么也没有包裹。（Barthes，"Style and its Image"，p. 10）

阅读就是参与文本的游戏，指出阻遏和透明的区域，分离出形式，确定其内容，然后再把这内容看作有其自身内容的形式，简言之，追随着表层和包裹之间的相互作用不断前进。

其实并不存在这样一种结构主义的方法，读者一旦将它运用于文本就能自动地发现它的结构。但是，有一种观察方法也许可以称为结构主义的：孜孜不倦地分离出代码，为文本游戏所使用并置身于其中的各种语言命名，超越显见的内容而深入到一系列语言形式之中，然后把这些

301

形式、对立项或符号示义模式视为文本的全部负荷。巴尔特在一篇题为《何以开始？》的论文中说过："读者要着手一部文本的分析"——

> 就不能不首先采用一种（关于内容的）语义学的观点，无论它是讨论主题、象征，还是讨论意识形态。有待于完成的（巨大的）工作量，包括遵循这样的第一批代码，确定它们的名称，勾画出它们的顺序，还要假设出通过第一批代码而窥见到的其他代码。简言之，如果读者需要名正言顺地从某种经浓缩后的意义开始这项工作，这是因为这种呈螺旋状不断绕出的分析运动，包括了将文本、那最初呈现的意义的云团和内容的喻象统统击碎。对于结构分析至关重要的不是文本的真义，而是它的多元性。这番劳作并不是从形式出发，旨在认识、辨析或表达内容（如此则无须一种结构分析的方法），恰恰相反，它通过形式分析的活动将意义驱散、延宕，推迟意义的到来，甚或解除意义。 (Barthes, *Le Degré zéro de l'écriture*, p. 155)

例如在巴尔扎克的《萨拉辛涅》中，最初的内容包括叙述人与一位美貌女郎的艳遇（她为了听故事而与他度过一个晚上），对故事所提供的兰蒂的发迹一事作出了解释，以及年轻的雕塑家贸然爱上一位歌剧演员，却不知她/他是个阉人。这一内容被"解构"，分解为贯穿文本始终的许多代码，然后，这些代码行为又变成分析的主题。意义是怎样产生的？它遭遇到哪些阻遏？我们从符号示义的过程本身能找到什么意义？故事的形式又告诉了我们哪些意义的迁移变化？

> 文本说，抹去了识别特征，使意义得以发挥作用的纵向组合对立（这是对照的障碍）、生命的增殖（这是两性的对立）、应受保护的财富（这是契约规则），所有这些都是致命的。简言之，故事再现了（我们处于可读性艺术之中）结构的总崩溃。……这一转喻，因违反了纵组合关系的划分，而否定了按照规则进行替代互换的可能性，而这一规则正是意义的基础。……《萨拉辛涅》提出了文学再现的种种问题，诸如符号、两性和财富的狂乱的（普遍的）循环运动。(Barthes, *S/Z*, pp. 221-222)

第十一章　结论：结构主义和文学的性质

这是一种结构主义的批评所追求的最终的复原：把文本读作对于写作自身的探索，对于表述一个世界时所遇到问题的探索。批评家把注意力集中于可读性与不可读性的游戏上，集中于间隙、沉默、含混的作用上。这种方法可能被认为是形式主义批评的一种表现，但是，这种把内容转变为形式，然后再读出形式的游戏产生的衍义，并非旨在把文本固定，使之归结为一种结构，相反却是为了捕捉到文本的力量。这种力量，这任何文本甚至是最典型的模仿现实的文本的力量，出现在我们无法进行分类的种种情况中，它们与我们的阐释代码相抵牾，然而又似乎是合理的。李尔的"请你替我解开这个纽扣。谢谢你，先生"是个间隙，一种形式上的躲闪，为我们留下两道断壁，当中是无底的深渊。密莉·梯尔在布隆齐诺画像前的"一道神化了的粉红色曙光"——"密莉正是从与她毫无关系的话语中认出了她。'我再也不会比这更好了。'"——也是间隙之一，其间除含有一种语言的过渡外，还给人以文本在几个方向上同时逃离我们的感觉。为了界定诸如此类的情况，论及它们的力量，就必须确定在那里受阻时的代码，并且描述出因语言躲闪而留下的间隙。

小说在同一个空间内可以兼容并蓄多种语言、多种层面和多种视角，如果置于其他旨在传达某一具体经验的话语中，则一定会产生自相矛盾的情况。读者逐渐学会了如何处理这样的矛盾，并像巴尔特所说的那样，成为这种文化漫游历险记的主人公；他的快感来源于"同生共处，并且相互作用的各种语言"（Barthes, *Le Plaisir du texte*, p. 10）。以揭示并解释这种快感为己任的批评家，把文本视为位于通天国之门的幸福的一侧，这里有各种声音的组合，有的可以识辨，有的不可识辨，它们你来我往，互相交织，给人以愉悦，又使人感觉扑朔迷离，莫衷一是。譬如，在克莱恩的《海上扁舟》的第七部分，我们读到自然"无动于衷，全然无动于衷"，然后，我们发现非常有趣的一段，它撩惹你，却又躲闪而去：

> 或许，这是合理的，一个人处在这种境遇，深深感到宇宙的冷漠，应该看到自己一生的无数过失，心头会泛起阵阵苦水，希望自

己能重新得到一个机会。在这大难临头却又全然无知的情况下，他会感到是非的界限尤其分明，分明得几近荒谬，他认识到倘若再有一个机会，他会弥补自己言行的过失，在结识哪位朋友或在哪次饮茶的场合，他会表现得更好一些，更聪明一些。

充满恶意的反讽？还是让反讽道尽本意，然后再收拾残局？"合理的""荒谬""全然无知"是谁说的？为什么"认识到"而不是"相信"呢？是否还有别的什么与"认识"有关呢？而更重要的是，最后一句话从何而来？读者可以设法整理的语言的各种情况，或者可以在这一段文字中选读超越巴尔特所谓的"声音的淡化"却又受阻的部分：它们相互推搡，却又不为归化过程提供把握之处。

于是，不解之谜、间隙、躲闪便成为快感和价值之源。巴尔特说，"文化及文化的毁灭，都不会激起欲望"，只有它们当中的间隙、它们的边缘相互摩擦的部分才会激起欲望。

> 快感并不对外来的强力印象至深；毁灭也不会使它感兴趣；它所孜孜以求的是一处失缺之地，一个瑕疵，一个断裂，一种泄气扫兴的时刻，这种淡化在读者处于迷狂状态时将读者紧紧攫住。(p.15)

因此，尽管结构主义者对最激进的现代主义文本倍加赞扬，他们对含有大片"阴影"（"带点意识形态，带点模仿，带有某种主题"）的作品，讨论却更为成功，这些作品相当多地使用传统代码，因而他们比较容易确定这些文本中的模棱两可、含混以及言过其实的情况。正是这种传统作品，今天写不出的作品，从批评中获益最多，而最成功的批评则是对这种作品的奇特性进行批评，重新唤醒了这种作品中的一幕活剧，其中的演员就是一切使文本之所以成为另一个时代作品的那些假设前提和写作程式的活动。找到巴尔扎克与我们的关系——例如，把他当作资本主义社会的批评家来阅读，并不能拯救巴尔扎克，拯救他的办法是强调他的奇特性：对教育充满信心，相信一切事物均可理解，相信尚未进入个性化阶段的人物概念，相信修辞（rhetoric）可能成为传达真实的工具。简言之，强调他在处理意义和结构问题时所表现出的与众不同

第十一章 结论：结构主义和文学的性质

之处。

将视焦对准意义的迁移变化的批评，或许比其他任何一种批评都能把握住批评的要旨：使文本有趣，克服乏味无聊，而后者存在于每一文本之中，一旦阅读滑入歧途或发生失误，就会出现乏味无聊的情况。巴尔特说："Il n'y a pas d'ennui sincère."（"真正的乏味无聊是不存在的。"）人最终是不会感到乏味无聊的，因为乏味无聊又将人的注意力引向作品的另一些方面（引问失败的具体形态），使人去探究它如何以及为什么乏味，这就使文本又变得有趣。"L'ennui n'est pas loin de la jouissance; il est la jouissance vue des rives du plaisir."（乏味无聊与迷狂相距无几；它是从快感之岸看到的迷狂。）(p.43) 乏味的文本不能满足人的欲望；倘若人真的能使它向人的欲望挑战，找到一个角度，将它视为故意不合或错位，那么，它就会成为"极乐文本"；然而，如果读者从快感之岸看待文本，并且拒绝接受其挑战，那么，它就绝无快感可言。符号学的批评能教会读者如何发现文本的挑战与特点，而只从快感角度阅读反而会使作品变得乏味无聊，这样也就成功地降低了乏味的可能性。

批评通常会忽略文本中乏味无聊的一面。一种让读者谈论乏味无聊一面的模式，或让乏味无聊的一面作为反衬阅读行为的背景，就会奏出现实主义的、有益的音符。就以阅读的不同节奏为例，它直接影响着文本的架构，似乎出自某种最起码的要求：逃避乏味无聊的要求。"如果你慢慢地读左拉的一部小说，逐字逐句地读，书将从你手中滑落到地上。"(p.23) 当我们阅读一部十九世纪的小说时，忽快忽慢，这节奏本身就是对小说结构的承认：遇到功能相同的描述和对话，我们会一扫而过；我们期待着某种更为重要的东西，届时就会放慢阅读速度。如果不是按这种节奏阅读，而是相反，那么毫无疑问会感到乏味。阅读一部现代小说，由于我们无法把它组织成关于某一人物的经历，我们就不能采取同样的跳跃伸缩的阅读速度，那样就非堕入五里雾中，感到乏味不可。我们必须慢慢地阅读，细细品味那戏剧化的语句，小心翼翼地探究那局部的模棱两可之处，弄清楚它们所推崇或阻遏的总体构想："ne pas dévorer, ne pas avaler, mais brouter, tondre avec minutie."("不能生吞活剥，不能狼吞虎咽，而只能细细咀嚼，慢慢修剪。"(pp. 23 - 24)。我们不能一口吞下或一饮而尽，而必须像牛羊吃草似的，仔细地品尝每一片草叶。建立在一种阅读理论上的批评，无论研究哪种作品，至少都应该提出这样一个问题：采用什么样的阅读方法才能最大限度地降低文本的乏味程度，把每一部文本中潜在的戏剧性充分发掘出来？

的确，人们或许会认为，结构主义就像巴尔特所说的那样，试图建立一套以读者的阅读快感为基础的美学（"其后果极为博大深远"）。(p. 94)无论它还有哪些其他的结果，它无疑都将导致关于文学的种种神话的毁灭。我们不再需要把文本的有机统一性作为一种价值标准，也许只需让它充当阅读的一种假设，因为我们已经清醒地意识到，我们的快感往往来自片断，不协调的细节，某些十分有趣的过分的描述和雕琢，巧妙构思远胜于字面本身所表达的意义，甚或一个总体构想中的缺陷。我们或许无须如过去那样认为，文本中的字字句句都是经过作者精心选择的，因此就应该同等对待，相反，我们不妨承认，我们的快感和赞许往往就取决于不同的阅读节奏。如果我们对文学作品不那么崇敬，或许可能欣赏得更加充分，而且，除了这种挑明阅读程式的批评，除了指明将这些程式应用于各类作品需要付出怎样的代价又能得到怎样的回报以外，再也找不到欣赏作品的更万无一失的路径了。

不过，快感并非结构主义的文学研究的唯一价值。它不过是在结构主义讨论的晚期才出现的概念，仿佛是当人们用别的术语为结构主义立场辩护时，它才被当作某种价值而提出的。这里有一个基本的看法，一种研究意义如何产生的批评，有助于揭示在文本本身和读者与文本接触过程中发生的某种最根本的人类活动。人不仅是具有认识能力的人，而且是具有赋予意义能力的人：赋予事物以意义的动物。文学提供了创造意义的一个实例或意象，但是，这仅仅是它一半的功能。作为虚构，它与现实世界处于一种特殊的关系中；它的符号必须由读者完成、重新组织，并引入经验的领域。这样，它就会呈现出作为符号的全部不愉快、不确定的属性，而且要邀请读者参与意义的产生过程，以便克服或至少

第十一章 结论：结构主义和文学的性质

承认这些属性。例如，一部小说的开卷第一句总是非常古怪的："爱玛·伍德豪斯，漂亮，聪明，富有，她有一个舒适的家，一种性格爽朗的气质，似乎把人生最大的福分集于一身；她来到这个世界上已将近二十一年，却很少遇到烦恼或不顺心的事情。"语句本身就是一个充满自信的喻象，意义和结构都非常完整的喻象。但是同时，它又不完整，读者必须进行加工，必须认识到语言本身的不足，必须设法将它纳入符号系统，使之满足读者的需要。文学为探索系统和意义的复杂性提供了最好的机会。

结构主义或符号学的研究取决于两点：心智和道德的需要。索莱尔斯写道："归根结底，我们只不过是我们的阅读和写作系统而已。"(Sollers, *Logiques*, p.248) 我们遵循着自己的理解活动程序，而且更为重要的是，我们按照所体验到的那种理解的极限，阅读并理解着自己。认识自己，就是研究表述和阐释中主体与主体进行交流的过程，我们正是通过这一过程才成为世界的一部分。索莱尔斯常说，谁不进行书写，谁不积极地把握这个系统，作用于这个系统，谁就要为这个系统所"书写"，他就会变成离他而去的文化的产物。这样，正如巴尔特所说："伦理道德的最根本问题就是随时随地识认符号。这就是说，不要错把符号当作自然的现象，应该揭示它们，而不是掩盖它们。"(Barthes, "Une problématique du sens", p.20) 结构主义已经成功地揭下了许多符号的面罩；它目下的任务必须是使自己进一步系统化，以便对这些符号如何起作用作出解释。它必须设法具体列出各程式系统的规则，而不是仅仅肯定它们的存在。语言学的模式如果恰当地应用，可以指出如何着手进行这项工作，不过也就仅此而已。它已经帮助提供了一个视角，但迄今为止，我们对自己是如何阅读的却不甚理解。

参考文献

When an author has published a collection of his articles I cite only the collection, unless I have quoted from an article in its original place of publication.

Where English translations of French texts are available I cite titles, publishers and dates.

'Analyse structurale du récit', *Communications* 8 (1966).
Andreyev, N., 'Models as a tool in the development of linguistic theory', *Word* 18 (1962), pp. 186–97.
Aron, Thomas, 'Une seconde révolution saussurienne?', *Langue française* 7 (1970), pp. 56–62.
Arrivé, Michel, *Les Langages de Jarry*, Klincksieck, Paris, 1972.
—— 'Postulats pour la description linguistique des textes littéraires', *Langue française* 3 (1969), pp. 3–13.
Auzias, Jean-Marie, *Clefs pour le structuralisme*, Seghers, Paris, 1968.
Avalle, D'arco Silvio, *L'Analisi letteraria in Italia: Formalismo strutturalismo, semiologia*, Ricciardi, Milan, 1970.
—— 'Systems and structures in the folktale', *Twentieth Century Studies* 3 (1970), pp. 67–75.
—— 'La sémiologie de la narrativité chez Saussure', *Essais de la théorie du texte*, ed. C. Bouazis, Galilée, Paris, 1973, pp. 17–50.
Badiou, Alain, *Le Concept de modéle*, Maspero, Paris, 1969.

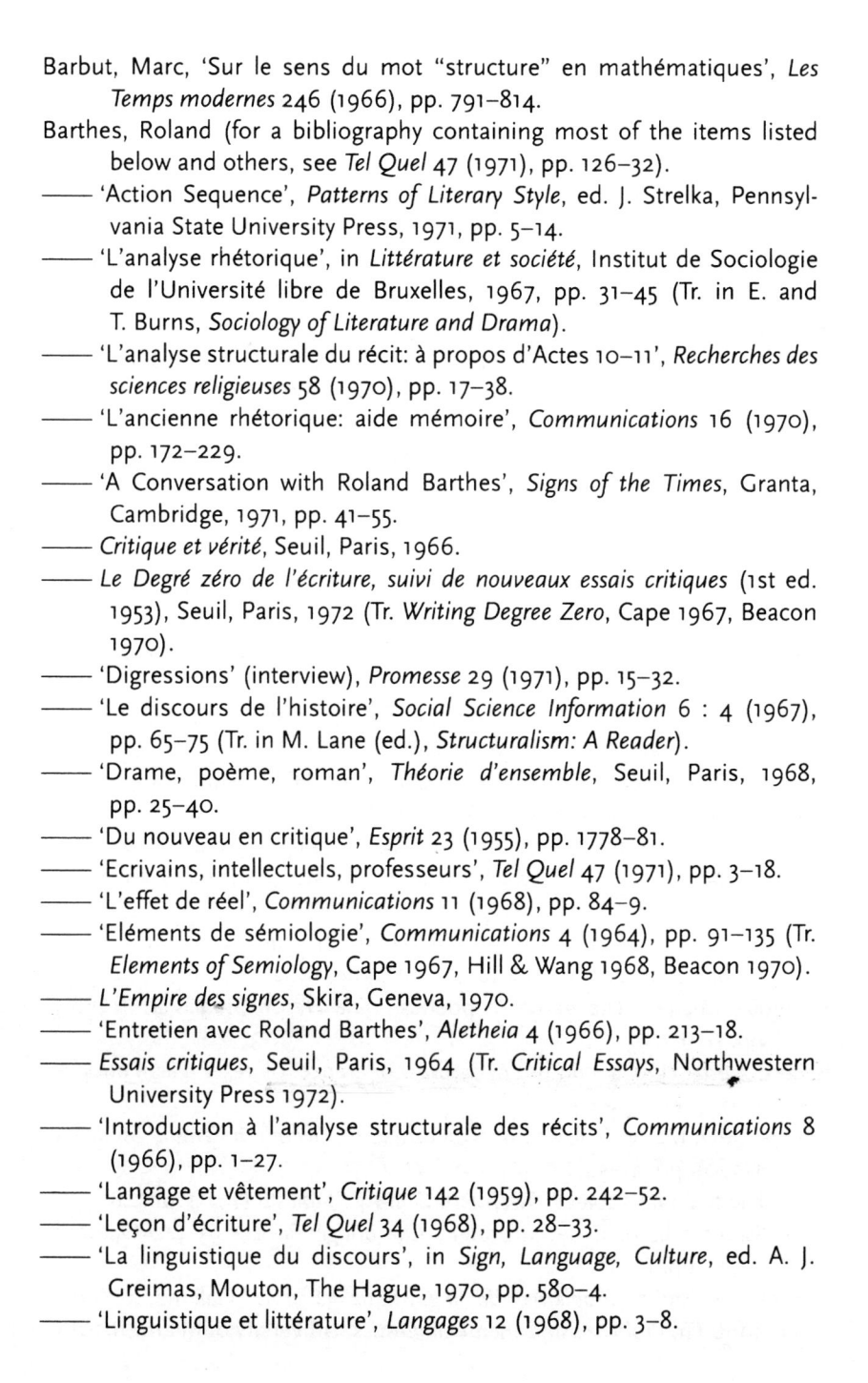

Barbut, Marc, 'Sur le sens du mot "structure" en mathématiques', *Les Temps modernes* 246 (1966), pp. 791–814.

Barthes, Roland (for a bibliography containing most of the items listed below and others, see *Tel Quel* 47 (1971), pp. 126–32).

—— 'Action Sequence', *Patterns of Literary Style*, ed. J. Strelka, Pennsylvania State University Press, 1971, pp. 5–14.

—— 'L'analyse rhétorique', in *Littérature et société*, Institut de Sociologie de l'Université libre de Bruxelles, 1967, pp. 31–45 (Tr. in E. and T. Burns, *Sociology of Literature and Drama*).

—— 'L'analyse structurale du récit: à propos d'Actes 10–11', *Recherches des sciences religieuses* 58 (1970), pp. 17–38.

—— 'L'ancienne rhétorique: aide mémoire', *Communications* 16 (1970), pp. 172–229.

—— 'A Conversation with Roland Barthes', *Signs of the Times*, Granta, Cambridge, 1971, pp. 41–55.

—— *Critique et vérité*, Seuil, Paris, 1966.

—— *Le Degré zéro de l'écriture, suivi de nouveaux essais critiques* (1st ed. 1953), Seuil, Paris, 1972 (Tr. *Writing Degree Zero*, Cape 1967, Beacon 1970).

—— 'Digressions' (interview), *Promesse* 29 (1971), pp. 15–32.

—— 'Le discours de l'histoire', *Social Science Information* 6 : 4 (1967), pp. 65–75 (Tr. in M. Lane (ed.), *Structuralism: A Reader*).

—— 'Drame, poème, roman', *Théorie d'ensemble*, Seuil, Paris, 1968, pp. 25–40.

—— 'Du nouveau en critique', *Esprit* 23 (1955), pp. 1778–81.

—— 'Ecrivains, intellectuels, professeurs', *Tel Quel* 47 (1971), pp. 3–18.

—— 'L'effet de réel', *Communications* 11 (1968), pp. 84–9.

—— 'Eléments de sémiologie', *Communications* 4 (1964), pp. 91–135 (Tr. *Elements of Semiology*, Cape 1967, Hill & Wang 1968, Beacon 1970).

—— *L'Empire des signes*, Skira, Geneva, 1970.

—— 'Entretien avec Roland Barthes', *Aletheia* 4 (1966), pp. 213–18.

—— *Essais critiques*, Seuil, Paris, 1964 (Tr. *Critical Essays*, Northwestern University Press 1972).

—— 'Introduction à l'analyse structurale des récits', *Communications* 8 (1966), pp. 1–27.

—— 'Langage et vêtement', *Critique* 142 (1959), pp. 242–52.

—— 'Leçon d'écriture', *Tel Quel* 34 (1968), pp. 28–33.

—— 'La linguistique du discours', in *Sign, Language, Culture*, ed. A. J. Greimas, Mouton, The Hague, 1970, pp. 580–4.

—— 'Linguistique et littérature', *Langages* 12 (1968), pp. 3–8.

—— 'Masculin, féminin, neutre', in *Échanges et communications: Mélanges offerts à Claude Lévi-Strauss*, ed. J. Pouillon, Mouton, The Hague, 1970, pp. 893–907.

—— *Michelet par lui-même*, Seuil, Paris, 1954.

—— 'La mode est au bleu cette année', *Revue française de sociologie* 1 (1960), pp. 147–62.

—— *Mythologies* (1st ed. 1957), Seuil, Paris, 1970 (Tr. *Mythologies*, Cape, Hill & Wang 1972).

—— *Le Plaisir du texte*, Seuil, Paris, 1973.

—— 'Une problématique du sens', *Cahiers Média*, Service d'édition et de vente des productions de l'éducation nationale, 1 (1967–8), pp. 9–22.

—— 'Réponses', *Tel Quel* 47 (1971), pp. 89–107.

—— 'Rhétorique de l'image', *Communications* 4 (1964), pp. 40–51.

—— *S/Z*, Seuil, Paris, 1970.

—— *Sade, Fourier, Loyola*, Seuil, Paris, 1971.

—— 'Science versus literature', *The Times Literary Supplement* (28 September 1967), pp. 897–8.

—— 'Sociologie et sociologique', *Social Science Information* 1 : 4 (1962), pp. 114–22.

—— 'Style and its Image', in *Literary Style: A Symposium*, ed. S. Chatman, Oxford, New York, 1971, pp. 3–10.

—— *Sur Racine*, Seuil, Paris, 1963 (Tr. *On Racine*, Hill & Wang 1964).

—— *Système de la mode*, Seuil, Paris, 1967.

—— 'To Write: an Intransitive Verb', in *The Languages of Criticism and the Science of Man*, ed. R. Macksey and E. Donato, Johns Hopkins Press, Baltimore, 1970, pp. 134–45.

Bastide, R. (ed.), *Sens et usages du terme 'structure' dans les sciences humaines et sociales*, Mouton, The Hague, 1962.

Beaujour, Michel, 'The game of poetics', *Yale French Studies* 41 (1968), pp. 58–67.

Bellert, Irena, 'On a condition of the coherence of texts', *Semiotica* 2 (1970), pp. 335–63.

Benoist, Jean-Marie, 'The end of structuralism', *Twentieth Century Studies* 3 (1970), pp. 31–54.

—— 'The fictional subject', *Twentieth Century Studies* 6 (1971), pp. 88–97.

—— 'Structuralism: a new frontier', *Cambridge Review* 93 (22 October 1971), pp. 10–17.

Benveniste, Emile, *Problèmes de linguistique générale*, Gallimard, Paris, 1966 (Tr. *Problems in General Linguistics*, University of Miami 1970).

—— 'Sémiologie de la langue', *Semiotica* 1 (1969), pp. 1–12 and 127–35.

—— 'Structure de la langue et structure de la société', *Linguaggi nella società e nella tecnica*, Comunità, Milan, 1970, pp. 96–115.

Bierwisch, Manfred, 'Poetics and Linguistics', in *Linguistics and Literary Style*, ed. D. Freeman, Holt Rinehart, New York, 1970, pp. 96–115.

—— 'Strukturalismus: Geschichte, Probleme und Methoden', *Kursbuch* 5 (1966), pp. 77–152.

Bloch, B. (with G. L. Trager), *Outline of Linguistic Analysis*, Waverly, Baltimore, 1942.

Bloomfield, Morton, 'Allegory as interpretation', *New Literary History* 3 (1972), pp. 301–17.

—— 'Generative Grammar and the Theory of Literature', *Actes du Xe congrès des linguistes* (1967), Rumanian Academy, Bucharest, 1969, vol. III, pp. 57–65.

Boon, James A., *From Symbolism to Structuralism: Lévi-Strauss in a Literary Tradition*, Blackwell, Oxford, 1972.

Booth, Stephen, 'On the Value of *Hamlet*', *Reinterpretations of Elizabethan Drama* (English Institute Essays), ed. Rabkin, Columbia, New York, 1969, pp. 137–76.

Booth, Wayne, *The Rhetoric of Fiction*, University of Chicago Press, 1961.

Bouazis, Charles (ed.), *Essais de la théorie du texte*, Galilée, Paris, 1973.

Boudon, Raymond, *A quoi sert la notion de 'structure'?*, Gallimard, Paris, 1968 (Tr. *Uses of Structuralism*, Heinemann 1971).

—— 'Le structuralisme', *Contemporary Philosophy*, ed. Klibansky, Nuova Italia, Florence, 1969, vol. III, pp. 296–302.

Brandt, Per Aage, 'Dom Juan ou la force de la parole', *Poétique* 12 (1972), pp. 584–95.

—— 'La pensée du texte (de la littéralité de la littérarité)', *Essais de la théorie du texte*, ed. C. Bouazis, Galilee, Paris, 1973, pp. 183–215.

Bremond, Claude, 'La logique des possibles narratifs', *Communications* 8 (1966), pp. 60–76.

—— *Logique du récit*, Seuil, Paris, 1973.

—— 'Le message narratif', *Communications* 4 (1964), pp. 4–32.

—— 'Observations sur la *Grammaire du Décaméron*', *Poétique* 6 (1971), pp. 200–22.

Brøndal, Viggo, *Essais de linguistique générale*, Munksgaard, Copenhagen, 1943.

Brooke-Rose, Christine, *A Grammar of Metaphor*, Secker & Warburg, London, 1958.

Brooks, Cleanth, *The Well-Wrought Urn*, Harcourt & Brace, New York, 1947.

Browne, R. M., 'Typologie des signes littéraires', *Poétique* 7 (1971), pp. 334–53.
Burns, Elizabeth and Tom (eds), *Sociology of Literature and Drama*, Penguin, Harmondsworth, 1973.
Burridge, K. O. L., 'Lévi-Strauss and Myth', in *The Structural Study of Myth and Totemism*, ed. E. Leach, Tavistock, London, 1967, pp. 91–118.
Buyssens, Eric, *Les Langages et le discours*, Office de publicité, Brussels, 1943.
Calvino, Italo, 'Notes towards a definition of the narrative form as a combinative process', *Twentieth Century Studies* 3 (1970), pp. 93–101.
Cassirer, Ernst, 'Structuralism in modern linguistics', *Word* 1 (1945), pp. 99–120.
Caws, Peter, 'Structuralism', *Partisan Review*, 35 : 1 (1968), pp. 75–91.
Charbonnier, Georges, *Entretiens avec Claude Lévi-Strauss*, Plon, Paris, 1961 (Tr. *Conversations with Claude Lévi-Strauss*, Cape, Grossman 1969).
Chatman, Seymour (ed.), *Essays on the Language of Literature*, Houghton Mifflin, Boston, 1967.
—— (ed.), *Literary Style: A Symposium*, Oxford University Press, New York, 1971.
—— 'New ways of analysing narrative structure', *Language and Style* 2 (1969), pp. 3–36.
—— 'On the formalist-structuralist theory of character', *Journal of Literary Semantics* 1 (1972), pp. 57–79.
—— 'The structure of fiction', *University Review*, Kansas City (spring 1971), pp. 199–214.
Chomsky, Noam, *Aspects of the Theory of Syntax*, MIT, Cambridge, Mass., 1965.
—— *Current Issues in Linguistic Theory*, Mouton, The Hague, 1964.
—— 'Degrees of Grammaticalness', in *The Structure of Language*, ed. J. Fodor and J. Katz, Prentice-Hall, Englewood Cliffs, N.J., 1964, pp. 384–9.
—— *Language and Mind*, Harcourt Brace, New York, 1968.
—— Review of B. F. Skinner's *Verbal Behaviour*, *The Structure of Language*, ed. J. Fodor and J. Katz, Prentice-Hall, Englewood Cliffs, N.J., 1964, pp. 547–78.
—— 'Some Empirical Issues in the Theory of Transformational Grammar', *Goals of Linguistic Theory*, ed. S. Peters, Prentice-Hall, Englewood Cliffs, N.J., 1972, pp. 63–130.
—— 'Some methodological remarks on generative grammar', *Word* 17 (1961), pp. 219–39.

—— *Syntactic Structures*, Mouton, The Hague, 1957.
—— 'A Transformational Approach to Syntax', in *The Structure of Language*, ed. J. Fodor and J. Katz, Prentice-Hall, Englewood Cliffs, N.J., 1964, pp. 211–45.
—— (with M. Halle), 'Some controversial questions in phonological theory', *Journal of Linguistics* 1 (1965), pp. 97–138.
Cohen, Jean, 'La comparaison poétique: essai de systématique', *Langages* 12 (1968), pp. 43–51.
—— 'Poésie et motivation', *Poétique* 11 (1972), pp. 432–45.
—— *Structure du langage poétique*, Flammarion, Paris, 1966.
—— 'Théorie de la figure', *Communications* 16 (1970), pp. 3–25.
Coquet, Jean-Claude, 'Combinaison et transformation en poésie', *L'Homme* 9 (1969), pp. 23–41.
—— 'L'objet stylistique', *Le Français moderne* 35 (1967), pp. 53–67.
—— 'Poétique et linguistique', in *Essais de sémiotique poétique*, ed. A. J. Greimas, Larousse, Paris, 1971, pp. 26–44.
—— 'Problèmes de l'analyse structurale du récit: *L'Etranger* d'Albert Camus', *Langue française* 3 (1969), pp. 61–72.
—— 'Questions de sémantique structurale', *Critique* 248 (1968), pp. 70–85.
Corvez, Maurice, *Les Structuralistes*, Aubier-Montaigne, Paris, 1969.
Coseriu, Eugenio, 'Sistema, norma, e "parole"', *Studi Linguistici in onore di Vittore Pisani*, Paideia, Brescia, 1969, pp. 235–53.
Crane, R. S., *The Languages of Criticism and the Structure of Poetry*, University of Toronto Press, 1953.
Cuisenier, Jean, 'Le structuralisme du mot, de l'idée, et des outils', *Esprit* 35 (1967), pp. 825–42.
Culler, Jonathan, 'Defining Narrative Units', in *Style and Structure in Literature*, ed. R. Fowler, Blackwell, Oxford, 1974.
—— *Flaubert: The Uses of Uncertainty*, Elek, London, 1974.
—— 'Jakobson and the linguistic analysis of literary texts', *Language and Style* 5 : 1 (1971), pp. 53–66.
—— 'The Linguistic Basis of Structuralism', in *Structuralism: An Introduction*, ed. D. Robey, Oxford University Press, 1973, pp. 20–36.
—— 'Paradox and the language of morals in La Rochefoucauld', *Modern Language Review* 68 (1973), pp. 28–39.
—— 'Phenomenology and structuralism', *The Human Context* 5 (1973), pp. 35–42.
—— 'Structure of ideology and ideology of structure', *New Literary History* 4 (1973), pp. 471–82.

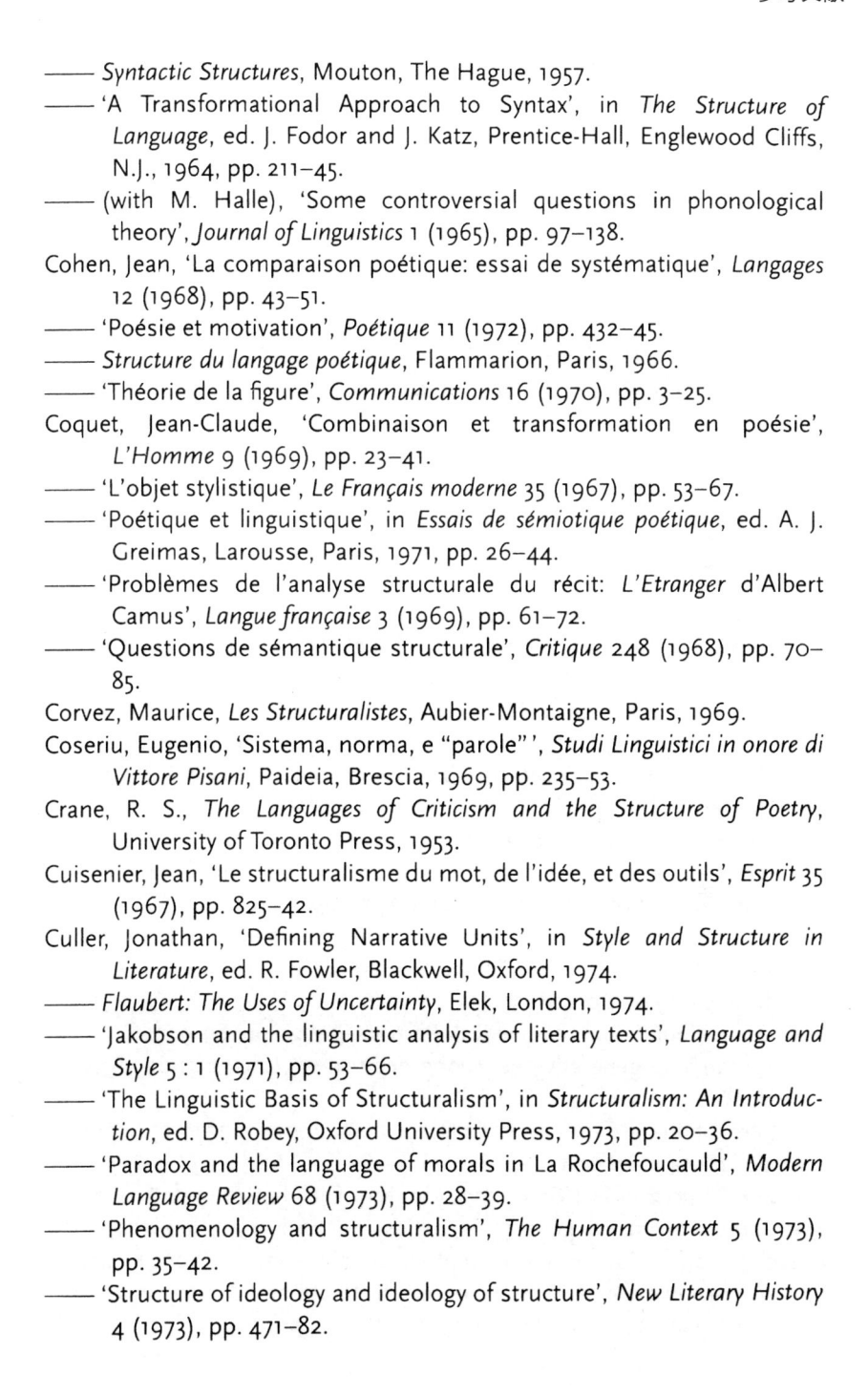

—— 'Structural semantics and poetics', *Centrum* 1 (1973), pp. 5–22.
Davie, Donald (ed.), *Poetics*, Proceedings of the International Congress of Work in Progress, Polish Scientific Publishers, Warsaw, 1961.
Debray-Genette, Raymonde, 'Les figures du récit dans "Un Cœur simple"', *Poétique* 3 (1970), pp. 348–64.
De George, Richard and Fernande (ed.), *The Structuralists*, Doubleday, New York, 1972.
Deguy, Michel, 'La folie de Saussure', *Critique* 260 (1969), pp. 20–6.
Deleuze, Gilles, *Différence et répétition*, PUF, Paris, 1968.
—— *Logique du sens*, Minuit, Paris, 1969.
—— *Proust et les signes*, rev. ed., PUF, Paris, 1970 (Tr. *Proust and Signs*, Braziller, Allen Lane, 1972).
Derrida, Jacques, *De la grammatologie*, Minuit, Paris, 1967.
—— *La Dissémination*, Seuil, Paris, 1972.
—— *L'Ecriture et la différence*, Seuil, Paris, 1967.
—— *Marges de la philosophie*, Minuit, Paris, 1972.
—— *Positions*, Minuit, Paris, 1972.
—— 'Sémiologie et grammatologie', *Social Science Information* 7:3 (1968), pp. 135–48 (also in *Positions*).
—— *La Voix et le phénomène*, PUF, Paris, 1967.
Dijk, Teun A. Van, 'Aspects d'une théorie générative du texte poétique', in *Essais de sémiotique poétique*, ed. A. J. Greimas, Larousse, Paris, 1971, pp. 180–206.
—— 'Foundation for a typology of texts', *Semiotica* 4 (1972), pp. 298–324.
—— 'Modèles génératifs en théorie littéraire', in *Essais de la théorie du texte*, ed. C. Bouazis, Galilée, Paris, 1973, pp. 79–99.
—— 'Neuere Entwicklungen in der literarischen Semantik', in *Text, Bedeutung, Ästhetik*, ed. S. Schmidt, Bayerischer Schulbuch Verlag, Munich, 1970, pp. 106–35.
—— 'On the foundations of poetics', *Poetics* 5 (1972), pp. 89–123.
—— 'Sémantique générative et théorie des textes', *Linguistics* 62 (1970), pp. 66–95.
—— 'Sémantique structurale et analyse thématique', *Lingua* 23 (1969), pp. 28–54.
—— *Some Aspects of Text Grammars*, Mouton, The Hague, 1972.
—— 'Some problems of generative poetics', *Poetics* 2 (1971), pp. 5–35.
Doležel, Lubomír, 'Toward a Structural Theory of Content in Prose Fiction', in *Literary Style: A Symposium*, ed. S. Chatman, Oxford University Press, New York, 1971, pp. 95–110.

—— 'Vers la stylistique structurale', *Travaux linguistiques de Prague* (new series) 1 (1966), pp. 257–66.
Donato, Eugenio, 'Of structuralism and literature', *Modern Language Notes* 82 (1967), pp. 549–74.
Dorfles, Gillo, 'Pour ou contre une esthétique structuraliste?', *Revue internationale de philosophie* 73–4 (1965), pp. 409–41.
Doubrovsky, Serge, *Pourquoi la nouvelle critique*, Mercure, Paris, 1966.
Douglas, Mary, 'The Meaning of Myth, with special reference to "La geste d'Asdiwal"', in *The Structural Study of Myth and Totemism*, ed. E. Leach, Tavistock, London, 1967, pp. 49–70.
—— *Purity and Danger*, Routledge & Kegan Paul, London, 1966.
Dubois, Jacques, *et al.*, *Rhétorique générale*, Larousse, Paris, 1970.
Ducrot, Oswald, 'La commutation en glossématique et en phonologie', *Word* 23 (1967), pp. 101–21.
—— 'Le structuralisme en linguistique', in *Qu'est-ce que le structuralisme?*, ed. F. Wahl, Seuil, Paris, 1968, pp. 15–96.
Dupriez, Bernard, *L'Étude des styles, ou la commutation en littérature*, Didier, Paris, 1969.
Duvernois, Pierre, 'L'emportement de l'écriture', *Critique* 302 (1972), pp. 595–609.
Eco, Umberto, *Apocalittici e integrati*, Bompiani, Milan, 1964.
—— 'Codice e ideologie', *Linguaggi nella società e nella tecnica*, Comunità, Milan, 1970, pp. 129–42.
—— 'La critica semiologica', in *I metodi attuali della critica in Italia*, ed. M. Corte and C. Segre, ERI, Turin, 1970, pp. 369–87.
—— *Le forme del contenuto*, Bompiani, Milan, 1971.
—— 'James Bond: une combinatoire narrative', *Communications* 8 (1966), pp. 77–93.
—— *L'opera aperta*, Bompiani, Milan, 1962.
—— *La struttura assente: Introduzione alla ricerca semiologica*, Bompiani, Milan, 1968.
Ehrmann, Jacques, 'L'homme en jeu', *Critique* 266 (1969), pp. 579–607.
—— 'Structures of exchange in *Cinna*', *Yale French Studies* 36–7 (1966), pp. 169–99.
Eichenbaum, Boris, 'The Theory of the "Formal Method"', in *Russian Formalist Criticism*, ed. L. T. Lemon and M. J. Reis, University of Nebraska Press, Lincoln, 1965, pp. 99–139.
Empson, William, *Seven Types of Ambiguity* (1st ed., 1930), Penguin, Harmondsworth, 1961.
Erlich, Victor, *Russian Formalism: History-Doctrine*, Mouton, The Hague, 1955.

Faye, Jean-Pierre, *Le Récit hunique*, Seuil, Paris, 1967.
Fillmore, C. J., 'The Case for Case', in *Universals in Lingui Theosticry* ed. E. Bach and R. Harms, Holt Rinehart, New York, 1968, pp. 1–88.
—— 'On Generativity', in *Goals of Linguistic Theory*, ed. S. Peters, Prentice-Hall, Englewood Cliffs, N.J., 1972, pp. 1–19.
Fodor, J. (with J. Katz) (ed.), *The Structure of Language*, Prentice-Hall, Englewood Cliffs, N.J., 1964.
Fontanier, Pierre, *Les Figures du discours* (1821), Flammarion, Paris, 1968.
Forrest-Thomson, Veronica, 'Irrationality and artifice: a problem in recent poetics', *British Journal of Aesthetics* 11 (1971), pp. 123–33.
—— 'Levels in poetic convention', *Journal of European Studies* 2 (1971), pp. 35–51.
—— *Poetic Artifice: A Theory of Twentieth Century Poetry*, Blackwell, Oxford, 1974.
Foucault, Michel, *L'Archéologie du savoir*, Gallimard, Paris, 1969 (Tr. *The Archeology of Knowledge*, Pantheon, Tavistock 1972).
—— 'La bibliothèque fantastique', in *Flaubert*, ed. R. Debray-Genette, Miroir de la critique, Paris, 1970, pp. 170–90.
—— 'Distance, aspect, origine', in *Théorie d'ensemble*, Seuil, Paris, 1968, pp. 11–24.
—— *Folie et déraison: Histoire de la folie à l'âge classique*, Plon, Paris, 1961 (Tr. *Madness and Civilization*, Pantheon 1965, Tavistock 1967).
—— 'Le langage à l'infini', *Tel Quel* 15 (1963), pp. 44–53.
—— *Les Mots et les choses*, Gallimard, Paris, 1966 (Tr. *The Order of Things*, Tavistock 1970, Pantheon 1971).
—— *Naissance de la clinique*, PUF, Paris, 1963.
—— *L'Ordre du discours*, Gallimard, Paris, 1971 (Tr. in *The Archeology of Knowledge*, Pantheon, Tavistock 1972).
—— *Raymond Roussel*, Gallimard, Paris, 1963.
—— 'Réponses au cercle d'épistémologie', *Cahiers pour l'analyse* 9 (1968), pp. 9–40.
—— 'Un si cruel savoir', *Critique* 182 (1962), pp. 597–611.
—— 'Theatrum philosophicum', *Critique* 282 (1970), pp. 885–908.
—— (et al.), 'Débat sur le roman', *Tel Quel* 17 (1964), pp. 12–54.
Freeman, Donald (ed.), *Linguistics and Literary Style*, Holt Rinehart, New York, 1970.
Friedrich, Hugo, 'Structuralismus und Struktur in literaturwissenschaftlicher Hinsicht', in *Europäische Aufklärung: Herbert Dieckmann zum 60 Geburtstag*, Fink, Munich, 1967, pp. 77–86.

Frye, Northrop, *Anatomy of Criticism* (1st ed. 1957), Atheneum, New York, 1965.

Gandillac, M., et al. (ed.), *Entretiens sur les notions de genèse et de structure*, Mouton, The Hague, 1965.

Gardin, J.-C., 'Semantic analysis procedures in the sciences of man', *Social Science Information* 8:1 (1969), pp. 17–42.

Gardiner, A. M., 'De Saussure's analysis of the *signe linguistique*', *Acta Linguistica* 4:3 (1944), pp. 107–10.

Garvin, Paul, *On Linguistic Method*, Mouton, The Hague, 1964.

—— (ed.), *A Prague School Reader on Esthetics, Literary Structure and Style*, Georgetown University Press, Washington, 1964.

Genette, Gérard, 'Avatars du Cratylisme', *Poétique* 11 (1972), pp. 367–94, 13 (1973), pp. 111–33, and 15 (1973) 265–91.

—— *Figures*, Seuil, Paris, 1966; *Figures II*, 1969; *Figures III*, 1972.

Geninasca, Jacques, *Analyse structurale des 'Chimères' de Gérard de Nerval*, La Baconnière, Neuchâtel, 1971.

Genot, Gérard, 'L'écriture libératrice', *Communications* 11 (1968), pp. 34–58.

Godel, Robert, *Les Sources manuscrites du Cours de linguistique générale de F. de Saussure*, Droz & Minard, Geneva, 1957.

Goldmann, Lucien, *Le Dieu caché*, Gallimard, Paris, 1959 (Tr. *The Hidden God*, Routledge & Kegan Paul, 1964).

—— 'Ideology and writing', *The Times Literary Supplement* (28 September 1967), pp. 903–5.

—— *Pour une sociologie du roman*, Gallimard, Paris, 1964.

Goodman, Nelson, *The Languages of Art*, Oxford University Press, London, 1969.

Goux, J.-J., 'Numismatiques', *Tel Quel* 35 (1968), pp. 64–89 and 36 (1969), pp. 54–74.

Granger, Gilles, *Essai d'une philosophie du style*, Armand Colin, Paris, 1968.

—— *Pensée formelle et sciences de l'homme*, Aubier-Montaigne, Paris, 1960.

Greimas, A. J., 'Le conte populaire russe (analyse fonctionnelle)', *International Journal of Slavic Linguistics and Poetics* 9 (1965), pp. 152–75.

—— *Du Sens*, Seuil, Paris, 1970.

—— (ed.), *Essais de sémiotique poétique*, Larousse, Paris, 1971.

—— 'La linguistique statistique et la linguistique structurale', *Le Français moderne* 30 (1962), pp. 241–52 and 31 (1963), pp. 55–68.

—— *Sémantique structurale*, Larousse, Paris, 1966.

—— (ed.), *Sign, Language, Culture*, Mouton, The Hague, 1970.

Gritti, Jules (pseudonym 'J.-B. Fages'), *Comprendre le structuralisme*, Privat, Toulouse, 1967.

—— (same pseudonym), *Le Structuralisme en procès*, Privat, Toulouse, 1968.
Grosse, E. U., 'Zur Neuorientierung der Semantik bei Greimas: Grundgedanken, Probleme und Vorschläge', *Zeitschrift für Romanische Philologie* 57 (1971), pp. 359–93.
Guenoun, Denis, 'A propos de l'analyse structurale des récits', *La Nouvelle Critique* (special issue, Colloque de Cluny) (1968), pp. 65–70.
—— 'Le Récit clandestin', *La Nouvelle Critique* 39 bis, second Colloque de Cluny (1971), pp. 61–8.
—— 'Sur les tâches de la critique', *La Pensée* 139 (1968), pp. 61–75.
Guillén, Claudio, *Literature as System*, Princeton University Press, 1971.
Guiraud, Pierre, *La Sémiologie*, PUF, 1971.
Halle, Morris, 'In Defence of the Number Two', in *Studies Presented to Joshua Whatmough*, Mouton, The Hague, 1957, pp. 65–72.
—— 'The strategy of phonemics', *Word* 10 (1954), pp. 197–209.
Halliday, M. A. K., 'Categories of the theory of grammar', *Word* 17 (1961), pp. 241–92.
—— 'Descriptive Linguistics in Literary Studies', in *Patterns of Language* (with A. McIntosh), Longmans, London, 1966, pp. 56–69.
—— 'Language Structure and Language Function', in *New Horizons in Linguistics*, ed. J. Lyons, Penguin, Harmondsworth, 1970, pp. 140–65.
—— 'Linguistic Function and Literary Style', in *Literary Style: A Symposium*, ed. S. Chatman, Oxford University Press, New York, 1971, pp. 330–65.
Hammond, Mac, 'Poetic Syntax', in *Poetics*, ed. D. Davie, Proceedings of the International Congress of Work in Progress, Polish Scientific Publishers, Warsaw, 1961, pp. 475–82.
Hamon, Philippe, 'Pour un statut sémiologique du personnage', *Littérature* 6 (1972), pp. 86–110.
—— 'Qu'est-ce qu'une description?' *Poétique* 12 (1972), pp. 465–85.
Harari, Josué, *Structuralists and Structuralisms* (a bibliography), Diacritics, Ithaca, 1971.
Harris, Zellig, *Methods in Structural Linguistics*, University of Chicago Press, 1951.
Hartman, Geoffrey, *Beyond Formalism*, Yale University Press, New Haven, 1970.
Haudricourt, A. G., 'Méthode scientifique et linguistique structurale', *L'Année sociologique* (1959), pp. 31–48.
Heath, Stephen, 'Ambiviolences', *Tel Quel* 50 (1972), pp. 22–43 and 51 (1972), pp. 64–76.

―― *The Nouveau Roman: A Study in the Practice of Writing*, Elek, London, 1972.
―― (pseudonym, 'Cleanth Peters'), 'Structuration of the Novel-Text', *Signs of the Times*, Granta, Cambridge, 1971, pp. 52–78.
―― 'Towards textual semiotics', *Signs of the Times*, Granta, Cambridge, 1971, pp. 16–40.
―― 'Trames de lecture', *Tel Quel* 54 (1973), pp. 4–15.
Hendricks, W. O., 'Folklore and the structural analysis of literary texts', *Language and Style* 3 (1970), pp. 83–121.
―― 'The structural study of narration: sample analyses', *Poetics* 3 (1972), pp. 100–23.
Hjelmslev, Louis, *Essais linguistiques*, *Travaux du cercle linguistique de Copenhague* 12 (1959).
―― *Prolegomena to a Theory of Language*, rev. ed., University of Wisconsin Press, Madison, 1961.
Hockett, C., *A Course in Modern Linguistics*, Macmillan, New York, 1958.
―― 'A formal statement of morphemic analysis', *Studies in Linguistics* 10 : 2 (1952), pp. 27–39.
―― *A Manual of Phonology*, Indiana University Press, Bloomington, 1955.
―― *The State of the Art*, Mouton, The Hague, 1967.
―― 'Two models of grammatical description', *Word* 10 (1954), pp. 210–33.
Hollander, John, ' "Sense Variously Drawn Out": Some Observations on English Enjambment', in *Literary Theory and Structure*, ed. F. Brady et al., Yale University Press, New Haven, 1973, pp. 201–26.
Houdebine, J.-L., 'Lecture(s) d'une refonte', *Critique* 287 (1971), pp. 318–50.
Householder, Fred, *Linguistic Speculations*, Cambridge University Press, 1971.
Ihwe, Jens, 'Kompetenz und Performanz in der Literaturtheorie', in *Text, Bedeutung, Ästhetik*, ed. S. Schmidt, Bayerischer Schulbuch Verlag, Munich, 1970, pp. 136–52.
―― 'On the foundations of a general theory of narrative structure', *Poetics* 3 (1972), pp. 5–14.
Iser, Wolfgang, 'The reading process: a phenomenological approach', *New Literary History* 3 (1972), pp. 279–99.
Jakobson, Roman (for a bibliography see *Janua Linguarum* series minor, no. 134, Mouton, The Hague, 1971).
―― 'The Grammatical Texture of a Sonnet from Sir Philip Sidney's "Arcadia" ', in *Studies in Language and Literature in Honour of M. Schlauch*, Polish Scientific Publishers, Warsaw, 1966, pp. 165–73.

—— 'Linguistics and Poetics', in *Style in Language*, ed. T. Sebeok, MIT Press, Cambridge, 1960, pp. 350–77.

—— 'Linguistics in its Relations to Other Sciences', in *Actes du Xe congrès international des linguistes*, Rumanian Academy, Bucharest, 1969, vol. I, pp. 75–111.

—— 'On the verbal art of William Blake and other poet-painters', *Linguistic Enquiry* 1 (1970), pp. 3–23 (Tr. in *Questions de poétique*).

—— 'Poetry of grammar and grammar of poetry', *Lingua* 21 (1968), pp. 597–609 (Tr. in *Questions de poétique*).

—— *Questions de poétique*, Seuil, Paris, 1973.

—— *Selected Writings*, Mouton, The Hague, vol. I: *Phonological Studies*, 1962; vol. II: *Word and Language*, 1971; vol. III: *Poetry of Grammar and Grammar of Poetry*, forthcoming; vol. IV: *Slavic Epic Studies*, 1966.

—— (with P. Colaclides), 'Grammatical Imagery in Cavafy's Poem "Remember Body"', *Linguistics* 20 (1966), pp. 51–9.

—— (with M. Halle), *Fundamentals of Language*, Mouton, The Hague, 1956.

—— (with Lawrence Jones), *Shakespeare's Verbal Art in 'Th'Expence of Spirit'*, Mouton, The Hague, 1970 (Tr. in *Questions de poétique*).

—— (with Paulo Valesio), 'Vocabulorum constructio in Dante's Sonnet "Se vedi li occhi miei"', *Studi Danteschi* 43 (1966), pp. 7–33 (Tr. in *Questions de poétique*).

Jameson, Fredric, 'La Cousine Bette and allegorical realism', *PMLA* 86 (1971), pp. 241–54.

—— *Marxism and Form*, Princeton University Press, 1971.

—— 'Metacommentary', *PMLA* 86 (1971), pp. 9–18.

—— *The Prison House of Language: A Critical Account of Structuralism and Russian Formalism*, Princeton University Press, 1972.

Johansen, Svend, 'La notion de signe dans la glossématique et dans l'esthétique', *Travaux du cercle linguistique de Copenhague* 5 (1949), pp. 288–303.

Jones, Robert, *Panorama de la nouvelle critique en France*, SEDES, Paris, 1968.

Josipovici, Gabriel, 'Structures of truth: the premises of the French new criticism', *Critical Quarterly* 10 (1968), pp. 72–88.

Juilland, Alphonse, *Outline of a General Theory of Structural Relations*, Mouton, The Hague, 1964.

Katz, Jerrold, 'Semi-Sentences', in *The Structure of Language*, ed. J. Fodor and J. Katz, Prentice-Hall, Englewood Cliffs, N.J., 1964, pp. 400–16.

—— (with J. Fodor), 'The Structure of a Semantic Theory', ibid., pp. 479–518.
Kavanagh, Thomas, *The Vacant Mirror: A Study of Mimesis through Diderot's 'Jacques le fataliste'*, Studies on Voltaire and the Eighteenth Century 104 (1973).
Kenner, Hugh, 'Some Post-Symbolist Structures', in *Literary Theory and Structure*, ed. F. Brady et al., Yale University Press, New Haven, 1973, pp. 379–94.
Koch, Walter, *Recurrence and a Three Modal Approach to Poetry*, Mouton, The Hague, 1966.
Kristeva, Julia, 'Comment parler à la littérature', *Tel Quel* 47 (1971), pp. 27–49.
—— 'Distance et anti-représentation', *Tel Quel* 32 (1968), pp. 49–53.
—— 'Du sujet en linguistique', *Langages* 24 (1971), pp. 107–26.
—— (signed J. Joyeaux), *Le Langage, cet inconnu*, SGPP & Planète, Paris, 1969.
—— 'Matière, sens, dialectique', *Tel Quel* 44 (1971), pp. 17–34.
—— 'La mutation sémiotique', *Annales* 25 (1970), pp. 1497–522.
—— 'Narration et transformation', *Semiotica* 1 (1969), pp. 422–48.
—— 'Objet, complément, dialectique', *Critique* 285 (1971), pp. 99–131.
—— 'Problèmes de la structuration du texte', in *Théorie d'ensemble*, Seuil, Paris, 1968, pp. 298–317.
—— 'Sémanalyse et production de sens', *Essais de sémiotique poétique*, ed. A. J. Greimas, Larousse, Paris, 1971, pp. 207–34.
—— 'La sémiologie comme science des idéologies', *Semiotica* 1 (1969), pp. 196–204.
—— 'The semiotic activity', *Signs of the Times*, Granta, Cambridge, 1971, pp. 1–10.
—— *Semiotikè: Recherches pour une sémanalyse*, Seuil, Paris, 1969.
—— 'Le sujet en procès', *Tel Quel* 52 (1972), pp. 12–30 and 53 (1973), pp. 17–38.
—— *Le Texte du roman: Approche sémiologique d'une structure discursive transformationnelle*, Mouton, The Hague, 1970.
Lacan, Jacques, *Écrits*, Seuil, Paris, 1966.
—— 'Lituraterre', *Littérature* 3 (1971), pp. 3–10.
—— 'Of Structure as an Inmixing of an Otherness Prerequisite to any Subject Whatever', in *The Languages of Criticism and the Sciences of Man*, ed. R. Macksey and E. Donato, Johns Hopkins Press, Baltimore, 1970, pp. 186–95.
Lane, Michael (ed.), *Structuralism: A Reader*, Cape, London, 1970.

Laporte, Roger, 'L'empire des significants', *Critique* 302 (1972), pp. 583–94.
Lavers, Annette, 'En traduisant Barthes', *Tel Quel* 47 (1971), pp. 115–25.
—— 'Some Aspects of Language in the Work of Jacques Lacan', *Semiotica* 3 (1971), pp. 269–79.
Leach, Edmund, *Genesis as Myth and Other Essays*, Cape, London, 1969.
—— 'Language and Anthropology', in *Linguistics at Large*, ed. Minnis, Gollancz, London, 1971, pp. 137–58.
—— *Lévi-Strauss*, Fontana, London, 1970.
—— 'Lévi-Strauss in the Garden of Eden: an examination of some recent developments in the analysis of myth', *Transactions of the N.Y. Academy of Science*, series II, 23 (1961), pp. 386–96.
—— (ed.), *The Structural Study of Myth and Totemism*, Tavistock, London, 1967.
—— 'Telstar et les aborigènes, ou *La Pensée sauvage*', *Annales* 19 (1964), pp. 1100–15.
Leech, G. N., *A Linguistic Guide to English Poetry*, Longmans, London, 1969.
Lefebve, Maurice-Jean, 'Rhétorique du récit', *Poetics* 2 (1971), pp. 119–34.
Lefebvre, Henri, *Au-delà du structuralisme*, Anthropos, Paris, 1971.
Lepschy, G. C., *A Survey of Structural Linguistics*, Faber & Faber, London, 1970 (new ed. 1973).
Levi, Jiri, 'Generative Poetics', in *Sign, Language, Culture*, ed. A. J. Greimas, Mouton, The Hague, 1970, pp. 548–57.
Levin, Samuel, 'The Conventions of Poetry', in *Literary Style: A Symposium*, ed. S. Chatman, Oxford University Press, New York, 1971, pp. 177–93.
—— *Linguistic Structures in Poetry*, Mouton, The Hague, 1962.
Lévi-Strauss, Claude, 'L'analyse morphologique de contes russes', *International Journal of Slavic Linguistics and Poetics* 3 (1960), pp. 122–49.
—— *Anthropologie structurale*, Plon, Paris, 1958 (Tr. *Structural Anthropology*, Basic Books 1963, Allen Lane 1968).
—— 'The Bear and the Barber', *The Journal of the Royal Anthropological Institute* 93 (1963), pp. 1–11.
—— 'Comment ils meurent', *Esprit* 39 (1971), pp. 694–706.
—— 'Critères scientifiques dans les disciplines sociales et humaines', *Aletheia* 4 (1966), pp. 189–212.
—— *Le Cru et le cuit*, Plon, Paris, 1964 (Tr. *The Raw and the Cooked*, Harper Row 1969, Cape 1970).
—— *Du Miel aux cendres*, Plon, Paris, 1966 (Tr. *From Honey to Ashes*, Cape, 1973).
—— 'Four Winnebago Myths: A Structural Sketch', in *Culture in History*, ed. S. Diamond, Columbia, New York, 1960, pp. 351–62.

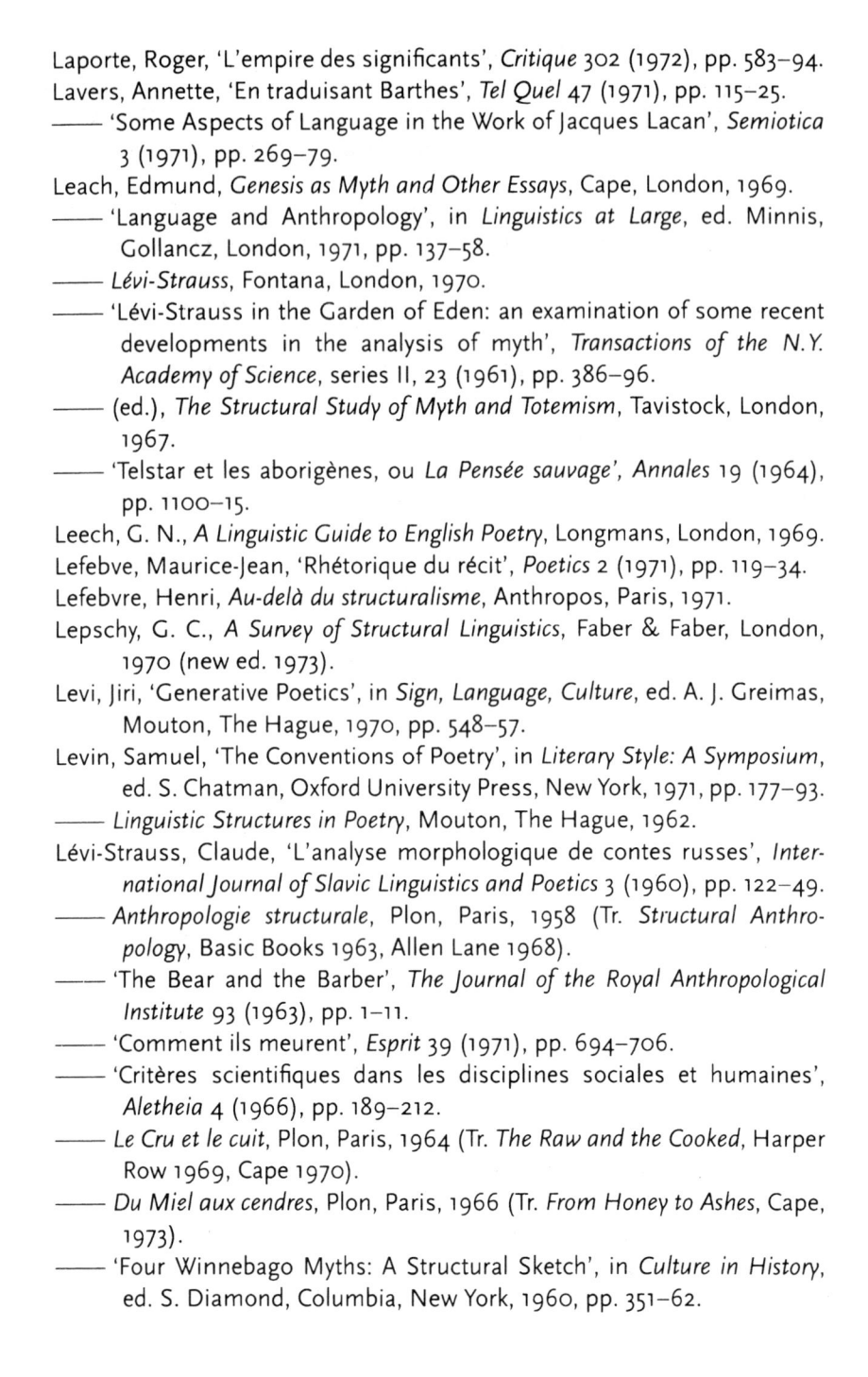

—— 'La geste d'Asdiwal', *Annuaire de l'Ecole pratique des Hautes Etudes* (Section des sciences religieuses), 1958–9, pp. 3–43 (Tr. in *The Structural Study of Myth and Totemism*, ed. E. Leach, Tavistock, London, 1967).
—— *L'Homme nu*, Plon, Paris, 1971.
—— 'Introduction à l'œuvre de Marcel Mauss', in Mauss, *Sociologie et anthropologie*, PUF, Paris, 1950, pp. ix–lii.
—— *Leçon inaugurale* (5 January 1960) Collège de France, Gallimard, Paris, 1960 (Tr. *The Scope of Anthropology*, Cape 1967).
—— *L'Origine des manières de table*, Plon, Paris, 1968.
—— *La Pensée sauvage*, Plon, Paris, 1962 (Tr. *The Savage Mind*, University of Chicago Press, Weidenfeld 1966).
—— 'Réponses à quelques questions', *Esprit* 31 (1963), pp. 628–53.
—— 'Le sexe des astres', in *To Honour Roman Jakobson*, Mouton, The Hague, 1967, vol. II, pp. 1163–70 (Tr. in M. Lane, *Structuralism: A Reader*).
—— 'Le temps du mythe', *Annales* 26 (1971), pp. 533–40.
—— *Le Totémisme aujourd'hui*, PUF, Paris, 1962 (Tr. *Totemism*, Beacon 1963, Merlin 1964, Penguin 1969).
—— 'Le triangle culinaire', *L'Arc* 26 (1965), pp. 19–29.
—— *Tristes tropiques*, Plon, Paris, 1955 (Tr. Atheneum 1964).
'Linguistique et littérature', *La Nouvelle Critique* (special issue, Colloque de Cluny, 1968).
'Linguistique et littérature', *Langages* 12 (1968).
'Le linguistique et le sémiologique', *Le Français moderne* 40:3 (1972).
Longacre, Robert, *Grammar Discovery Procedures*, Mouton, The Hague, 1964.
Lonzi, Lidia, 'Anaphore et récit', *Communications* 16 (1970), pp. 133–42.
Lotringer, Sylvère, 'Vice de forme', *Critique* 286 (1971), pp. 195–209.
Lyons, John, *Introduction to Theoretical Linguistics*, Cambridge University Press, 1968.
—— (ed.), *New Horizons in Linguistics*, Penguin, Harmondsworth, 1970.
—— *Structural Semantics*, Blackwell, Oxford, 1963.
Macherey, Pierre, *Pour une théorie de la production littéraire*, Maspero, Paris, 1966.
Macksey, Richard (with E. Donato) (ed.), *The Languages of Criticism and the Sciences of Man*, Johns Hopkins Press, Baltimore, 1970.
Madsen, Peter, 'Poétiques de contradiction', in *Essais de la théorie du texte*, ed. C. Bouazis, Galilée, Paris, 1973, pp. 100–41.
Mallac, Guy de (with M. Ebernach), *Barthes*, Éditions Universitaires, Paris, 1971.

Man, Paul de, *Blindness and Insight: Essays in the Rhetoric of Contemporary Criticism*, Oxford University Press, New York, 1971.

Marc-Lipiansky, Mireille, *Le Structuralisme de Lévi-Strauss*, Payot, Paris, 1973.

Martinet, André, *Eléments de linguistique générale*, Armand Colin, Paris, 1960 (Tr. *Elements of General Linguistics*, Faber, University of Chicago 1964).

Mélétinski, E., 'L'étude structurale et typologie du conte', in V. Propp, *Morphologie du conte*, Seuil, Paris, 1970, pp. 201–54.

Meleuc, Serge, 'Structure de la maxime', *Langages* 13 (1969), pp. 69–99.

Merleau-Ponty, Maurice, *Signes*, Gallimard, Paris, 1960 (Tr. *Signs*, Northwestern University Press 1964).

—— *Le Visible et l'invisible*, Gallimard, Paris, 1964 (Tr. *The Visible and the Invisible*, Northwestern University Press 1969).

Meschonnic, Henri, *Pour la poétique*, Gallimard, Paris, 1970; vols II and III, 1973.

Messing, Gordon, 'The Impact of Transformational Grammar upon Stylistic and Literary Analysis', *Linguistics* 66 (1971), pp. 56–73.

Metz, Christian, *Essai sur la signification au cinéma*, Klincksieck, Paris, 1968; vol. II, 1972.

—— *Langage et cinéma*, Larousse, Paris, 1971 (Tr. *The Language of Film*, Praeger 1973).

Miller, Jacques-Alain, 'Action de la structure', *Cahiers pour l'analyse* 9 (1968), pp. 91–103.

Millet, Louise (with M. D'Ainvelle), *Le Structuralisme*, Editions Universitaires, Paris, 1970.

Mitchell, T. F., 'Linguistic "goings on": collocations and other lexical matters arising on the syntagmatic record', *Archivum Linguisticum* (new series) 2 (1971), pp. 35–70.

Moles, Abraham, 'La linguistique: méthode de découverte interdisciplinaire', *Revue philosophique* 3 (1966), pp. 375–89.

Molino, Jean, 'La connotation', *La Linguistique* 7 (1971), pp. 5–30.

Moore, Tim, *Lévi-Strauss and the Cultural Sciences* (Centre for Contemporary Cultural Studies, Occasional Pamphlet no. 4), Birmingham (no date).

Moravcsik, J. M. E., 'Linguistic theory and the philosophy of language', *Foundations of Language* 3 (1967), pp. 209–33.

Mouloud, Noel, *Langage et structures: Essai de logique et de séméiologie*, Payot, Paris, 1969.

Mounin, Georges, *Introduction à la sémiologie*, Minuit, Paris, 1970.

Mukarovsky, J., 'L'art comme fait sémiologique', *Poétique* 3 (1970), pp. 387–92.
—— 'La dénomination poétique et la fonction esthétique', *Poétique* 3 (1970), pp. 392–8.
—— 'The Esthetics of Language', in *A Prague School Reader*, ed. P. Garvin, Georgetown University Press, Washington, 1964, pp. 31–69.
—— 'Standard Language and Poetic Language', in *A Prague School Reader*, ed. Garvin, Georgetown University Press, Washington, 1964, pp. 17–30.
Nicolas, Anne, 'Écriture et/ou linguistique', *Langue française* 7 (1970), pp. 63–75.
—— 'R. Jakobson et la critique formelle', *Langue française* 3 (1969), pp. 97–101.
Pagnini, Marcello, *Struttura letteraria e metodo critica*, D'Anna, Messina, 1967.
Parain-Vial, Jeanne, *Analyses structurales et idéologies structuralistes*, Privat, Toulouse, 1969.
Paz, Octavio, *Claude Lévi-Strauss: An Introduction*, Cape, London, 1970.
Peirce, Charles Sanders, *Collected Papers*, 8 vols, Harvard University Press, Cambridge, 1931–58.
Petöfi, János, 'The syntactico-semantic organization of text-structures', *Poetics* 3 (1972), pp. 56–99.
Pettit, Philip, 'Wittgenstein and the case for structuralism', *Journal of the British Society for Phenomenology* 3:1 (1972), pp. 46–57.
Piaget, Jean, *Le Structuralisme*, PUF, Paris, 1968 (Tr. *Structuralism*, Routledge & Kegan Paul, Basic Books 1970).
Picard, Raymond, *Nouvelle critique ou nouvelle imposture*, Pauvert, Paris, 1965.
Pike, Kenneth, *Language in Relation to a Unified Theory of Human Behaviour*, Mouton, The Hague, 1967.
Pleynet, Marcelin, 'La poésie doit avoir pour but . . .', *Théorie d'ensemble*, Seuil, Paris, 1968, pp. 94–126.
Poole, Roger, 'Introduction', in C. Lévi-Strauss, *Totemism*, Penguin, Harmondsworth, 1966, pp. 9–63.
—— 'Lévi-Strauss: myth's magician', *New Blackfriars* 51 (1969), pp. 432–40.
—— 'Structuralism and phenomenology: a literary approach', *Journal of the British Society for Phenomenology* 2 : 2 (1970), pp. 3–16.
—— 'Structuralism side-tracked', *New Blackfriars* 52 (1969), pp. 533–44.
—— 'Structures and materials', *Twentieth Century Studies* 3 (1970), pp. 6–30.

Pop, Mihai, 'La poétique du conte populaire', *Semiotica* 2 (1970), pp. 117–27.
Pottier, Bernard, 'Pensée structurée et sémiologie', *Bulletin hispanique* 60 (1958), pp. 101–12.
—— *Systématique des éléments de relation*, Bibliothèque française et romane, series A, II, Geneva and Paris, 1962.
Pouillon, Jean, 'L'analyse des mythes', *L'Homme* 6 (1966), pp. 100–5.
—— 'Présentation: un essai de définition', *Les Temps modernes* 246 (1966), 769–90.
—— (with P. Maranda) (ed.), *Echanges et communications: Mélanges offerts à Claude Lévi-Strauss*, Mouton, The Hague, 1970.
Price, Martin, 'The Fictional Contract', in *Literary Theory and Structure*, ed. F. Brady et al., Yale University Press, New Haven, 1973, pp. 151–78.
—— 'The Other Self: Thoughts about Character in the Novel', in *Imagined Worlds: Essays . . . in Honour of John Butt*, ed. M. Mack, Methuen, London, 1968, pp. 279–99.
Prince, Gerald, 'Introduction à l'étude du narrataire', *Poétique* 14 (1973), pp. 178–96.
'Problèmes du structuralisme', *Les Temps modernes* 246 (1966 du).
Propp, Vladimir, 'Fairy Tale Transformations', *Readings in Russian Poetics*, ed. L. Matejka and K. Pomorska, MIT Press, Cambridge, 1971, pp. 94–114.
—— *Morphology of the Folktale*, Indiana Research Centre in Anthropology, Bloomington, 1958.
Rastier, François, 'Systématique des isotopies', in *Essais de sémiotique poétique*, ed. A. J. Greimas, Larousse, Paris, 1971, pp. 80–106.
'Recherches rhétoriques', *Communications* 16 (1970).
'Recherches sémiologiques', *Communications* 4 (1964).
Rey-Debove, Josette, 'L'orgie langagière', *Poétique* 12 (1972), pp. 572–83.
Ricardou, Jean, *Pour une théorie du nouveau roman*, Seuil, Paris, 1971.
—— *Problèmes du nouveau roman*, Seuil, Paris, 1967.
Richard, Philippe, 'Analyse des *Mythologiques* de Claude Lévi-Strauss', *L'Homme et la société* 4 (1967), pp. 109–33.
Richards, I. A., 'Jakobson's Shakespeare: the subliminal structures of a sonnet', *The Times Literary Supplement* (28 May 1970), pp. 589–90.
Ricœur, Paul, *Le Conflit des interprétations*, Seuil, Paris, 1969.
Riffaterre, Michael, 'Describing poetic structures: two approaches to Baudelaire's "Les Chats"', *Yale French Studies* 36–7 (1966), pp. 200–42 (Tr. in *Essais de stylistique structurale*).
—— *Essais de stylistique structurale*, Flammarion, Paris, 1971.

—— 'Le poème comme représentation', *Poétique* 4 (1970), pp. 401–18.

—— 'Système d'un genre descriptif', *Poétique* 9 (1972), pp. 15–30.

Robbe-Grillet, Alain, *Pour un nouveau roman*, Minuit, Paris, 1963 (Tr. *Towards a New Novel*, Calder & Boyars 1970, Grove Press 1965).

Robey, David (ed.), *Structuralism: An Introduction*, Oxford University Press, London, 1973.

Rossi, Aldo, 'Strutturalismo e analisi letteraria', *Paragone* 180 (1964), pp. 24–78.

Rousset, Jean, *Forme et signification*, Corti, Paris, 1964.

Ruwet, Nicolas, *Langage, musique, poésie*, Seuil, Paris, 1972.

Said, Edward W., 'Abecedarium Culturae: Structuralism, Absence, Writing', in *Modern French Criticism*, ed. J. Simon, University of Chicago Press, 1972, pp. 341–92.

Sartre, Jean-Paul, *Qu'est-ce que la littérature?*, Gallimard, Paris, 1948 (Tr. *What is Literature?*, Methuen 1950).

Saumjan, S. K., 'Semiotics and the Theory of Generative Grammar', in *Sign, Language, Culture*, ed. A. J. Greimas, Mouton, The Hague, 1970, pp. 244–55.

Saussure, Ferdinand de, *Cours de linguistique générale*, 3rd ed., Payot, Paris, 1967 (Tr. *Course in General Linguistics*, Peter Owen 1960, Philosophical Library 1959, Fontana 1974).

Scholte, Bob, 'Lévi-Strauss's Penelopean effort: the analysis of myths', *Semiotica* 1 (1969), pp. 99–124.

—— 'Lévi-Strauss's Unfinished Symphony: the analysis of myth', in *Claude Lévi-Strauss: The Anthropologist as Hero*, ed. Hayes, MIT Press, Cambridge, 1970, pp. 145–9.

Searle, John, *Speech Acts*, Cambridge University Press, 1969.

Sebag, Lucien, *Marxisme et structuralisme*, Payot, Paris, 1964.

Sebeok, Thomas (ed.), *Approaches to Semiotics*, Mouton, The Hague, 1964.

—— (ed.), *Style in Language*, MIT Press, Cambridge, 1960.

Segre, Cesare, 'La critica strutturalistica', in *I Metodi attuali della critica in Italia*, ed. M. Corte and C. Segre, ERI, Turin, 1970, pp. 323–41.

—— *I Segni e la critica*, Einaudi, Turin, 1969.

—— 'Structuralism in Italy', *Semiotica* 4 (1971), pp. 215–39.

—— 'Strutturalismo e critica', in *Catalogo generale de 'Il Saggiatore'*, Saggiatore, Milan, 1965.

Serres, Michel, *Hermès ou la communication*, Minuit, Paris, 1968.

—— *L'Interférence (Hermès II)*, Minuit, Paris, 1972.

Shklovsky, Victor, 'Art as Technique', in *Russian Formalist Criticism*, ed.

L. T. Lemon and M. J. Reis, University of Nebraska Press, Lincoln, 1965, pp. 3–24.
—— 'The connection between devices of *Syuzhet* construction and general stylistic devices', *Twentieth Century Studies* 7–8 (1972), pp. 48–72.
—— 'La construction de la nouvelle et du roman', in *Théorie de la littérature*, ed. T. Todorov, Seuil, Paris, 1965, pp. 170–96.
—— 'The Mystery Novel: Dickens' *Little Dorrit*', in *Readings in Russian Poetics*, ed. L. Matejka and K. Pomorska, MIT Press, Cambridge, 1971, pp. 220–6.
—— 'Sterne's *Tristram Shandy*: Stylistic Commentary', in *Russian Formalist Criticism*, ed. L. T. Lemon and M. J. Reis, University of Nebraska Press, Lincoln, 1965, pp. 25–57.
Simonis, Yvan, *Lévi-Strauss ou la 'Passion de l'inceste'*, Aubier Montaigne, Paris, 1968.
Smith, Barbara H., *Poetic Closure: A Study of How Poems End*, University of Chicago Press, 1968.
Sollers, Philippe, *Logiques*, Seuil, Paris, 1968.
—— 'R.B.', *Tel Quel* 47 (1971), pp. 19–26.
Souriau, Etienne, *Les Deux Cent Mille Situations dramatiques*, Flammarion, Paris, 1950.
Spence, N. C. W., 'A hardy perennial: the problem of *la langue* and *la parole*', *Archivum Linguisticum* 9 (1957), pp. 1–27.
Sperber, Dan, 'Le structuralisme en anthropologie', in *Qu'est-ce que le structuralisme?*, Seuil, Paris, 1968, pp. 167–238.
Starobinski, Jean, 'Considérations sur l'état présent de la critique littéraire', *Diogène* 74 (1971), pp. 62–95.
—— *Les Mots sous les mots: Les anagrammes de Ferdinand de Saussure*, Gallimard, Paris, 1971.
—— *La Relation critique*, Gallimard, Paris, 1970.
—— 'Remarques sur le structuralisme', in *Ideen und formen: Festschrift für Hugo Friedrich*, Klostermann, Frankfurt, 1965, pp. 275–8.
Stender-Petersen, A., 'Esquisse d'une théorie structurale de la littérature', *Travaux du cercle linguistique de Copenhague* 5 (1949), pp. 277–87.
'Structuralism', *Twentieth Century Studies* 3 (1970).
'Structuralism', *Yale French Studies* 36–7 (1966).
'Le structuralisme', *Aletheia* 4 (1966).
'Structuralismes: Idéologie et méthode', *Esprit* 35 : 5 (1967).
Sumpf, J., *Introduction à la stylistique du français*, Larousse, Paris, 1971.
Tesnière, Lucien, *Eléments de syntaxe structurale*, Klincksieck, Paris, 1959.
Théorie d'ensemble, Seuil, Paris, 1968.

Todorov, Tzvetan, 'Les anomalies sémantiques', *Langages* 1 (1966), pp. 100–23.
—— 'Les catégories du récit littéraire', *Communications* 8 (1966), pp. 125–51.
—— 'Connaissance de la parole', *Word* 23 (1967), pp. 500–17.
—— 'De la sémiologie à la rhétorique', *Annales* 22 (1967), pp. 1322–7.
—— 'La description de la signification en littérature', *Communications* 4 (1964), pp. 33–9.
—— 'Les deux logiques du récit', *Lingua e stile* 6 (1971), pp. 365–78.
—— 'The discovery of language: *Les Liaisons dangereuses* and *Adolphe*', *Yale French Studies* 45 (1970), pp. 113–26.
—— 'Les études du style', *Poétique* 2 (1970), pp. 224–32.
—— 'Formalistes et futuristes', *Tel Quel* 35 (1968), pp. 42–6.
—— *Grammaire du Décaméron*, Mouton, The Hague, 1969.
—— 'Histoire de la littérature', *Langue française* 7 (1970), pp. 14–19.
—— 'Introduction', *Le Vraisemblable*, *Communications* 11 (1968), pp. 1–4.
—— *Introduction à la littérature fantastique*, Seuil, Paris, 1970.
—— 'Introduction à la symbolique', *Poétique* 11 (1972), pp. 273–308.
—— *Littérature et signification*, Larousse, Paris, 1967.
—— 'Meaning in literature', *Poetics* 1 (1971), pp. 8–15.
—— 'Note sur le langage poétique', *Semiotica* 1 (1969), pp. 322–8.
—— 'Perspectives sémiologiques', *Communications* 7 (1966), pp. 139–45.
—— 'The Place of Style in the Structure of the Text', in *Literary Style: A Symposium*, ed. S. Chatman, Oxford University Press, New York, 1971, pp. 29–39.
—— 'Poétique', in *Qu'est-ce que le structuralisme?*, Seuil, Paris, 1968, pp. 97–166.
—— *Poétique de la prose*, Seuil, Paris, 1971.
—— 'Roman Jakobson, poéticien', *Poétique* 7 (1971), pp. 275–86.
—— 'Le sens des sons', *Poétique* 11 (1972), pp. 446–62.
—— 'Synecdoques', *Communications* 16 (1970), pp. 26–35.
—— (ed.), *Théorie de la littérature*, Seuil, Paris, 1965.
—— 'Valéry's poetics', *Yale French Studies* 44 (1970), pp. 65–71.
Togeby, Knud, 'Littérature et linguistique', *Orbis Litterarum* 22 (1967), pp. 45–8.
Tomashevsky, Boris, 'Thematics', *Russian Formalist Criticism*, ed. L. T. Lemon and M. J. Reis, University of Nebraska Press, Lincoln, 1965, pp. 61–95.
Trubetzkoy, N., *Principes de phonologie*, Klincksieck, Paris, 1949 (Tr. *Principles of Phonology*, University of California Press 1969).

Uitti, Karl, *Linguistics and Literary Theory*, Prentice-Hall, Englewood Cliffs, N.J., 1969.
Ullmann, Stephen, *Language and Style*, Blackwell, Oxford, 1964.
—— *Principles of Semantics*, Blackwell, Oxford, 1963.
Vachek, Joseph, *The Linguistic School of Prague*, Indiana University Press, Bloomington, 1966.
Van Laere, François, 'The problem of literary structuralism', *Twentieth Century Studies* 3 (1970), pp. 55–66.
Van Rossom-Guyon, Françoise, *Critique du roman*, Gallimard, Paris, 1970.
Velan, Yves, 'Barthes', in *Modern French Criticism*, ed. Simon, University of Chicago Press, 1972, pp. 311–40.
Vernier, France, *Une Science de la littérature est-elle possible?*, Editions de la nouvelle critique, Paris, 1972.
Verstraeten, Pierre, 'Esquisse pour une critique de la raison structuraliste', Unpublished doctoral dissertation (microfiches), Université libre de Bruxelles, 1964.
—— 'Lévi-Strauss ou la tentation du néant', *Les Temps modernes* 206 and 207–8 (1963), pp. 66–109 and pp. 507–52.
Viet, Jean, *Les Méthodes structuralistes dans les sciences sociales*, Mouton, The Hague, 1965.
'Le vraisemblable', *Communications* 11 (1968).
Wahl, François, 'La philosophie entre l'avant et l'après du structuralisme', *Qu'est-ce que le structuralisme?*, Seuil, Paris, 1968.
Weinreich, Uriel, 'Explorations in Semantic Theory', in *Current Trends in Linguistics*, vol. III, ed. T. Sebeok, Mouton, The Hague, 1966, pp. 395–477.
Weinrich, Harald, 'Structures narratives du mythe', *Poétique* 1 (1970), pp. 25–34.
—— 'Tense and time', *Archivum linguisticum* (new series) 1 (1970), pp. 31–41.
Wellek, René (with Austin Warren), *Theory of Literature*, 3rd ed., Cape, London, 1966.
—— *Discriminations*, Yale University Press, New Haven, 1970.
Wells, Rulon, 'De Saussure's system of linguistics', *Word* 3 (1947), pp. 1–31.
—— 'Distinctively human semiotic', *Social Science Information* 6:6 (1967), pp. 103–23.
Wilden, Anthony, *The Language of the Self*, Johns Hopkins Press, Baltimore, 1968.
—— *System and Structure: Essays on Communication and Exchange*, Tavistock, London, 1972.

Yalman, Nur, 'The Raw: the Cooked: Nature: Culture – Observations on *Le Cru et le cuit*', in *The Structural Study of Myth and Totemism*, ed. E. Leach, Tavistock, London, 1967, pp. 71–90.

Zéraffa, Michel, 'La poétique de l'écriture', *Revue d'esthétique* 24 (1971), pp. 384–401.

—— *Roman et société*, PUF, Paris, 1971.

Zilberberg, Claude, 'Un essai de lecture de Rimbaud', in *Essais de sémiotique poétique*, ed. A. J. Greimas, Larousse, Paris, 1971, pp. 140–54.

Zólkiewski, Stefan, 'Contribution au problème de l'analyse structurale', in *To Honour Roman Jakobson*, Mouton, The Hague, 1967, vol. III, pp. 2389–426.

—— 'De l'intégration des études littéraires', in *Poetics*, ed. D. Davie, Proceedings of the International Congress of Work in Progress, Polish Scientific Publishers, Warsaw, 1961, pp. 763–94.

—— 'Deux structuralismes', in *Sign, Language, Culture*, ed. A. J. Greimas, Mouton, The Hague, 1970, pp. 3–12.

Zumthor, Paul, *Essai de poétique médiévale*, Seuil, Paris, 1972.

当代世界学术名著·推荐书目

阿蒂亚论事故、赔偿及法律	[澳]波得·凯恩
保护主义:美国经济崛起的秘诀（1815—1914）	迈克尔·赫德森
报纸的良知	[美]利昂·纳尔逊·弗林特
比较媒介体制——媒介与政治的三种模式	[美]丹尼尔·C·哈林 [意]保罗·曼奇尼
并非有效的市场:行为金融学导论	安德瑞·史莱佛
博弈学习理论	[美]朱·弗登伯格等
不确定条件下的投资	[美]阿维纳什·迪克西特等
成人学习的综合研究与实践指导(第2版)	[美]雪伦·B·梅里安
传播学概论(第二版)	[美]威尔伯·施拉姆等
传播与劝服:关于态度转变的心理学研究	[美]卡尔·霍夫兰 欧文·贾尼斯等
传播与社会影响	[法]加布里埃尔·塔尔德
传媒的四种理论	[美]弗雷德里克·S·西伯特等
创新及其不满:专利体系对创新与进步的危害及对策	亚当·杰夫等
创造目的王国克里	斯蒂娜·M·科斯嘉德
当事人中心治疗——实践、运用和理论	[美]卡尔·罗杰斯等
道德情操与物质利益:经济生活中合作的基础	赫尔伯特·金蒂斯 塞缪尔·鲍尔斯 等
第三波:20世纪后期的民主化浪潮	[美]塞缪尔·P.亨廷顿
动机与人格(第三版)	[美]亚伯拉罕·马斯洛
对真理与解释的探究(第二版)	[美]唐纳德·戴维森
遏制民族主义	[美]迈克尔·赫克特
法国近代早期的社会与文化	娜塔莉·泽蒙·戴维斯
法国行政法(第五版)	[英]L·赖维乐·布朗等
法兰西与圣心崇拜——近代一个具有重大历史意义的故事	[美]雷蒙·琼纳斯
法益概念史研究	[日]伊东研祐

符号学历险	[法]罗兰·巴尔特
个人形成论——我的心理治疗观	[美]卡尔·R·罗杰斯
公共行政的合法性——一种话语分析	[美]O.C.麦克斯怀特
公司目标	安德鲁·凯伊
故事的语法	[美]杰拉德·普林斯
故事与话语：小说和电影的叙事结构	[美]西摩·查特曼
雇员与公司治理	玛格丽特·M·布莱尔 等
管理思想史(第六版)	丹尼尔·A·雷恩 阿瑟·G·贝德安
过程与实在(修订版)——宇宙论研究	[英]怀特海
黑格尔的变奏——论《精神现象学》	[美]弗雷德里克·詹姆逊
话语和社会心理学——超越态度与行为	[英]乔纳森·波特等
恢复金融稳定性：如何修复崩溃的系统	[美]维拉尔·V·阿查亚 [美]马修·理查森
货币政策、通货膨胀与经济周期：新凯恩斯主义分析框架引论	若迪·加利
激励与政治经济学	[法]让-雅克·拉丰
嫉妒的制陶女	[法]克洛德·列维-斯特劳斯
计算与认知——认知科学的基础	[加拿大]泽农·W·派利夏恩
竞争策略与竞争政策	柳川隆　川滨升
卡尔·罗杰斯：对话录	[美]霍华德·基尔申鲍姆等
卡尔·罗杰斯论会心团体	[美]卡尔·R·罗杰斯
科学实在论与心灵的可塑性	保罗·M·丘奇兰德
科学与文化	[美]约瑟夫·阿伽西
空间与地方：经验的视角	段义孚
理解金融危机	[美]富兰克林·艾伦等
理解全球贸易	E.赫尔普曼
理性市场谬论：一部华尔街投资风险、收益和幻想的历史	贾斯汀·福克斯
历史学的理论和历史	[意]贝内德托·克罗齐
历史与心理分析——科学与虚构之间	[法]米歇尔·德·塞尔托

利益集团社会(第5版)	[美]杰弗里·M·贝瑞
利益集团与贸易政策	G. M. 格罗斯曼等
论民主	[美]罗伯特·A·达尔
迈向新法律常识——法律、全球化和解放(第二版)	[英]博温托·迪·苏萨·桑托斯
贸易保护主义	贾格迪什·巴格沃蒂
贸易与贫穷:第三世界何时落后	杰弗瑞·G·威廉姆森
美国的知识生产与分配	弗里茨·马克卢普
美国会计史——会计的文化意义	加里·约翰·普雷维茨等
美国宪法的民主批判(第二版)	[美]罗伯特·A·达尔
美国刑事法院诉讼程序	[美]爱伦·豪切斯泰勒
美学的理论	[意]贝内德托·克罗齐
面具之道	[法]克洛德·列维-斯特劳斯
民主及其批评者	[美]罗伯特·A·达尔
民主进程与金融市场:资产定价政治学	威廉·本哈德　戴维·利朗
民主理论的现状	[美]伊恩·夏皮罗
模仿律	[法]加布里埃尔·塔尔德
欧洲自由主义的兴起	[英]哈罗德·J·拉斯基
拍卖:理论与实践	[英]柯伦柏
奇怪的战败——写在1940年的证词	[法]马克·布洛克
乔姆斯基:思想与理想(第二版)	[英]尼尔·史密斯
全球公民社会?	[英]约翰·基恩
诠释学与人文科学——语言、行为、解释文集	保罗·利科
让全球化造福全球	[美]约瑟夫·E·斯蒂格利茨
人格体　主体　公民——刑罚的合法性研究	[德]米夏埃尔·帕夫利克
人际影响:个人在大众传播中的作用	[美]伊莱休·卡茨 保罗·F·拉扎斯菲尔德
人类文明的结构:社会世界的构造	[美]约翰·塞尔
人民的选择(第三版)——选民如何在总统选战中做决定	[美]保罗·F·拉扎斯菲尔德等
社会的构成——结构化理论纲要	[英]安东尼·吉登斯
社会科学方法论	[德]马克斯·韦伯

神话、仪式与口述	[英]杰克·古迪
生产力:工业自动化的社会史	[美]戴维·F·诺布尔
时间与传统	[加]布鲁斯·G·特里格
实验经济学:如何构建完美的金融市场	[美]罗斯·米勒
使民主运转起来:现代意大利的公民传统	[美]罗伯特·D.帕特南
世界大战中的宣传技巧	[美]哈罗德·D·拉斯韦尔
术语评论:小说与电影的叙事修辞学	[美]西摩·查特曼
通向富有的屏障	斯蒂芬·L·帕伦特等
统一增长理论	[美]O.盖勒 著
万物简史	[美]肯·威尔伯
文学、通俗文化和社会	[美]利奥·洛文塔尔
文学批评:理论与实践导论(第五版)	查尔斯·E·布莱斯勒
现代竞争分析(第三版)	[美]沙伦·奥斯特
现代企业:基于绩效与增长的组织设计	约翰·罗伯茨
现代条约法与实践	[英]安托尼·奥斯特
现代性与自我认同:晚期现代中的自我与社会	[英]安东尼·吉登斯
现代政治分析(第六版)	[美]罗伯特·A·达尔等
心灵的再发现(中文修订版)	[美]约翰·R·塞尔
心灵与世界 新译本	[美]约翰·麦克道威尔
新古典金融学	[美]斯蒂芬·A.罗斯
新企业文化——重获工作场所的活力	特伦斯·E·迪尔等
新史学	[美]鲁滨孙
信息技术经济学导论	哈尔·R·范里安
刑罚、责任与正义:关联批判	[英]艾伦·诺里
刑法概说(各论)(第三版)	[日]大塚仁
刑法各论(新版第2版)	[日]大谷实
刑法理论的核心问题	[英]威廉姆·威尔逊
刑法总论(新版第2版)	[日]大谷实
行政法的范围	[新西]迈克尔·塔格特
形而上学的逻辑基础(中文修订版)	[英]迈克尔·达米特
叙事学:叙事的形式与功能	[美]杰拉德·普林斯

演化与制度:论演化经济学和经济学的演化	杰弗里·M.霍奇逊
养老金改革反思佛	朗哥·莫迪利亚尼
移民报刊及其控制	[美]罗伯特·E.帕克
意大利刑法学原理(评注版)	[意]杜里奥·帕多瓦尼
意识形态和乌托邦——知识社会学引论	卡尔·曼海姆
意向(第2版)	[英]G.E.M.安斯康姆
英国刑事诉讼程序	[英]约翰·斯普莱克
有意识的心灵:一种基础理论研究	大卫·J.查默斯
语言与心智(第三版)	[美]诺姆·乔姆斯基
真正的伦理学——重审道德之基础	约翰·M.瑞斯特
正义的制度:全民福利国家的道德和政治逻辑	[瑞典]博·罗思坦
知识和社会意象	[英]大卫·布鲁尔
知识与国家财富——经济学说探索的历程	戴维·沃尔什
重读《资本论》	[美]费雷德里克·詹姆逊
资本主义与社会民主	[美]亚当·普热沃尔斯基
自由市场经济学——一个批判性的考察(第二版)	安德鲁·肖特
自由之声:19世纪法国公共知识界大观	[法]米歇尔·维诺克
组织理论:理性、自然与开放系统的视角	[美]W.理查德·斯科特等
组织文化与领导力(第四版)	埃德加·沙因
新闻:幻象的政治(第9版)	[美]兰斯·班尼特
型法总论(第3版)	[日]山口厚
经济增长的决定因素	罗伯特·巴罗
并非完美的制度:改革的可能性与局限性	思拉恩·埃格特森
资本主义的多样性:比较优势的制度基础	波得·A.霍尔等

Structuralist Poetics: Structuralism, linguistics and the study of literature, 2e by Jonathan Culler
ISBN: 9780415289894
Copyright © 1975 by Jonathan Culler

Authorized translation from English language edition published by Routledge Press, part of Taylor & Francis Group LLC; All rights reserved. 本书原版由 Taylor & Francis 出版集团旗下 Routledge 公司出版，并经其授权翻译出版，版权所有，侵权必究。

China Renmin University Press is authorized to publish and distribute exclusively the Chinese (Simplified Characters) language edition. This edition is authorized for sale throughout Mainland of China. No part of the publication may be reproduced or distributed by any means, or stored in a database or retrieval system, without the prior written permission of the publisher. 本书中文简体翻译版权授权由中国人民大学出版社独家出版并仅限在中国大陆地区销售，未经出版者书面许可，不得以任何方式复制或发行本书的任何部分．

Copies of this book sold without a Taylor & Francis sticker on the cover are unauthorized and illegal. 本书封面贴有 Taylor & Francis 公司防伪标签，无标签者不得销售。

北京市版权局著作权合同登记号：01-2015-5557

图书在版编目（CIP）数据

结构主义诗学/（美）乔纳森·卡勒（Jonathan Culler）著；盛宁译.—北京：中国人民大学出版社，2018.8
（当代世界学术名著）
书名原文：Structuralist Poetics：Structuralism，Linguistics and the Study of Literature
ISBN 978-7-300-25940-6

Ⅰ.①结… Ⅱ.①乔…②盛… Ⅲ.①结构主义语言学-诗学 Ⅳ.①I052

中国版本图书馆 CIP 数据核字（2018）第 139747 号

当代世界学术名著
结构主义诗学
[美] 乔纳森·卡勒（Jonathan Culler） 著
盛　宁　译
Jiegou Zhuyi Shixue

出版发行	中国人民大学出版社		
社　　址	北京中关村大街 31 号	邮政编码	100080
电　　话	010-62511242（总编室）		010-62511770（质管部）
	010-82501766（邮购部）		010-62514148（门市部）
	010-62515195（发行公司）		010-62515275（盗版举报）
网　　址	http://www.crup.com.cn		
经　　销	新华书店		
印　　刷	运河（唐山）印务有限公司		
规　　格	155 mm×235 mm　16 开本	版　　次	2018 年 8 月第 1 版
印　　张	23 插页 2	印　　次	2022 年 10 月第 2 次印刷
字　　数	316 000	定　　价	78.00 元

版权所有　　侵权必究　　印装差错　　负责调换